本书获漳州师范学院重点学科建设经费资助

融通与建构

——诗学论集

刘庆璋　著

人民出版社

目　录

第一编　西方诗学研究

第二编　比较诗学研究

第三编　文化诗学研究

第四编　诗学基础理论研究

代 序

《西方近代文学理论史》序文（手迹）

蒋孔阳

作者敬言：1988 年和 1995 年，著名美学专家蒋孔阳先生曾先后为笔者两部拙著作序。今天，本书即将付梓，而蒋先生却已驾鹤西去。思之念之，不禁心有戚戚焉！现有幸找到 1988 年蒋先生亲笔撰写的《西方近代文学理论史》序文手迹，特影印面世，代为本书的序言，以寄托对蒋先生的追思和略表谢忱。今天，重温蒋先生的教诲，无论是其具体谈论的关于西方诗学研究的见解，或者是从治学精神和研究文学的方法学的角度来看，都仍然是颇有启示的。

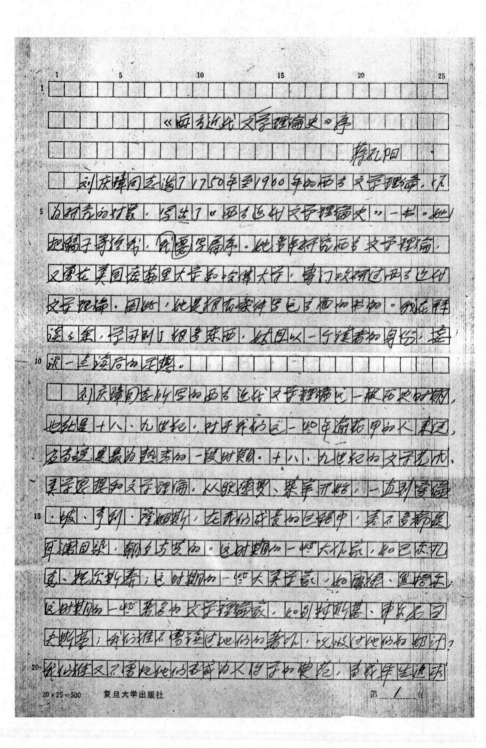

《西方近代文学理论史》序

蒋孔阳

　　刘庆璋同志治了1750年至1960年的西方文学理论，作为研究的对象，写出了"西方近代文学理论史"一书。她把稿子寄给我，要我写篇序。她多年来研究西方文学理论，又曾在美国哈里大学和哈佛大学，专门攻研过西方近代文学理论。因此，她是很有条件写这本书的，我在拜读之余，学习到了很多东西。现在以一个读者的身份，来说一点读后的感想。

　　刘庆璋同志所写的西方近代文学理论史，一般历史时期，也就是十八、九世纪，对于我们这一代来说，甲的人来说，在今这是最为热烈的一段时期。十八、九世纪的文学，美学原理和文学理论，从歌德里、席勒开始，一方到拜伦、雪莱、济慈、孟德斯，在我们的成长的过程中，差不多都是耳濡目染，朝夕与共的。这时期的一些大作家，和巴尔克克、托尔斯泰；这时期的一些大美学家，如康德、黑格尔；这时期的一些著名的文学理论家，如别林斯基、车尔尼雪夫斯基；我们推不曾读过他们的著作，或受过他们的熏陶；我们推又不曾把他们奉为文学和楷范，当作毕生追求

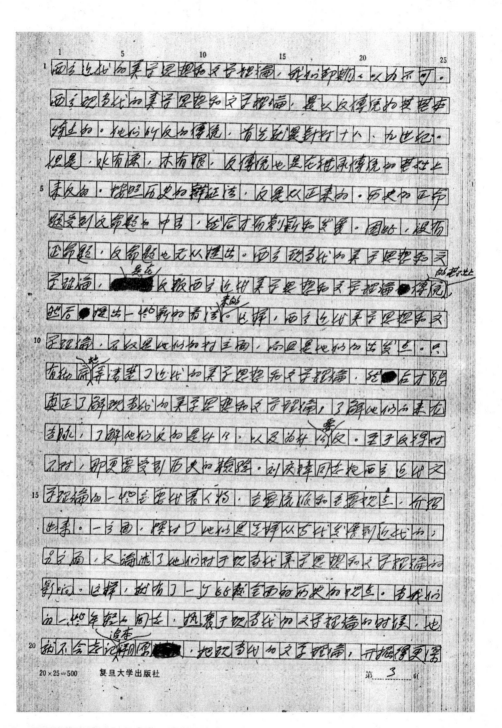

一些，阐述得更全面一些，区一点，我以为也是刘庆璋同志写作本书的一个贡献。

在对也对文学理论进行历史的探讨的时候，刘庆璋同志有意识地打破了当代我国及文学发展史的老套子，是写社会、政治、哲学思想，然后再在这个套子中，叙述之学和文学理论。她不是掉，她是将此文学视为文学来研究。文学理论是关于文学的理论，重在研究文学理论本身发展的规律。她是在研究文学理论本身以及他们关于文学的观念时，很自然地和社会、政治、哲学以及其他思潮联系起来，进行具体的分析。这样，她既没有忽视其实历史的背景，而又不喧宾夺主，淹没文学理论本身的主导地位。这种写法，我以为还是比较好的。

此外，作者对于我们过去不大重视的设便言之的文学理论，对于那辅佐、华彩华断、森兰士判等等、等等，诸如此类这样一些过去介绍得不多的文学理论家，都给了比较多的篇幅，给予了他们以应得的地位。对于象康德、黑格尔之类的美这如文学理论家，过去一贯以"性灵主义"、"形式主义"等来加以否定；对于象左拉这样的自然主义文艺理论家，过去一贯以罗列现实和事实来加以贬斥，作者都实事求是地予以辨证和置评，恢复他们未来的面目，让我们认识到他们在西方文艺理论史中的重要地位。凡此等等，求取的精是本书的特色。

这几年来，年纪大了，读书不多。我主要的学习机会，就是读同志们的稿子。刘庆璋同志的《西方文学理论史》也给了我一个很好的学习机会。它引起了我对过去的回忆，也不重温了一下过去课程一度曾受过的十八、九世纪的西方文学理论。我们必须更充分地对文学理论所散发出的伟大的智慧和灿烂的光辉。特别是马克思主义文学理论的伟大旗帜，是建立在十九世纪文学理论的基础上的。因此，我们需要重温十九世纪的文学理论。也应充分认识这一文学批评的重要价值和意义，千万不能忘记历史遗留给我们的这一份珍贵的遗产。刘庆璋同志的书，在某种程度上满足了我们的这一需求，因此，我愿向同志们推荐。

自 序

路漫漫其修远兮，学海中之求索

　　作为科学研究，自然必须是在持有丰富、扎实的资料的基础上，言人之所未言。本书所辑的论文，正是笔者在这一既异常艰辛又充满欢乐的科学探索之路上，取得的沧海一粟般的一点成果的一部分。就笔者个人所做的工作而言，撰写专著《西方近代文学理论史》（30.5 万字，1988 年版）和《欧美文学理论史》（从古希腊至 20 世纪 70 年代的通史，历时 2500 年，跨越 10 余国，54.4 万字，1995 年版），自然工作量更大，在"论"的高度与深度及"史"的内在发展逻辑的探寻方面，难度也更大。不过，论文比之专著，也有它自己的特点和优势：它往往是论者最有心得、最有新的发现的论题，从而其创新之处也就可能呈现得更为简洁、明晰一些。也许正是由于论文也有自己的特点吧，笔者除了两部专著均获得省级奖励之外，多篇论文也得到了学界朋友们的肯定和鼓励，分别于 1994 年 9 月和 2000 年 10 月获得福建省人民政府颁发的福建省第二届和第四届社会科学优秀成果奖，前者是《西方文论系列论文》，后者是《比较诗学系列论文》。

　　收入本书的论文最早的发表于 1977 年，最晚的发表于 2012 年。这基本上也就是笔者在大学任教的同时和退休以后，从事学术研究工作的岁月。因为，对于笔者来说，真正的学术研究是在"文化大革命"之后才开始的。当然，1956—1961 年在四川大学中文系的 5 年学习（四川大学从我们这一级改为本科 5 年制），毕业后在兰州大学中文系任教，先讲授欧美文学史，后讲授文艺理论等课程，为后来的学术研究工作也奠定了一定的基础。

"文化大革命"结束后，从 1977 年至 1981 年，发表了如下几篇文艺理论研究和文学评论文章：《环境、性格、情节和场面——学习马、恩典型化理论的笔记》（《甘肃文艺》1977 年第 3 期，该刊是当时甘肃省文艺创作、理论综合刊物）；《〈战长年〉与"三突出"》（《甘肃文艺》1977 年第 5 期）；《评〈战长年〉》（《甘肃日报》1977 年 7 月 23 日）；《坚持以革命现实主义为基础——兼谈〈于无声处〉等作品给我们的启示》（《甘肃文艺》1978 年 12 月号）；《文艺新潮头和工农兵方向》（《甘肃文艺》1979 年 11 月号）；《试谈不同阶级艺术标准的异同》（《文艺理论研究》1980 年第 3 期）；《试论社会主义文学对于典型环境的创造》（《兰州大学学报》1981 年第 3 期）。这些论文主要是重温马克思、恩格斯的文论原著，谈论对文学基本原理的一些认识并联系有关的创作和批评实际，论析长期存在于我国文坛的一些极"左"的文论观点和"四人帮"的文学主张的偏颇与谬误。考虑到这些论题在今天已经意义不大，本书仅选用其中之二，作为本书的第四编。

改革开放给中国大地及生活在这块土地上的子民们带来了翻天覆地的变化。也正是由于改革开放，我这名学界小兵，才有可能在 1982—1984 年，由教育部公派，跨出封闭了近 30 年的国门，到美国密苏里大学和哈佛大学做访问学者，研修欧美文学理论。这一研究方向的确定，对于我个人来说，的确是学术旅途中的一步巨大的跨越。虽然，跨出这一步对于当时的我，的确是困难的。首先是英语。文科、特别是研修文论的英语要求，自然比别的专业更高，而我却是中文系科班出身。上大学时，学校的外语课只有俄语（当时英语教授也必须改教俄语），毕业后的十几年中，又把外语完全抛到了九霄云外。当我在"轰轰烈烈"的"文化大革命"中，偷偷重新翻开中学曾学过的英语课本时，自己已是一个跨入不惑之年的、三个孩子的母亲。除了英语，自己要去研修的学科——欧美文学理论，历时 2500 年，跨越希腊、罗马、意大利、法国、德国、英国、俄国、美国、奥地利、波兰、匈牙利等十余国，文论家不仅人数众多，而且大家林立，其著述则更是汗牛充栋。面对这一切，这时的我只有一个想法：我们这一代被耽误的时间是太多了，现在人到中年，才有了潜心做学问的机会，怎么办？只有抓紧一切可能利用的时间去努力了。于是，在出国前，除了完成教学工作，就早起晚睡，并用周末、节假日，甚至春节来苦读英语。

在美国研修的岁月，还是我国改革开放的初期，从物质生活水平的差距而言，美国和中国真有天上地下之遥。于是好些留学人员（包括访问学者）就利用业余时间去打工，增加一点经济收入。我内心以为这无可非议，只是我要读的书实在是太多了，把所有的业余时间都用上也嫌不够用，所以我是从头到尾一个小时的工也未去打过。而要用所有一切可能利用的时间来读书，有时也会遇到一些困难。记得有一段时间，四位女士（包括一位读本科的美国大学生和一位印度留学生）合租一套两居室的公寓房，到周末，难于安静，我就一个人去 Lucas Hall 我个人的小小的办公室里（学校给了我大楼和办公室两把钥匙）。整个大楼就我一个人，走在过道上时，往往不禁下意识地加重了脚步，以其音响来给自己壮胆。从准备出国到结束研修回国，体重整整减少了 10 斤（从 106 到 96）。

回国后，我每天的日程安排仍然是高度紧张，总想抓紧一切可用的时间多做一些事情，以减少一点自己起步恨晚的遗憾，以致家人也取笑我说：名字"刘庆璋"应该改为"刘紧张"。回国两年后的 1986 年 4 月，应邀出席中国作家协会、中国社科院文学所、外文所和南开大学等单位联合召开的"全国第一次中外文艺理论信息交流会"（我是大会发言人之一，宣讲的论文《论形式主义文评》已收入本书之中），会后和几位中学同学聚会，一位学医的同学对我说："以你现在的年龄，不可能这样憔悴，赶快去医院检查"（意思是我恐怕已经患了癌症）。

从事学术工作不仅是辛苦的，更是充实而快乐的。这种欣慰而幸福的自我内心的感受，首先来自读书、思索和自己心有所得、有某些新的发现的过程之中，那是学术工作本身给人的欣喜。

中国和西方隔绝了数十年，西方文艺理论在中国，自然更是一个缺少开发的陌生领域，这种语境使得自己在研究一些论题时，不由得感受到一种拓荒者的幸福和快乐。例如1985年发表的关于约翰生的文论和1986年发表的关于赫士列特文艺思想的论文，都是这之前中国学界几乎无人涉足的论题（以前有的简单介绍，也有和文论原貌不尽相符甚至相反的盲点存在，如全国通用教材《西方文论选》编者说约翰生认为不能完全遵守三整一律是莎士比亚戏剧的缺点之一，就和约翰生文论的原意完全相反了）。1988年出版的专著《西方近代文学理论史》，受到老一辈知名专家蒋孔阳先生"填补了空白"、"打破了当代我国写文学发展史的老套子"、"特向同志们推荐"的鼓励（该书也获得了甘肃省省委和省政府颁发的甘肃省优秀图书奖和甘肃省高等学校优秀教材一等奖）。1995年出版的专著《欧美文学理论史》，基于笔者对欧美文论发展规律的探寻和认识，将从古希腊到20世纪70年代的欧美文论概括为三种主要学说，对美国权威文论家M. H.艾布拉姆斯有关欧美文论轨迹的论述，也有理有据地提出了多点不同看法，成为我国第一部由一个人独立完成的、有自己的新的体例和独特价值的西方文学理论通史，受到国内外著名专家和多种报刊的高度评价，获得福建省人民政府颁发的福建省第三届社会科学优秀成果二等奖。

封闭了数十年的中国，对于西方的文化与文论，由于缺乏了解和资料的欠缺，带来了不少的误解。还由于在相当长的一个历史时期里，居于中国文坛主流地位的极"左"的形而上学的思想方法，必然影响文论研究，使之出现了不少的误判。例如对柏拉图的评论。

60 年代很多人的看法是：只有"反动作用"，是"文学艺术前进道路上的障碍"。1985 年出版的老一辈著名学者缪朗山教授的遗稿《西方文艺理论史纲》，仍把柏拉图的"摹仿说"、"灵感论"等基本理论列为"柏拉图文艺理论的消极方面"，认为他在文艺理论史上的贡献，仅仅是在创作技巧和悲剧、喜剧的效果等问题上，提出了一些有可取之处的意见。朱光潜先生在《西方美学史》和《柏拉图文艺对话集·译后记》中，则明确批评了全盘否定柏拉图的观点，并指出："美学史家们一方面要认识到柏拉图的客观唯心主义的反动性，另一方面也要追究他在西方既然起了那么大的影响，他的思想中究竟是否还有什么值得学习的。"（《西方美学史》上卷，人民文学出版社 1983 年版，第 65 页）而拙文《交织在谬误中的真知与灼见——析柏拉图对文艺特殊规律的认识》，正是通过对谬误与灼见错综交织的复杂表象的具体剖析，有理有据地回答了朱光潜先生提出的问题，阐明：对文艺特殊规律的一系列的比较正确的认识，就是柏拉图文艺理论遗产的主要精华所在。又如以左拉为代表的自然主义文论的真谛究竟是什么？自从高尔基在《给青年作者》一文中说："自然主义只是机械地描出——记载事实，自然主义是照相师的手艺"之后，这一认识几乎成为我国文坛对自然主义的定义式的界说。而车尔尼雪夫斯基的再现论，则在相当长的时间里被我国文坛尊为现实主义的经典理论。本书收入的《误读的复印论与复印论的误读》，却从扎实的论据出发，做出了与之不同的新论断。又如对华兹华斯等论者的浪漫主义的诗歌理论，一些苏联文学史家说它们"极其反动"，"唯心透顶"，"是反动理论'为艺术而艺术'的伪装表现"，"是反动浪漫主义的宣言"，而笔者却通过具体分析，作出了截然不同的评价。

更为重要的是，这一个个的个案并不是孤立的个别，而是存在于中国文坛的一个带有倾向性的问题。本书收入的《简单化思维模式的谬误——从西方文论史的研究谈起》一文，就评论了一系列的以一个文论家的哲学观、政治观或社会观简单地去推论其文艺观，不对文论进行具体的分析研究，从而得出偏颇甚至完全错误的认识的倾向，从思维方式这一更深的层次上，以实事求是的辩证思维，清理了简单化的形而上学的谬误。

此外，从方法学的视角来看，笔者的西方诗学研究也受到了同行专家们的肯定。他们很为看重的一点是：作者"能把从古至今的文学理论，加以融会贯通，进行整体的思考"，而"对于每一位西方文论家的分析，基本上都能做到实事求是和具体分析"，因而使其研究成果"具有自己的独特的价值"（蒋孔阳先生语，见《欧美文学理论史·序言》）。

作为一个中国学人，研究西方文论本身就是中国学人和西方学人间的平等对话。而在分析西方文论家们在文学的生成、机制、特点、功能、创作规律与技巧、鉴赏与批评等方面的认识时，自然会将它们与中国古代文论家们的有关见解联系起来，比较、分析和思考。由于两者各具自己的特色和优势，两者的比较与融通，相得益彰的效果就异常明显。例如，通过对欧美诗学发展轨迹的探寻，激发了我对中国诗学发展轨迹探寻的兴趣，并在王国维和康德诗学理论的比较研究中，进而获得了王国维的纯文学论是中国审美说正式形成的标志的认识。同时，也只有融通中西才能更切近"诗心"——对文学规律的认识才能更趋于正确。例如，将金圣叹和黑格尔的叙事文学论进行比较研究，将李渔和亚里士多德的戏剧情节论进行比较研究，不仅使我们对叙事文学和戏剧文学的创作规律，有了一个更为深刻的认识，而且还有鲜明有力地批判欧美中心论的意义（如金圣叹的理论贡献不仅不被世人承认，国人也有非议，笔者却通过比较研究阐明：他与黑格尔可以并称为叙事文学理论的两座高峰）。

而纵观笔者对西方诗学和比较诗学的研究，显然贯穿着一个基本的研究文学的思路，那就是：既重视文学的独特性，同时也重视文学与社会语境和文化语境间的互动、互构关系，并主张将此二者有机地贯通起来。例如，在《简单化思维模式的谬误》一文中，笔者写道："文学学要研究的文学的特殊性既包括了文学赖以区别于非文学的本质、性能、规律（创作、欣赏和发展规律），也包括了它和经济、政治、哲学、宗教及其他意识形态特有的关系。"（《江海学刊》1994年第5期）在《欧美文学理论史》导论中，笔者又写道："我们要求将文学作为文学来研究，又并不意味着赞同有些西方学者的以下观点：将文学规律分为外部规律（指文学和社会生活、政治、哲学等的关系）和内部规律（文学本身的性能、构成等），并认为只有关于内部规律的研究才是文学理论。我们认为，文学自然是一种独特的存在，但它又是和经济、政治、哲学及其他意识形态相联系而存在的。"（《欧美文学理论史》，第1—2页）今天，审视本书所辑论文，也可看到，这种认识清楚地贯穿其中。例如，对金圣叹和黑格尔以人物性格的刻画为叙事文学的中心这一文论思想的评析，不仅从文论本身探寻了以情节为中心向以人物为中心的演变历程，更从社会语境和文化语境具体分析了这一变化之所由，从它们各自所处的社会语境和文化语境，阐明了该论点被分别地予以提出的必然性。又如，对金圣叹和黑格尔文论特点的研究，不仅指出东西方有着"诗心悠同"的一面，同时也分析了由于中西文化传统、文论传统和二人哲学思想的不同，从而形成的二人文论的不同特色。

这一贯穿于西方诗学和比较诗学研究中的文论主张，和后来笔者坚持的文化诗学的理念，明显有着前后承续的关系。当然，在实践中具有某种思想倾向和明确地论述某种理论主张，还是有差别的，从前者到后者自然也是一个发展。就笔者而言，促成这一发展的契机是，1998年5月至1999年3月应邀去美国密苏里大学（圣路易斯校区）英文系做客座科研教授。

这时，文化研究的学术热潮正在蓬勃发展。而从文学理论领域来看，由于笔者1995年出版的《欧美文学理论史》研究的是从古希腊至20世纪70年代的欧美文学理论，这次赴美我将自己的关注重点集中在20世纪末期的西方文论上。这一考察和研究的心得之一就是，如收入本书的《基调与特色：20世纪末的西方文论》一文所言，我看到：无论是艾布拉姆斯的四种理论，或者是笔者在《欧美文学理论史》中用以概括欧美文论史的三种学说，都无法涵盖20世纪末叶西方文论的主要倾向，于是我在该文中尝试着提出以"文学文化论"来表述20世纪末西方文论的基调与特色。

这一世界文化和文论的新语境，促使我更进一步地从中国本土当代生活的需求和文学创作及研究的实际出发，思考了有关文化、文学和文论的一些问题，开始有了以"文化诗学"作为一种回应中国当下社会新需求的文学新论的设想。笔者关于文化诗学的首篇论文《文化诗学的诗学新意》，撰写于1999年，发表于《文艺理论研究》2000年第2期。

同时，也正是在1999年，在时任漳州师范学院院长林继中教授的大力支持下，我原来担任所长的漳州师范学院中西文学研究所改名为漳州师范学院文化诗学研究所。接着，我和本所同仁们一道开始筹划作为漳州师范学院文化诗学研究所论著系列的第一本书——《走向文化诗学》（论文集，于2000年10月出版）和开始筹办我国第一届文化诗学学术研讨会。

"文化诗学"的术语，从全球看，是美国学人最先提出来的。他们的有关论述，在他们之前的有些中外学人的有关思想，对笔者都不无启发。不过，就主要方面而论，笔者倾心于"文化诗学"，却是出于当下我国社会、文化、文学及文论发展的现实的需要。同时，笔者所坚持的"文化诗学"的内涵和美国学人的主张也有许多明显的不同之处。简要说来，笔者对"文化诗学"的初步认识主要有如下几点：

（一）"文化诗学"提出的依据和意义：（1）"文化诗学"是当今时代语境下，中国社会、文化和文学发展新需求的适时的回应；（2）"文化诗学"是中华民族传统的文化基因注定的历史的必然；（3）"文化诗学"是中外诗学优秀传统的继承、发扬，是中外当代大量诗学建树的借鉴与融通，也是对曾经长期主导中国文坛的庸俗社会学文论从理论高度的拨乱反正。

（二）"文化诗学"作为一种文学新论，其诗学新意主要表现在：(1)在市场经济带来的"一切向钱看"的倾向猛烈冲击社会生活一切领域的新形势下，自觉地高举人文主义大旗，坚定地坚持美学诉求，并以此二者在文学创作和文学研究中的完美结合为自己的艺术理想；(2)高度重视具有自身特性的文学与其母系统——文化及其他文化扇面的辩证互动和双向建构关系。文学和文化的辩证互动与双向建构是文化诗学认识文学的生成、发展、性能、功用、价值、影响等有关文学的一系列基本问题的理论中轴；(3)主张将文学的内部研究和外部研究结合起来，贯通起来，既提倡跨学科、跨文化的宽宏视野，又要求对文学(包括艺术形式)做深入具体的美学及其与文化互动、互构关系的分析；(4)既不同于二元绝对对立，又不同于相对主义的辩证互动的思辨方法，是文化诗学具有新意的思维方式。由于文化诗学将辩证互动的思辨方法贯彻于文学与社会、文学与文化、文学作者与文学文本、文学文本与读者、文学作品的艺术形式及其文化意蕴等等问题的认识上，从而使它对文学与社会、文化语境的关系及文学自身规律的认识，就有可能更加科学。

2000 年年初以来，笔者发表的有关文化诗学的论文，2000 年11 月，笔者和本所同仁们一道，具体承办的我国第一届文化诗学学术研讨会，近年来，受到了我国学界较为广泛的重视，引起了比较热烈的反响。笔者的有关论文被多种学术刊物刊发的论文引用、评论。漳州师范学院研究文化诗学的学者群，被学界认为是除了北京师范大学文艺学研究中心之外，在全国的文化诗学研究中较有影响的一个群体。笔者个人也被认为是在我国较早倡导文化诗学的学者之一。这是笔者始料未及的。不过，笔者深知，这些肯定和反响，更多的是由于文化诗学本身适时地回应了时代和文论发展的需要而引起的学人们的共鸣，就笔者个人而言，自己的研究的的确确仅是

一个初浅的开始，在许多方面都有待深入，更衷心期盼着学界朋友
们的批评和指正。

刘庆璋

2012 年 6 月

漳州锦绣一方寓所

第一编

西方诗学研究

欧美 2500 年文论发展概观

——《欧美文学理论史》导论

　　从古至今的欧美文学理论历时 2500 年，跨越希腊、罗马、意大利、法国、德国、英国、俄国、美国、奥地利、波兰、匈牙利等十余国。透过斑斓纷呈的繁杂现象，我们能够捕捉到的欧美文论发展的基本轨迹，又是怎样的呢？

　　本书作者认为，其基本轮廓可以概括如下：欧美文论自古希腊开始，经过漫长时期的柏拉图理论传统（柏拉图文论是文艺"表现说"的源头，及至华兹华斯的《序言》标志"表现论"正式问世）和亚里士多德理论传统（"摹仿说"）或交叉或平行的发展，直到康德，提出了迥然不同于前两者的文艺本质论——文艺"审美说"。研究文学的视角从主要注意于文学与外部世界的关系——"摹仿说"和文学与作者的关系——"表现说"，进展为集中注意于文学自身特具的审美价值。到了 20 世纪，出现了多种文艺主张各自标新立异的格局，而且它们往往打出"反传统"的旗帜。但是，从理论高度来考察，那些能够在某些方面或一定程度上反映文艺规律的文论，多数都分别与前述三种主要文论有一定的联系。其间，和滥觞于康德的"审美说"有联系的文论，似乎在 20 世纪诸种文论之中，呈现出更为强劲的活力。同时，心理学、语言学、人类学等多种学科和自然科学研究方法进入文学学，也给 20 世纪文论增添了一些不同于已有的三种文论的新因素。

（一）文艺"摹仿说"

从现有资料看，最早表述"文艺是摹仿"这一思想的是古希腊哲学家克塞诺芬尼（约公元前 565—前 473 年）。他说：埃塞俄比亚人按自己的样子创造黑皮肤、扁鼻子的神，色雷斯人按自己的样子创造蓝眼睛、红头发的神，"假如牛、马和狮子有手，并且能够像人一样用手作画和塑像的话，它们就会各自照着自己的模样，马会画出和塑出马形的神像，狮子会画出和塑出狮形的神像了。"[①]不过，亚里士多德以前的哲学家们所说的"艺术是摹仿"，基本停留于机械仿造的认识水平上。

作为欧美文论史上一种文艺本质观的"摹仿说"创始于亚里士多德。

亚里士多德的"摹仿说"并不是简单再现论。他阐明艺术摹仿的对象是行动中的人。他要求艺术按照事物应有的样子，即按可然律或必然律，创造出"类似物"。他提出了艺术典型说的雏形，并结合悲剧对艺术形式问题进行了相当精细的研究。可以说，亚里士多德的"摹仿说"是人类文艺史上最早的具有现实主义倾向的文论框架。

罗马时代的贺拉斯也希望作家到生活中去、到风俗习惯中去"寻找模型"，而对于如何"摹仿"——如何求得技巧的上乘、形式的完美，则更为关注。

文艺复兴时期，翻译、研究亚里士多德《诗学》之风达到高潮。此时期的"镜子说"，主要是艺术家们结合自己的创作经验，要求文艺冲破神学的束缚，回到生活的源泉中去，并要求艺术家像大自然"创造"丰富、生动的自然中的事物一样，通过"用心去看各种事物……把比较有价值的事物选择出来，把这些不同的事物捆在一起"，从而创造出和大自然一样生动、丰富的"第二自然"来。[②]"镜子说"与亚氏的"摹仿说"在基本精神上是一致的，但着重点却有所不同。亚氏着重于要求"按照可然律或必然律"描述带有普遍性的事，所以"写诗这种活动比写历史更富于哲学意味"；提倡"镜子说"的艺术家们则更偏重于要求文艺像大自然那样生动、丰富，文艺家要像大自然那样富于创造性。

---

① 克塞诺芬尼：《著作残篇》，王太庆译，洪谦校，见《古希腊罗马哲学》，商务印书馆 1961 年版。
② 达·芬奇：《笔记》，见《世界文学》，朱光潜译，1961 年 8、9 月号。

"摹仿说"在以布瓦洛为代表的法国新古典主义者那里向程式化、表面化发展了。人物类型说和定型说也被固定为法规。可以说是"摹仿说"发展中的一个曲折。

18世纪后半叶及19世纪的许多文论大家，如狄德罗、莱辛、约翰生、歌德、黑格尔、别林斯基等人都继承了亚里士多德文论的精华。

例如，狄德罗所追求的"理想范本"，莱辛要求表现的"内在可能性"，黑格尔认为艺术真实需更好的展现出事物"各部分按照它们的本质即必须紧密联系在一起，有这一部分就必有那一部分的那种关系"[1]等等观点，显然都是亚里士多德的思想——"诗人的职责不在于描述已发生的事，而在于描述可能发生的事，即按照可然律或必然律可能发生的事"[2]——的继承。

更为重要的是，"摹仿说"在这个时期有了长足的发展，可以说是进入了它的最高的、成熟的阶段。

在亚里士多德的理论体系里，虽然文艺已不再是柏拉图笔下的"影子的影子"，但是他也仅是提到文艺摹仿的对象"是在行动中的人"，并没有明确论述文艺和现实生活的关系。而在此时期，撒缪尔·约翰生指出，向生活学习几乎是作家"一切优异秉赋之来源"。歌德则说：他自己全部的文艺作品都"来自现实生活"，是"从现实生活中"获得了"坚实的基础"的。杜勃罗留波夫提出，文学要"表现人民的生活"。黑格尔对文艺的表现对象进行了更深层次的研究。他阐明："情致是艺术的真正中心和适当领域。"

亚里士多德虽然提出了典型说的雏形。他也说过："诗人就应该向优秀的肖像画家学习：他们画出一个人的特殊面貌，求其相似而又比原来的人更美。"[3]他也肯定《荷马史诗》中人物"各具有'性格'，没有一个不具有特殊的'性格'"。但是，对于典型的基本特征，亚氏并无明确论述，直到此时期的黑格尔、别林斯基等人才阐明共性和个性的辩证的、有机的统一是典型的根本特征。

从亚里士多德直到狄德罗，文论家们主要是强调典型的普遍性。莱辛表述了在文学创作和评论中应该以人物性格为中心的思想，并反对从抽象观念

---

① 黑格尔：《美学》，第1卷，朱光潜译，商务印书馆1979年版，第148页。
② 亚里士多德：《诗学》，罗念生译，见《诗学·诗艺》，人民文学出版社1988年版，第28页。
③ 亚里士多德：《诗学》，罗念生译，见《诗学·诗艺》，人民文学出版社1988年版，第50页。

出发，把人物变成某种单纯的、极端的感情（即某种抽象观念）的化身，认为"性格必须具有个别性"，要求根据实际生活写出有一种主要激情同时又结合多种情欲的人物形象。黑格尔更明确指出：性格是理想艺术表现的真正中心，成功的人物形象应该"每个人都是一个整体，本身就是一个世界，每个人都是一个完满的有生气的人，而不是某种孤立的性格特征的寓言式的抽象品"[1]。从而，正确反映了从古代文艺以情节为中心到近代文艺以人物为中心的历史转变，并把典型论从重共性的古代典型论推进到了重个性刻画的近代典型论的新阶段。

至于艺术家创造典型形象的思维过程，有长期创作实践经验的歌德作了最为正确的说明。他指出，诗人究竟是为一般而寻求特殊，还是"从特殊中看到一般"，这中间存在着很大的差别。从第一程序产生的是寓意诗，在这里特殊的作用仅仅是一般的一个例证。只有遵循第二个程序，"才真正是诗的本质"。

人物与环境的关系也是现实主义文论体系中的一个重要问题。黑格尔首先认识到：冲突和纠纷是情境的基本内容。恩格斯进一步提出了描写典型环境中的典型性格的要求。

20 世纪的新马克思主义文论家们则注意于阐明审美反映并非简单的经济、政治决定论。

（二）文艺"表现说"

柏拉图的文论从其精神实质及对后世的影响来看，都应该说是文艺"表现说"的源头（美国著名学者 M. H. 艾布拉姆斯教授认为柏拉图是"摹仿说"的首创人。[2]）

诚然，柏拉图的确在《理想国》（卷十）中谈论过：画家画的床是木匠制作的床的摹仿，木匠造的床则是床之所以为床的"理式"的"摹仿"。他虽然也名

---

① 黑格尔：《美学》，第 1 卷，朱光潜译，商务印书馆 1979 年版，第 303 页。

② *The Mirror and the Lamp: Romantic Theory and the Critical Tradition*, by M. H. Abrams, 1981 年美国重印本，第 8、28 页。

之曰"摹仿",但在他看来,文艺这种特殊的意识形态并不是大千世界的反映。相反,归根结底文艺是"理式"的外化。"理式"正是人对床之所以为床、事物之所以为该事物的一种认识。文艺来自于"理式"也就是来自于人的精神。对于这一点,新柏拉图主义的创始人普罗提诺说得很清楚。普罗提诺论道:由艺术加工而造成形式美的石头之所以美,"是由于艺术所放进去的理式","这种理式不是石头的自然物质原有的,而是在进入石头之前早已存在于那构思者的心灵中"的。① 从"摹仿说"的基本主张——文艺是感性外部世界的反映,和表现说的基本主张——文艺是精神、思想、情感、人格的外化这一根本区别来看,将柏拉图文论视为"表现说"的源头是有道理的。

更何况柏拉图的"迷狂"论——"诗人是一种轻飘的长着羽翼的神明的东西,不得到灵感,不失去平常理智而陷入迷狂,就没有能力创造。"② 强调的是灵感和激情于艺术创作的特殊意义。同时,他还论及了表现人的情感世界是文艺内容的特点,作用于人的情感是文艺特有的功能。

但是,柏拉图的文论又只能视为"表现说"的源头,而不能认为是"表现说"的正式问世。因为,在对艺术本质的看法上,他虽然将艺术看成是内心世界的外化,是灵感和激情作用下的产物,但他缺乏诗人主体独立存在的意识,把灵感说成是"神灵凭附",视诗人为"代神说话"。

柏拉图之后,罗马时代的重要文论《论崇高》,在论及崇高语言的 5 个主要来源时认为"第一而且最重要的是庄严伟大的思想","第二是强烈而激动的情感",并明确提出"崇高就是伟大心灵的回声"。在漫长的中世纪,神学家圣·奥古斯丁、圣·托马斯·阿奎那等都认为,"各种艺术并不只是抄袭肉眼可见的事物","艺术起源于人的心灵"(当然,在他们看来,人的心灵又是上帝的创造物)。这些都应该说是"表现说"的先声。

随着生产力的发展,社会的进步,又经文艺复兴运动、启蒙运动,人更进一步认识了自身的价值,出现了以卢梭、斯特恩、少年歌德等人的小说为代表

---

① 普罗提诺:《九章集》,见《缪灵珠美学译文集》,第一卷,中国人民大学出版社 1987 年版,第 250 页。

② 柏拉图:《伊安篇》,朱光潜译,见《柏拉图文艺对话集》,人民文学出版社 1980 年版,第 8 页。

的、纵情抒发诗人主观情感的作品。及至 18 世纪末 19 世纪初，华兹华斯、柯勒律治等浪漫主义诗人，在自己创作实践的基础上，明确提出了不同于"摹仿说"的文艺本质观。

华兹华斯在 1800 年版《抒情歌谣集·序言》中写道："所有的好诗都是澎湃激情自然的倾泻"，并说："在这些诗中，是情感给予动作和情节以重要性"，即在构成诗歌的诸成分中，他视激情为最重要的因素，意象、词汇、韵律都应服务于表现情感。从诗作用于读者的角度来说，他认为诗"是凭借热情深入人心的"。在对诗人的要求方面，他强调诗人应以"热情去思考和感受"。华兹华斯实际上是从多方面说明：诗歌的特质在于表现情感，激情是诗的灵魂。

柯勒律治则进一步论证了诗人和诗的关系。他说明：诗是人化的自然，诗是诗人能动的创造，"人的头脑是一切智慧之光的焦点，正是这些智慧之光遍布于自然的形象上"，才能形成艺术作品。[①] 而诗人又是如何进行艺术创造的呢？柯勒律治进而对诗人神奇的创造力——想象活动，进行了多方面的、颇有深度的研究。不仅阐明想象是文艺创作之魂，而且探讨了想象活动的内在机制，认为它是一个实现"多"与"一"有机统一的、富有生命活力的运动。

赫士列特则着重阐明，作为艺术就必须是独创的，并进而探讨了艺术家怎样才能富有独创性。

雨果除了强调"人有了理想才谈得上生活、'除了强调要和天才匹敌'就是要和他们不一样"等之外，在理论上一个有新意的贡献，是提出了对照原则——通过鲜明的对比、对照，使表现理想的诗产生更为强烈的艺术效果。

除了以上所述的一批浪漫主义文论家，在表现说的文论家队列中，我们还必须论及列夫·托尔斯泰。托尔斯泰在经过 15 年的深思熟虑才完成的、总结自己近 50 年创作经验的理论著作——《什么是艺术》中，对艺术作了如下界说："人们用语言互相传达自己的思想，而人们用艺术互相传达自己的感情"，"各种各样的感情……是艺术的对象"，"作者所体验过的感情感染了观众或听众，这就是艺术"，"在自己心里唤起曾经一度体验过的感情，在唤起这种感情

---

① 柯勒律治：《论诗或艺术》，*Biographia Literaria*(with his aesthetical essays)，J.Shawcross 编，牛津大学出版社 1965 年版，第 2 卷，第 257—258 页，本书作者译。

之后，用动作、线条、色彩、声音以及言词所表达的形象来传达出这种感情，使别人也能体验到这同样的感情——这就是艺术活动。"

托尔斯泰与华兹华斯等诗论家们不同的是，他不再仅仅是谈诗歌，而是谈整个艺术，而且从创作的动因、从艺术的对象和内容、从艺术的效果诸方面来阐明，艺术的特质就是表现情感，以情感人。

文论史进入 20 世纪后，克罗齐基于近代是"精神终于意识到自身的时代"这一认识，将自己的研究工作集中于对人自身的精神世界的研究。他将文艺也主要是作为人类心灵活动的一部分来加以考察。于是，在"直觉即表现"这一命题下，克罗齐进一步探讨和更为系统地揭示了作家进行艺术构思的心理机制和轨迹。其见解——在文艺构思中"综合杂多为整一"的心灵活动，正是情感与意象的审美综合——和柯勒律治有关"想象"的理论有着明显的联系。但是，他只承认创作构思是艺术活动，错误地把作为实体存在的艺术品排斥在艺术之外。

科林伍德在克罗齐理论的基础上对艺术做了如下界说："通过为自己创造一种想象性经验或想象性活动以表现自己的情感，这就是我们所说的艺术。"[1]

20 世纪出现的象征主义文论将文论的表现对象集中于心灵和"理念"。不同于克罗齐和柯林伍德的是，象征主义文论家们要求外化有深邃理性意蕴的、具有抽象性的思想情绪，而且追求形式的精美。不过，在他们看来，最佳的美学效果正是通过暗示、不加解释的象征、含蓄而朦胧的音乐美或声、色、形的"通感"作用来实现的。

弗洛伊德对人的精神本身进行了动态分析，把文艺表现的范围扩大到表现潜意识的领域，但弗洛伊德毕竟是一位缺乏文论家素养的精神病医生，他把文学几乎仅仅视为性心理的表现。倒是和弗洛伊德一道创立"国际精神分析学会"的荣格，将潜意识界说为集体无意识，不仅对弗洛伊德的缺陷有所补正，而且使文艺表现潜意识的理论有了更大的价值和意义。

---

[1]　科林伍德：《艺术原理》，王至元、陈华中译，中国社会科学出版社 1985 年版，第 156 页。

(三) 文艺"审美说"

这派文论滥觞于康德。康德在《判断力批判》中系统地分析了求知识的逻辑判断、辨别善恶的道德判断、识美丑的审美判断三者的区别，阐明审美是人的一种独特的心理功能，并在对审美这种心理功能进行哲理分析的基础上，以"游戏"为喻说明：文艺创造和文艺欣赏都是一种审美活动。

席勒在康德的启发下进一步论证了：人除了有"感性冲动"、"理性冲动"这两种自然要求之外，还有第三种自然的要求——"审美的创造形象的冲动"，并对于艺术作为一种审美活动如何得以出现的问题进行了探讨。

济慈以美为诗的主旋律。艾德加·爱伦·坡把诗界说为"美的有韵律的创造"，视诗人俨然是一个技巧家。王尔德则反复说明："艺术的目的不是简单的真实，而是复杂的美"，并要求情感与优美形式的结合。

进入 20 世纪后，"审美说"在欧美文论中占有了更为突出的地位。不少很有影响的文论流派和文论家，从主要倾向着眼，似乎都可归属于"审美说"，尽管细致地看，其间又有不少差别。

20 年代，克莱夫·贝尔提出了艺术是"有意味（指美学意味——引者注）的形式"的名言。与之大致同时，俄国形式主义文论家们阐明，"文学科学的对象不是文学，而是'文学性'，也就是说使一部作品成为文学的东西"，也就是"区别于其他一切材料的文学作品的特殊性"[1]。他们专注于文学作品何以能成为一种审美形式的研究，并提出了文学演变主要表现为审美形式的辩证延续的文学史观。

被视为为新批评派的文论作了总结的著作《文学理论》（雷·韦勒克和奥·沃伦合著）认为：美就是文学自身存在的理由，因之，最好只把那些美感作用占主导地位的作品视为文学。新批评派的文论家们坚持文学研究的对象是文本本身，并对作品、主要是诗歌作了精细的美学分析。

鉴于新批评囿于个别文本的局限而把眼光投向文学系统的结构主义，集

---

[1] 雅各布森：《现代俄国诗歌》，蔡鸿滨译，见《俄苏形式主义文论选》，中国社会科学出版社 1989 年版，第 24 页。

中研究各种文学体裁、特别是小说整体结构的特点及其组合规律，但机械搬用结构主义语言学的研究模式及数学化的量化分析方法，有些研究完全脱离了作品的内容，甚至也忽视了文学的审美特性。

20世纪主要文论流派之一的文艺符号论，研究的着力点也在于探求艺术之所以为艺术的特殊规律，但它有融合各家学说之所长来建构自己的理论体系的特点。文艺符号论者既认为"艺术就是对情感的处理"，又强调"发泄情感……不是艺术的规律"，同时也看到文学是"从生活的各个侧面获得其主题的"，而艺术品的本质则"是一种表现情感的形式"。

出现于20世纪的、颇有新颖见解的现象学、解释学和接受理论，极大地提高了读者在审美活动中的地位。这派文论家们认为，作品的生命并不在于作品本身，而在于读者的审美创造，因之可以说，文学存在于作品与读者的交汇处。显然，它们和新批评派等专注于文本研究的流派存在着巨大的差异。但是，从对"文艺作品为何物"的回答来看，他们的观点异常明确：文艺作品是一种审美对象。所以，我们以为，在康德有关文艺创作和文艺鉴赏是双重审美活动这一"审美说"的基本命题中，现象学、接受理论等文论流派只不过是着重研究了双重审美活动之一的文艺鉴赏活动，因而，也是可以归属于"审美说"这一大系统之中的。

如上所述，我们尝试着将2500年的欧美文论史概括为三种主要学说，为的是力图使此部文论史实现作为"史"应有的历史性与逻辑性的统一。作为一部"史"，自然要反映文论在时间顺序中的流变；但是作为一部文论史，还必须探寻文论自身的发展规律。因之，简单按时间先后来写"史"，似不能尽如人意。又由于文论发展有着自己的相对独立性，完全按政治统治的更迭来分期，又有将文论发展完全混同于社会、政治变迁的缺陷。所以，本书在"源起·始创"一编之后，按三种主要学说分为三编，以期眉目清晰地反映出笔者对欧美文论发展轨迹的认识。但是，三种学说并不是彼此绝缘的，文论家也完全可以从不同角度来研究文艺，所以，相互之间出现一些交叉的情况，恐怕是不可避免的。此外，这样的体例编排有可能削弱同一时代背景下诸种不同学说共时特征的分析，对此，我们已经注意在论及具体文论家或文论观点时，加强其历时的、共时的诸种联系的论述。

特别要加以说明的是，我们将欧美文论概述于三种学说之中是从主要的倾向来区分的。一般地说，赞成"摹仿说"的文论家们审视文艺的主要视角是文艺和社会生活的关系。他们着重阐明文艺是现实的反映以及文艺如何服务于现实（重视文艺的社会政治意义或其伦理道德价值）。当然，他们也研究文艺是如何反映现实的。但是，在他们那里"美"往往是服务于"真"或服务于"善"的。赞成文艺表现说的文论家们，则把专注之点放在创造作品的人上，既从此角度来界定文艺——文艺是诗人思想情感的表现，也更多地注意于研究作品创作者的心理、特点、灵感、才能等。审美说则强调文艺本身的独立价值——美学价值，注意于文本的美学分析、形式分析或读者审美鉴赏活动的研究。

文艺，作为一种意识形态，是离不开它赖以产生的社会生活和它自觉不自觉必然加以反映的客观存在的，同时，它又是作家思想旨趣、人格、才能的表现，因之，是主客体的结合。但是，仅停于此，对文艺本质的界说还是不够的，因为一切意识形态都可以说是主客体的结合。文艺区别于其他意识形态的特质正在于它还是一种审美创造。认识事物的特质才能真正认识该事物。欧美文论经过长时期的"摹仿说"和"表现说"的交织发展之后出现了"审美说"，应该说是文论发展的一步重要的进展。继康德之后，特别是在 20 世纪，关于文艺特有的美学价值的探讨几乎成为文学理论研究的中心课题，这恐怕不是偶然的现象。科学越发展，分门别类探讨对象特质的工作必然更加细密。研究文学的科学——文学学在对文学特质的认识上继续拓展，不断深化，这也是文学学发展的必然。更何况随着人类文明程度的提高，人们也必然更多地要求精神上的美学享受。所以，更多地注意于文艺美的追求和研究，也可以说是人类社会和人自身发展的必然。

至于对文学的界说，从三个不同角度研究文学的三种主要学说，都有其不可否认的理论价值。特别是其中的不少有识之士，已经在不同程度上、不同范围里，将这三种审视文艺的角度统一起来，以期对文艺作出更为科学而全面地界说。当然，我们看到，也有仅仅囿于某一角度、并将事理推向片面极端的文论家或文论观点。例如，提倡反映现实，就失之于机械，忽视文艺的相对独立性和美学特异性；提倡"表现说"，就把文艺视为作家个人的自我表现，甚至情感发泄或者否定其物化形式；提倡"审美说"，就主张脱离内容的形式至上，甚至仅将文学的某些形式作模式化的研究，从而使得他们议论下的文学还是不是文学也令人怀疑了。

总之，它山之石，可以攻玉。欧美文学理论史——这长达 2500 年、跨越十余国的数以百计的文论家们的理论建树及其正反经验，是一笔何其巨大的生动展示人类智慧之光的文化财富呵！生活于改革开放时代的中国学人，又怎能不如饥似渴地面向整个世界去吸取一切有益于自己的滋养品呢？更何况，今日文艺理论的建设，正如鲍申葵所说："美学思想……当其最富有历史性的时候总是最富有生命力"的。

（发表于《文艺理论研究》1995 年第 1 期，中国人民大学书报资料中心全文复印于《文艺理论》1995 年第 5 期）

简单化思维模式的谬误

——从西方文论史的研究谈起

(一)

西方文论史研究中的简单化倾向首先表现为：以哲学观去推断文学观。因为一位文论家的哲学思想是唯心主义的，就简单否定其文论贡献。柏拉图的文论被认为"只有反动作用"，柏拉图的"摹仿说"、"灵感说"等基本理论均被列入"柏拉图文艺理论的消极方面"，是这方面的一个突出例子。

而事实却是，柏拉图从客观唯心主义的"理式"论出发，只承认概念、本质为真实，从而否定文艺的真实性，然而其根据恰恰是他对文艺的特点及文艺家的特长有了一定的认识——文艺不是诉诸概念的，它摹仿的是行动中的人；它如影像一般具体可感；文艺家对各项技艺有关知识的掌握不如具体操作者，他们只是更了解人。

对创作灵感"开塞之所由"（陆机语），柏拉图不能作出科学的解释，归之于"神灵凭附"，有神秘主义的缺陷，然而正是他，在人类文艺史上，首先明确地提出创作需要灵感的命题。

柏拉图将情感与理性对立，然而也正是他，不仅看到了激情于艺术创作的特殊意义，而且还论及了表现人的情感世界是文艺内容的特点，作用于人的情感是文艺特有的功能。

柏拉图的哲学思想——客观唯心主义的"理式"论对其文论是确有影响的。这突出表现在他对文艺真实性的否定和对创作灵感来源的神秘主义的解释上。但是，柏拉图对文艺的认识又并不是仅仅受制于他基本的哲学观。他生活于文艺之邦的古希腊，从小在文学方面就受到很好的教育，《荷马史诗》等优秀作品更是早已烂熟于心。他自己又是一位文学创作者。他曾写过讽刺短诗、酒神颂歌和悲剧。他的《对话》，不仅常用具体生动的比喻来说明抽象的道理，而且还有一定的戏剧性，有的人物也写得比较生动，可以说是用对话体写成的文艺散文。亲身的文艺创作经验，大量的文艺欣赏实践，使他有较高的文艺素养，使他有可能在文艺的特殊规律方面提出一系列比较正确的见解。这些见解，不仅从两千多年前就已提出这一点来看，有难能可贵的开创之功，而且直到今天，对于我们进一步探讨和认识文艺的特性仍有一定的借鉴意义。

柏拉图在文论上的贡献生动地、颇有说服力地说明：一位学者在回答存在和意识这个哲学根本问题上的正确或错误，并不能仅此就决定他对有关文艺的一切问题的回答必定是正确的或错误的。承认这一点，对于我们正确继承和借鉴中西文学遗产有着极为重要的实践意义。

（二）

以文论家政治思想的进步与否来断定其文论的全部价值，是简单化倾向的又一突出表现。对于18世纪末19世纪初的一批浪漫主义文论家的评价则是这方面的典型事例。

由于从政治标准出发把华兹华斯等人划为消极浪漫主义作家，于是前苏联文学史家阿尼克斯特在《英国文学史纲》中就说：华兹华斯为《抒情歌谣集》所写的序言是"英国文学史上反动浪漫主义的宣言"[①]。前苏联文学史家伊瓦肖娃，在《十九世纪外国文学史》中，将华兹华斯有关艺术功用的观点斥之为

---

① 阿尼克斯特：《英国文学史纲》，1980年重印中译本，第287页。

"反动理论'为艺术而艺术'的伪装表现"①。

如果我们从文论发展的实际来考察，其结论又将是如何呢？

华兹华斯谈及文艺的文章很多，而集中表述了他的理论观点的正是为《抒情歌谣集》撰写的两篇序言（分别发表于 1800 年和 1815 年）。这两篇序言鲜明的理论特色在于，和亚里士多德《诗学》以来的许多文论著述明显不同，它不再用"摹仿"来概括文艺的特质，而明确指出，"好诗都是澎湃激情的自然倾泻"②，并从多方面阐明，激情是诗歌的灵魂，诗歌的特质在于表现情感。

虽然，柏拉图已经言及文艺与情感的密切关系，是西方文论史上表情说（或称表现说）的源头。但是，由于柏拉图的时代，生产力发展水平异常低下，人更多的是受自然力的支配，而不是更多地支配自然力，所以柏氏还将创作激情归之于"神灵凭附"。随着生产力的极大发展，又经过了文艺复兴运动和启蒙运动，人的主体意识进一步觉醒。华兹华斯和柏拉图一样重视文艺与情感的密切关系，但比之柏拉图，又有了一个质的飞跃。即在他看来，情感发出的主体再不是神，而是人——诗人。这就是说，华兹华斯的表情论已是建立在对创作主体和创作的关系有自觉认识的基础之上了。这就使得华兹华斯的两篇序言当之无愧地被公认为西方文论史上表现说正式出现的标志。

此外，华兹华斯在《抒情歌谣集》序中认为，诗人的"描写有一个特殊的目的，即使人愉快的目的"，"诗人作诗只有一个限制，即是，他必须直接给人以愉快"③。联系他的有关论述，可以看到，华兹华斯所说的给人以愉快，实际就是要求发挥文学的美感作用。在论述中，他用了"特殊"和"直接"这两个词很重要。在我们今天看来，文学除了有审美作用，还有认识作用、教育作用。这是就文艺的整个社会功用来说的。如果就文艺区别于其他意识形态的特殊作用而论，那就在于它有美感作用。再从文学具有的多种社会功用之间的关系来看，首先直接与读者发生关系、引起读者兴趣的正是美感作用。如果

---

① 伊瓦肖娃：《19 世纪外国文学史》，第 1 卷，杨周翰等译，人民文学出版社 1958 年版，第 505 页。

② 曾有中译文为"诗是强烈情感的自然流露"。原文是"……all good poetry is the spontaneous overflow of powerful feelings"。overflow 是泛滥、溢流之意，不是一般的流露，故笔者作了如是的翻译。

③ 华兹华斯：《抒情歌谣集·序言》，曹葆华译，见《古典文艺理论译丛》，第一册，人民文学出版社 1962 年版。

一部作品不能给人以美感，不能吸引读者，认识作用和教育作用就无从发挥。所以，华兹华斯关于文学特殊作用的见解，应该说，是不无道理的。

（三）

由于将文艺社会学等同于整个文艺学，从而对那些不关注文艺与社会的关系、主要着力于艺术美的追求和艺术形式研究的文论家，就加之以"唯美主义"、"形式主义"、"为艺术而艺术"的罪名而一概否定之，这是西方文论史研究中简单化倾向的又一表现。在这方面，可以以戈帝耶和王尔德的文论在我国文坛长期被否定为例。

如果公允地去看，情况又是如何呢？

在回答"赋诗为何"的问题时，戈蒂耶《阿贝杜斯·序言》说："如果韵脚还不坏的话，就一句一句地押下去，如此而已。"① 王尔德《英国的文艺复兴》说："为艺术而热爱艺术，你就有了所需要的一切。"② 这些说法似乎表明他们是全无目的地为艺术而艺术了。其实，事实并非如此。关于从事文艺活动的目的，戈蒂耶的真正主张是"旨在求美"。③ 王尔德说："艺术完成了美的条件，也就是完成了一切条件。"④ 可见，求美才是他们的最高原则。

如果再细心研究其论述，还可以看到，他们对于在文艺中"旨在求美"的理由也是有所说明的。首先，他们谈及美的艺术是"对生活的最好的慰藉"，因为，"在这动荡和纷乱的年代，只有美的无忧的殿堂，可以使人忘却"，因为，艺术可以"歌唱不存在而应该存在的东西"。其次，他们看到，"献身于美并创造美的事物是一切伟大的文明民族的特征"，否则，"世间就是野蛮、愚蠢的了"。第三，他们把追求精神生活的优美、和谐置于生活的首位，并认为艺

---

① 戈蒂耶：《阿贝杜斯·序言》，黄晋凯译，见《唯美主义》，赵澧、徐京安编，中国人民大学出版社 1988 年版，第 16 页。
② 王尔德：《英国的文艺复兴》，尹飞舟译，杨桓达校，载美国世界图书公司纽约版《王尔德论文集》，中译文见《唯美主义》，第 97 页。
③ 戈蒂耶：《阿贝杜斯·序言》，黄晋凯译，见《唯美主义》，赵澧、徐京安编，中国人民大学出版社 1988 年版，第 16 页。
④ 王尔德：《英国的文艺复兴》，尹飞舟译，杨桓达校，载美国世界图书公司纽约版《王尔德论文集》，中译文见《唯美主义》，第 94 页。

术正是优美、和谐的象征，是一项"高尚的精神使命"。

所以应该说，戈蒂耶和王尔德主张为美而艺术，首先是突出表现了他们对优美、充实的精神生活的向往与追求。

同时，要求为美而艺术也是为了与狭隘的功利主义的艺术观针锋相对而提出的主张。对此，戈蒂耶说得很明白。他承认艺术作品和物质财富的创造从本质上说都是促进文明、推动人类进步的。不过，他要求人们必须注意，书本做不出汤羹，小说也不是不用缝就可以穿的靴子。艺术"应当永远遵从其娱人的准则"，而不是达到某种具体的实用目的。

至于戈蒂耶和王尔德对优美的艺术形式的追求，也是不无意义的。在这方面特别值得一提的是，王尔德高度评价浪漫主义文学家们的贡献。同时，他也清楚地看到，有的浪漫主义文艺家把情感的表现变成了情感的宣泄。从而，针对这一弱点正确地指出："简单地表达欢乐同仅仅作为个人来作痛苦的呼喊一样不算诗歌。"[1]情感必须为艺术的形式所表现才能成为艺术，创造的激情必须要有批判精神和审美能力相伴，否则，就会丧失艺术的选择精神，或错将感情当成形式。

当然，戈蒂耶和王尔德的文论又确有一些形式主义的缺陷。在文艺与生活的关系这一论题上，也有一些虽有合理因素却又颇为片面、极端的提法。但是即使如此，我们也应该只否定它应该予以否定的东西。

（四）

马克思在《政治经济学批判·导言》中早就说过："一旦它们的特殊性被确定了，它们也就被解释明白了。"[2]怎样才能对文学作出科学的解释呢？显然就需要着眼于文学的特殊性，以文学的特殊性作为自己研究的主旋律。在文论史的研究中，如果仅仅停于文论家的哲学观、政治观、社会观，以此简单地

---

① 王尔德：《英国的文艺复兴》，尹飞舟译，杨桓达校，载美国世界图书公司纽约版《王尔德论文集》，中译文见《唯美主义》，第94页。
② 马克思：《政治经济学批判·导言》，《马克思恩格斯选集》，第2卷，人民出版社1972年版，第113页。

去推论甚至取代对文学观的具体研究，那就不仅是隔靴搔痒，而且是喧宾夺主了。

我们说研究文学的特殊性是文学学的主导内容，并不意味着赞同有些西方学者的以下观点：将文学规律分为外部规律（指文学和社会、政治等的关系）和内部规律（指文学本身的性能、构成等），并认为只有关于内部规律的研究才是文学理论。我们认为，文学自然是一种独特的存在，但它又是和经济、政治、哲学及其他意识形态相联系而存在的。文学学要研究的文学的特殊性既包括了文学赖以区别于非文学的本质、性能、规律（创作、欣赏和发展规律），也包括了它和经济、政治、哲学、宗教及其他意识形态特有的关系。

在文论史乃至文学史的研究中，如能着眼于这种特殊性，就会看到，文学观与社会观、政治观、哲学观之间的复杂关系。文学观和社会观、政治观、哲学观既有联系又相对独立这种态势，非一时一事之偶然，而是一种带有规律性的现象。

（发表于《江海学刊》1994 年第 5 期）

交织在谬误中的真知与灼见

——析柏拉图对文艺特殊规律的认识

(一)

柏拉图生活在公元前 427—347 年，然而，他的文艺思想的影响，可以说，两千多年来绵延不断。古罗马时期的著名论文《论崇高》清楚地显示出和柏拉图文艺思想的联系。中世纪的普洛丁和奥古斯丁把柏拉图的文论和基督教神学结合起来，形成了贯穿于中世纪的神学美学。文艺复兴时期，意大利大艺术家米琪尔·安杰罗是在当时佛罗伦萨建立的柏拉图学园积极参加活动的人物之一。英国人文主义者、文论家锡德尼也是柏拉图思想的信徒。近代的康德、黑格尔、叔本华、尼采等哲学家、美学家明显受到柏拉图的深刻影响；赫尔德、席勒、史雷格尔、雪莱等诗人和文论家也是柏拉图的推崇者。车尔尼雪夫斯基更称赞柏拉图比亚里士多德有更多的"关于艺术的真正伟大的思想"[①]。而当代西方流行的一些非理性主义的文艺思潮，似乎和柏拉图的某些思想也有一定的渊源关系。

---

① 车尔尼雪夫斯基：《论亚里士多德的〈诗学〉》，见《车尔尼雪夫斯基论文学》，中卷，辛未艾译，上海译文出版社 1979 年新 1 版，第 184 页。

柏拉图文艺思想的这一纷纭复杂的接受史——其影响既有消极的，也有积极的；接受他的影响的人，既有进步的文艺家，也有保守、落后的文艺家——就给我们提出了一个不容回避的理论课题：对于柏拉图的文艺理论应该作怎样的评价，才是准确、恰当的。面对本身就极为复杂的事物，仅给以简单的肯定或简单的否定，自然是不行的。

我国在柏拉图文艺理论的研究方面，已经做了许多有益的工作，但是也有一些简单化的倾向。这正如朱光潜先生在《柏拉图文艺对话集·译后记》中所说："很有一部分人因为柏拉图是唯心主义的祖师和雅典贵族反动统治的维护者，就对他全盘否定，甚至说柏拉图只对反动派发生过影响，对进步的人类来说，他是毫无可取的。"[1] 从我国近年出版的有关论著来看，全盘否定柏拉图的不多了，但对其基本的文艺理论仍持全部否定的态度。例如，把他的"摹仿说"、"灵感论"等基本理论均列为"柏拉图文艺理论的消极方面"，认为他在文艺理论史上的贡献，仅仅是在创作技巧和悲剧、喜剧的效果等问题上，提出了一些有可取之处的意见。所以，对柏拉图基本的文艺理论应作怎样的认识？柏拉图在文艺理论史上的主要贡献究竟在哪里？仍是柏拉图文艺理论研究中需要回答的问题。这些问题的研究不仅有重要的理论意义，而且对于真正有效地清除其消极影响，正确借鉴、吸收其有益的东西，也有巨大的实践意义。

（二）

作为哲学家的柏拉图，不满足于只看到事物的个别和事物的外形。他看到一切同类事物都存在着"外形虽不同，本质还是一样"[2]的情况，遂以极大的兴趣探寻一事物的之所以为该事物的道理，于是，他用"理式"来统摄杂多的同名的个别事物，认为每一类杂多的个别事物共有一个"理式"。以床为例，一切床的理式，本质上就只能是一个，这就是床之所以为床的那个理式。他把床之所以为床的理式，又称做"本然的床"，说它不是人能造出的，而"是在

---

① 朱光潜：《柏拉图文艺对话集·译后记》，人民文学出版社 1980 年版，第 360 页。

② 柏位图：《理想国》(卷十)，见《柏拉图文艺对话集》，朱光潜译，人民文学出版社 1980 年版，第 72 页。

自然中本有的，我们无妨说是神制造的，因为没有旁人能制造它"①。

这说明，柏拉图看到了在杂多的个别的现象背后，还有一个统摄杂多的本质，这个本质是更为重要的；同时，他也看到事物的本质并不是可以任意人为的。这是他的理式论中包含的合理因素。但是，他所说的"理式"和我们今天所说的一事物之所以为该事物的本质，和辩证唯物主义的本质观，又有着质的不同。

虽然，在《会饮篇》中谈到美感教育的过程时，他曾说道："第一步应从只爱某一个美形体开始"，"第二步他就应学会了解此一形体或彼一形体的美与一切其他形体的美是贯通的。"在《斐德若篇》里，他也说：认识"理式"是"从杂多的感觉出发"的。但是他把这些真实存在的个别的美形体和可感觉的对象，视为"上界事物在下界的摹本"，认为世界上只有少数人能从这些"摹本"和"仿影"中，通过神秘主义的"灵魂回忆"，见出灵魂在未附着于肉体之前，随神周游时，"在诸天境界所见到的真实体"②，而且说这种"真实体"（或称"理式"）"是永恒的，无始无终，不生不灭，不增不减的"③。这样，柏拉图就把人们从众多个别事物中概括出来的一事物之所以成为该事物的本质———一种人的精神产品，说成是离开具体事物的"单个存在物"（列宁曾经指出：这正是原始唯心主义的特点④），并且认为生活中各式各样的具体事物反倒是这种精神产品的"摹本"。这就头足倒置了。

柏拉图从这一客观唯心主义的真实观出发，只承认概念、本质为真实，从而认为木匠"既然不能制造理式，他所制造的就不是真实体，只是近似真实体的东西"⑤。画家又是模仿木匠造的床，因而"图画和一切摹仿的产品都和真理相隔甚远"⑥。

---

① 柏位图：《理想国》（卷十），见《柏拉图文艺对话集》，朱光潜译，人民文学出版社1980年版，第70页。

② 柏拉图：《斐德若篇》，见《柏拉图文艺对话集》，第124—125页。

③ 柏拉图：《会饮篇》，见《柏拉图文艺对话集》，第272页。

④ 列宁：《亚里士多德〈形而上学〉一书摘要》，见《列宁全集》，第38卷，人民出版社1959年版，第420页。

⑤ 柏拉图：《理想国》，见《柏拉图文艺对话集》，第69页。

⑥ 柏拉图：《理想国》，见《柏拉图文艺对话集》，第81页。

柏拉图否认文艺具有真实性的结论当然是错误的，但是有趣的是，他所举出的、否定文艺具有真实性的理由，却又表明他对文艺的特点已有了一定的认识。

首先，他以床为例说，画家是摹仿木匠造的床，而不是直接摹仿床之所以为床的"理式"；他还明确地提出"诗的摹仿对象是在行动中的人"①。在行动中的人自然就不是人的"理式"，不是概念意义上的人，而是实情实境中的具体的人。这些看法的提出不仅表明柏拉图已认识到文艺不是直接诉之于本质、概念的，而且对文艺的主要描写对象是人这一重要特点也有了一定的认识。后来，亚里士多德有关文艺的"摹仿"对象"是在行动中的人"的论述（见亚里士多德：《诗学》第一、二、六章），正是柏拉图思想的继承和发展。

第二，在谈及文艺是如何"摹仿"时，他说"图画只是外形的摹仿"；文艺的摹仿像拿一面镜子四方八面旋转一样，获得的是一种"影像"。这些看法说明柏拉图对艺术的本质真实性问题还没有一个正确的认识，但是同时也说明，他已看到：文艺要像影像一般具体可感地把事物呈现出来，即对文艺要具有形象性和具体可感性的特点已有所认识。

第三，柏拉图说，诗人就如何御车来说不如御车人，在用药酒治病方面不如医生，在打鱼的事情上不如渔夫，然后，又提出了一个问题：诗人对这些技艺都不全知道，他知道的究竟是哪些呢？回答是："他会知道男人和女人，自由人和奴隶，统治者和被统治者，在怎样身份，该说怎样话。"②这实际上已接触到文艺家拥有的特殊的知识究竟是什么的问题，并作出了比较正确的回答，即更为了解人就是文艺家的知识特长。

（三）

在柏拉图的时代，有一些修辞学家把文学创作仅仅看成是运用文法和修辞的一种技艺，并提出一些琐屑的写作规矩，似乎按照这些规矩办事就可以

① 柏拉图：《理想国》，见《柏拉图文艺对话集》，朱光潜译，人民文学出版社1980年版，第81页。
② 柏拉图：《伊安篇》，见《柏拉图文艺对话集》，朱光潜译，人民文学出版社1980年版，第16页。

写出好的文艺作品来。柏拉图不同意这种看法，一再强调："凡是高明的诗人，无论在史诗或抒情诗方面，都不是凭技艺来做成他们的优美的诗歌"的①。那么，文艺创作靠什么？柏拉图回答说："诗人是一种轻飘的长着羽翼的神明的东西，不得到灵感，不失去平常理智而陷入迷狂，就没有能力创造。"②

现在，需要弄清的是：柏拉图所说的获得灵感、陷入了迷狂，究竟指的是一种什么样的状态呢？

对于诗的迷狂，柏拉图曾作了这样的说明：这种迷狂"是由诗神凭附而来的。它凭附到一个温柔贞洁的心灵，感发它，引它到兴高采烈神飞色舞的境界，流露于各种诗歌，颂赞古代英雄的丰功伟绩，垂为后世的教训。若是没有这种诗神的迷狂，无论谁去敲诗歌的门，他和他的作品都永远站在诗歌的门外，尽管他自己妄想单凭诗的艺术（即技艺——引者注）就可以成为一个诗人。他的神智清醒的诗遇到迷狂的诗就黯然无光了。"③这里，柏拉图明确告诉我们，所谓迷狂状态，是指文艺创作者创作冲动被激发时的一种"兴高采烈神飞色舞的境界"。

在《伊安篇》中，柏拉图还具体地谈到了诵诗人和听诗人陷入迷狂的状况。请看苏格拉底和伊安的一段对话。

苏：请你坦白答复一个问题：每逢你朗诵一些有名的段落——例如俄底修斯闯进他的宫廷，他的妻子的求婚者们认识了他，他把箭放在脚旁；或是阿喀琉斯猛追赫克托；或是安德洛马刻、赫卡柏、普里阿摩斯（此三人分别是赫克托的妻子、母亲和父亲——引者注）诸人的悲痛之类（请注意这些都是情节紧张、情感极为激动的段落——引者注）——当你朗诵那些段落而大受喝彩的时候，你是否神智清醒呢？你是否失去自主，陷入迷狂，好像身临诗所说的境界，……

伊：你说的顶对，苏格拉底，我在朗诵哀怜事迹时，就满眼是泪；在朗诵恐怖事迹时，就毛骨悚然……

苏：请问你，伊安，一个人身临祭典或欢宴场所，穿着美服，戴着金冠，

① 柏拉图：《伊安篇》，见《柏拉图文艺对话集》，朱光潜译，人民文学出版社1980年版，第8页。
② 柏拉图：《伊安篇》，见《柏拉图文艺对话集》，朱光潜译，人民文学出版社1980年版，第8页。
③ 柏拉图：《斐德若篇》，见《柏拉图文艺对话集》，朱光潜译，人民文学出版社1980年版，第118页。

并没有人要掠夺他的这些好东西，或是要伤害他，而他对着两万多待他友好的听众哭泣，或是浑身都表现恐惧，他的神智是否清醒呢？

伊：我该说他的神智不清醒，苏格拉底。

苏：你对多数听众也产生这样效果，你明白么？

伊：我明白，因为我从台上望他们，望见在我朗诵时，他们的面孔上都表现哀怜、惊奇、严厉种种不同的神情。[①]

可以看到，柏拉图是用"迷狂"来说明创作者在创作冲动处于高潮时或诵诗者、听诗者最为激动时的一种心理情状：他们完全沉浸于文学的意境之中，和作品中的人物一道喜、怒、哀、乐，似乎失去了生活中的自己。所以，柏氏所说的诗人不得到灵感、不失去平常理智而陷入迷狂，就没有能力创造，就写不出优美的诗，也就是说，如果没有激情，如果文思闭塞、灵感未至，就不可能有成功的文艺创作。像这样明确地指出创作需要灵感，像这样突出地强调激情之于创作至关重要，在西方文艺史上，都是前无他人的。

当然，我们也应看到，关于灵感"开塞之所由"（陆机语），柏拉图的解释是不科学的。他说"大诗人们都是受到灵感的神的代言人"，"优美的诗歌本质上不是人的而是神的"。他还把"诗的迷狂"和发出预言的巫师、宗教的迷狂等视为同类的"由于神灵的凭附"，因而"越出常执"。

应该如何看待柏拉图所说的"神"和灵感是"神灵凭附"的说法呢？我们认为，这也需要从多方面来加以分析。

首先，柏拉图并不是虔诚的宗教徒，真的笃信神，而往往是在对事物的来源无法解释时，就归之于神力所至。例如对"理式"的探讨。他说床之所以为床的理式"是在自然中本有的"，"我想无妨说是神制造的"。在这种意义上，"神赐"成为柏拉图无法作出问题解答时的一种托辞。在创作冲动和灵感问题上，他的"神灵凭附"说无疑也有这种因素。

第二，希腊是一个神话极为丰富的国度，柏拉图对希腊神话自然是异常熟悉的。按照希腊神话，人的各种技艺都是神授的，艺术也有它们的最高护神（阿波罗）和分管各门艺术的九位女神（缪斯）。柏拉图的神灵凭附说和他接

① 柏拉图：《伊安篇》，见《柏拉图文艺对话集》，第10—11页。

受了神话的传统说法也不无关系。

第三，当时生产力和科学发展水平还很低，人们对自然和社会上的诸种现象无法解释，万物有灵论的世界观还相当普遍，柏拉图把"诗的迷狂"和巫师预言、宗教仪式、"灵魂回忆"等视为同类的"由于神灵凭附"，说明他的思想也带有浓厚的迷信色彩，明显地表现出历史的局限性。

第四，柏拉图虽也说过文艺家有必要获取广博的知识和接受训练，但他主要强调的还是先天禀赋意义上的"天才"于创作的重要性。说有神灵凭附才能写出好诗，也表现了他的这一思想倾向。

（四）

柏拉图不仅看到了激情于艺术创作的特殊意义，他还论及了表现人的感情世界是文艺内容的特点，作用于人的情感是文艺特有的功能，而这些正确的认识也是和一些片面的观点伴随在一起的。

柏拉图说："摹仿诗人既然要讨好群众，显然就不会费心思来摹仿人性中理性的部分，他的艺术也就不求满足这个理性的部分了"，"最便于各种各样摹仿的就是这个无理性的部分。"[1]

什么是他所说的"人性中理性的部分"和"无理性的部分"呢？他曾举出人遭遇到灾祸为例，依理性，就镇静，不伤心，考虑事情发生的原委，随机应变，想出对策和做出安排；而依无理性就哀不自禁。可见他所说的理性指的是冷静地分析问题的理智力，无理性的部分则是人的喜、怒、哀、乐等感情。这样，他的上述看法实际上是说明了：人的情感世界是文艺作品内容的特点。

柏拉图的这一看法，在后来的黑格尔和列夫·托尔斯泰那里，得到了继承和发展。黑格尔说："情致是艺术的真正中心和适当领域，对于作品和对于观众来说，情致的表现都是效果的主要来源"[2]（当然，黑格尔的情致说已纠正了柏拉图把情与理分离的倾向，他说的情致是情和志的统一）。列夫·托尔斯

---

① 柏拉图：《理想国》，见《柏拉图文艺对话集》，第84页。

② 黑格尔：《美学》，第一卷，朱光潜译，商务印书馆1979年版，第298页。

泰认为：正是这各种各样的感情——戏剧中所表达的自我牺牲或者顺从命运等感情，小说中所描写的情人狂喜的感情，在庄严的进行曲中所表达的爽朗的感情，舞蹈所表达的愉快的感情，描写晚景的绘画所传达的宁静的感情等等——构成了各种各样艺术作品的基本内容。①柏拉图的认识比之他的后继者们自然要初浅一些，但是，在西方文艺理论发展史上，毕竟是他最早指出了文艺的这一特点。

对于文艺主要是作用于人的情感的问题，柏拉图也有较清楚地说明。他说："我们亲临灾祸时，心中有一种自然倾向，要尽量哭一场，哀诉一番，可是理智把这种自然倾向镇压下去了。诗人要想餍足的正是这种自然倾向，这种感伤癖。"②他指责诗人"培养发育人性中低劣的部分"，即对人的快感和痛感的欲念，不是让它们枯萎，反而"灌溉它们，滋养它们"。

柏拉图也看到了艺术的巨大魅力，即使是理智力最强的人也会受到它的感染。他指出这样的事实："听到荷马或其他悲剧诗人摹仿一个英雄遇到灾祸，说出一大段伤心话，捶着胸膛痛哭，我们中间最好的人（柏拉图认为人性包含三种成分，最好的是理智，其次是意志，最坏的是情欲。这里所说的最好的人就是理智力最强的人——引者注）也会感到快感，忘其所以地表同情，并且赞赏诗人有本领，能这样感动我们。"③

但是，柏拉图却只看到理智和感情有互相矛盾的一面（他曾说道：在人的内心中"充满着这类的冲突"），并且形而上学地将两者绝对地对立起来，认为文艺培养、滋润情感，就一定"摧残理性的部分"，而"出于理性"，他就要将诗人驱逐出理想国境。这种认识的片面性在后来（包括当代）西方的一些非理性主义、反理性主义的文艺家那里，得到了恶性的发展。

其实，理智和感情既有矛盾的一面，也有统一的一面。正如别林斯基所说："理性和感情是相反而又相成的两种力量，一个没有了另外一个，就会变得僵死而毫无价值……人类天性中的丰满和完善，是包含在理性和感情的有

---

① 列夫·托尔斯泰：《什么是艺术》，中译本为《艺术论》，丰陈宝译，人民文学出版社 1958 年版。
② 柏拉图：《理想国》，见《柏拉图文艺对话集》，第 85—86 页。
③ 柏拉图：《理想国》，见《柏拉图文艺对话集》，第 85 页。

机统一中。"①从人们欣赏文艺作品的精神活动来看，欣赏者和作品中的人物像"一同走上曲折道路的旅伴"②，一同进入特定的、具体的艺术境界之中，被激起强烈的感情的波涛，然后才进而体味到艺术形象的内含意蕴。这一精神活动虽然和阅读科学著作有明显的不同，但是文艺欣赏的过程毕竟仍是一个感受、体验和认识的过程，其间感情的激荡和理智的活动并不是绝缘的。文艺作品主要作用于人们的情感，主要是审美作用，但也能提高人们的认识，只是其认识作用和科学的认识作用有所不同而已。

（五）

综上所述，我们认为，评价柏拉图的文艺理论必须承认事实就是如此的复杂和矛盾。一方面，柏拉图的政治立场，在当时的历史条件下，也是落后的、保守的；在哲学思想上，他是客观唯心主义者；并且，他的思想还带着较浓厚的神秘主义和迷信色彩。但是另一方面，柏拉图对文艺的特殊规律的确已从多方面进行了思考，特别是在文艺与情感的关系这一重要问题上，他的认识已有一定的深度。他关于文艺特质的看法，不仅从两千多年前就已提出这一点来看，有难能可贵的开创之功，而且直到今天，对于我们进一步探讨和认识文艺的特质，仍有一定的借鉴意义。

柏拉图文艺理论的复杂性还在于，他的许多颇有见地的认识和偏颇的看法、错误的见解错踪交织，甚至被谬误的理论一层又一层地包裹着。这就使得人们容易在并非有意的情况下，犯下倾倒污水竟把小孩也一起抛弃的错误。人们之所以会犯倾水弃小孩的错误，一个最重要的原因是习惯了如下的逻辑推理：柏拉图的哲学思想是客观唯心主义的，其文艺理论是建立在此一哲学思想基础之上的，那么，他的文艺理论也是客观唯心主义的，唯心主义的文艺理论自然是应该予以否定的。这一逻辑推理显然忽视了文学艺术的相对独立性。一位学者在回答存在和意识关系这个哲学根本问题上的正确或错误，并

---

① 别林斯基:《巴拉廷斯基诗集》，满涛译，见《别林斯基选集》，第三卷，上海译文出版社1980年版，第542—543页。.

② 《赫尔岑论文学》，辛未艾译，上海文艺出版社 1962 年版，第 35 页。

不能仅此就决定他对有关文艺的一切问题的回答，必定是正确的或错误的。承认这一点，对于我们正确继承和借鉴中西文论遗产有着极为重要的实践意义（就西方文论来说，类似的情况也发生在康德、黑格尔、柯勒律治等大文论家的身上）。

柏拉图之所以对文艺特质有如此深刻的认识和他生活在文艺高度繁荣的古希腊这一生活环境是分不开的。就文艺的普及和发挥社会作用的巨大来说，恐怕在后来的两千余年中，在任何国度，也赶不上古希腊雅典民主制鼎盛时期。当时，《荷马史诗》是儿童教育的课本，抒情诗和音乐是学校主要课程。戏剧可以白天连着黑夜的上演。观剧是广大公民的权利和义务，也是他们接受教育的重要方式。对于看戏的公民们，国家还要发放观剧费。生活和成长在这样一个文艺之邦的柏拉图，又从小在文学方面受到很好的教育，《荷马史诗》等优秀作品更是早已烂熟于心（柏拉图自己就曾说："我从小就对于荷马养成了一种敬爱"），而且，他自己还是一位文学创作者。他曾写过讽刺短诗、酒神颂歌和悲剧。他的《对话》，不仅常用具体生动的比喻来说明抽象的道理，而且还有一定的戏剧性，有的人物也写得比较生动，可以说是一部用对话体写成的文艺散文。亲身的文艺创作经验，大量的文艺欣赏实践，使柏拉图有较高的文艺素养，使他有可能提出反映文艺客观规律的见解。而这些关于文艺的特殊规律的认识，就正是柏拉图文艺理论遗产的主要精华所在。

（发表于《漳州师院学报》1992 年第 1 期，中国人民大学
书报资料中心全文复印于《文艺理论》1992 年第 8 期）

误读的复印论与复印论的误读

由于不同民族有其不同的"前理解"，或曰不同的期待视野，在各民族文化的交流中，出现某些理解上的差异，这种"误读"可以说是不可避免的、正常的现象。但是，另一种误读——背离了事实的错误，则是我们应该予以防止和纠正的。本文议论的围绕"复印论"出现的误读，当属于后一种误读现象。

（一）

有的学人谈及西方的"摹仿说"时，仅从字面意义去看，把它视为简单再现（即复印）论。其实，事实并不是如此。

在古希腊最早谈及"文艺是摹仿"的哲人那里，如克塞诺芬尼和赫拉克利特所说的"摹仿"，的确更多的是机械仿造的意思。但是，亚里士多德首创的、作为一种文艺本质观的"摹仿说"，其特定内涵已远不是简单仿造论。

在亚里士多德的时代，"艺术"一词是指一切人工制作。亚里士多德在《尼各马科伦理学》中说："艺术是创造能力的一种状况"，"一切艺术的任务都在生产"，就是在上述意义上使用"艺术"这个词的。对于我们现在所说的"艺术"，亚里士多德称为"摹仿"或"摹仿的艺术"。亚里士多德将"摹仿"视为艺术的特质，不仅表现在名称的使用上，在《诗学》中也有明确的论述。他说："史诗和

29

悲剧和酒神颂以及大部分双管箫乐和竖琴乐——这一切实际上是摹仿。"①

亚里士多德为什么认为艺术的特质在于"摹仿"呢？这是由于他认识到艺术"是以颜色、姿态或声音为媒介制作出各种客观对象的类似物来再现对象"的。以"摹仿"来界定艺术的特质表明亚氏已清楚地认识到：艺术不是通过抽象概念概括或说明对象，而是要"制作客观对象的类似物来再现对象"。

那么，亚里士多德说的制作类似物是否是机械仿造或简单再现？回答是否定的。

大家都知道，《诗学》中有如下一段名言："诗人的职责不在于描述已发生的事，而在于描述可能发生的事，即按照可然律或必然律可能发生的事。……诗所描述的事带有普遍性……所谓'有普遍性的事'，指某一种人，按照可然律或必然律，会说的话，会行的事。"②

必然律是指在已定的前提或条件下可能发生的事，可然律是指在假定的前提或条件下可能发生的事。亚氏强调艺术反映的是必然律和可然律，这已经说明艺术不是机械仿造或简单再现。而且，艺术既然不仅可以描写已定前提下可能发生的事，还可描写假定前提或条件下可能发生的事，这本身就意味着艺术允许并需要虚构和创造了。

亚里士多德还说过："如果有人指责诗人所描写的事物不符实际，也许他可以这样反驳：'这些事物是按照它们应当有的样子描写的'。"③在谈及如何设计戏剧情节时他又说："一桩不可能发生而可能成为可信的事，比一桩可能发生而不可能成为可信的事更为可取。"④这就更加清楚地说明了虚构的重要性。因为，艺术要写出的是事物应当有的样子，即符合必然律、可然律的事物，因之，事实上不一定发生但具有诗的合理性、令人信服的虚构事件，比之于能够发生但不符合必然律的事，对于艺术来说，是更为可取的。

在论及荷马时，他赞扬说：诗的虚构的艺术主要是荷马教给其他诗人的。他还要求诗人向优秀的肖像画家学习，"画出一个人的特殊面貌，求其相似而

---

① 亚里士多德：《诗学》，罗念生译，见《诗学·诗艺》，人民文学出版社 1988 年版，第 3 页。
② 亚里士多德：《诗学》，见《诗学·诗艺》，第 28—29 页。
③ 亚里士多德：《诗学》，见《诗学·诗艺》，第 93—94 页。
④ 亚里士多德：《诗学》，见《诗学·诗艺》，第 89—90 页。

又比原来的人更美"。①

亚里士多德还把指引文艺创作活动的诗学和修辞学归属于"创造性科学"。

以上说明，亚里士多德所说的"摹仿"已有创造性摹仿的意蕴。而亚里士多德"摹仿说"的精髓则在于要求文艺反映事物的必然律和可然律，同时，他也认识到，事物的必然性和可能性，在艺术中，是通过创造类似物来表现的。

（二）

另一被误认作简单再现论的学说是"镜子说"。它是文艺复兴时期的一些艺术家提出来的。

生活于 15 世纪的意大利著名雕刻家、画家阿尔伯蒂说："如果不把绘画看成捕捉艺术原型的镜子，那么把它看作什么？"②达·芬奇说："你所使用的各种颜色的明暗程度，若比镜子中的明暗程度更强，那么可以断定，经过你的精心构图，你的画就像是在镜子里看到的自然界的情景。"③莎士比亚在其剧作《哈姆雷特》中描写，丹麦王子哈姆雷特在指点演员们演戏时，要求演员恰到好处地演出剧中人物，于是就说："举起镜子照自然。"莎士比亚还通过哈姆雷特之口谈道："自有戏剧以来，它的目的始终是反映自然，显示善恶的本来面目，给它的时代看一看它自己演变发展的模型。"④

这些议论表明：像当时人们的社会历史观从天国来到了人间一样，在文艺观方面，文艺家们也扬弃了中世纪神学美学关于文艺的假说，再不将文艺视为"太一"、"理式"的流溢物，而认为，文艺是生动可感的大千世界的反映。在当时——刚刚步出中世纪的特定历史环境下，这种文艺观的提出，无疑是一个值得充分肯定的巨大进步。

"镜子说"的提出者们不仅以镜子比喻反映生活的文学作品，也用镜子比喻艺术的创作者。

---

① 亚里士多德：《诗学》，见《诗学·诗艺》，第 50 页。
② 转引自吉尔伯特、库恩合著：《美学史》，上卷，夏乾丰译，上海译文出版社，第 214 页。
③ 《达·芬奇的著作》，卷 1，Richter 编辑，1883 年伦敦版，第 265 页。
④ 莎士比亚：《哈姆雷特》。

以镜子比喻创作者，意在强调艺术家要像一面镜子直接面向大自然。这就是达·芬奇所说的："一位画家决不能模仿其他任何画家的风格，因为，在那种情况下，就不能把他称为大自然的儿子，而只能称为大自然的孙子。最好的途径是求助于充满丰富物体的大自然，而不是求助于其他艺术大师的作品，因为艺术大师的一切都是从大自然那儿学来的"，所以，"凡是能够到源头去取泉水的人，绝不喝壶中之水。"①

以镜子比喻艺术家还意在说明艺术家需要从生活中吸取的营养无比丰富，其摄取面广漠无垠。对此，达·芬奇说：一个优秀的画家，就应能用艺术手段描绘出大自然中的一切形状，而要做到这一点，就要将大自然的一切色彩、一切形象首先摄入自己的心灵。所以，"画家的心应该像一面镜子，永远把它所反映事物的色彩摄进来，前面摆着多少事物，就摄取多少形象。"②

提出"镜子说"的艺术家们要求文艺作品反映自然，要求艺术家直接面向自然，但不是主张简单地去照镜子，他们也着重说明文艺创作必须选择、评判和创造。

阿尔伯蒂曾经指出，准确而详细地观察自然是必要的，但从自然中选取的应该是"使观看来的精神远远超出其所见之物"的那些事物。米开朗基罗说，艺术家所需要的量度工具，不是手，而是眼睛，因为手仅能操作，要判断就得要眼睛。达·芬奇说：艺术家不仅用自己的眼睛从容地观察自然界，而且还要在心中逐一评判自己所看到的一切，最后，还要根据他的整个人格给自然作一个鉴定，而不是给自然照一张相。他"须用心去看各种事物，细心看完这一件再去看另一件，把比较有价值的事物选择出来，把这些不同的事物捆在一起"。他"应该研究普遍的自然，就眼睛所看到的东西多加思索，要运用组成每一事物的类型的那些优美的部分，用这种办法，他的心就会像一面镜子真实地反映面前的一切，就会变成好像是第二自然"③。

在这里，达·芬奇谈及的艺术家"好像是第二自然"的见解，是一个颇具文艺复兴时期时代精神的新思想。文艺复兴时期，自然科学迅猛发展，数学、

① 达·芬奇：《绘画论》，Rigand 英译本，1802 年伦敦版，第 201、203 页。
② 《达·芬奇的笔记》，朱光潜译，中译文见《世界文学》1961 年 8、9 月号。
③ 《达·芬奇的笔记》，朱光潜译，中译文见《世界文学》1961 年 8、9 月号。

解剖学、心理学等多门学科结合在一起，开始了对大自然更为全面地研究，也逐渐深化了人们对自然的认识。作为既是画家，又是自然科学家，又是人文主义重要代表的达·芬奇，在其艺术理论中更多地受到自然科学发展的启示也就是很自然的事了。他要求画家研究普遍的自然，使自己创造的艺术作品能够如此真实地反映出面前的一切，就像艺术家自己是能形成一切的大自然一样，变成了能够创造如此丰富而真实的一切的"第二自然"。

可见，"镜子说"的特有内涵也是相当丰富的。它的出现标志着文艺家们和中世纪文艺神赐观的决裂。放在文论自身发展的历程中来看，"镜子说"是亚里士多德"摹仿说"的继承和发展。比之亚氏的"摹仿说"，它更强调了文艺要像大自然那样生动、丰富，文艺家要像大自然那样富于创造性。

（三）

我国文坛对自然主义的界说一般都沿用高尔基曾有的说法：自然主义只是机械地描出——记载事实，自然主义是照相师的手艺。认为自然主义就是机械记载或曰复印事实，也是一种误读。

自然主义的真谛究竟何在呢？

自然主义的代表者左拉写道："自然主义的小说，乃是小说家借助观察而对人做出的真正的实验。"[1]"这里不仅有观察，而且有实验"，作者"并不满足于对他所搜集的事实进行摄影，而且要直接干预，把他的人物放在某种情况之下，他自己则始终是这些情况的主人。问题是要知道：在这种环境中和在这种情况下活动着的感情，从个人的观点和社会的观点看来，会产生什么；……整个工作程序包括：在自然中采取事实，接着是研究这些事实的机制，通过情况和环境的加工修改来对这些事实起作用，但不背离自然规律。最后，你就获得了关于人的知识，关于人的科学的知识，不论在个人方面或社会关系方面"[2]。

左拉之所以把小说创作过程称之为"实验"，正是在于强调，在这里"不

---

[1] 左拉：《实验小说》，杨烈译，见《西方文论选》，下卷，伍蠡甫主编，上海译文出版社1983年版，第251页。
[3] 左拉：《实验小说》，见《西方文论选》，第250—251页。

仅有观察"。他"并不满足于对他所搜集的事实进行摄影",而是要基于从自然中采取的事实,"研究这些事实的机制","通过情况和环境的加工修改",获得"不背离自然规律"的"关于人的科学的知识"。这也就是他所说的:"一切都被总结在这一巨大的事实里:文学上的实验方法和科学上的一样,正在解释个人的以及社会的自然现象,直到现在为止,形而上学对这些现象只不过作了非理性的和超自然的解释。"[1]左拉反复强调对"个人的以及社会的自然现象的""解释"。他不满足于非理性的和超自然的解释,而试图通过实验小说(即自然主义小说)对现象作出从事实出发的(非形而上学的)、左拉自认为是科学的解释。

左拉不仅在直接阐述实验小说的目的时,作了如上所述的说明,在论及小说的表现方法时,他又说:"我们并非出于修辞学家的癖好和娱乐,为描写而描写。我们认为人不能脱离他的环境,他必须有自己的衣服、住宅、城市、省份,方才臻于完成;因此,我们决不记载一个孤立的思维或心理现象而不在环境之中去寻它的原因和动力。"[2]这就说明,描写也要服务于展示形成某种现象的原因和动力。

虽然,左拉也说过"我们只须取材于生活中一个人或一群人的故事,忠实地记载他们的行为"[3]等类似的话,但是如果我们把他所有的论述及其作品联系起来加以考察,可以有根据地认为:左拉提倡的自然主义小说,之所以又称为实验小说,正是为了解释和阐明"事实的机制",正是为了在环境中"显示出若干事实的继续之所以如此"的原因和动力。也正是在这个意义上,左拉说:"观察在指出,实验在教导。"所以,以左拉为代表的自然主义绝不仅仅是满足于罗列现象与事实。

现在,需要进一步探究的是:自然主义又是如何来解释事实的呢?

左拉的看法是:"近代文学中的人物不再是一种抽象心理的体现,而像一株植物一样,是空气和土壤的产物;这便是科学的观念。……我们不再在词

① 左拉:《实验小说》,见《西方文论选》,第256页。
② 左拉:《论小说》,柳鸣九译,见《古典文艺理论译丛》,第八册,人民文学出版社1964年版,第130页。
③ 左拉:《戏剧上的自然主义》,伍蠡甫译,见《西方文论选》,下卷,第248页。

藻优美的描写里求生活；而是在准确地研究环境、认清和人物内心状态息息相关的外部世界的情况上做工夫。"①左拉不把人的思维或心理现象看成是孤立的，而在其环境中去找原因，无疑是对的。左拉也不是完全没有看到社会环境对人的影响，否则，他就不可能写出《萌芽》、《家常便饭》、《金钱》等富有较大社会意义的作品。但是，左拉却过多地甚至主要是从生物学的观点来研究人，过分看重了存在于人的生理、心理素质中的遗传因素。他甚至认为，"由于生理学的人的来临，我们的整个领域都被改变了。"②他简单、机械地用自然科学（主要是生物学）的原理和方法去解释复杂的社会人生事务，以生理遗传因素作为决定人的性格和行为的"内部主源"，未能看到社会因素对人的决定性的制约作用（左拉的小说《小酒店》等就突出地表现了这一思想）。应该说，这正是以左拉的理论和小说为代表的自然主义的真谛所在。

（四）

以上三部分所论述的均属于误读的复印论，本部分要议论的则是复印论的误读了。

笔者以为，车尔尼雪夫斯基的"再现"论则是真正的复印论。

车尔尼雪夫斯基在他 27 岁时写的学位论文——《艺术与现实的美学关系》中，就旗帜鲜明地批评了当时在俄国学术界居于支配地位的黑格尔的唯心主义"理式"论，坚持艺术源于生活的唯物主义原则，这是值得充分肯定的。但是，将他的"再现"论也视为现实主义的美学见解，则是误读了。

车尔尼雪夫斯基在批评黑格尔关于美的定义时，提出了自己对美的界说："美是生活；任何事物，凡是我们在那里面看得见依照我们的理解应当如此的生活，那就是美的；任何东西，凡是显示出生活或使我们想起生活的，那就是美的。"③

---

① 左拉：《论小说》，见《古典文艺理论译丛》第八册，第 130 页。
② 左拉：《实验小说》，见《西方文论选》，下卷，第 256 页。
③ 车尔尼雪夫斯基：《艺术与现实的美学关系》，周扬译，见《车尔尼雪夫斯基选集》上卷，生活·读书·新知三联书店 1958 年版，第 6 页。

车尔尼雪夫斯基将自己的界说和黑格尔对美的界说进行了对比：在黑格尔那里，美的不是生活本身，而是观念在有生之物身上的充分体现；生物所以是美的，不是在于自身，而只是因为它是体现观念的一种机体。而对车尔尼雪夫斯基来说，"美的却是生活本身，究竟什么样的观念通过这个生物而体现，这跟我们可不相干。这种观念是否完整地通过它而体现，这跟我们也不相干。"①

在关于美的界说中，车尔尼雪夫斯基自己也说到，美的生活是依照我们的理解应当如此的生活。"应当如此"就包含了理想、希望，即人的观念。但在强调客观生活是自己关于美的定义的着重点时，他又片面、极端地说，关于事物体现什么观念，"跟我们可不相干"。这里已经表现出他形而上学的思想方法。

这种形而上学的、机械唯物主义的弊病在他分析艺术美高于生活美、还是生活美高于艺术美时表现得尤为突出。

他正确地认识到，文艺是源于生活的，作家的创作有来自现实的模特儿。但是他却简单、机械地从进入作品中的材料的数量看问题，认为作家创造的东西比之从现实摘取来的东西少得多，从而得出结论："诗人差不多始终只是一个历史家或回忆录作家"②，作品中的"人物本质上依然是一个摹拟的而不是创造的肖像"③。

车尔尼雪夫斯基看到艺术不是脱离生活的、纯粹的主观臆造，但是，他却贬低艺术想象的作用，否定其创造功能。他说："想象在美感中所起的作用无非是一种回忆的力量而已。"④

车尔尼雪夫斯基认识到，茶素不是茶，酒精不是酒，对于文艺创作来说，要写出活生生的人，绝不能抛弃个别，去描写一般的抽象的特征。但是，他却反对典型化的原则。他说：想使艺术形象更富于一般的意义是多余的，"假如一个艺术家为他的塑像选取某个人的前额、另一个人的鼻子、第三个人的嘴，

---

① 车尔尼雪夫斯基：《现代美学概念批判》，辛未艾译，见《车尔尼雪夫斯基论文学》，中卷，人民文学出版社 1965 年版，第 34 页。
② 车尔尼雪夫斯基：《艺术与现实的美学关系》，见《车尔尼雪夫斯基选集》，上卷，第 73 页。
③ 车尔尼雪夫斯基：《艺术与现实的美学关系》，见《车尔尼雪夫斯基选集》，上卷，第 72 页。
④ 车尔尼雪夫斯基：《现代美学概念批判》，见《车尔尼雪夫斯基论文学》，中卷，第 44 页。

那只是证明他自己缺少审美力"，因为"在情节、典型性和性格化的完美上，诗歌作品远不如现实"。

按照车尔尼雪夫斯基的看法，既然艺术美绝不可能超过现实美，那么，艺术对于现实来说，只能是："再现它，充作它的代替物"。他说："海是美的，当我们眺望海的时候，并不觉得它在美学方面有什么不满人意的地方；但是并非每个人都住在海滨，许多人终身没有瞥见海的机会；但他们也想要欣赏欣赏海，于是就出现了描绘海的画面。自然，看海本身比看画好得多，但是，当一个人得不到最好的东西的时候，就会以较差的为满足，得不到原物的时候，就以代替物为满足。"①车尔尼雪夫斯基把作为自然景物的大海和作为精神产品的有关大海的绘画——两种性质不同的东西，作简单类比，分出高低，这本身就是不科学的。更重要的是，他视艺术为"代替物"，把艺术贬低为现实的单纯的复制品，甚至说艺术只是现实的拙劣、粗糙、苍白无力的再现，认为"艺术作品对现实中相应的方面和现象的关系，正如印画对它所由复制的原画的关系……但是，原画只有一幅，只有能够去参观那陈列这幅原画的绘画馆的人，才有机会欣赏它，印画却成百成千份地传播于全世界……同样，现实中美的事物并不是人人都能随时欣赏的，经过艺术的再现（固然拙劣、粗糙、苍白，但毕竟是再现出来了），却使人人都能随时欣赏了"②。

这样，车尔尼雪夫斯基关于艺术美低于现实美的诸多论证，虽然主观意图是要批判黑格尔的唯心主义，但却否定了一系列的、前人就已阐明的、正确的艺术理论。他完全忽视了艺术是人的精神产品的性质，否定了艺术想象的创造功能，否定了艺术典型化的原则，也极大地贬低了艺术的美学价值，从而使他的制造代替物的"再现"论，变成了复印论。就这一方面的认识来说，比之古希腊亚里士多德的"摹仿说"，也是一个倒退。

车尔尼雪夫斯基主张艺术复印论不是偶然的，正如他自己在《艺术与现实的美学关系·序言》中所说："作者（指车尔尼雪夫斯基自己——引者注）要写的这篇论文的主题是关涉文学的。他想用他觉得是从费尔巴哈的思想中得出

---

① 车尔尼雪夫斯基：《艺术与现实的美学关系》，见《车尔尼雪夫斯基选集》，上卷，第84页。
② 车尔尼雪夫斯基：《艺术与现实的美学关系》，见《车尔尼雪夫斯基选集》，上卷，第85页。

的结论来解释那些关于艺术、特别是诗歌的概念……这样，我正在为它写序的这本小书，就是一个应用费尔巴哈的思想来解决美学的基本问题的尝试。"①在同一篇序言中，他又说："作者决不自以为说出了什么属于他个人的新的意见。他只希望做一个应用在美学上的费尔巴哈思想的解说者。"②费尔巴哈把黑格尔颠倒了的精神与物质的关系纠正了过来。他认识到，物质是世界的本原，自然界并不依赖于精神而存在，人本身也是一种物质实体，没有人脑，也就不可能有精神。但是，费尔巴哈仅仅从自然科学——生物学的观点来看人，忽视了人的社会属性和主观能动性，从而使得他的人本主义的唯物主义仅停留于机械唯物主义阶段。车尔尼雪夫斯基在哲学思想上深受费尔巴哈的影响，这使他对艺术与现实关系的看法，既有费尔巴哈哲学的优点，又有费尔巴哈思想的缺点。同时，因为车尔尼雪夫斯基在写作《艺术与现实的美学关系》等论文时，目的就仅仅是为了在艺术领域应用和解说费尔巴哈的哲学思想，未能从文艺实际出发，总结艺术的客观规律，这也使得他必然难于突破费尔巴哈机械唯物论的思想局限。

（发表于《漳州师院学报》1997 年第 1 期）

---

① 车尔尼雪夫斯基：《艺术与现实的美学关系·序言》，周扬译，见《车尔尼雪夫斯基选集》，上卷，第 135 页。
② 车尔尼雪夫斯基：《艺术与现实的美学关系·序言》，周扬译，见《车尔尼雪夫斯基选集》，上卷，第 136 页。

重评三种艺术起源说

艺术起源问题是一个复杂而重要的文艺论题。在一个相当长的历史时期里，我国的文论著述往往说：亚里士多德的"摹仿说"、席勒的"游戏说"以及"巫术说"是三种主要的不正确的艺术起源论。说其不正确的理由则是：它们与艺术源于劳动的理论是对立的。也有一些改革开放后出版的文艺理论书仍持如是说法。这些被批评的艺术起源说是否真的与艺术源于劳动说相对立？其理论真谛何在？其意义和价值又如何？本文拟对之略作具体考察。

（一）

亚里士多德写道："一般说来，诗的起源仿佛有两个原因，都是由于人的天性。人从孩提的时候起就有摹仿的本能（人和禽兽的分别之一，就在于人最善于摹仿，他们最初的知识就是从摹仿得来的）……摹仿出于我们的天性，而音调感和节奏感……也是出于我们的天性，起初那些天生最富于这种资质的人，使它一步步发展，后来就由临时口占而作出了诗歌。"[1]

今天，我们从孩童身上可清楚地看到，他们最初的知识的确是通过摹仿

---

[1] 亚里士多德：《诗学》，罗念生译，见《诗学·诗艺》，人民文学出版社1988年版，第11—12页。

得来的。他们的创造（如玩游戏），也是从摹仿开始的。而各种形式的原始艺术，也的确大量与摹仿有关。

考古学家们发现的石器时代的欧洲洞穴壁画，其上有马、鹿、野牛等，我国新疆霍城、尼勒克石壁上也有耗牛、山羊、马、鹿等图画。它们都是过着狩猎生活的原始人对动物的摹仿。在舞蹈方面，原始人有摹仿昆虫（如蝴蝶）的舞蹈，有摹仿战争的舞蹈，有摹仿捕捉动物情景的舞蹈。而神话中的各种神像，正如古希腊爱利亚学派的创始人克塞诺芬尼所说：埃塞俄比亚人按自己的样子创造黑皮肤、扁鼻子的神，色雷斯人按自己的样子创造蓝眼睛、红头发的神。我国神话中的神，有的神人同形，有的是人形与动物形的结合。如《山海经》中的女娲、共工、伏羲均是人首蛇身。这也是原始人在幻想形态中对人和动物的摹仿。

孩童智力最初表现为摹仿，人类孩童时代的艺术也大量是摹仿，并非纯粹偶然的巧合，其间有着深刻的内在制约因素。中外学者关于人类思维进化、发展历程的研究说明：原始人的思维总是依靠直观、直感，并诉之于形象；运用概念进行抽象思维，则是人类的生产能力和思维能力有了较大进步之后才实现的。而"摹仿"就正是人对事物直观、直感的形象地再现。亚里士多德将人具有摹仿的本能视为艺术起源的原因之一，可以说是从原始人所具思维能力和思维特点的视角，考察并阐释了艺术起源之因。

至于亚氏论及的艺术起源的另一个原因：人有音调感和节奏感，也是出现在两千多年前的一个创见。

近代俄国学者普列汉诺夫是艺术起源于劳动说的倡导人，但是，他在研究了考古学和人类学方面的资料，考察了世界残存的一些原始人类的生活之后，也认为："对于一切原始民族，节奏具有真正巨大的意义。对于节奏的敏感，正如一般音乐能力一样，显然是人类的心理和生理本性的基本特质之一。"[1]正是由于人有觉察节奏和欣赏节奏的能力，使原始社会的生产者在自己劳动的过程中乐意服从一定的拍子，并且在生产性的身体运动上伴以均匀

---

[1]　普列汉诺夫：《论艺术》（没有地址的信），曹葆华译，生活·读书·新知三联书店1973年版，第35页。

的唱的声音和挂在身上的各种东西发出的有节奏的响声。

原始艺术活动的进行情况，我们还可以从古代文献留下的一些记载中窥见一斑。我国古代文献《竹书纪年》"帝舜元年"条写道："击石拊石，以歌九韶，百兽率舞"。它告诉我们：原始人正是在拍击石头的节奏伴随下，唱着歌，跳着摹仿野兽动作的舞蹈。这一文献记载生动地说明，音响、节奏和摹仿动作正是构成原始艺术的基本要素。那么，人应具备怎样的资质，以音响、节奏与摹仿动作为基本构成因素的艺术才能出现呢？那不正是需要人具有音调感、节奏感和会摹仿的能力吗？

所以，我们认为，亚里士多德的艺术起源于人的两种天性之说，实质上是探讨了人必须具备怎样的资质艺术才能出现的问题，而这也是从多方面探讨艺术起源这一复杂论题应该思考的一个角度，而且应该说，亚氏从此角度提出的见解也是有见地的。

同时，如果放在亚氏生活的历史条件下来考察，那么，他以人的天性(本能)来解释艺术起源之因，还有一层重要意义。那就是，一方面，他可以据此为艺术存在的合理性进行辩护——艺术既然起源于人的天性(本能)，那么，它天经地义应该存在，而不应被攻击和排斥；另一方面，把艺术起源归之于人的本能，自然就驳斥了艺术神授的观点。这在当时，也是一个进步。

(二)

由于人们往往将席勒有关艺术起源的理论称为"游戏说"，因之有必要从席勒所说的"游戏"的意蕴说起。

席勒认为，人有三种自然要求，他称之为三种冲动，其中之一就是"游戏冲动"。他说："在令人恐怖的(自然)力量世界之中以及在神圣的法律世界之中，审美的创造形象的冲动在暗地里建立起一个第三种快乐的游戏和形状的世界。在这第三种世界里，他使人类摆脱关系网的一切束缚，把人从一切可以叫做强迫的东西(无论是物质的还是精神的强迫)中解放出来。"[1]

---

① 席勒：《审美教育书简》，冯至译，见《西方美学家论美和美感》，商务印书馆1982年版，第183页。

显然，席勒所说的"游戏冲动"就是"审美的创造形象的冲动"。为什么把"审美的创造形象"称为"游戏"？对此，席勒自己说明，"游戏"这个名词是用来指"不是受外在和内在强迫的事"。

我们都知道，康德曾经将艺术比作"游戏"。他以此比喻来强调艺术创造活动本身就是一种审美享受，具有"无目的地合目的性"——不是出于压力和强迫，不是出于利害的考虑，不是为了酬金，而是像游戏那样，本身就能给人以精神的愉悦和满足。这也是席勒将"审美的创造形象的冲动"称为"游戏冲动"的真正意蕴所在。

所以，将席勒所说的"游戏"等同于儿童玩耍似的游戏，已经是一种误读，而将其有关艺术起源的理论说成是：他主张艺术源于儿童玩耍般的游戏，也是不符合事情的本来面目的。总观席勒有关艺术起源的论述，我们以为，其有价值的理论见解，至少有如下三个方面。

首先，席勒看到，人之所以需要"审美的游戏"即审美创造活动，是因为人并不满足于自然的需要。他说："人并不满足于自然的需要，他要求有所剩余。起初，只不过是物质的剩余，保证他的享受可以超过眼前的必须，但随后是一种附加于物质的剩余，一种审美的补充。"[①]而人之所以能够进行审美活动，则是由于精力有了盈余。他以动物为例说，当雄狮不为饥饿所煎熬，也没有旁的野兽向它挑战时，它那无所施用的精力就给它自己创造了一个对象。它用自己那可怕的啸声，去填满那有着共鸣的荒野，在毫无目的的炫夸中，赏玩自己旺盛的力量。因为，"动物工作的时候，缺乏是它活动的主要动力，它游戏的时候，精力的丰满和生命力的洋溢则是驱遣它活动的主要原因。"[②]这就是说，艺术作为一种特殊的精神生产之所以能够出现，首先是因为，人们除了物质生活方面的需要之外，还有了审美的需要，同时又有了物质的剩余和精力的盈余，为之提供了可能。

其次，席勒认识到，艺术的出现，还需实现想象力从"物质的游戏"到"审美的游戏"的"飞跃"。他论道：像人的身体的其他器官一样，人的想象力

---

① 席勒：《审美教育书简》，蒋孔阳译，刘德中校，见《西方文论选》，上卷，上海译文出版社1979年版，第485页。
② 席勒：《审美教育书简》，见《西方文论选》上卷，第486页。

也有它的自由运动。这也是人所特有的，但这是一种无控制的意象的自由承续，还不能说明它已有一种独立的创造形象的能力，还不是"审美的游戏"，而仅是"物质的游戏"。当进入"审美的游戏"时，"他的判断方式起着显著的改变，他追求这些对象，不是因为它们对于他是一种可处理的东西，这些对象使他满意，不是因为它们满足一种需要，而是因为它们满足已经在胸中说话（尽管声音还很轻微）的一种法律。"①席勒在这里实际上是谈论了作为人就有的一种心理功能——幻想和进行艺术创造的形象思维——想象之间的区别。前者是意象的无控制的承续，后者是有控制的意象的承续；前者没有理性法则的参与，后者则是创造者按照他胸中的"法律"来进行的；前者是人脑这种物质的本能，后者是艺术家主动的创造。因之，从前者到后者是一次"飞跃"。只有人的思维能力实现了这一"飞跃"，作为审美创造的艺术才可能出现。

第三，席勒还认识到，这种"审美的游戏"是人们自己创造的乐趣，其初级阶段是附加在必须的事物上，渐渐地"美本身就成为他追求的对象"，审美变成了人的需要。而人们为什么能在自己创造的审美对象上产生乐趣呢？席勒认为其中一个重要的原因就在于："它还要能同时反映出把它构思成的那种才智，把它制造成的那双抚爱的手，把它选定和展出的那种爽朗的自由的精神。"②这是说，艺术的出现和人渐渐地以复视自身的创造为乐事，即以美为自己追求的对象这种精神品格的成长也是分不开的。

总之，席勒和康德一样，极为重视艺术的审美特质。从文艺是人的审美创造这种文艺本质观出发，他对于艺术起源的见解，集中于着力说明，艺术作为一种特殊的精神产品，一种审美创造，是如何得以出现的。

（三）

对于"巫术说"——认为艺术起源与原始巫术有关的主张，我们又该作何评价呢？

---

① 席勒：《审美教育书简》，见《西方美学家论美和美感》，第183页。
② 席勒：《审美教育书简》，见《西方美学家论美和美感》，第183页。

迄今为止，除了个别例外，绝大多数考古学家和人类学家都认为，各原始民族最早都经历过一个巫术统治的时代。而关于艺术起源与原始巫术有关的论断，由于考古工作不断提供出了新的资料，其佐证似乎也更多了。

我国古文字学家商承祚、郭沫若对甲骨文和钟鼎文的研究发现：孔子将之与《诗》联系起来的"兴"，其本义原来是众人合力举物所发出的声音，所举之物大概是盘碟之类的能够旋转的东西。这就是说，"兴"在远古时代很可能是一种有唱、有转动、有祈祷意图的巫术仪式。孔子说："兴于《诗》，立于礼，成于乐"，"《诗》可以兴"①，正是说明诗有"兴"那样的激发情绪的作用，人们也因诗而被激发。从孔子的议论可以窥见古代的诗和"兴"这种祈祷仪式的密切关系。同时，既唱、又旋转、又祈祷这种巫术仪式——"兴"本身实际上也具有了原始艺术——歌、乐、舞结合的雏形。我国其他一些古代文献，如《礼记·郊特性》保留下来的《蜡辞》，就是伊耆氏时代举行祈祷仪式、祷祝丰年用的文辞。它也说明了，在远古，文学与巫术仪式相互交织的情况。

国外学者们的考证和研究也提供了类似的证据。英国人类学家弗雷泽考证发现：古希腊人每年秋天都举行祭祀酒神狄奥尼索斯的仪式，仪式表现酒神的诞生、受难、死亡与复活，其巫术表演实际是对自然季节和植物在不同季节中的变化的摹仿。弗雷泽经考证和研究说明，祭祀仪式是先于神话出现的。尼采也论断：希腊悲剧渊源于希腊的酒神祭祀仪式，而酒神祭祀仪式本身也可以说是最原始的诗（艺术）。弗雷泽和尼采关于神话与悲剧晚于祭祀仪式并源于祭祀仪式的观点，在西方当代学术界得到了相当广泛的认同。

这些出自考古学、人类学的研究成果，大大帮助了持艺术源于巫术说的论者们证实自己的主张，同时他们并未满足于此，一些文论家，如20世纪匈牙利著名文论家卢卡契，还从巫术和文艺所具特性出发，对于自己的假说作了系统的理论论证。

卢卡契指出，巫术可以说是人类企图支配外部世界的最初的尝试。巫师进行巫术表演的目的是为了影响观众，甚至希望将观众的情绪激发到狂热的程度，以期在氏族中形成和保持一种对巫术仪式的盲目信仰。而巫术操演又

---

① 孔子：《论语·泰伯》和《论语·阳货》。

是一种摹仿性的表演。正是由于巫术摹仿是以直接给人印象的、感性的、自成一统的事件去唤起所希图的情感和思想，就使得一个又一个的审美范畴，不知不觉地、逐渐地出现在巫术表演之中了。

例如，在日常生活中，一个人要在别人身上激起一定的思想或情感，其做法是就这人这事来说服对方。而在巫术表演中，激发情感被置于中心地位。它要在许多观众中唤起一种说服过程获得成功的印象，于是说服与被说服的过程就变成了手段。它要使观众悲痛，并不取决于巫师真的哭泣，而是要在观众面前对"哭泣"做出真实、动人的反映，以产生使观众悲痛的效果。巫术出于激发情感的目的不自觉地形成的这种与生活的距离，实际上就是以艺术态度对待说服的过程了（艺术就不是情感的发泄，而是对生活中的情感的反映）。那么，巫术表演含有的这种性质的活动，也就具有了一定的艺术性质。

又如，在日常生活中，事件发生的布局与时间流程的前后承续是重合的，行动从开始向终点运动。而巫术的摹仿却从终点出发设计动作，以便在感受者那里产生更大效果。于是，它自然就会更突出那些居于关节点的因素，把分散的环节集中起来，强调主要的东西。这样，对行动的选择、安排、组合，也就有了"情节结构"这一审美范畴的性质。而且，在组合行动时，还必然逐渐地运用一些技巧：延缓、穿插、对比、渲染气氛等等。

再如，无论是在时间或是在空间上，巫术表演比之日常生活都更为集中。它总是要求把现象世界本质的东西，比在日常生活事件的直接结果中所能达到的，更强调地突出出来。因此，这里现象与本质的辩证法表现得更鲜明、更突出，但却保持着日常生活所固有的那种形式，即在现象中内在地包含着本质，从而将巫师所希冀的目标让观众直接从知觉里感受到。这样，在巫术活动中就出现了又一个审美范畴——个别与一般、现象与本质的统一。

如果我们接受绝大多数考古学家和人类学家的论断：原始民族最早都经历过一个巫术统治的时代，即承认巫术仪式是早于艺术而出现的，那么，应该说，卢卡契关于艺术的诸种要素为何必然从巫术仪式中出现的分析，还是具有说服力的。而纵观持"巫术说"论者们从考古学和人类学研究中获得的证据及其从艺术和巫术特性出发所作的理论分析，我们认为，艺术起源与巫术有关之说，还是持之有据、言之成理的，它可以是我们从多方面探讨和揭示艺术起源之秘的思路之一。

（四）

我们都很熟悉恩格斯有关艺术起源问题的著名论断。恩格斯告诉我们，首先是劳动，然后是语言和劳动一起，成了两个最主要的推动力，在它们的影响下，猿的脑髓才逐渐地变成了人的脑髓。同时，也只是由于劳动，由于和日新月异的动作相适应，由于这样所引起的肌肉、韧带以及在更长时间内引起的骨胳的特别发展遗传下来，而且由于这些遗传下来的灵巧性以愈来愈新的方式运用于新的愈来愈复杂的动作，人的手才达到这样高度的完善。在这个基础上，才可能产生拉斐尔的绘画、托尔瓦德森的雕刻以及帕格尼尼的音乐。这就是说，只是由于劳动，猿猴才能变成人；只是由于劳动，人脑和人手才能形成。没有人自然也就没有了人所创造的艺术了。从这个意义上我们说，劳动是艺术得以产生的根本原因。不过，恩格斯所议论的是人如何能从猿进化、发展而来，并没有具体探讨艺术如何出现的问题。

马克思和恩格斯还告诉我们："思想、观念、意识的生产，最初是直接同人们的物质活动和物质交往交织在一起的，同现实生活的语言交织在一起的。人们的设想、思维、精神交往在这里还是人们的物质关系的直接的产物。"[①]这一论断为我们探讨一切"思想、观念、意识"（包括文艺）的起源问题，奠定了"存在决定意识"的唯物主义的哲学基础。但是，艺术又毕竟是一种独特的意识形态，是人的一种审美创造。它之所以能够出现，除了和其他意识形态一样，有其物质基础之外，还有仅属于它自己的复杂而具体的多种促成因素。我们不应该仅仅用存在决定意识的唯物主义原则作为问题的全部答案，而不允许对之作多方面的、具体的探讨。

本文所评的三种艺术起源说的主要价值恰恰就在于，着眼于艺术的独特性，从多方面地、较具体地探讨了艺术这种独特精神产品，这种审美创造，是如何得以出现的。这对于马克思和恩格斯建立的猿因劳动而能成人，因而才

---

① 《马克思恩格斯论艺术》（一），人民文学出版社 1960 年版，第 133 页。

有艺术及物质基础制约意识形态的理论原则，不能说是两相对立的，倒是可以视为一种补充。因为，它们结合艺术特质对其起源问题研究得更加细密，对于我们今天继续探寻和进一步揭示艺术起源之秘，也具有可资借鉴的意义。

（发表于《漳州师院学报》1998年第1期）

约翰生的现实主义的文艺观

英国 18 世纪的作家、文艺批评家撒缪尔·约翰生(Samuel Johnson，1709—1784)的文艺思想在我国还没有引起足够的重视，翻译不多，评价偏低，有的介绍还不十分符合事情的本来面目。所以，想根据自己接触到的一些材料，谈谈个人的意见，就教于有关专家、同行和广大读者。

（一）

在西方文艺理论发展史上，在约翰生之前，似乎还很少有人详尽地谈到精密地观察生活对作家创作的极其重要的意义。

约翰生在他的不同著作中，多次强调作家应向生活学习，认为向生活学习是一切优异秉赋的来源。在《莎士比亚戏剧集·序言》中，他说："有一种严密观察力和精确辨别力是无法从书本中学习的，这几乎是一切优异秉赋之来源。莎士比亚观察人类一定非常精辟透彻，非常细心注意"，所以他能"既有新内容，也有新形式"[①]。而且在许多国家里，一些名声历久不衰的诗人，都是"直接从生活知识中吸取他们的见解和描述，所以他们的模仿是正确的，他

---

① 约翰生：《莎士比亚戏剧集·序言》，见《西方文论选》，上卷，伍蠡甫主编，上海译文出版社 1983 年版，第 530—531 页。

们的描述是人人亲眼证实的，他们的见解是人人心里同意的"①。向生活学习的重要性也是作为作家的约翰生自己的亲身体会。他在小说《拉塞勒斯》(*Rasselas*)中借人物之口叙述自己的经历说：他读了所有波斯和阿拉伯诗人的作品，不少卷能背诵，但他"很快发现没有人曾经靠模仿达到伟大的成功的"。于是他转移了注意力于大自然和人的生活。他从未描写过那些他没有看见过的生活。②

而约翰生的以上观点正是与当时在法国甚至在欧洲占主导地位的古典主义的文艺主张针锋相对的。古典主义的思想基础是唯理主义。他们要求文艺从理性出发，夸大模仿古人的作用，甚至说"法国最大的作家们的作品的成功主要归功于这种模仿"（布瓦洛语），认为模仿古人才是作家应走的正路。在古典主义盛行时，约翰生的观点是切中时弊的。

作家应该如何精密地观察生活呢？约翰生以自己的经验生动地回答了这一问题。他的回答是：一、要既广且细地熟悉广阔无垠多种多样的事物，直至其细微末节。他说："没有哪一种知识是我所不注意的……对于一个诗人来说，没有什么是无用的。无论是美的或是令人畏惧的事物，在诗人的想象里，都必须是熟悉的。他必须熟悉广阔无垠的众多事物，也必须熟谙那细微末节。花园里的植物，森林里的动物，地下的矿藏和那天上的流星，所有这一切无穷无尽的多样的事物都必须同时储存于他的脑海之中。"③二、要注意捕捉形象，并将其生动如画地保存在记忆里。他说："为了捕捉形象，我徘徊于山丛和沙漠之中，并且把森林中的树木、山谷中的花草都生动如画地保存于我的记忆里。我同样仔细地观察巨石的危岩峭壁和宫殿塔式建筑的尖顶。有些时候我沿着小溪的曲径漫游，有些时候我注视那夏天云霞的变化。"④他的回答之三是：要观察和熟悉各种各样的人的生活、他们的思想感情及其变化。约翰生告诉我们，他仔细地观察、研究过大自然。但是同时，他说："对大自然有了知识，对于一个诗人的任务来说，才仅仅是完成了一半。他还必须熟悉各种样

①　约翰生：《莎士比亚戏剧集·序言》，见《西方文论选》上卷，第532页。

②　见《拉塞勒斯》(*Rasselas*)第十章。

③　*Criticism*：*the Major Texts*，W·J·Bate, ed.，New York：Harcourt，Brace and Company，1952，p.206-207，本书作者译。

④　*Criticism*：*the Major Texts*，p.206-207，本书作者译。

式的生活。他需要估量人物在不同情况下可能有的欢乐或忧愁，他需要观察人在多种感情结合在一起时所产生的力量，他还需追溯人的思想，在不同制度的制约下，在受到气候和习俗等偶然因素影响下，所起的变化。"①约翰生的这些看法，我们今天看来也还是正确的。

约翰生不仅主张文艺家应向生活学习，而且重视文艺对生活的反作用。他说："一出戏的最高的美在于再现自然和指导生活。"②"诗的目的是寓教于乐。"③他还说：文艺家"必须作为一个自然的说明人和人类的立法者来写作，并且应把自己视为后代思想和生活方式的指挥者"④。后一看法也许略微夸大了文艺家的作用，但是可以使我们看到，他是何等地重视文艺对生活的反作用——不仅要求文艺有影响于作品出现的那个时代，而且要求文艺影响后代；不仅要求文艺对生活有所影响，而且要求起立法者、指挥者的作用。立法者和指挥者的提法不够精确，但他重视文艺的反作用，并把在思想上和道德上给人以启示和教育视为文艺的目的，则是可以肯定并应予以重视的。

以生活为创作的源泉并要求文艺反作用于生活，是现实主义创作主张的特点之一。约翰生的这一观点是明确的，约翰生在这一问题上的论述是详细而具体的。这不能不是我们认定约翰生具有现实主义文艺观的论据之一。

（二）

约翰生盛赞莎士比亚的戏剧是"生活的镜子"，并说："没有别的英国作家，或者也许没有几个用近代文字写作的作家，像他这样真实地描写生活的本来面貌。"⑤可见，约翰生是主张描写生活的本来面貌的。

像生活的本来面貌那样来描写生活，可能是现实主义的主张，也可能是自然主义的观点，约翰生的主张究竟是哪一种呢？

约翰生说：诗人的工作不是去审视大自然中的个别，而应是细查种类，

---

① *Criticism: the Major Texts*, p.207，本书作者译。
② *Criticism: the Major Texts*, p.216，本书作者译。
③ *Criticism: the Major Texts*, p.210，本书作者译。
④ *Criticism: the Major Texts*, p.207，本书作者译。
⑤ 约翰生：《莎士比亚戏剧集·序言》，见《西方文论选》上卷，第531页。

注意事物一般的特性；诗人的工作不是去数清那郁金香上的条纹的数目，也不是去描写森林的翠绿色中那色彩浓淡的细微差别，他应该展示那些动人的相貌。[①]他又说："除了给具有普遍性事物以正确的表现之外，没有任何东西能够被许多人所喜爱，并且长期受人喜爱。"[②]可以看到，约翰生在强调细致地、精密地观察生活的同时，并不是说艺术创作可以仅仅停留于复制生活中的个别细节，而是把描写事物的普遍性放在首要地位的。这显然不是自然主义的主张。

在这里，应该接着提出的问题是：约翰生在强调描写普遍性时谈到，诗人注意的不只是个别，而是类型，在肯定莎士比亚的剧作时，他也谈到，在其他诗人们的作品里，一个人物往往不过是个别的人，在莎士比亚的作品里，一个人物通常代表一个类型。那么，约翰生所谓的类型是不是违背现实主义创作方法的类型说呢？看来事情并不是这样。

首先，约翰生要求表现的普遍性不是类型说理解的普通性，而是典型说理解的普遍性。他说："幻想的虚构所产生的畸形结合"只能给人以暂时的快感，"用夸张的或涂黑的人物，用难以令人相信的和绝无仅有的美德或罪恶来吸引人的注意，正如粗俗的神怪小说用巨人和侏儒来刺激读者的好奇心。谁要是按照这样一个剧本或小说里面所说的故事来安排自己的事务，就会大上其当的。"[③]而莎士比亚呢？"在他所写的场面上活动的只是这样一些人，他们的言行正是读者想象自己在同样的情况下所要说的、所要做的……他所表现的事件可能不会发生，但是，假若真正发生了这个事件，那么它所引起的效果就很可能正如莎士比亚所刻画的那样。"[④]很明显，约翰生反对的是事物的不正常的结合以及那难以令人相信的描写，而主张表现事物发展的可能性和必然性。约翰生的这一主张还可从他对莎士比亚的以下评述中进一步得到证实。他说：读了莎士比亚所写的那些场景之后，"就连一个隐士也会对尘世间的事务作出判断，甚至一个教士也会预测到爱情是怎样发展的。"[⑤]可见，约翰生强调描写事物的普遍性，在基本精神上和亚里士多德所理解的普遍性——事

[①]　*Criticism: the Major Texts*, p.207，本书作者译。
[②]　约翰生：《莎士比亚戏剧集·序言》，见《西方文论选》上卷，第 527 页。
[③]　约翰生：《莎士比亚戏剧集·序言》，见《西方文论选》上卷，第 529 页。
[④]　约翰生：《莎士比亚戏剧集·序言》，见《西方文论选》上卷，第 529 页。
[⑤]　约翰生：《莎士比亚戏剧集·序言》，见《西方文论选》上卷，第 530 页。

物发展的可能性和必然性是一致的，而不是类型说所理解的普遍性——事物的常态或统计的平均数。

其次，约翰生虽然使用了"类型"这个术语，但他在如何描写人物的问题上，也并不赞同古典主义的性格类型论。相反，他对描绘人物的个性特征已经给予了相当的重视。他赞扬莎士比亚说："如此广阔而普遍的人物身上不易看出细微的区别，也不易保持他们的独特性，但是可能没有任何一个诗人比莎士比亚更能使他的人物互不相同。""若想把某一句话从原来那个说话人的口里转加到另外一个人物的身上而结果仍恰当，那恐怕是办不到的。"[①]人物性格互不相同，各自具有其独特性；人物语言达到了无法从一人口里转加到另一人身上的个性化程度。这是约翰生盛赞莎士比亚的，自然也是他所提倡的。

（三）

约翰生从现实主义的文艺观出发，对妨碍创作反映现实生活的古典主义的清规戒律作了极为深刻的批评。

面对一些文艺家指责莎士比亚未遵守"三一律"，他态度明朗、理直气壮地说：莎士比亚的历史剧，无论是悲剧还是喜剧，都不拘泥于任何规则的束缚。因为，"应该得到人们最高的称赞的是：情节的发展变化是有准备的，从而能为人们所了解，而具体事件又多种多样，令人感动；同时，人物性格具有一致性，形象逼真，风采各殊。除了这些，没有什么别的统一、一致是莎士比亚所考虑的。"[②]这段话清楚说明，约翰生认为，对于文艺作品来说，最重要的是，要以逼真的、风采各殊的艺术形象，真实地反映出生活的丰富性和多样性，使艺术作品既能为人们所了解和接受，又能令人感动。正是从这种现实主义的创作主张出发，约翰生认为古典主义的清规戒律是不值得考虑的。

对于"三一律"，约翰生的看法是：赞成情节的整一性（情节要统一、完整，具有必然的内在联系，构成有机整体），认为莎士比亚的剧作，除了历史剧

---

① 约翰生：《莎士比亚戏剧集·序言》，见《西方文论选》上卷，第529页。
② Criticism：the Major Texts，p.213-214，本书作者译。

外，其他剧作在符合亚里士多德的情节整一性的要求方面，是做得很好的。至于时间的一致（剧情限制于发生在二十四小时中的事）和地点的一致（剧情集中发生在一个地点），莎士比亚确是没有注意的。但他说，我不认为莎士比亚应该为他不知道"三一律"，或者虽知道有意不遵守"三一律"而感到可悲，因为"对于虚构的故事来说，只有情节的完整性是基本的，而时间和地点的一致明显是来自于一种错误的设想，它只会限制戏剧的广度和减少其多样性"①。

当时坚持"三一律"的古典主义文艺家们说，要观众相信发生在几个月或几年中的事情都完成在戏剧演出的三个小时以内，那是不可能的。要在戏中变更事情发生的地方，观众也不会相信。如果这样，人们将会厌恶这种明显的谎言，虚构也将失去它们的力量。对于这些坚持时间一致和地点一致的理由，约翰生反驳得非常有力，非常精彩。

首先，他指出：虚构是艺术的特点，艺术真实是不同于生活真实的。他说：是的，艺术"是不真实的，任何戏剧演出对真实发生的事实来说，都是不符合的，但是这些戏剧性的虚构的故事在本质上却是令人相信的"②。"戏剧是作为戏剧为人们所充分相信的"，它"使人产生痛苦或欢乐的感情"，"是因为它使人在思想上感到它的真实性。"③这就是说，艺术反映的是生活的本质的真实，而且能给人一种逼真感，使人感到它的真实性。据此，约翰生说："很清楚，读一个剧本和看一出戏的演出一样，人们并不认为情节是真实发生的事，因之随之而来的，在幕与幕之间是跨越了较长时期或较短时间，都是被容许的。一个戏剧观众并不比一个叙述作品的读者更多地去计算故事跨越了多长一个时期或者是变换了几个地点。对于叙事作品的读者来说，在一个小时的阅读中，在他们面前可能过去的是英雄的一生或者是经历了一场帝国的革命的变革。"④

其次，他从艺术欣赏的角度来谈论了这一问题，他说：当戏剧开始时，

---

① *Criticism：the Major Texts*, p.215，本书作者译。
② *Criticism：the Major Texts*, p.214，本书作者译。
③ *Criticism：the Major Texts*, p.215，本书作者译。
④ *Criticism：the Major Texts*, p.215，本书作者译。

既然观众真的想象他自己是在亚历山大并且相信他徒步走到戏院是航行到了埃及，那么，他能想象这一点，也就能想象得更多。他既然能在一个小时把舞台想象成亚历山大，他也就能够在一个小时之后把舞台想象为罗马的某地。既然在人们的想象里，人们能够把舞台视为田野，为什么就不能把一小时看作一个世纪呢？既然幻想、想象是被允许的，那么，想象就是没有限制的。①

此外，约翰生也反对古典主义文艺家们在悲喜剧之间设置的严格界限。他说：莎士比亚的戏剧从严格的批评家的观点看来，既不是严格意义上的喜剧，也不是严格意义上的悲剧，而是展示社会本来的真实情况的一种新型作品。它像社会的本来的真实情况一样，既有善，也有恶，既有欢乐，也有痛苦，交织着多样的互不相同的部分和各式各样的组合形式。同时它表现了世界变化发展的过程。在这个过程中，一个人的失恰恰是另一个人的得；在这个过程中，狂欢者正忙于饮酒作乐，哀伤者却正在埋葬他的朋友；在这个过程中，有些时候一个极度的恶意却被另一个人的嬉戏玩笑所挫败，很多的伤害或利益为人们得到或被阻止，是没有为人们所预料到的。②生活就是这样的丰富多样，变化无穷，莎士比亚的戏剧正像这大千世界一般，因而，有什么必要去受悲喜剧的严格界限的约束，以至于捆住自己反映生活真实的手脚呢？

在约翰生的时代，对于占主导地位的古典主义法规进行批评，其胆、其识都是难能可贵的。而在这方面，约翰生和莱辛都作出了自己的贡献。不过，《汉堡剧评》的翻译者张黎同志在"译本序"中说："莱辛是第一个从理论上对'三一律'进行了详尽分析和批评的人"③，则和事实不尽相符合。

莱辛集中分析批评"三一律"的文章，正如张黎同志谈到的，是在《汉堡剧评》第四十四、第四十五和第四十六这三篇中，这三篇剧评分别写于1767年9月29日、同年10月2日和10月6日；而约翰生集中批评"三一律"的《莎士比亚戏剧集·序言》第一次发表于1765年。显然，在时间上早于莱辛。再就

①　*Criticism: the Major Texts*, p.214，本书作者译。
②　*Criticism: the Major Texts*, p.210，本书作者译。
③　张黎：《汉堡剧评·译本序》，见《汉堡剧评》，上海译文出版社1981年版，第 VIII 页。

两人的观点来看，莱辛和约翰生一样，认为行动整一律是必要的，而时间一致、地点一致的规则，则是不利于创作的。莱辛说：行动整一律的精神实质"是为了简化行动，慎重地从行动当中剔除一切多余的东西，使其保留最主要的成分，成为行动的一个典型。这种典型，恰恰是在勿须附加许多时间和地点的繁文缛节的形式中最容易塑造成功的"①。莱辛也有一些不同于约翰生的新看法，他认为"三一律"是由于希腊戏剧有歌队，故而提出的要求，指出：当时的戏剧已无歌队，法国人却仍然坚持时间一致、地点一致，那就是仅仅履行了这条规则的语言，却未履行它的精神。此外，莱辛谈到，对于戏剧作品来说，首要的是美学价值和对人物性格的刻画，而不是去遵守什么规则和书本上的教条。②比较约翰生和莱辛对"三一律"的看法，我们可以说，就总的方面说来，其基本观点是一致的，但约翰生分析得更系统，更详细，所以，事实是约翰生是先于莱辛对时间、地点一致的清规戒律作了详尽分析和批评的人。

有关约翰生的评价，还有一点必须提及的是：高等学校文科教材《西方文论选》编者同志关于约翰生对"三一律"的态度的介绍，似乎是不符合约翰生的原意的。编者介绍说：约翰生"认为莎士比亚的剧本有以下这些缺点：缺乏道德目的；故事情节往往松懈；不能完全遵守三整一律……"③。事实是：约翰生不仅不认为莎士比亚未有完全遵守三整一律是一个缺点，相反，在《莎士比亚戏剧集·序言》中，在谈了他所认为莎剧存在的缺点之后，说："这将会是被人以为奇怪的，那就是：在列举这位作者（指莎士比亚——引者注）的诸多缺点之中，我竟没有提到他忽视'三一律'，竟没有提到他违背在诗歌创作和批评方面的权威们所制定的那些法规。"④并且说："对于可能加之于他的所谓不合常规的指责，我将要出于对我不得不反对的学者们的尊敬，冒昧地试图为他作一辩护。"⑤然后，就是如本文前已谈及的那样，详细地论述了戏剧创作

---

① 《汉堡剧评》，张黎译，上海译文出版社1981年版，第241页。
② 《汉堡剧评》，张黎译，上海译文出版社1981年版，第237—245页。
③ 见《西方文论选》上卷，第526页。
④ *Criticism*: *the Major Texts*, p.213, 本书作者译。
⑤ *Criticism*: *the Major Texts*, p.213, 本书作者译。

不应受时间一致、地点一致的限制的理由。所以，说约翰生认为莎士比亚不能完全遵守三整一律是莎剧的缺点之一，显然是不符合约翰生的原意的。

总之，约翰生对古典主义法规进行的深刻有力的批评，进一步说明了他现实主义文艺观的明确性和坚定性。

（四）

撒缪尔·约翰生之所以能够具有比较明确的现实主义的文艺观，并不是偶然的。

在16世纪，英国资本主义有了急速的发展。圈地运动使资本主义深入到农村；打败西班牙的无敌舰队，夺得海上霸权，刺激了工商业的发展和对海外的掠夺，促成了经济的高涨。17世纪中叶，英国进行了资产阶级革命，推翻了君主专制制度。18世纪中叶，发展了工业革命，出现了使用机器的工厂。同时，自然科学得到迅速发展。生产和自然科学的发展促进了经验主义哲学思潮的出现。生活在文艺复兴时期的哲学家培根奠定了英国经验主义哲学的基础，他初步认识到，认识是为着实践，认识也要根据实践。培根、霍布士和洛克所坚持的经验主义的哲学思想体系基本上是唯物主义的。他们强调，经验是一切知识的来源，否认有先天的、与生俱来的理性观念。应该说，约翰生的现实主义的文艺主张和培根等为代表的基本上是唯物主义的哲学思想体系是有联系的。但是，这种经验主义的哲学思想，由于片面强调感性经验，就易于停留于机械主义，或者流为感觉主义和不可知论。在经验主义派哲学家中，最爱好和关心文艺问题的休谟就是后者的代表。而约翰生在文艺与现实的关系问题上，坚持了现实主义的主张，正是继承培根、霍布士和洛克的唯物主义的精神、扬弃休谟对经验主义的消极的唯心主义的发展的结果。

约翰生之所以能坚持现实主义的文艺观，还有一个极其重要的原因，他面对着已经取得了伟大成就的英国文学的实际。在伊利莎白时代，在莎士比亚手里，英国文学达到了高峰。17世纪又产生了密尔顿这样伟大的作家。同时，由于英国资产阶级在经济上和政治上都逐渐居于统治地位，文学的对象逐渐由上层阶级转到中产阶级，文学的性质逐渐变为主要是反映资产阶级的生活和理想。西方的报刊文学、市民戏剧以及近代小说都最早在英国出现。英国文学的这一蓬勃发展的现实，特别是莎士比亚的伟大成就，对于约翰生在文艺问题上形成较为正确的观点，无疑是有重要的促进作用的。

约翰生的现实主义文艺观和他自己的生活、思想、经历也有着密切的关系。约翰生生于一个书商家庭，曾在牛津大学学习，因贫停学，后来到伦敦以写作为生。他的生活地位使他较为接近当时的人民大众。他肯定中产阶级的道德观念，基本上代表了当时尚处于上升时期的中产阶级的利益。同时，他自己也是一位作家。他的《诗人传》描述了十七八世纪重要诗人的生平和创作，交织着约翰生对这些诗人的评价。亲身的创作实践也帮助了他在文艺和现实的关系上，获得较为正确的认识。

当然，约翰生的世界观也有着明显的唯心主义的因素，他的文艺观也是有着明显的局限的。主要的不足在于，他也是一个抽象的人性论者。他认为，人性是普遍的、共同的、不变的，并把这种不变的"人的共同本性"视为他所理解的"真实"和"自然"的内容，以之要求于作家和作品。在文艺反映现实的特殊规律方面，他确实是继承和在一定程度上发展了亚里士多德开创的典型说的传统，不过，他更重视事物的一般特点，更重视共性，而对生动、细致的个性描写，还重视不够。对于有的古典主义的法规，他也有一个认识过程，如发表在1749年的他的悲剧《艾里尼》(Irene)，还是严格遵守"三一律"的。对于古典主义的某些观点，如"诗的正义说"——戏剧结局须贯彻"善必赏、恶必罚"的原则，约翰生一方面认为生活并不全都如此，如实表现生活无可非议，但对于"诗的正义说"，又认为是可以考虑的，说明他还没有完全摆脱古典主义时尚的影响。但是，从总的方面来看，无论是就约翰生在西方文艺理论发展史上的地位来考察，还是就当时的西欧，古典主义将现实主义推向了表面化、公式化的歧路这一特殊环境来研究，约翰生在坚持和发展现实主义文艺理论方面的贡献，都是值得我们肯定和重视的。

（发表于《四川大学学报》1985年第2期）

评华兹华斯的诗歌理论

华兹华斯(William Wordsworth，1770—1852)的诗歌理论和他的诗歌一样，曾被有些学人完全否定。有的苏联文学史家说：华兹华斯为《抒情歌谣集》所写的序言，是"英国文学史上的反动浪漫主义的宣言"[①]，有的文学史家说：华兹华斯提出写普通人和日常事的文学主张，是有其极为反动的意义的"，他关于想象的理论，也是"唯心透顶"的等等[②]。应该如何实事求是地评价华兹华斯的诗歌理论，看来是一个很有必要探讨的问题。

华兹华斯谈及文艺的文章很多，而集中代表他的文艺观点的论文，是他为《抒情歌谣集》写的两篇序言(分别发表于 1800 年和 1815 年)。具体研究一下这两篇序言的内容和意义，并适当联系他的其他文论及诗歌创作实践，我们就可基本上看清那些全盘否定华兹华斯诗歌理论的见解是否公正了。

(一)

华兹华斯认为：诗歌的特质在于表现情感，激情是诗歌的灵魂。他从多

---

① 阿尼克斯特：《英国文学史纲》，1980 年重印中译本，第 287 页。
② 伊瓦肖娃：《十九世纪外国文学史》，第一卷，杨周翰等译，人民文学出版社 1958 年版，第503、504 页。

方面阐明了这一思想。从评诗标准方面考察，他多次重复了这样的看法：“所有的好诗，都是从强烈的感情中自然而然地溢出的。”[①]从构成诗歌的诸成分间的关系来看，他说：《抒情歌谣集》中的诗与一般流行的诗的一个不同之点在于，“在这些诗中，是情感给予动作和情节以重要性，而不是动作和情节给予情感以重要性”。这就是说，在构成诗歌的诸成分中，他视激情为最重要的因素。不仅如此，他还认为诗歌的意象、词汇、韵律等等都应服务于表现情感。从诗作用于读者的角度来说，他认为诗告诉人们以真理，是凭借热情去深入人心。用他的话来说：“诗的目的是在真理，不是个别的局部的真理，而是普遍的有效的真理，这种真理不是以外在的证据为依靠，而是凭借热情深入人心。”在对诗人的要求方面，他强调诗人应以“热情去思考和感受”，诗人不仅应比一般人具有更敏锐的感受性，也应具更多的热忱。

自从亚里士多德用“摹仿”来概括一切艺术的特质之后，一直到18世纪，虽然也有一些文艺家传承了柏拉图的理论传统，但仍有大量的艺术家坚持用“摹仿”来阐释艺术之所以成为艺术的基本特点。当然，其间的变化和差异也是存在的。如有的文艺家，特别是在文艺复兴之后的一些文艺家，更为重视文艺对读者（观众）所产生的影响，艺术摹仿生活是服务于文艺效用这一目的的，但就他们对于什么是艺术这一问题的回答来看，这些文艺家仍然是接受和继承“摹仿说”的。例如，18世纪的一位法国文艺批评家查尔斯·柏丢克斯（Charles Batteux）为了探求一个既简明又足以概括文艺特点的原则，系统地研究了法国的文艺理论和文艺批评著作，都未能找到满意的答案。直到读了《诗学》之后，他在1747年发表了如下的意见：除了希腊哲学家亚里士多德的“摹仿说”，再没有别的任何原则是既简明又足以概括文艺的特质的[②]。查尔斯·柏丢克斯的这种观点，在华兹华斯提出诗歌的灵魂在于激情之前，是很有代表性的。无论是16世纪的锡德尼，或者是17世纪的高乃依、布瓦洛，或者是18世纪的狄德罗、莱辛、约翰生等著名的文艺家，都基本上是赞同“摹

---

① 华兹华斯：《抒情歌谣集·1800年版序言》，曹葆华译，见《古典文艺理论译丛》，第一册，人民文学出版社1962年版。

② M. H. Abrams: *The Mirror and the Lamp: Romantic Theory and the Critical Tradition*，牛津大学出版社，1981年美国重印本，第12页。

仿说"的。

亚里士多德的"摹仿说",不仅推翻了柏拉图以理念为真实的客观唯心主义观点,认为文艺摹仿的对象是真实的现实世界;而且,他所说的摹仿现实,并不是生活的抄袭或照搬,而是创造客观世界的类似物,这种类似物是加上个别姓名的,又是能反映事物发展的可能性和必然性的,从而在实际上提出了人类文艺史上最早的典型说的雏形。仅就这一点而论,亚里士多德也不愧为西方文艺理论的奠基人。但是,亚氏的理论也有明显的不够完善之处,其中之一就是:他对他所说的摹仿活动,即艺术创作活动中,艺术家的作用认识和重视不够。艺术是现实生活和艺术家主观的思想感情相结合而形成的有机统一体,是一种社会意识形态。亚里士多德看到了文艺是源于摹仿生活,也看到了文艺反映生活的特点(不同于历史及其他),但对文艺作为意识形态的特质却缺乏认识,对艺术家的思想感情在艺术创作中的重要作用估计不足。

亚里士多德用"摹仿"来简要概括文艺的本质,华兹华斯以表现情感来扼要说明诗歌的特质。对于主客观相结合而形成的文学艺术来说,亚里士多德更多地是强调客观方面,而华兹华斯则更多地强调了主观方面,他们观点的差别是明显的。之所以有这样的差别,和二人主要研究的文体不同有很大关系。《诗学》主要是对希腊戏剧(特别是悲剧)创作经验的总结,华兹华斯主要是论诗歌(特别是抒情诗)的创作。但是,就对文艺特质的全面的理论概括而论,华兹华斯正是突出地强调了亚氏"摹仿说"所忽视的方面,其在理论方面的贡献是不容忽视的。如果将之放在西方文艺理论发展的流程中来考察,则可看到,其对艺术本质特性的概括更具有"表现说"正是出现的标志的意义。关于这一点,当今西方文艺家们也基本上是公认的。例如,美国著名文艺理论家艾布拉姆斯(M. H. Abrams)把西方从古至今文艺理论发展的轮廓,概述为四个阶段:摹仿说;效用论;自我表现说;独立客体论,并且认为华兹华斯的《抒情歌谣集》(1800年版"序言"),正是"表现说"代替摹仿说和效用论的标志。

（二）

华兹华斯认为诗歌的灵魂在于激情，但他并不像有的文艺家那样，把诗歌看做纯粹是诗人的自我表现。他所理解的表现情感和反映现实并不是绝对对立的。

作为一个浪漫主义诗人和诗论家的华兹华斯，十分重视诗人的创造力。他认为诗人特别应该有能力去表达那样一些思想情感：他们的发生并不是由于直接外在的刺激，而是出于人的选择，或者是他心灵的构造，但是，在他看来，这种心灵的构造物依然是实际生活的影子。他明确地说：不论我们以为最伟大的诗人具有多少这种能力，我们总不能不承认"实际生活中的人们处于热情的实际紧压之下，而诗人则在自己心中只是创造了或自以为创造了这些热情的影子"。"不管我们怎样赞美诗人的禀赋，我们总看得出：当他描写或摹仿热情的时候，他的工作比起人们实在的动作和感受中所有的自由和力量，总是多少有些机械，所以，诗人希望把自己的情感接近他所描写的人们的情感。"不仅如此，他还宣称："我的目的是摹仿"，而且在创作实践中，时刻都全神贯注地考察自己所使用的题材，希望诗里没有虚假的描写。

在论及诗歌所表现的情感是从何而来的问题时，华兹华斯的观点有些近似于我国古代文论的"物动说"。刘勰说："人禀七情，应物斯感，感物吟志，莫非自然。"[1]钟嵘说："气之动物，物之感人，故摇荡性情，行诸舞咏。"[2]华兹华斯说："这些热情、思想和感觉到底与什么相联系呢？无疑地，他们与我们的伦理上的情操，生理上的感觉，以及激起这些东西的事物相联系；它们与原子的运动、宇宙的现象相联系；它们与风暴、阳光、四季的轮换，冷热、丧亡亲友、伤害和愤懑、感德和希望、恐惧和悲痛相联系。"可见，华兹华斯并不认为诗人的感情纯粹是主观的自生自灭的东西，应该说在物与情的关系问题上，他和刘勰、钟嵘相似，表现出一种朴素的唯物主义观点。

---

[1] 《文心雕龙·明诗》，见《文心雕龙註》，上册，范文澜註，人民文学出版社1961年版，第65页。
[2] 《诗品·总论》，见《诗品註》，陈延杰註，人民文学出版社1958年版，第1页。

还有一个论据也说明他主张文艺表现情感和文艺反映现实并不是对立的，这就是他的评诗标准。他不仅说过，"所有的好诗，都是从强烈的感情中自然而然地溢出的"。同时，他也说过："一切好诗的一个共同点，就是合情合理。"华兹华斯在这里说的合情合理，显然是继承了亚里士多德以来西方文艺家们的一个传统的观点。亚里士多德已经强调指出，"诗人的职责不在于描述已发生的事，而在于描述可能发生的事，即按照可然律或必然律可能发生的事。"①这就是亚里士多德要求的"近情理"的真谛所在。华兹华斯在这里所说的"合情合理"，也正是要符合现实生活的情理。这样，华兹华斯既强调了激情对于文艺的重要，又强调了符合生活的情理才堪称好诗。把这两方面联系起来要求于文艺，应该说是比较全面的。

不过，不应忽视的是，在文艺与现实的关系问题上，华兹华斯的思想存在着矛盾，也有不正确的方面。他仅仅认识到感情是和现实生活有联系的，还未能认识到从根本上说，思想感情来源于客观现实，诗人的主观是受制约于所处的客观生活环境的。正由于没有从根本上明确认识主客观的关系，导致他有些见解比较正确（如上所述），有些见解又有较大的谬误。例如，在有些时候，他谈到检验文艺的真实性时，仅仅停留于考察作品是否真诚地袒露了诗人的内心，是否真实地表达了一定情境下诗人的感情②，至于这种诗人的内心是否正确地反映了现实，他却不予以考虑。不仅如此，他还把人性视为"天性"，认为"诗的目的""最重要的是要探索我们的天性的根本规律"，反映"天性的永恒部分"。自然，"文学是人学"，文学是以人与人之间的关系为其描写对象的。但是，人的本质是社会关系的总和，人性是受具体环境的制约的，是历史的具体的社会关系的产物，而不是固定不变的、永恒的"天性"。这些观点说明，华兹华斯的某些理论又脱离了客观的现实基础，陷入了唯心主义。

（三）

华兹华斯说："我通常都选择微贱的田园生活作题材，因为在这种生活

---

① 亚里士多德：《诗学》，罗念生译，人民文学出版社1982年版，第28页。
② 见华兹华斯1800年写给约翰·威尔逊的信。

里，人们心中主要的热情找着了更好的土壤。""他们表达情感和思想都很单纯而不矫揉造作。"苏联的一位文学史家对此评论说：华兹华斯写单纯、日常的题目，并非想展示现实，更非想正确地描写普通人，而是有意识地拒绝描写当时的社会冲突。这位文学史家的结论是：华兹华斯主张描写普通人和日常的情节，最终是有极其反动的意义的。①

我们究竟应该怎样评价华兹华斯描写普通人、日常事的文艺主张呢？

华兹华斯的思想确实有一个从积极到消极的发展过程。青年时代的华兹华斯曾以高涨的激情欢呼法国革命使一切事物都获得了新生，但是，雅各宾派专政后，在暴力面前，他感到恐惧、失望、伤心和痛苦，理想幻灭了。从几次去到法国投入革命的漩涡到退避于湖畔，吟咏大自然。而且，随着岁月的流逝，他的思想日益消沉。到了晚年，更陷入了与世无争、赞美永恒的宗教迷雾之中。他的描写普通人、日常事和田园生活的文学主张，确有消极地回避斗争的一面。但是，我们认为，只看到这一面，并从中得出这一主张是极其反动的结论，又是不公正、不科学的。

事实上，写普通人和日常事的理论主张，鲜明地表现了他对下层人民、特别是农民的同情。他的创作实践对此作了最好的说明。看看他的这一类题材的诗篇：《迈克尔》、《露西·葛雷》、《水手的母亲》、《毁了的村舍》……那80岁还在风雨里牧羊的勤劳老农；那被风雪吞噬的小女孩；那失去了唯一的儿子，带着儿子生前的爱物——小鸟，到处乞讨的水手的母亲；那日夜盼望丈夫归来，终于在期待和失望中死去的手工匠的妻子……仿佛一个不幸的下层人民生活的画廊，历历在目地呈现在我们眼前，读过这些诗篇，我们的感情久久难于平静。这正是华兹华斯浸透在普通人、日常事的描写中的深切的同情，深深地感染了我们。这是对英国资本主义工业革命带来的农业凋零，不少农民家破人亡、流离失所的社会现实的艺术概括。它使我们从一个侧面再一次看到，资本主义社会里的财富不仅是工人的血汗，也是农民的血汗铸成的。

华兹华斯对当时社会的主要矛盾冲突有回避的一面，但是在他回到了湖

① 伊瓦肖娃：《十九世纪外国文学史》，第一卷，中译本，第502—504页。

畔之后，不仅同情下层人民，而且仍然没有完全放弃自由平等的民主主义的理想，只是苦于找不到实现理想之路究竟在何处。从文艺思想这个角度来考察，他主张描写普通人、日常事正是其民主主义理想仍未熄灭的一种表现。18世纪的欧洲，占主导地位的是古典主义文学，其题材只是上层社会和宫廷生活。在这种情况下，华兹华斯却大力提倡写下层人民，并自己付之于实践。这是在题材问题上，对古典主义文坛的挑战，可以看做是在文学领域里为下层人民争一席之地的一种努力。

华兹华斯提出写普通人、日常事还有一层意思是：他有意识地以此和那种追求狂暴刺激的下流文学相对立，反映了他对随着资本主义的发展而日益严重的道德败坏、人欲横流的现实的不满。这一点是华兹华斯本人在"序言"中明确提到了的。他说：以往作家的非常珍贵的作品（莎士比亚和弥尔顿的作品）已经被抛弃了，代替它们的是许多疯狂的小说，许多病态而又愚蠢的德国悲剧，以及像洪水一样泛滥的用韵文写的夸张而无价值的故事。他说：他想用他的诗作，用反映普通人、日常事以及田园生活的真实情感的作品，来做一些反对下流文学的微弱努力。这种努力是从他的创作中也能够看到的。例如,《我们兄妹七人》，描写小姑娘坚持把她已死去的姐姐和哥哥算在一起，说"我们兄妹七人"，表现出她对姐姐、哥哥的手足情谊（人已死去，仍念念不忘），从而以真挚的感情和资本主义的金钱关系作了鲜明的对比，从平凡的小事中流露出深意。

所以，我们认为，华兹华斯关于描写普通人、日常事及田园生活的文学主张，显然具有积极的、值得肯定的方面。

（四）

华兹华斯结合诗歌创作和自己的创作经验，比较生动、具体地论述了文学创作思维过程的特殊性。这集中表现于他对"想象"的议论。

华兹华斯不同意把"想象"仅仅理解为以观念复制感官印象（在西方文论中，"想象"这个文学术语，大致相当于我们今天所说的形象思维）。他认为"想象""意味着心灵在那些外在事物上的活动，以及被某些特定的规律所制约的创作过程或写作过程""想象力也能造形和创造",想象有抽出的能力、修改的能力和赋予的能力。其方式是,一种表现为对单独意象的处理,往往是从对象中抽出一些它的确具有的特性,同时又将一些额外的特性加之于它,构成一个新的意象;另一种方式是,把几个不同意象结合起来或对立起来,构成新的形象。他特别说明,想象力最擅长的是把众多合为单一,以及把单一分为众多。

在这里,华兹华斯不仅说明创作过程的思维活动是一个不离意象的创造性的联想活动,而且谈及了我们现在所说的典型化的两种主要方式:杂取种种,合而为一;或者是以一个意象为主,通过抽出、赋予和修改,使形象更具典型性。除此之外,华兹华斯还论述了通过想象创造出的形象的真实性问题。他说:"想象力创造一个比喻,初看起来也许不十分像,但是这种相似的真实一旦为我们领悟之后,就会在我们心中增长起来,而且继续不断地增长。这种相似更多地在于神情和影响,而不在于外形轮廓和特点。"这就是说,经过作家遵循上述规律创造出的新的形象,和它们的原型是有相似之处的,是有真实性的,特别是在内在特性方面(华兹华斯强调内在特性的相似,与他论述的对象是抒情诗的形象创造和他作为浪漫主义诗人的气质直接有关)。

华兹华斯除了在 1815 年版"序言"中,集中地、具体地论述了想象问题之外,在 1800 年版"序言"中,还从另一个角度阐明了想象的特性。他说:抽象思想观念的拟人化、具体化在《抒情歌谣集》中是没有的,但是收集在该歌谣集中的每一首诗都有一个有价值的目的。这不是说,诗人通常作诗,开始就正式有个清楚的目的在脑子里,而是,当他描写那些强烈激起他的情感的东西的时候,一个目的随着感情而出现了。因为,一个诗人不仅比常人更富于对事物的敏感性,而且又长久地深思了许多问题。诗人通过深入思考自己所感受到的各种各样的事物及其相互联系,就会发现什么是于人们真正重要的东西,并把自己的情感和重要的题材联结起来,形成每首诗的具体的目的(即主题思想)。这说明,文学创作不是将抽象的思想观念具体化,不是图解概念,创作冲动是由于客观物象激动了作者。在创作过程中,想象和激情、意象和思想、题材和主题是紧密联系在一起的。

虽然,在想象问题上,华兹华斯也有一些含糊迷离、晦涩玄虚的说法,甚至含有唯心的宗教的色彩。如说想象"诉诸无限"、"引向永恒"①等。但就主要方面而论，他的观点是明确的。把两篇"序言"中关于想象的观点联系起来，可以看到，他对文学创作特殊思维规律的认识是比较深刻的，而且结合诗歌创作谈得相当具体。同时，如前所述，他已认识到，想象是人的心灵在外在事物上的创造性的活动，通过想象创造出的新的形象在内在特性和外在事物上又是相似的。这说明，他所说的想象活动并没有和现实脱节。所以，把华兹华斯关于想象的理论，简单地用"唯心透顶"几个字来概括，从而加以全部否定，我们认为是不妥的。

（五）

华兹华斯不仅论述了文艺创作的特殊思维规律，而且十分重视文学艺术的特殊功用。

在文艺功用问题上，他继承了前人的观点，但强调的着重点和前人有所不同。他认为：诗是人间事和大自然的形象反映，诗为了一个特殊的目的，这个目的就是使人愉快。他甚至说，对于诗人作诗，只有一个限制，那就是必须直接给人以愉快。

什么是华兹华斯所谓的愉快（pleasure）呢？他说：引起愉快的原因是多种多样的，而主要之点就是人们从不同之中看出相同而获得愉快。显然，华兹华斯在这里所说的"愉快"，正是亚里士多德所说的，从逼真的摹仿中获得快感的意思。艺术和生活本来是两个不同的东西，但从艺术再现的形象中，我们看到二者维妙维肖的相似之处，从而引起快感。这是华兹华斯认为可以引起快感的主要原因。此外，他也谈到：和谐的音乐、悦耳的语言、克服了困难后的感觉，以及一种隐约交织着多种因素的、由于韵脚和节奏等构成的快感。可见，华兹华斯所谓的给人以愉快，实际上就是要求发挥文学的美感作用（我们作这种理解还可以从他自己的话里找到证明。他说："不要把这种直接给人愉快当做是诗人艺术的一个退化。事实上决不是如此。这是对于宇宙间美的一

---

① 见 1824 年 1 月 21 日华兹华斯给 S·蓝铎的信。

种承认。")

华兹华斯把美感作用作为艺术功用的首要要求，甚至说诗人作诗只应有这样一个限制，未能明确反映出真、善、美之间的辩证关系，也可以说有不足之处。但是，说他关于艺术效用的观点"正是反动理论'为艺术而艺术'的伪装表现"[1]，恐怕也有些失实。因为，他在强调文艺的美感作用的同时，又说到，"诗人决不是单单为诗人而写诗，他是为人们而写诗"，"诗的目的是在真理"，"读者肯定需要从诗歌作品中得到某种程度的启发和对于感情的有效的强化和净化"。这说明他要求诗歌具有启发和感染人的作用。与此同时，他也并非不重视诗歌的认识作用。他称，"诗是一切知识的精华"，"诗是一切知识的起源和终结"，他赞"诗人是瞻视往古，远看未来"，"诗人总以热情和知识团结着布满全球和包括古今的人类社会的伟大王国"。这和"为艺术而艺术"论者认为，"写诗的目的仅仅是为了诗"，明显不是等同的观点。

还值得我们注意的是，华兹华斯说的是，"诗人的描写有一个特殊的目的，即使人愉快的目的"，"诗人作诗只有一个限制，即是，他必须直接给人以愉快"。这里他用了特殊（particular）和"直接"（immediate）这样两个词很重要。因为在我们看来，艺术并不是仅有审美作用，还有认识作用、教育作用，不能说对诗人只有一个要求——使诗具有审美意义。这是就文艺的整个社会功用来说的。但是，如果就文艺除了和其他意识形态一样，具有认识作用、教育作用之外，作为艺术区别于其他意识形态的特殊作用，就正在于它有美感作用。再就文艺的认识作用、教育作用、美感作用之间的关系而论，首先直接与读者（观众）发生关系，引起读者（观众）兴趣的正是美感作用。如果一部作品不能首先给人以美感，不能吸引住读者（观众），认识作用、教育作用也就无从发挥。所以，如果从这个意义上来理解华兹华斯的话，那么他关于文艺美感作用的观点，和他要求文艺能启发、感染人和具有认识作用的看法，是并不矛盾的。同时，就美感作用是文艺区别于其他意识形态所具有的特殊作用，就美感作用是读者（观众）能否接受和欣赏一部作品、使作品的认识作用和教育作用

---

① 伊瓦肖娃：《十九世纪外国文学史》，第一卷，中译本，第505页。

得以发挥的前提这个意义上来说，他的观点也是不无道理的。

（发表于《西北师范学院学报》1985 年第 2 期；

摘登于全国高等学校《文科学报文摘》1985 年第 3 期）

赫士列特文艺思想初探

威廉·赫士列特(William Hazllit，1778—1830)是一位尚未引起学术界充分重视的英国文艺理论批评家。他的数量浩瀚的文艺理论批评著述在我国只有零星的翻译。在西方，也不是多数学者都足够地认识了他的重要建树（虽然有的学者早已对此提出异议）。赫士列特的文论长期未得到应有重视的原因也许是：由于他急于出卖文稿以维持生活，文章写得匆忙，文字不够精练；同时，他的文艺观点比较分散地见于其理论论文、作家作品评论及演讲中。但是，如果较为广泛地阅读和研究了他的著作，就不难发现他的艺术理论是深刻的，并有独到之处。和他同时代的诗人济慈(John Keats，1795—1821)就曾称赞他的文艺思想是很有深度的。

笔者认为，赫士列特文艺思想的深刻性突出表现在，他对文艺领域里的诸多问题进行了较为辩证的思考。本文拟从他对文艺与现实关系的看法、他对文艺特殊魅力的认识，以及在如何刻画形象的问题上他的见解等方面入手，对赫士列特文艺思想的深刻性作一个初步的探讨。

（一）

赫士列特清楚地认识到"艺术和自然有着直接的联系，艺术也只能从自然这一源泉中衍生出来"①。"创作的来源，毫无疑问是在各不相同的人及其生活方式之中。"②艺术家应该熟悉的不仅是大自然，还应该"既熟悉人们的内心世界，也熟悉我们自身之外的能感触得到的世界——我们知道的、看见的以及亲身感触到的世界"③。为了说明现实世界对于艺术的极端重要性，他引用了人们熟知的安泰的故事说："艺术可以说类似与赫拉克勒斯战斗的安泰，当他被举到空中，他就窒息了，只有当他接触到他的母亲地球，他才能复苏，并恢复其强力。"④

赫士列特在阐明艺术的生命源于现实的同时还着重说明：艺术又是与它所反映的客观对象不同质的另一事物。在《论摹仿》(On Imitation)一文中，他细致地探讨和回答了一个问题：为什么一个对象本身是令人讨厌的或者是人们不感兴趣的，但在摹仿的艺术中，它们却能使人产生快感？他谈到了前人曾指出过的原因：由于摹仿艺术和摹仿对象的酷似，从而引起惊诧和羡慕之情。但是，事实还不止于此。艺术不仅仅由于新鲜，不仅仅初看时使人愉悦，当人们进一步熟悉它之后，仍能继续从中得到快感，而且随着人们愈是深入地发现艺术品及其描绘对象的内在的不同之处，艺术就愈能使人产生快感。这又是为什么呢？对此，赫士列特回答说："主要的原因是通过激起好奇心和引起一种对表现对象和艺术品的比较，从而打开了一个新的探究的领域，并把注意力引向细节的多样性和前人未察觉的独特性。"⑤至于艺术品比之于其所反映的客观对象，为什么已是一个新的领域，赫士列特认为那是因为艺术反映客观对象的过程，是一个再创造的过程。它对客观对象进行了分解和再组合，所以，尽管艺术家描绘的原型本身，在一般状态下，或者在和别的思想联系在一起时，是令人讨厌的，而在经过了艺术家的分解和重新组合之后，则可以是既精且美，又富于多样性的。从而，赫士列特得出结论说：摹仿艺

---

① *The English Romantics：Major Poetry and Critical Theory*, John L. Mahoney , ed.,D.C. Heath and Company,1978,p.562,本书作者译。

② *Criticism: the Major Texts*, W·J·Bate, ed., New York：Harcourt,Brace and Company ,1952,p.295, 本书作者译。

③ *The English Romantics：Major Poetry and Critical Theory*, p.563, 本书作者译。

④ *The English Romantics：Major Poetry and Critical Theory*, p.562, 本书作者译。

⑤ *The English Romantics：Major Poetry and Critical Theory*, p.565, 本书作者译。

术再现一种本身令人讨厌的客观对象，不是通过重复对象包含的同样的思想，而是暗示出众多的新的思想，并以无穷无尽的形形色色的不同形态，展示出众多的新的特性。

可见，赫士列特既不认为艺术是纯客观的摹仿，也不认为艺术是纯主观的产物，而是较为辩证地认识到："艺术是从我们内心的神圣的殿堂中溢出来的，但同时它们是被自然这一充满生气的智慧的源泉激发起来的。"[1] "自然是艺术的灵魂，强有力的想象力完全是基于自然。"[2]

把赫士列特的这些认识放在他的前人和后人的认识序列中来加以考察，我们可以看到：亚里士多德以来的具有现实主义倾向的文论，更多强调"摹仿"、"再现"生活；以华兹华斯为代表的 19 世纪浪漫主义文论更为重视表现诗人的思想情感；20 世纪以来的现代派有过分注重表现主观精神的倾向，有的甚至走向神秘主义、反理性的极端；而赫士列特却能明确地提出文艺是主客观的结合。

在文艺与现实的关系问题上，赫士列特认识的深刻性还不止于此。他不仅认为艺术是主客观相结合的产物，而且特别强调，作为艺术就应该是独创的。他批评文艺创作中的千篇一律的倾向，说：如果我们都以同样的观点看所有的对象，并通过同样的手段反映他们，就将失去一切个人的特性。[3] 他认为艺术品的创作和其他产品的制造最大的不同正在于：艺术的每一次创作活动都应是创新的。他说：在艺术方面，"没有什么比这样的看法更违背事实的了，那就是认为比较完美的艺术仅仅是靠重复劳作的结果，或者认为一次创作成功就可导致较好的成绩接踵而至。"[4] 在谈到画家时，他说：画家"从客观对象中获得快感，就像观画者从画中获得快感一样。因为，画家根据习惯，注意去察看自然中的一切独特性。这些自然中的独特之处，是他用绘画呈现出来之前，别的人们从来没有予以注意的。普通人只能看到艺术反映出的自然，而画家却能从自然中看出美丽的图画"[5]。赫士列特的这些见解道出了创作之所以是创作而

---

[1] *The English Romantics：Major Poetry and Critical Theory*, p.563，本书作者译。
[2] *The English Romantics：Major Poetry and Critical Theory*, p.563，本书作者译。
[3] 见赫士列特的论文《论现代喜剧》(*On Modern Comedy*)。
[4] *The English Romantics：Major Poetry and Critical Theory*, p.562，本书作者译。
[5] *The English Romantics：Major Poetry and Critical Theory*, p.565，本书作者译。

不是制作的真谛所在。事情确实就是这样：没有独创就没有艺术。真正的艺术家和常人的不同正是：他能看到各种各样的一般眼睛看不见的东西，能够把握千姿百态的事物的独特性；他能从生活中看见常人看不见的画——具体生动的形象，能够从生活中感受到常人感觉不到的美。因之，他才可能通过艺术品，把寓于事物中的新意、把更强烈的美感带给艺术的欣赏者。

艺术家又怎样才能具有这种独创的能力呢？赫士列特认为要依靠"天才、审美力和感觉力"，而绝不是机械式和公式化所能奏效的。值得注意的是，他所说的"天才、审美力和感觉力"并不玄虚莫测，把他分散在多篇论文中阐述的观点联系起来，可以清楚地看到其核心之点。他认为艺术家和现实要保持直接的接触，艺术家对现实世界要有具体的感知、亲身的体会，而不能停留于抽象的认识。他认为艺术家对生活的把握力来自其整个的生活经验。艺术家的生活经验不是一个个地分散地发挥作用，而是作为一个整体，表现为对生活的敏感性。艺术家的创造力正是建立在这种敏感性的基础上的。（如他在论卢梭的一篇文章中，就明确地谈到，卢梭的想象力和理性分析力都来自于他对事物的感受力。）也正是基于这种观点，他说："审美力是一种最高程度的敏感性或者说是被最有训练和最敏感的头脑形成的印象"[1]，真正的天才就在于对真与美有深刻的固有的敏感力，真正的天才可以说是最高的敏感性和最高的创造力相结合而成的。这样，赫士列特就不仅认识到没有独创就没有艺术，而且阐明艺术家的创造力又是建立在体验生活的基础之上的。同时，他不仅说明生活经验对作家的极端重要的意义，而且也指出，作家体验生活、作家的生活经验发挥作用的方式有和常人不同之处——必须具体地把握生活，生活经验作为一个整体，形成作家独特的艺术感受力。这也就是说，作者对生活的具体把握，作者的敏锐的艺术感受力，是艺术与生活不可缺少的、特殊的联系纽带。缺少了这个环节，人们即使置身于生活之中，也不能创作出具有独创性的真正堪称艺术的艺术品。这样，赫士列特就较为辩证地阐明了艺术对现实的"摹仿"（即再现或曰反映）和艺术家的独创之间的关系，较为辩证地阐明了艺术家的天才与其生活积累、生活敏感力之间的关系，清楚地显示出辩证

---

① *The English Romantics：Major Poetry and Critical Theory*，p.564，本书作者译。

思辨的科学性和由于较为辩证的思维方法而达到的艺术思想的深度。

(二)

在赫士列特的心目中，艺术具有崇高的地位。他说："诗是我们内心中的美好因素，它扩展、提炼、美化、提高我们的全身心；没有它，'人的生活与禽兽无异。'"[1]那么，艺术本身的特殊素质、特殊魅力究竟何在？赫士列特以极大的兴趣研究了这一问题。

他在艺术理论中提出了一个专门术语：Gusto。这个词是多义的：热忱、爱好、兴致勃勃、生气勃勃、趣味、嗜好等等。赫士列特曾专门写了一篇论文：*On Gusto*。对于什么是艺术中的 Gusto，他作了如下的简明回答："艺术中的 Gusto 是鲜明地展示事物的力量或激情"，这种力量或激情"来自于感觉的真实性之中"[2]。按赫士列特用于艺术理论中的意义，Gusto 这个术语也许理解为艺术魅力更为恰当吧。

怎样的艺术才具有魅力呢？

在赫士列特看来，有魅力的艺术首先要有激情。他指出，有些作品虽也真实、干净，但却缺乏艺术魅力，因为它只有华丽的表面，没有内在的热力，艺术家在创作这些艺术品时无动于衷，没有激情。[3]他还明确地说，"诗歌无非是激情的最雄辩的形式"，"一切形式的诗歌都是想象和激情的语言"，"诗歌是幻想和感情的白热化"，诗"是通过激情和想象的媒介"反映自然，"而不是以字面的真实或抽象的理性来取消那种媒介。"[4]

关于激情和文艺的姻亲关系，关于激情之于文艺的重要性，并不是赫士列特的创见。但是，他在这方面的观点和他的前人及其同时代人有一些不同之处。

---

① 赫士列特：《泛论诗歌》，袁可嘉译，见《古典文艺理论译丛》，第一册，人民文学出版社 1962 年版。

② *The English Romantics：Major Poetry and Critical Theory*，p.568，本书作者译。

③ 赫士列特：《论艺术魅力》（On Gusto）。

④ 赫士列特：《泛论诗歌》。

在西方哲学家、文论家中，最早地、较明确地认识到文艺是诉之于感情的，无论是文艺创作活动或者是文艺欣赏活动，充满激情都是其最基本的特色之一，恐怕要追溯到柏拉图了。柏拉图已经看到文艺可以激发、滋润、强化感情。他并看到，艺术创作者或欣赏者在创作或欣赏艺术时，感情甚至沸腾到一种"迷狂"状态。然而正因为此，柏拉图要求把艺术家从他的"理想国"中驱逐出去。因为，他认为人的灵性有三等，最高的是理智，其次是意志，最低的是情欲，而摹仿诗人却是和灵魂中的低下的部分相关的。赫士列特可以说和柏拉图同样重视激情在艺术中的极其重要的地位和作用，然而他和柏拉图贬斥艺术的观点相反，认为"富于想象力的诗人和画家高于哲学家或科学家，因为他们能使理性、智力与真实感和热情交融一起发挥作用。他们处理的是人类灵魂的最高的范畴——欢乐和痛苦"[1]。赫士列特再不像柏拉图那样，把理性和感情对立起来，而是要求理性和热情的统一，并视感情为人类灵魂的最高范畴，明显表现出他浪漫主义文论家的气质。

赫士列特的同时代人——19世纪初期其他的浪漫主义文艺家们，也是极其重视诗人的感情在创作中的作用的。但是，他们中的有些人却走上自我表现论的极端。如有的诗人甚至说："我从没有写过一行诗是伴随着大众思想的最小的一点影子的。"赫士列特一方面强调艺术家的创作激情对艺术的成败至关重要，但同时又观点明朗地反对把文艺仅仅看成是诗人的自我表现。他指出自我表现论者的一个大缺点是"剥去诗歌想象的光辉与人类感情，把最卑贱的东西放在作者自己思想中的阴郁情感与吞噬一切的自我主义的包围之中"[2]。他批评他们"除了他们自己以外，再没有有趣的东西、英雄的东西"[3]。他辛辣地讽刺他们："对于一切优秀的东西都是妒忌的，除了他自己，甚至连他所描写的主题也不愿与之分享自己的荣誉。"[4]

除了饱含激情，赫士列特认为有魅力的艺术还一定是想象活动的成果。

---

① *Criticism: the Major Texts*，p.299，本书作者译。
② 赫士列特：《论莎士比亚》，柳辉译，见《古典文艺理论译丛》，第九册，人民文学出版社1964年版。
③ 赫士列特：《论莎士比亚》。
④ 赫士列特：《论活着的诗人们》，转引并译自 *Criticism: the Major Texts*，p287。

他说："诗歌与雄辩之不同在于前者是想象的雄辩，后者是理性的雄辩。"①他认为，对于作家来说，抽象的能力也重要，但对具体真实的生动的仿如身临其境的把握和通过艺术媒介将其表现出来，不是理性思维的产物，而是想象的产物。他强调："不论是对于自然事物的描写或对天生情绪的描摹，如果没有想象的渲染，都不足以构成诗歌的最终的目的。""诗歌，严格地说，是想象的语言。"②

就想象的过程而言，赫士列特已认识到是一个形象活现的过程。他生动地说，在这一过程中，一切有关事物，仿如排戏一般。同时，他也认识到，想象的过程也是一个将事物分解、再组合，从而形成新的形象的过程。他指出："它不按事物的本相表现事物，而是按照其他的思想情绪把事物揉成无穷的不同形态和力量的综合来表现它们。"③经过这样的想象创造出的成功的新形象，一方面，具有生动逼真的特点，就像赫士列特称赞一幅人物画时所说：它是如此的生动逼真，仿如到处都充满着生机，不仅具有血肉的外观和质地，而且本身就像有感觉力似的。另一方面，它又是反映了作者自己关于客观事物的独特感受的。赫士列特批评有些绘画尽管完善地表现了事物看得见的形象，就像镜子和显微镜一样，但是作者却看不出不同对象的不同特点，也未从不同着重点、不同角度去反映它们。这样的艺术家仅仅看到了自己的描写对象，却没有属于自己的关于该对象的独特感受。这样的艺术品尽管是完善的，但却是缺乏艺术魅力的。

更值得重视的是，赫士列特还正确地指出，激情和想象在创作活动中是密不可分的，只有"激情的火焰在与想象沟通之后"，才如一道闪电，"显示思想的深处，震撼我们的整个身心。"这就是说，只有这两者结合的艺术才有巨大的动人的力量。基于此观点，他在评论华兹华斯的诗歌《短途旅行》时，粗略地把诗分为两类：一类是想象的诗，也就是富于生动真实的形象的诗；另一类是感情的诗。他认为理想的诗应该是二者的结合，而莎士比亚和弥尔顿就是这种结合的范例。在《论艺术魅力》一文中，他又明确地说：只有那样一些

① 赫士列特：《泛论诗歌》。
② 赫士列特：《泛论诗歌》。
③ 赫士列特：《泛论诗歌》。

艺术品，由于想象的作用，保持了和客观对象一样的纯粹、无缺损的印象——形象真实、具体、生动，又饱含着真诚的激情，又美，又具有不同于其他的自己的独特性，才是真正具有魅力的艺术。

赫士列特所表述的对艺术特殊魅力的看法，也就是他对艺术品的艺术性的要求，今天，在我们看来，也是颇为符合艺术的客观规律的。正如我国的《毛诗序》所说："情动于中而形于言，言之不足故嗟叹之，嗟叹之不足故永歌之，永歌之不足，不知手之舞之、足之、蹈之也。"①文艺本来就是表现思想感情的，文艺本来就是激情的抒发。同时，作为意识形态之一的文学艺术，对于客观的现实生活来说，它又是第二性的。它通过想象（即形象思维）对现实生活进行形象的反映。所以可以说，文艺的特质正在于激情和想象的结合。再从文学艺术的历史经验来看，纵观中外古今的文艺实践，真正成功的艺术品也确如赫士列特所说，它们总是充满激情的，总是想象活动的成果，总是真实性、生动性、独特性、激情和美的统一。还值得注意的是，赫士列特的这些主张实质上已表现出浪漫主义和现实主义相结合的美学要求。这在西方文论史上也是具有新意的。

（三）

赫士列特也注意到了，在描写对象方面，文艺也有自己的特点。他说：艺术是"一系列逼真的历史的画卷，同时它们也是逼真的历史中最有兴趣的部分。它是人的历史"②。

艺术又应如何写人呢？

赫士列特极为重视描写人物个性。他认为人物的真实性和个性化是密不可分的，人物的有血有肉的真实存在就必然是个性化的。他在分析了哈姆莱特、奥菲利娅、克莉奥佩特拉等人物之后，说："事情发生在剧里就同它发生在实际中一样——也许莎士比亚的剧作与一切其他人最不同之处在于构思的这

---

① 《毛诗序》，见《中国历代文论选》，上册，郭绍虞主编，中华书局1962年版，第44页。
② *Criticism: the Major Texts*，p.299，本书作者译。

种奇妙的真实性与个性化。他的每一个人不像是头脑虚构的产物而像个活人，既有自己的个性，又绝不依靠其余人物、不依靠作家本人而存在。"①

对于如何刻画个性，赫士列特除了重视人物个性和人物各自不同的生活境遇的密切关系，(他说："在一定的社会舞台上，人可以说像树一样植物似地生长着，并扎根于他们生长的泥土之中。他们只知道他们自己和他们直接活动的领域，他们过去和现在都受着他们特殊的环境束缚和限制着，他们的一切都是其境遇形成的。"②) 更提出了一个相当深刻的艺术观点：在动中刻画人物性格。他不认为世界上的事物是孤立的、静止的，也不认为艺术可以孤立、静止地去反映世界；相反，他说："诗歌把一股生命力和运动力注入宇宙之中。它描写运动的而非固定的事物。"③这种可贵的动的观点也体现在他关于人物描写的艺术主张之中。把他分散谈到的这方面的观点归纳起来，主要有以下几点。第一，他认为动中写人才能更好地表现人物性格。他称赞莎士比亚笔下的人物"是被放在行动中的。他们在行动中，每根神经与肌肉都在与别人的斗争中得到表现，显示出冲突与对比的一切效果，光明与黑暗的各种变化"。人物被介绍到舞台上来，他们将遇到提出的各种问题，要求他们自己回答，正是在他们自己回答的行动中，有效地显现出他们各自的性格。④ 第二，他认为从观众的心理来说，动中表现性格，才能更有效地产生艺术效果。因为，正是在人物行动中，在事件的过程中，在期望与等待中，观众的希望与恐惧达到极度剧烈的顶峰，而观众兴趣的焦点也正在这里。第三，他还要求表现人物"动"的感情——写人物感情的戏剧性的起伏。他肯定莎士比亚的戏剧无论是《李尔王》或者是《麦克白》中的对话，甚至莎士比亚写的几乎所有的对话中兴味达到最高潮的地方，都可以提供这种戏剧性的感情起伏。这种起伏的感情"好像大海，在这方或那方波涛汹涌，狂烈的风暴呼呼地冲击着它；而在风暴间歇时，我们只能分辨出绝望的喊声，或死亡的寂静！"⑤

---

① 赫士列特：《论莎士比亚》。
② *Criticism: the Major Texts*，p.295，本书作者译。
③ 赫士列特：《泛论诗歌》。
④ 赫士列特：《论莎士比亚》。
⑤ 赫士列特：《论莎士比亚》。

　　赫士列特在动中突显性格的观点和亚里士多德提出的摹仿行动中的人的主张，明显有着继承的关系。早在公元前 4 世纪，亚里士多德已经提出戏剧摹仿的对象是行动中人，不仅意味着亚氏理解的摹仿对象已不再是客观唯心主义的"理式"，而是具体的、变化着的现实，而且说明正是亚里士多德在人类文艺史上第一次谈到了艺术在描写对象方面的特点——它描写的是具体的生活中的人。既是行动中的人，自然就已有从动中写人的意蕴了。这种观点出现在两千多年前，确实是了不起的创见。但是，亚里士多德虽然也论述过通过安上个别姓名的人表现普遍性，虽然也肯定过荷马描写人物的个性化，但总的说来，在共性、个性的关系上，他更强调共性，对人物的个性描写还是重视不够的。亚氏这种观点的影响巨大而深远，一直持续到 18 世纪。与之同时，罗马文论家贺拉斯提出的、有类型说倾向的文论观点，在西方文坛也有巨大的影响。即使是狄德罗那样的在不少问题上都有精深见地的文论家，在人物刻划上，也仍然是更多地重视共性（虽然他也谈到悲剧要写个性），强调应写出同一类型人物的最普遍、最显著的特点，甚至认为为了表现普遍性，宁可牺牲个性。所以我们说，赫士列特继承了前人的某些观点，但和 18 世纪前的文论又表现了明显的不同。就人物刻画而论，他重视共性，也重视个性，认为有个性的人物才是有血有肉的真实存在；而且他较明确地论述了通过人物自己的行动表现性格以及应展示人物感情的起伏变化等问题。

　　和上述观点有关，赫士列特还提出了"艺术使每个客观对象转化为本身就是一个小的宇宙"[①]的思想。从这一思想出发，他认为乔叟笔下的人物彼此之间是区分得够清楚的，但他们本身却变化太少，他们没有被放在不同的位置上来考察，其次要的特性也没有在新的环境中表现出来。而莎士比亚呢，"人物的组成成分不断地组合、分解整体中的每一分子，由于和接触到的其他成分交替亲合、排斥而发起酵来，实验没作以前，我们不知道结局，不知道人物在新环境中的新动向。"[②]赫士列特赞扬莎士比亚的这种艺术处理。这就进一步说明：文艺作品中的人物本身应是一个小的宇宙，其性格应在不同的生活处

---

① *The English Romantics:Major Poetry and Critical Theory*，p.565，本书作者译。

② 赫士列特：《论莎士比亚》。

境、不同的人物关系中，得到多角度、多层次的显现。这样的人物自然就不再是像古典主义作品中的某些人物，仅仅是某种观念的化身。这样的人物才可能是丰满的、有血有肉的、真实可信的。这既是以一种运动、发展的观点研究了人物性格——性格在不同的处境、不同的人物亲合、分化中，会有不同的变化；也表明赫士列特已初步认识到人物性格的展现是多方面的，人物的思想感情不是单一的，而是相互影响、相互联系、波澜起伏的多种因素的统一。

研究了赫士列特在动中多角度、多层次描写人物性格的主张，我们很容易联想起黑格尔的观点："每个人都是一个整体，本身就是一个世界，每个人都是一个完满的有生气的人，而不是某种孤立的性格特征的寓言式的抽象品。"[1]两相比较，何其相似！黑格尔的生年比赫士列特早八年，卒年比赫士列特晚一年。黑格尔系统阐述美学观点的名著《美学》，是在他逝世后，根据学生听课笔记和他生前的一部分讲稿整理出版的。因此，很难说赫士列特是借鉴了黑格尔的观点。面对着两人在艺术人物论上的近似观点，确实使我们不能不惊叹：英雄之见是如此的略同！

如果说具有客观唯心主义世界观的黑格尔能在美学上登上世界罕见的高峰，一个重要原因应归功于他的辩证的思想方法，那么，赫士列特在艺术理论方面能够提出一系列的、很有深度的见解，也应该认为是和他的辩证思辨分不开的。恩格斯在《反杜林论·旧序》中曾经写道："形式逻辑本身从亚里士多德直到今天都是一个激烈争论的场所。而辩证法直到现在还只被亚里士多德和黑格尔这两个思想家比较精密地研究过。"[2]我们是否可以说，除了亚里士多德和黑格尔，赫士列特也是一位在艺术理论领域里，较好地运用了辩证思辨，从而作出可贵贡献的文论家呢！

（发表于《兰州大学学报》1986 年第 2 期）

---

[1] 黑格尔：《美学》，第一卷，朱光潜译，商务印书馆 1979 年版，第 303 页。
[2] 恩格斯：《反杜林论·旧序》，《马克思恩格斯选集》，第三卷，人民出版社 1972 年版，第 465—466 页。

论康德和艾德加·坡的文艺美学观

在西方文论发展史上，高度重视文学的美学意义的审美说，是滥觞于德国美学家康德(Immenuel Kant，1724—1804)的。但康德还主要是为审美说从哲学上奠定了理论基础。而美国诗人、小说家、批评家艾德加·坡(Edgar Allan Poe，1809—1849)，则明确提出美是诗的领域，以美为文学的目的和出发点，以满足人们的审美需求为文学得以存在的理由和依据，同时，他又极为重视文学的表现形式，对文学创作的技巧和手法，也进行了精细的探讨。艾德加·坡的基本的文论观点，几乎可以说是在他之后的 19 世纪和 20 世纪相当一段时间内的一个中心议题，其文论贡献也得到西方文艺家们很高的评价。

纵观康德和艾德加·坡二人对于文艺的主要观点，就其强调的着重点而论，明显地有别于侧重于艺术和现实关系的摹仿说，也明显地不同于高度重视作者的激情和想象的表现说，显然是西方文论发展史上出现的一种新的学说。现将他们二人的文艺美学观联系起来，作一比较研究，不仅有助于我们更深刻地认识作为西方文论史上重要学说之一的审美说的真谛，而且，对于我们正确认识和借鉴西方近现代的其他文学理论和创作也是不无益处的。

（一）关于美与善的关系

依照传统的分类，康德认为，人的精神世界可分为认识、情感、愿望，即知、情、意三部分。他的《纯粹理性批判》、《判断力批判》和《实践理性批判》就是分别研究这三种心理功能的著作。在《判断力批判》的"审美判断力的批判"中，他集中探讨了审美心理功能的属性。

康德指出，审美判断和求知的逻辑判断是有区别的。这主要表现在：逻辑判断凭借知解力（指遵循形式逻辑进行的判断、分析、综合和推理的能力）；而审美判断则主要凭借想象力，或想象力和知解力的结合。同时，逻辑判断是把表象联系于客体，以求得有关客体的知识；而审美判断则是将表象联系于主体，主体感受到一种愉快之情。

康德也指出，同样是使人感到愉快，又有三种不同的情况。一是善，二是单纯的感官上的快适，三是美。而这三者也是有区别的。

善恶判断"带着最高的利害关系"[1]，"善是依着理性通过单纯的概念使人满意的"[2]。这就是说，人们称为善的东西是他出于理性欲求的事物，因而对该事物的存在产生一种愉快之情。这是主体的一种出自利害的兴趣，反映了一种利害关系。要发现某一对象的善，就必须知道这东西是怎样一种东西，清楚地获得有关这一对象的概念。而审美判断则不是这样。人们欣赏美并不需要清楚地获得有关对象的概念，因为审美是单个的判断。如一朵花，人们欣赏它的美并不需要弄清它是什么花，只是这朵花本身令他愉快而已。同时善是被珍视、赞许的，就是说人们在称为善的对象里面肯定了一种客观价值，而美不过是审美对象的形式（或曰表象）联系于审美主体主观的情感，不过是审美主体的愉快、满意。

至于快适，反映的是官能方面的利害感，仅使人感官快乐，所以也可用于无理性的动物。同时快适只"依据着他个人感觉"，"每一个人有他独自的（感官的）鉴赏"[3]。而对美的鉴赏判断则要求符合普遍性的规律，要求对于每

---

① 康德：《批判力批判》，上卷，宗白华译，商务印书馆 1964 年版，第 45 页。
② 康德：《批判力批判》，上卷，宗白华译，商务印书馆 1964 年版，第 43 页。
③ 康德：《批判力批判》，上卷，宗白华译，商务印书馆 1964 年版，第 49 页。

个人的有效性，即一个人鉴定为美的事物，同时他也断定其他每一个人对于这一对象都会感到愉快。如果仅被某个人满意，是不能称之为美的。

这样，通过比较分析，康德得出结论说：作为美的快感，"就质来说是无利害感的"①。他认为"对于美的欣赏的愉快是唯一无利害关系的和自由的愉快，因为既没有官能方面的利害感，也没有理性方面的利害感来强迫我们去赞许"②。

在这里，康德是就审美判断区别于道德判断和单纯感官快适的特殊之点来说的，目的在于阐明审美判断是人的一种特殊的心理功能。由于他受形而上学的思想方法的影响，同时，也是为了理论探讨的方便，他把审美判断完全抽象出来进行了分析。那么，在实际生活中存在的审美是不是和善恶判断全然无关呢？我们看到康德的回答还并不是这样。

康德明确地说，鉴别崇高与否也是一种审美判断。他在对崇高美的分析中说："什么才是甚至对于野蛮人成为一最大叹赏的对象呢？这就是一个人，他不震惊，不畏惧，不躲避危险，而同时带着充分的思考来有力地从事他的工作。就是在最文明最进步的社会里仍然存在着这种对战士的崇敬，不过人们还要求他们同时表示具有和平时期的一切德行，即温和、同情心以及相当照顾到他自己人格风貌，正因为在这方面见到它的心情在危险中的不屈不挠性。"③这里所说的崇高美，与他在"美的分析"一章中谈到的美只关系于审美对象的形式是矛盾的。这已涉及了内容，而且是对德行的敬意。德行自然是道德判断，也就是善的意思。

关于美和善在实际鉴别活动中的密切关系，康德在《判断力批判》上卷结尾部分作了总结性的说明。他说："美是道德的象征，并且也只有回顾这一层（这对每个人是自然的，也要求着每个人作为义务），美使人愉快并提出人人同意的要求，在这场合人的心情同时自觉到一定程度的醇化和昂扬，超越着单纯对于感官印象的愉快感受。"④又说：鉴赏基本上"是一个对道德性诸观念

① 康德：《批判力批判》，上卷，宗白华译，商务印书馆1964年版，第86页。
② 康德：《批判力批判》，上卷，宗白华译，商务印书馆1964年版，第46页。
③ 康德：《批判力批判》，上卷，宗白华译，商务印书馆1964年版，第102—103页。
④ 康德：《批判力批判》，上卷，宗白华译，商务印书馆1964年版，第201页。

的感性化"①。"建立鉴赏的真正的入门是道义的诸观念的演进和道德情感的培养，只有在感性和道德情感达到一致的场合，真正的鉴赏才能采取一个确定的不变的形式。"②这说明康德又认为美是道德的象征，是道德性诸观念的感性化，因而，人们在享受到美感的同时，心情自觉到一定程度的醇化和昂扬，才能超越单纯感官的快适，才堪称之为美。也正是在这样的意义上，他认为美的鉴赏只有在感性和道德情感一致时才有可能，审美时联系于道德观念"对每个人是自然的，也要求着每个人作为义务"。

通过以上分析，我们可以看到，康德对美与善的关系的看法有前后矛盾的地方。不过就基本思想而论，他是在抽象分析审美判断和道德判断的区别时，强调审美只涉及事物的形式，是无利害考虑的；但同时他也认识到，在人们实际的鉴赏中，审美判断和道德判断往往是联系在一起的，即美和善是有联系的。

在美与善的关系上，美国诗人、小说家、批评家艾德加·坡也认为，人的精神世界可分为三种不同的东西——纯粹智力、趣味和道德感。理智力和真理有关，趣味使我们知道美，道德感则重视道义。道义、良心教人以义务，理智教人以得失利害，而趣味则以展示优美来满足自己。他把趣味放在理智力和道德感之间，明确地说趣味和前后二者都是有密切联系的。

艾德加·坡还认为道德教育是作为诗的潜流而存在的。诗也不是不向道德上的邪恶作斗争，但"向邪恶展开战斗，只是因为邪恶造成残毁，破坏均衡——因为它憎恨合宜、适当、和谐———句话，因为它憎恨美"③。同时，艾德加·坡激烈地反对说教似的诗，把这种诗称之为"异端"。他坚决抨击这样的观点："每一首诗都应该顽强地给予一条教训，并且就按这条教训来宣布关于作品的诗的价值的判断。"理由是：道德概念的传达应留给论文作者和布道者，谆谆教导对于艺术是没有力量的。

可见，艾德加·坡和康德一样，也是并不否认美与善的联系的，不过，对

---

① 康德：《批判力批判》，上卷，宗白华译，商务印书馆 1964 年版，第 204 页。

② 康德：《批判力批判》，上卷，宗白华译，商务印书馆 1964 年版，第 205 页。

③ 艾德加·坡：《诗的原理》，见《西方文论选》，下卷，伍蠡甫主编，上海译文出版社 1979 年版，第 499 页。

于文学来说，他更强调美学价值。

（二）关于美与真的关系

在美与真的关系问题上，康德不是二者的统一论者，应该说正是在这方面明显地表现了他主观唯心主义的局限和形式主义的偏向。

由于德国政治分裂局面所形成的闭塞，由于充满经院气息的理性主义哲学的影响，康德的思想方法带着浓厚的玄学思辨、抽象空想的色彩。他虽然生活在德国启蒙运动的高潮时期，却和法国 18 世纪启蒙思想的唯物主义倾向相距很大。他承认物自体的存在，承认物质世界是经验和感性知识的来源，但又认为知识所能达到的只是现象而不是物自体，物的本体是不可知的。和这种哲学思想紧密相关，他认为审美判断仅涉及事物的形式、表象，从而使他所理解的美不可能涉及事物本质的真。加之，他认为"审美的规定根据"，"只能是主观的"[①]，把美等同于对美的鉴赏，把主观鉴赏美的特性当成美的特点，认为美纯然是主观的，"美就自身来看不是物的属性"[②]。这样就把美与真进一步割裂开来。

但是，如果认为康德是美与真的绝对对立论者，似乎又不公允。他在自己著述的有些章节中，对其主观唯心主义和形式主义的片面性又有所补正。例如，他在谈到美的种类时，认为美有两种：自由美和依存美。前者不以对象的概念为前提，例如，人们欣赏一朵花的美。而后者则是附属于一个概念的、有条件的美，即以一个概念为前提，这概念规定这物应为何物。例如，一个人或一座建筑物的美。这里所谓的依存美实际就是依存于真的，即依存于事物本身的真实性、完满性的。而康德又并不认为这两种美有谁高谁低之分。他认为两者都是美。这对于依存美来说，不就是依存于事物的真实性与完满性了吗？

在美与真的关系问题上，更值得注意的是，康德认为艺术美和自然美

① 康德：《批判力批判》，上卷，宗白华译，商务印书馆 1964 年版，第 39 页。
② 康德：《批判力批判》，上卷，宗白华译，商务印书馆 1964 年版，第 194 页。

是不一样的。他说："一自然美是一美的物品；艺术美是物品的一个美的表象。"① "如果那物品作为艺术的作品而呈现给我们，并且要作为这个来说明为美，那么，就必须首先有一概念，知道那物品应该是什么。因艺术永远先有一目的作为它的起因（和它的因果性），一物品的完满性是以多样性在一物品内的协调合致成为一内面的规定性作为它的目标。所以评判艺术美必须同时把物品的完满性包括在内，而在自然美作为自然美的评判里根本没有这问题。"② 这就是说，康德认为艺术美是属于依存美的，并认为艺术美和事物的真及完满性是一致的。

和康德一样，艾德加·坡对美与真的关系的看法，也呈现出复杂、矛盾的情况。

他说过："只有艺术鉴赏才能引导我们渐渐回到美，回到自然，回到生活。"③ 他还说："总而言之，戏剧必须具有描写自然的逼真性，但又不是直接传达真实的事实。"④ 这说明他对美和真的联系似乎也有一定的认识。

但是，他又提出了一个令人吃惊的观点，认为美与真如油和水一般互不相容。稍加分析，可以看到他的这一观点的涵义也是复杂的、多方面的。一方面，他是从诗的表达方式和说理文的表达方式全不相同来谈的。他说："真理的要求是严肃的……诗中必不可少的一切，就正是与她毫无关系的一切……在坚持一个真理的时候，我们所需要的是语言的严格，而不是语言的繁缛。我们必须是简单、明白、洗练。我们必须是冷静、镇定、不动感情。我们必须处于这么一种心理状态中，几乎是和诗的境界相反。"⑤ 另一方面，他是从诗和说理文给人的印象不同来说的。他认为，"真理和诗在给予印象时"表现出"根本性的和判若鸿沟的差别"。

重视和强调文学作品与说理文章的差别，对于高度重视文学的美学意义的艾德加·坡来说是必然的。但从两种文体表现方式和发挥作用方式的不同，

---

① 康德：《批判力批判》，上卷，宗白华译，商务印书馆1964年版，第157页。
② 康德：《批判力批判》，上卷，宗白华译，商务印书馆1964年版，第157页。
③ 《艾德加·爱伦·坡全集》（*The Complete Works*），第4卷，哈瑞森（Jamls A. Harrison）编，1902年纽约版，第204页。
④ 《艾德加·爱伦·坡全集》（*The Complete Works*），第13卷，第113页。
⑤ 艾德加·坡：《诗的原理》，见《西方文论选》，下卷，第498—499页。

就得出美与真如油水一般不相容的结论，说明他对艺术真实的真谛还缺乏认识。同时，事情还不止于此，他不仅是对生活真实与艺术真实的差异及联结缺乏清醒的理性认识，而且在他的思想上确实有把美与真对立起来的倾向。他从反对把诗写成说理文这一正确命题出发，却把表达方式和最后目的相混淆，坚决抨击"一切诗的最后目的是真理"。他看到戏剧文学和小说需要描写的逼真性，就因此而认为这两种体裁是低级的文体。可见，艾德加·坡对真实性于文学的重要意义是缺乏认识的。

（三）关于艺术的主要的特性

康德给艺术下了如下的定义："正当地说来，人们只能把通过自由而产生的成品，这就是通过一意图，把他的诸行为筑基于理性之上，唤作艺术。"[①]

在具体阐释中，他着重强调艺术是自由的。为了说明这一点，他曾多次以"游戏"这个词来比喻艺术。如说："在诗的艺术里一切进行得诚实和正直。它自己承认是一运用想象力提供慰乐的游戏。"[②]"诗的艺术随意的用假相游戏着，而不是用这个来欺骗人，因它自己声明它的事是单纯的游戏，虽然这游戏也能被悟性（即知解力——引者注）在它的工作里合目的地运用着。"[③]

康德强调艺术是自由的，把艺术称为游戏，其意蕴是多方面的。首先，他认为艺术是一种审美活动，不是出于利害，不是为了酬金，而是本身给人以满足和愉快。其次，他认为"美的艺术须被看做是自然，尽管人们知道它是艺术"。具体说来就是："在一个美的艺术的成品上，人们必须意识到它是艺术而不是自然。但它在形式上的合目的性，仍然必须显得它是不受一切人为造作的强制所束缚，因而它好像只是一自然的产物。"[④]这就是说，艺术是有意识的创造，但却要像无意图、无目的一般，不露出一点人工造作的痕迹。第三，就艺术创作和艺术欣赏时人们的心理状态来看，人的认识诸机能是处于

---

① 康德：《批判力批判》，上卷，宗白华译，商务印书馆 1964 年版，第 148 页。
② 康德：《批判力批判》，上卷，宗白华译，商务印书馆 1964 年版，第 174 页。
③ 康德：《批判力批判》，上卷，宗白华译，商务印书馆 1964 年版，第 173—174 页。
④ 康德：《批判力批判》，上卷，宗白华译，商务印书馆 1964 年版，第 151 页。

自由活动之中，即想象力和知解力和谐一致。"两种认识机能的结合与谐和必须好像是无意地、自由自在相会合着的，否则那就不是美的艺术。"①

康德强调艺术是自由的游戏式的活动，其精髓之点正是为了说明艺术的主要使命是给人以美的享受。用康德自己的话来说就是："人们把艺术看做仿佛是一种游戏，这是本身就愉快的一种事情，达到了这一点，就算是符合目的。"②在对艺术的根本看法上艾德加·坡和康德也是一致的。艾德加·坡明确地说："我把美作为诗的领域"，"诗的气氛和诗的真正要素"就是美，"文字的诗可以简单界说为美的有韵律的创造。它的唯一裁判者是趣味。"③

在康德对艺术所下的定义中，还有另一个重要之点是，他强调创造是一种理性的活动。他谈到：蜜蜂颇有规则地造成的蜂窝，不是筑基于真正的理性的思索，而只是出自本能的天性，不是艺术。艺术创作活动是筑基于理性之上的，它"只能意味着是一创造者的作品"，"产生这一物的原因是自己设想过一个目的，这物的形式当归原于这一目的"④。这说明，康德认为艺术创作绝不是非理性、反理性的活动。在这方面，艾德加·坡和康德的思想也有一致之处。随着浪漫主义思潮的蓬勃兴起，有的作者、特别是诗人把创作视为一种疯狂的激动，以为创作所依靠的就只是灵感。而艾德加·坡则明确地指出："没有比认为真正的创作仅仅是一种冲动或灵感更不正确的了。"⑤同时，艾德加·坡不仅重视创作过程中的理性因素，在文学所产生的效果方面，他也强调在理性上获得满足，并贬低激情的作用。例如，他说："美的本源通常都存在于灵魂的激扬之中……或者说，美存在于理性的满足之中。"⑥"至于激情，它的趋向是使灵魂堕落，并非使灵魂激扬。"⑦这些都明显表现出艾德加·坡对文艺的主要着眼点和浪漫主义文论有了区别。

---

① 康德：《批判力批判》，上卷，宗白华译，商务印书馆1964年版，第168页。
② 康德：《批判力批判》，上卷，转引自朱光潜《西方美学史》，下卷，人民文学出版社1983年版，第383页。
③ 艾德加·坡：《诗的原理》，见《西方文论选》，下卷，第501页。
④ 康德：《批判力批判》，上卷，宗白华译，商务印书馆1964年版，第148页。
⑤ 《艾德加·爱伦·坡全集》(The Complete Works)，第14卷，1902年纽约版，第73页。
⑥ 转引并译自《文学批评简史》(Literary Criticism:A Short History)，威姆塞特和布鲁克斯(William K. Wimsatt , Jr.,and Cleanth Brooks)著，芝加哥大学出版社1983年版，第479页。
⑦ 转引并译自《文学批评简史》(Literary Criticism:A Short History)，第479页。

　　此外，在对艺术的看法方面，康德和艾德加·坡还有一点明显的相似之处：他们都相当重视文学的形式。康德认为"在一切的美术里，本质的东西是成立于形式"①。因为在康德看来，审美"必须直接地在对象的表象上感觉到愉快"，对于"单纯的审美判断力的机能"来说，正是"无概念地对诸形式来下评判"的。这里包含的合理因素是：由于对美的鉴赏是单个的判断，审美对象要能给人以美感，其表象就要能够唤起审美主体想象力的自由活动，形式当然是重要的。但是康德的形而上学的思想方法，使他未能认识到形式与内容的有机联系，把形式的重要性片面地强调到了排斥内容、取代内容的地步。

　　艾德加·坡对文学形式、技巧、手法的重视也是突出的。我们甚至可以说，在他的心目中，诗人俨然是一个技巧家，文学创作活动就是作家使用全部智力、冷静地将文字组织、结构为文学的问题。他认为诗人的主要工作是"接触天上的美"，而要达到那永恒的美（或其中一部分），只有利用"存在于时空中的事物与思想作多种形式的组合"。对于短篇小说结构故事的技巧以及诗歌作法，他都作了具体研究。他要求短篇小说的故事情节安排紧凑，具有严密的连贯性；他提倡一种富于音乐性、能产生歌唱般效果的抒情诗。在其《创作的哲学》一文中，他以自己的作品《乌鸦》为例，甚至提出一些法则般的写作程式。其意图正如韦勒克在他的《近代文学批评史》中所说："坡的主要用意是严肃而明显的，说明他力图震惊他的读者，使人们从天真地相信灵感那种状态中解脱出来。"②不过，艾德加·坡失之片面之处也是明显的。他在正确地批评把创作看成偶然的灵感或直觉冲动的同时，却否认作家的想象活动是一种创造性的工作，认为"创造是仔细的、耐心的、富于知识的联结组合"，作家仅仅是按因果关系将一系列情节组织起来的结构者、建造者，而不是创造者，甚至说"创作过程是以数学问题一样的严格的连贯性和精确性一步一步地走向完成的"。这一看法明显是不符合文艺创作的客观规律的。

---

　　① 康德：《批判力批判》，上卷，宗白华译，商务印书馆1964年版，第172页。
　　② 韦勒克：《近代文学批评史》(*A History of Mordern Criticism*)，第3卷，第160页，本书作者译。

（四）简短的结束语

康德关于美的具体观点，虽然多数是从前人继承而来，但是，他着重地阐明并较为系统地分析了审美——作为人的一种独特的认识功能的特性所在，并初步地表述了给人以美的满足是艺术的主要特质的思想。这对西方文艺家们重视和研究文艺特有的美学价值，无疑具有重要的启示意义。艾德加·坡则结合文学，鲜明地提出美是诗的领域。他以美为艺术的目的和出发点，以满足人们的审美需求为艺术自身的内在价值，同时高度重视艺术形式，并理智地、冷静地、细致地探索了文学的技巧与方法。康德和艾德加·坡对于文艺的主要观点，就其强调的着重点而论，明显地有别于侧重艺术和现实关系的摹仿说，也明显地不同于高度重视作者的激情和想象的浪漫主义文论（表现说），从而在西方文艺理论发展史上提出了一种新的学说。也许正是这个原因吧，艾德加·坡的文论建树，虽然并不系统，且不乏晦涩、偏颇之处，但在西方文艺界却受到极大的重视。艾略特称赞说："他不仅是一位英雄式的勇敢的批评家……而且是第一流的批评家。"①法国象征主义的代表人物波德莱尔说自己是他的信徒。法国象征主义运动的巨子马拉美称艾德加·坡是自己的导师。今天，西方一般文艺理论批评家，都认为艾德加·坡是作为一个创新者而出现在西方文学理论批评史上的。

康德和艾德加·坡的文艺思想的影响，也是明显而巨大的。他们提出的论题，在他们之后，一直到 20 世纪中叶的一段相当长的时间里，成为西方文论研究的中心课题。一些很有影响的文论家似乎都在一定程度上继承了他们的思想。例如，艾略特认为艺术就是艺术，有它独立的特性和价值。他主张"当我们考察诗时，必须首先把它看作诗，而不是什么别的东西"②。在 20 世纪的西方有极其广泛的影响的文艺理论著作——韦勒克和沃伦合著的《文学理论》，比之艾德加·坡的文论更具系统性和丰富性，但就其对文艺的最基本的看法而论，也表现出二者的思想是相通的。例如，韦勒克和沃伦也认为"文艺

---

① 转引并译自《文学批评简史》（*Literary Criticism:A Short History*），第 480 页。
② 转引并译自《镜与灯》（*The Mirror and the Lamp*），艾布拉姆斯（M. H. Abrams）著，纽约，1981 年版，第 27 页。

并不能代替社会学或政洽学。文学有它自己的存在理由和目的"①,"最好只把那些美感作用占主导地位的作品视为文学"②。同时，韦勒克和沃伦特别重视文学的存在方式——结构的意义，也可以说和康德、艾德加·坡重视形式的思想是一致的。

康德和艾德加·坡着重阐明美与真和善的区别，突出强调文艺本身的美学价值，高度重视文艺的形式和技巧，在西方文论史上具有明显的新意。当然"新"并不就意味着完全正确与完善，他们理论的片面和偏颇之处也是存在的。康德认为美纯然是主观的属性，有时还说美仅涉及形式，表现出主观唯心主义和形式主义的偏颇。艾德加·坡对康德思想的消极方面似乎还有所发展。例如，康德对美与真的关系的论述，前后矛盾，说明其认识有含混之处，但对于艺术美与道德观念的关系，则看到了二者的必然的联系。而艾德加·坡虽然不能说他完全未看到真、善、美的联系，但将美与真和善割裂、对立的倾向是更为严重了。如他说：诗的"唯一裁判者是趣味。对于智力或对于良心，它只有间接的关系。除了在偶然的情况下，它对于道义或对于真理，也都没有任何的牵连"③。又说："天下没有、也不可能有比这样的一首诗——这一首诗本身——更加是彻底尊贵的、极端高尚的作品——这一首诗就是一首诗，此外再没有什么别的了——这一首诗完全是为诗而写的。"④这些都说明艾德加·坡在高度重视文学的美学意义的同时，又有极端化的缺陷，表现出一定程度的唯美主义、为诗而诗的倾向。又如，在对艺术特点及创作规律的认识方面，康德的观点，除前已论述的以外，还谈及了艺术典型问题。他指出："理想本来意味着一个符合观念的个体的表象。"⑤这一思想明显影响了黑格尔关于"美是理念的感性显现"的提法。对于经过作家想象力创造出来的审美意象为什么蕴含着更为丰富的思想的问题，康德有相当精彩的论述；对于独创性于艺术创作的极端重要，也有较清楚的认识。艾德加·坡在对创作规律的具体研究方面，只是较多地注意于作品结构的技巧与方法。

① 韦勒克、沃伦合著《文学理论》，中译本，第 112 页。
② 韦勒克、沃伦合著《文学理论》，中译本，第 13 页。
③ 艾德加·坡：《诗的原理》，见《西方文论选》，下卷，第 501 页。
④ 艾德加·坡：《诗的原理》，见《西方文论选》，下卷，第 498 页。
⑤ 康德：《批判力批判》，上卷，宗白华译，商务印书馆 1964 年版，第 70 页。

　　总之，康德和艾德加·坡在西方文论史上有着重要的地位，他们的思想对于西方近现代文艺理论和创作有着极大的影响。他们突出强调文艺本身的美学价值，高度重视艺术形式的观点，对我们也有启示意义。但是他们思想的复杂、矛盾，他们的唯心主义、形式主义、唯美主义倾向，又要求我们仔细地分析、批判地借鉴。

　　　　　　　　　（发表于《西北师院学报》1987 年第 4 期）

从文论发展史看马、恩的美学要求

　　谈到马克思、恩格斯的美学要求，我们首先就会想起他们对于文艺真实性的高度重视。例如马克思谈到巴尔扎克时，赞扬他的《人间喜剧》以诗情画意的镜子，反映了一个时代。恩格斯为筹备出版《社会明镜》杂志，在与莫·赫斯合作撰写的一封致读者和撰稿人的公开信中，要求为这个杂志写的散文、诗歌必须是"真实地反映生活的文艺作品"①。

　　要求文艺真实地反映生活并不是马、恩的首创。早在古希腊和文艺复兴时期，一些文论家已经不同程度地有所认识，有的文论家还相当突出地强调了这一点。例如亚里士多德在《诗学》中说："史诗和悲剧、喜剧和酒神颂以及大部分双管箫乐和竖琴乐——这一切实际上是摹仿"，并说"摹仿者所摹仿的对象"，"是在行动中的人"。达·芬奇说：画家主要运用心灵的窗子——眼睛仔细地观察自然，"画家的心应该像一面镜子，永远把它所反映的事物摄进来"，并"把比较有价值的事物选择出来"，"捆在一起"，"使这些形状在光和影配合之下显得活灵活现"，从而创造出"第二自然"。②那么，在文艺应该真实地反映现实生活这个问题上，马、恩的新贡献又是什么呢？这就在于，马克思指出："物质生活的生产方式一般地制约着社会生活、政治生活和精神生活的过程。

---

① 《马克思恩格斯全集》，第42卷，人民出版社1979年版，第416页。
② 《达·芬奇的笔记》，朱光潜译，中译文见《世界文学》1961年8、9月号。

不是人们的意识决定他们的存在，恰恰相反，而是人们的存在决定他们的意识。"①恩格斯说："政治、法律、哲学、宗教、文学、艺术等的发展是以经济发展为基础的。但是，它们又都互相影响并对经济基础发生影响。"②这样，马克思和恩格斯就从经济基础和上层建筑的关系这一理论高度阐明了，作为意识形态之一的文艺和客观存在的现实生活的关系，阐明了文艺来源于生活、反映生活，又反作用于生活，是一种不以人们的意志为转移的客观必然性，从而使人们对这一问题的认识，从不自觉或半自觉的状态进入了完全自觉的新阶段。

如果说，文艺应该真实地反映生活，已经是马、恩之前许多文艺家已有的认识，马、恩在这个方面的贡献是对之作了科学的理论的说明，那么，在文艺应该反映什么样的生活真实这个问题上，马、恩对他们的前人的思想就有了更大的发展。

艺术真实不是生活的复制和机械摹仿。亚里士多德已指出，诗人的职责"在于描述可能发生的事，即按照可然律或必然律可能发生的事"。自从亚里士多德在《诗学》中明确论述了这一问题之后，许多文论大家都继承了这一理论。狄德罗要求的"逼真"，莱辛谈到的"内在可能性"，都是说艺术真实要符合事物发展的可能性和必然性。黑格尔把"艺术美"又称为"理想"。黑格尔认为艺术美之所以是理想的，首先就是因为它能使事物的感性显现更符合于概念。而"概念"按黑格尔在论述过程中阐明的意思就是："各部分按照它们的本质即必须紧密联系在一起，有这一部分就必有那一部分的那种关系。"③所以，黑格尔说艺术比之生活更能符合于概念，也就是说，艺术更能展示必然性。但是这个"必然性"的内涵究竟是什么，在马、恩之前，哲学家们、文论家们都未能予以正确的阐明。

以亚里士多德来说，由于他在文论史上的伟大贡献，当之无愧地成为西方文艺理论的奠基人。他的理论成为18世纪末叶以前西方众多美学概念的根据，影响西方文坛两千余年。但是他所理解的"真实性"、"必然性"也包含不少不科学的、唯心的成分。一方面，他认识到"理"在"事"中（即本质就在具体事

---

① 《马克思恩格斯论艺术》，第1卷，人民文学出版社1960年版，第131页。
② 《马克思恩格斯选集》，第4卷，人民出版社1972年版，第506页。
③ 黑格尔：《美学》，第1卷，朱光潜译，商务印书馆1979年版，第148页。

物之中），离开了"事"就无所谓"理"，而具体的"事"，具体的物质世界是真实的。这样，他就批判了他的老师柏拉图认为只有"理式"才是唯一的真实体的观点，否定了柏拉图认为人们生活于其中的世界仅是"理式"的影子，是虚幻的、不真实的这一客观唯心主义的理论。但是另一方面，亚里士多德并未完全摆脱柏拉图的影响，这主要表现在他关于事物的成因和推动世界发展的动力问题的认识上。依他看来，一切事物的成因不外四种：材料因、形式因、创造因和最后因。以房子为例。房子必须首先有材料因，即砖、瓦、木、石等。这些材料只具备构成房子的潜能。要从潜能转到实现，它们必须具有一座房子的形式，即它的图形或模样，也就是房子的形式因。而要材料具有形式，就必须经过建筑师的创造活动，建筑师就是房子的创造因。同时，房子在由潜能趋向实现的过程中，一直在趋向一个具体的内在的目的，这个目的就是房子的最后因。亚氏认为在材料与形式这二者之中，形式是最基本的。他所了解的"目的"，如房子的目的，并不是为了人们居住，而是房子本身要实现房子的形式。在他看来，只有神这个外因才能赋形式于物质，决定事物的目的。同时，关于整个世界变化、发展的终极根据问题（亚里士多德认识到世界是一个变化、发展的过程，这是难能可贵的），他仍然认为是按照永恒的理性原则来活动的，而理性原则的创造者则是造物主，即神。这样，亚里士多德所理解的社会存在和发展的原因和动力，仍然是外因，是神。从严格的科学意义上讲，他还远未能正确认识和阐明事物发展的内在必然性。

在漫长的历史进程中，不仅哲学家、文论家们对于社会的真实面貌及其变化、发展的动力和原因作了长期的研究，作家们也在不断地探索。例如巴尔扎克在《人间喜剧·前言》中写道："只要严格摹写现实，一个作家可以成为或多或少忠实地、或多或少成功地、耐心地或勇敢地描绘人类典型的画家……可是，为了得到凡是艺术家都会渴望的赞词，不是应该进一步研究产生这些社会现象的多种原因或一种原因，寻出隐藏在广大的人物、热情和事故里面的意义么？在寻找了（我没有说：寻到了）这个原因、这种动力之后，不是还需要对自然法则加以思索，看看这个社会在什么地方离开了永恒的法则，离开了真、离开了美，或者在什么地方同它们接近吗？这些前提虽然牵涉甚广，单是它们就可以成一巨帙，可是，如果要使这部作品作到完整，就必须给它一个结论。

这样描绘的社会，它本身就需要带有它运动的理由。"①在这里，巴尔扎克告诉我们，一个真正的作家不能满足于"严格摹写现实"，而应当寻找到现实之所以如此发展的动力、原因何在，并且他认为只有把这种内在规律展示出来的作品，才能"作到完整"。但是，正如巴尔扎克自己所说，现实发展的原因、动力究竟何在呢？他还未能寻到。

在人类文艺史上，首先揭示了社会生活得以存在、发展的原因、动力，即社会生活变化、发展的内在规律的，不是别人，正是马克思和恩格斯。这种内在规律，也就是自亚里士多德至18世纪许多文论家要求表现的事物发展的必然性，用今天的文艺术语，可以称为本质的真实。这正是文艺作品应该具有的真实性的基本涵义。

究竟什么是文艺应该反映的生活的本质真实？马、恩分散在许多地方谈到文艺问题时，对此发表了不少具体意见。笔者理解基本点之一是文艺要能具有本质的真实性就需正确反映建筑在一定物质生产条件基础之上的社会关系。马克思说："人的本质并不是单个人所固有的抽象物。在其现实性上，它是一切社会关系的总和。"②马克思、恩格斯在他们合作完成的《费尔巴哈》一文中，批评费尔巴哈"没有从人们现有的社会联系，从那些使人们成为现在这种样子的周围生活条件来观察人们"，因此"费尔巴哈从来没有看到真实存在着的、活动的人，而是停留在抽象的'人'上"③。对于真实存在着的、活动的人来说，在历史发展的"每一个阶段都遇到有一定的物质结果、一定数量的生产力总和，人和自然以及人与人之间在历史上形成的关系，都遇到有前一代传给后一代的大量生产力、资金和环境，尽管一方面这些生产力、资金和环境为新的一代所改变，但另一方面，它们也预先规定新的一代的生活条件，使它得到一定的发展和具有特殊的性质"④。真实存在的人及其一切活动（包括思维活动），都是受他的物质生活条件及建基于其上的社会关系制约的。这是事情的一个方面。另一方面，马、恩也多次强调，绝不能把人看成是纯粹消极的环

---

① 巴尔扎克：《人间喜剧·前言》，见《文学理论译丛》，第2期，人民文学出版社1957年版。
② 《马克思恩格斯选集》，第1卷，人民出版社1972年版，第18页。
③ 《马克思恩格斯选集》，第1卷，人民出版社1972年版，第50页。
④ 《马克思恩格斯选集》，第1卷，人民出版社1972年版，第43页。

境的产物，"环境正是由人来改变的"①。正确的观点是："人创造环境，同样环境也创造人。"②人"只有改变了环境，他们才会不再是旧人……在改造环境的同时也改变着自己"③。这样，马、恩就正确地阐明了社会历史的本来面貌：在社会中，生活的人们受制约于一定的物质生活条件，活动于一定的社会关系之中，同时，他们又是能动的、社会的改造者。真实的历史和社会就是在这样的环境和人的辩证统一之中存在和发展的。

马克思和恩格斯所理解的生活的本质真实还有一个基本点：它应该是现实和理想的统一体，因为马、恩不仅是从联系的观点，也是从发展的观点来看待生活和历史的。恩格斯在《反杜林论》中说："当我们深思熟虑地考察自然界或人类历史或我们自己的精神活动的时候，首先呈现在我们眼前的，是一幅由种种联系和相互作用无穷无尽地交织起来的画面，其中没有任何东西是不动的和不变的，而是一切都在运动、变化、产生和消失。"④正是从发展的观点看来，变化、发展是现实的必然，甚至可以说本身就是现实的一种因素，那么，文艺要反映的本质的真实就应该包括理想。恩格斯在《路德维希·费尔巴哈和德国古典哲学的终结》中明确谈到：有些人认为"哲学唯心主义的中心就是对道德理想即社会理想的信仰"，恩格斯说这是"一种偏见"。他反驳这些人说："推动人去从事活动的一切，都要通过人的头脑……外部世界对人的影响表现在人的头脑中，反映在人的头脑中，成为感觉、思想、动机、意志，总之，成为'理想的意图'，并且通过这种形态变成'理想的力量'。如果一个人只是由于他追求'理想的意图'并承认'理想的力量'对他的影响，就成了唯心主义者，那么任何一个发育稍稍正常的人都是天生的唯心主义者了，这样怎么还会有唯物主义者呢？"⑤可见马、恩是非常重视理想的力量的。当然，他们说的理想又不是离开现实的空想。青年时代的马克思曾经受到费希特主观唯心主义哲学思想的影响，表现在他当时诗歌中有明显的抽象的理想主义的倾向。1837年，马克思在给他父亲的一封信中对此作了认真的总结和自我批评。他

① 《马克思恩格斯选集》，第1卷，人民出版社1972年版，第17页。
② 《马克思恩格斯选集》，第1卷，人民出版社1972年版，第43页。
③ 《马克思恩格斯全集》，第3卷，人民出版社1972年版，第234页。
④ 《马克思恩格斯全集》，第3卷，人民出版社1972年版，第60页。
⑤ 《马克思恩格斯选集》，第4卷，人民出版社1972年版，第228页。

写道："对我当时的心情来说，抒情诗必然成为首要的题材，至少也是最愉快最合意的题材，然而它是纯理想主义的；其原因在于我的情况和我从前的整个发展。我的天国、我的艺术同我的爱情一样都变成了某种非常遥远的彼岸的东西。一切现实的东西都模糊了，而一切正在模糊的东西都失去了轮廓。对当代的责难、捉摸不定的感情，缺乏自然性、全凭空想编造，现有的东西和应有的东西之间完全对立、修辞学上的考虑代替了富有诗意的思想，不过也许还有某种热烈的感情和对蓬勃朝气的追求——这就是我赠给燕妮的前三册诗的内容的特点。无边无际的、广泛的渴求在这里以各种不同形式表现出来，使诗作不够紧凑，显得松散。"①马克思对自己抽象的理想主义的自我批评清楚说明，他们要求的理想是建基于现实的，是现实与理想的辩证统一。

以上说明，马克思和恩格斯对文艺的美学要求之一是：文艺应具有本质的真实性，即应正确反映建立在一定物质生产条件基础上的社会关系，实现人和环境的统一，实现现实和理想的统一。但是，这绝不意味着他们忽视艺术的特点和规律。我们看到，他们任何时候都是把文学作为艺术来看待和要求的，他们一贯高度重视文艺的特殊属性。

从马、恩大量的文学评论文章，我们体会他们在艺术性方面的要求首先表现在：他们认为文学作品应该具有描写的生动性和形象性。例如，恩格斯批评卡尔·倍克的诗说："诗人本想叙述故事，但是却失败得实在悲惨。整本书中所表现出来的这种对叙述和描写的完全无能为力，是'真正的社会主义'的诗篇的特征。"恩格斯还批评他们"满足于按哲学结构组织"散文以及"枯燥无味地记录个别的不幸事件和社会现象"②。马克思也批评欧仁·苏的小说《巴黎的秘密》图解抽象的道德信条，是一本说教性的伦理小说，在人物塑造上，"把现实的人变成了抽象的观点"③。对于莎士比亚剧作情节的生动性和丰富性，马、恩所给予的高度评价则是大家所熟知的了。例如，恩格斯就说过："单是《风流的娘儿们》的第一幕就比全部德国文学包含着更多的生活气息和现实性。"④

① 《马克思恩格斯全集》，第40卷，人民出版社1982年版，第9—10页。
② 《马克思恩格斯全集》，第4卷，人民出版社1958年版，第237页。
③ 《马克思恩格斯全集》，第2卷，人民出版社1957年版，第246页。
④ 《马克思恩格斯全集》，第33卷，人民出版社1973年版，第108页。

马、恩不仅要求文艺描写的生动性、形象性，更有大量的言论论及文学形象的典型性问题。

马、恩的文学典型论具有的一个突出的特点是：他们总结了近代文学创作的新经验，和莱辛、歌德、黑格尔等人的典型论一样，突出重视典型的个性特征，要求通过个性表现共性。恩格斯在谈到谷兹科夫的剧本《扫罗王》时，对其主要人物形象的描绘予以肯定，但说其次要人物（主要指约拿单和米甲）的性格，"没有任何典型的东西，没有任何突出的东西"①。他在给敏娜·考茨基的信中也批评她作品中的一些人物缺乏鲜明独特的个性。他说："在这里我来谈谈阿尔诺德。这个人确实太完美无缺了……爱莎即使已经被理想化了，但还保有一定的个性描写，而在阿尔诺德身上，个性就更多地消融到原则里去了。"②在马、恩分别给拉萨尔的信中，恩格斯肯定拉萨尔对巴尔塔扎尔和特利尔大主教的描写，认为他"成功地直接根据这两个人物有代表性的性格做出了卓越的个性刻画"，马克思则批评拉萨尔笔下的济金根和胡登，"在性格的描写方面看不到什么特出的东西。"这些看法都说明，马、恩极为重视典型形象的个性特征。我们知道，在西方文论史上，是否重视个性刻画是典型说和类型说的原则区别之一。古罗马贺拉斯提出的有类型说倾向的文学主张，在西方文学创作和理论中，有极大的影响。类型说经过布瓦洛的《诗的艺术》的肯定，更成为新古典主义的法规。同时，就西方典型论的发展来说，亚里士多德提出的典型说的雏形，其不够成熟的一个重要表现也在于对典型的个性特征重视不够。继承亚氏典型说的文论家们如狄德罗、约翰生等，也是极为重视典型形象的共性，而相对地一定程度地忽视了个性。文艺复兴以来，人的地位和自我意识提高了。在文学创作实践上，莎士比亚等作家创造了一系列性格特征鲜明的、个性共性统一的典型形象。从莱辛开始，莱辛、歌德、黑格尔等人着重对典型形象的个性刻画，进行了理论上的阐释。而马、恩的典型论也鲜明地具备了近代典型论的这一特点。

马、恩不但继承了近代典型论的新成果，而且对于如何刻画典型人物的个

---

① 《马克思恩格斯全集》，第41卷，人民出版社1982年版，第69页。
② 《马克思恩格斯选集》，第4卷，人民出版社1972年版，第453—454页。

性特征，提出了一些新的看法。在这方面，笔者以为，很值得我们重视的是，恩格斯在致斐·拉萨尔信中的如下一段论述："我觉得一个人物的性格不仅表现在他做什么，而且表现在他怎样做；从这方面看来，我相信，如果把各个人物用更加对立的方式彼此区别得更加鲜明些，剧本的思想内容是不会受到损害的。"[①] 在这里，恩格斯要求通过写人物的"怎样做"来展现人物个性，并认为在人物性格的对比中，可以使不同的性格特征更鲜明地呈现出来。这是恩格斯对包括莎士比亚剧作在内的成功的创作经验的总结，直到今天也是经得起创作实践的检验的。

马、恩对文艺典型论的另一个重要贡献是，恩格斯提出了刻画典型环境中的典型人物的要求。

在西方文论史上，重视环境和人物的关系，也并不是从马、恩才开始的。法国批评家、作家、法国浪漫主义运动的先驱史达尔夫人，在《从文学与社会制度的关系论文学》这一著作中谈到，一条莱茵河分开了南（法国）、北（德国）两个文化地区，有着两种完全不同的文学。她除了谈及宗教等因素的影响外，着重分析了自然环境对人的影响。对于南方人和北方人不同的精神气质以及他们的想象和他们诗中的形象之所以形成，史达尔夫人着重强调了"大自然的景象在他们身上起着强烈的作用"、"气候当然是产生这些差别的主要原因之一"。[②] 后来，法国文艺理论家、史学家丹纳在《英国文学史》序言中作了更为系统的论述。他认为：文学创作和文学发展的决定因素是种族、环境和时代。他所说的种族是指天生的和遗传的那些倾向；环境主要指地理环境；时代则是说文化在向前发展的若干阶段（即不同时代）有不同的历史继承性，有不同的形态。因之，我们可以说，就对环境的认识来说，无论是史达尔夫人，还是丹纳，都只认识到自然环境的重要性。

狄德罗认识到人物性格是在一定社会处境中形成的，并谈到处境由"家庭关系、职业关系和友敌关系等"构成，说明他已开始重视到社会环境对于决定和展示性格的意义。

---

① 《马克思恩格斯选集》，第4卷，人民出版社1972年版，第344页。
② 《史达尔夫人论文学》，徐继曾译，人民文学出版社1986年版，第146—147页。

黑格尔对环境以及环境与人物关系的认识是更为深刻了。他认识到，作为一般背景的"一般世界情况"在作品中必须具体化为"情境"——围绕着人物并推动人物行动的具体环境，而在具体的真实存在的环境中，总是包含着矛盾冲突的。他也认识到，在作品中，人物和环境的关系是辩证的有机统一的关系，正是外在的"情境"和人物内在的"情致"相互作用，构成具体的活动状态中的情致，形成具体的人物性格。但是，黑格尔所说的"一般世界情况"主要停留于精神领域内的各种情况，特别是各种伦理力量，并认为这种种"情况"都是客观唯心主义的"理念"自身衍化而来的种种不同的形式。所以，他又称"一般世界情况"为"心灵现实的世界情况"。

放在文艺理论历史发展的序列中来考察，恩格斯关于描写典型环境中典型人物的理论明显地是有新贡献的。

我们都知道，恩格斯是在评论哈克奈斯的中篇小说《城市姑娘》时提出这一观点的。恩格斯认为《城市姑娘》中的人物，就他们本身而言，是够典型的，但是"环绕着这些人物并促使他们行动的环境，也许就不是那样典型了"[①]。在1887年的时代条件下，像耐丽那样被诱骗、被遗弃的女工以及《城市姑娘》所描写的其他不觉悟的工人形象，在当时的实际生活中，当然是存在的。所以，恩格斯肯定就人物本身而言是够典型的。但是，作品通过整个人物关系展现出：改善工人悲惨处境的希望在于基督教的慈善团体——救世军的慈善活动。我们认为，恩格斯批评作品环境描写不够典型主要针对之点正在这里。从而可以看到，恩格斯所理解的环境，再不像史达尔夫人和丹纳仅仅看到自然环境，而是指社会环境，在作品中，具体体现为人物关系。这是主要的有决定意义的环境。同时，恩格斯和黑格尔一样，将进入作品的具体环境（黑格尔称为"情境"）与一般的时代背景（黑格尔称为"一般世界情况"）联系起来加以考察。但是恩格斯所说的时代背景已不是黑格尔所说的"理念"衍化而来的"心灵现实的世界情况"，而是建立在一定物质生产条件基础上的社会关系。这就是说，恩格斯不仅要求个别人物具有典型性，而且要求作品描写的整个人物关系也要具有典型性，即整个人物关系及其体现出来的社会意义，

---

① 《马克思恩格斯选集》，第4卷，人民出版社1972年版，第462页。

在作品所描写的那个时代背景下，是具有必然性的。

对于文艺作品来说，真实性、艺术性和倾向性本来就是密不可分的。作为革命家的马克思和恩格斯，在注意于文艺的真实性和艺术性的同时，自然是更不会忽视倾向性的了。他们总是赞赏那些有利于社会进步和无产阶级事业的文艺，并促进它们得到发展。他们对英国宪章派文学、德国西里西亚织工诗歌，热情地给予肯定和鼓励。他们肯定海涅的一些作品是"宣传社会主义的诗作"。恩格斯更赞誉魏尔特说："我称他为德国无产阶级第一个和最重要的诗人。的确，他的那些社会主义的和政治的诗篇，就独创性、机智，尤其是如火如荼的热情来说，都大大超过了弗莱里格拉特的诗篇。"①

综上所述，我们可以看到，马、恩在文艺的真实性、艺术性、思想性方面，都提出了一些不同于前人的要求。更值得注意的是，对于马克思和恩格斯来说，他们对文艺的上述三方面的要求总是有机的、辩证的统一在一起的。这当然不是偶然的。由于他们是坚持存在决定意识的唯物论者，他们当然重视作为意识形态之一的文艺的真实性；他们又是革命家，他们对文艺的一切要求都是服务于他们从事的革命事业的，他们当然重视文艺的思想性；同时他们有着辩证的思想方法，他们深知如果不重视一事物区别于他事物的特点，就无异于取消了该事物。所以，在他们谈及文艺的一切言论中，都贯穿了真、善、美三者有机统一这样一个美学要求。

例如，恩格斯在青年时代撰写的《德国民间故事书》就说道：这类故事书除使农民"消遣解闷，振奋精神，得到慰藉"之外，还应"使农民有明确的道德感，使他意识到自己的力量、自己的权利和自己的自由，激发他的勇气并唤起他对祖国的热爱"，因此应要求这类故事书"富有诗意、饶有谐趣和道德的纯洁"，要求它用艺术形象，而不是用"直接推理的方式"给人们指出时代动因的"真实性和合理性"。②在这里，恩格斯要求的是，通过富有诗意、饶有情趣的艺术形象，展现时代动向的真实性、合理性，并激发人们的勇气，唤起他们对祖国的热爱。

---

① 《马克思恩格斯论艺术》，第4卷，人民出版社1966年版，第127页。
② 《马克思恩格斯全集》，第41卷，人民出版社1982年版，第14—15页。

又如这已是人们熟知的事实：马克思和恩格斯在重视文艺思想性的同时，一贯强烈反对文艺离开文艺的特点而赤裸裸地宣传某种思想观点。恩格斯批评"青年德意志"文学派别，说："他们用一些能够引起公众注意的政治暗喻来弥补他们作品中才华的不足。在诗歌、小说、评论、戏剧中，在一切文学作品中，都充满'倾向'，即反政府情绪的畏首畏尾的流露。"[①]马克思则希望拉萨尔"更加莎士比亚化"，批评他"最大缺点就是席勒式地把个人变成时代精神的单纯的传声筒"[②]。恩格斯又说："倾向应当从场面和情节中自然而然地流露出来，而不应当特别把它指点出来。"[③]并说："作者的见解愈隐蔽，对艺术作品来说就愈好。"[④]

特别是恩格斯提出的"较大的思想深度和意识到的历史内容，同莎士比亚剧作的情节的生动性和丰富性的完美的融合"，更可以说是马、恩美学要求的最全面、最明确的表述。思想深度自然是马、恩要求于文艺的重要方面，但在他们看来，正确的思想正是对变化、发展中的现实的正确的反映，完全背离现实及其发展规律的思想是难于谈到深刻、正确的。就具体作品来说，主题总是通过题材而得到表现，并寓于题材之中的，因之，"较大的思想深度"和"意识到的历史内容"是一致的。而思想和历史内容，在文艺作品中，正是真实生动、丰富多样的艺术形象的内涵，而不是游离于艺术形象之外的附加物。

纵观整个文艺史，可以看到，成功的、不朽的艺术珍品，都在一定程度上具有真、善、美统一的特点，马、恩之前的有的文论家对之也有不同程度的认识。例如，狄德罗就曾相信真、善、美三者统一的艺术，最后必然会获得人们的赞赏，这个"三位一体的王国，定会慢慢建立起来"。但是，作为一种明确的、突出强调的美学要求来说，我们大致可以说，从古希腊至18世纪，西方的文论家们主要强调的是文艺的真实性和道德教育作用；从18世纪末叶至今，则有更多的西方文论家突出强调文学的美学意义，有的文论家更走向唯美主义的极端，不同程度地存在一定的片面性。而在这个问题上，马、恩在西方文

---

① 《马克思恩格斯选集》，第1卷，人民出版社1972年版，第510页。
② 《马克思恩格斯选集》，第4卷，人民出版社1972年版，第454页。
③ 《马克思恩格斯选集》，第4卷，人民出版社1972年版，第340页。
④ 《马克思恩格斯选集》，第4卷，人民出版社1972年版，第454页。

艺理论发展史上的贡献就在于他们既在真、善、美三个方面分别提出了一些前人未能阐明的理论和见解，又通过他们有关文艺的大量言论，明确地、突出地表述了真、善、美的有机统一这样一个美学要求。

（发表于《兰州大学学报》1988年第1期）

评克罗齐的"艺术即直觉"

（一）

贝奈德托·克罗齐（1866—1952）曾获哥伦比亚大学授予的金质奖章和牛津大学授予的荣誉学位，还曾是 1934 年诺贝尔奖最强有力的竞选者之一。其在西方美学史上的地位，正如美国学者凯·埃·吉尔伯特和德国学者赫·库恩所说："在十九世纪和二十世纪的交替时期及以后至少二十五年间，贝奈德托·克罗齐关于艺术是抒情的直觉的理论，在美学界居统治地位。"[①] 在我国，克罗齐的文论则是一个少有研究的领域，已有的论述也多重在批评他所具有的唯心主义的倾向。究竟应该如何较为全面地评价克罗齐在文艺方面的基本理论"艺术即直觉"呢？笔者想在此谈谈自己的一孔之见。

（一）

克罗齐所说的"直觉"有着自己的特殊的内涵，它包含了一系列的心灵的活动。

首先，在克罗齐看来，印象是"直觉"的起点。他说："直觉即表现"，"表

---

① 凯·埃·吉尔伯特和赫·库恩：《美学史》，下卷，夏乾丰译，上海译文出版社 1989 年版，第 722 页。

现以印象为起点。"①"印象"有时也被克罗齐替换为"情感",如说:"材料指未经审美作用阐发的情感或印象。"这是因为他注意到印象必然伴随着情感。不过,在行文中,他更多的是说"直觉"——"表现"始于"印象"。

关于印象,他作了这样的界说:印象受感受器官限定,也受在器官上起作用的刺激物限定。"一个人从来没有海的印象,就不能表现海,正犹如一个人从来没有上等社会生活或政治漩涡的印象,也就不能表现他们。"②这说明他并不是认为印象就是来自心灵的(我国有的论者曾据克罗齐有时将"印象"与"情感"互换使用而说克罗齐认为"直觉的来源是情感","直觉的来源还在心灵活动本身",从而批评他的唯心主义错误)。

当然,印象确实是一种心理事实。它是经过各种生理器官而进入心灵的。感受乃事物刺激器官,印象则是感受所得。克罗齐之所以一再强调"直觉"——"表现"是从印象这种心理事实开始,是因为他正确地认识到,"艺术家们只能从曾经感动心灵的东西中取得灵感。"③不管客观世界多么丰富,也无论社会生活中发生了多少事件,如果艺术家未受感动、毫无印象,那是无法获得创作灵感、写出成功的佳作来的。更何况,克罗齐的"直觉"说论及的只是作家创作构思的心灵活动,那么,说"直觉"起于印象,起于曾经感动过作家心灵的东西,就恰恰是正确地说明了作家创作构思是起始于印象的。

除了强调"直觉"起于印象,克罗齐还说:"对实在事物所起的知觉和对可能事物所起的单纯形象,二者在不起分别的统一中,才是直觉。"④这表明,他已意识到:作家心灵中的诸多意象不仅有实在事物引起的印象,也有作家对可能事物的联想和想象,而且在意象中,这二者是处于"不起分别的统一"之中的。

更为重要的是,克罗齐指出,意象并不是杂乱地随意地排列、堆积或机械凑合。他说:"要分辨真直觉、真表象和比它较低级的东西,即分辨心灵的事

---

① 克罗齐:《美学原理》,朱光潜译,见《美学原理·美学纲要》,外国文学出版社1983年版,第26页。

② 克罗齐:《美学原理》,见《美学原理·美学纲要》,外国文学出版社1983年版,第27页。

③ 克罗齐:《美学原理》,见《美学原理·美学纲要》,第61页。

④ 克罗齐:《美学原理》,见《美学原理·美学纲要》,第10页。

实与机械的、被动的、自然的事实，倒有一个稳妥的办法，每一个真直觉或表象同时也是表现。"① "表现即综合杂多为整一"，"就是融化杂多印象于一个有机整体的那种作用"。② "表现"不是外加某种东西于印象之上，而是诸印象借"表现"得到形式和阐发，成为整一的表现品。诸种印象虽也再现于表现品，但犹如将水放入一种有特殊功效的滤器里，再现于滤器的另一端时，虽还是水，但已与原水不同——它已经过了心灵的审美综合作用。

在克罗齐称为"直觉"的这一系列心灵活动中，心灵的审美综合作用（克罗齐又称之为"表现"）是最为重要的一个环节。他说："诗人或画家缺乏了形式就缺乏了一切，因为他缺乏了他自己。诗的素材可以存在于一切人的心灵，只有表现，这就是说，只有形式，才使诗人成其为诗人。"③根据克罗齐自己的解释，"材料"是指未经审美作用阐发的情感或印象，"形式"则正是指人的心灵的活动。

这种"综合杂多为整一"的心灵活动又是怎样进行的呢？克罗齐认为，它既不是由于某种理念发挥了统摄作用，也不是出于意志的驱使，也不是因为某种技巧、手法的运用，而是"来自情感，基于情感"④的。所以，"艺术的直觉总是抒情的直觉：后者是前者的同义词，而不是一个形容词"⑤。因为，"直觉之所以真是连贯的和完整的，就因为它表达了感情"，"是情感给了直觉以连贯性和完整性"⑥。

早在公元3世纪，新柏拉图主义的奠基者普罗提诺就已论及："世间的事物之所以美，是由于分享了理型"，"当理型被附加到一件事物之上，把它的各个部分组合起来，成为'一'时，这理型赋予了体系和计划以统一性，从而使这件事本身得到统一。"⑦浪漫主义诗人、文论家柯勒律治认为艺术想象是"和谐调解的力量，它使理性和感觉的形象和谐一致"，实现"多"与"一"即感性

---

① 克罗齐：《美学原理》，见《美学原理·美学纲要》，第14页。
② 克罗齐：《美学原理》，见《美学原理·美学纲要》，第27页。
③ 克罗齐：《美学原理》，见《美学原理·美学纲要》，第33页。
④ 克罗齐：《美学纲要》，韩邦凯、罗芃译，见《美学原理·美学纲要》，第227页。
⑤ 克罗齐：《美学纲要》，见《美学原理·美学纲要》，第229页。
⑥ 克罗齐：《美学纲要》，见《美学原理·美学纲要》，第227页。
⑦ 普罗提诺：《九章集》第六章。

材料与理性形式的有机统一。[①]在普罗提诺那里，推动"多"与"一"统一的力量是神，在柯勒律治那里，推动"多"与"一"统一的力量主要是理性形式（也有情感的因素）。到了克罗齐，明确认识到：这种融"多"为"一"的审美综合作用是来自情感、基于情感的，情感是审美综合的轴心和动力；在文艺构思中，"综合杂多为整一"的心灵活动，正是情感与意象的审美综合——没有意象的情感是盲目的情感，没有情感的意象是空洞的意象。显然，克罗齐的见解比之普罗提诺和柯勒律治的认识，是更加符合艺术创作的实际了。

综上所述，可以看到，克罗齐在"直觉"这一概念下分析的心灵活动，实际上是较为细致地探讨了文艺创作构思过程的心理机制和轨迹，并对之作了较好的说明。

（二）

克罗齐的"艺术即直觉"说还有一层深意在于：确立艺术的独立自主性，强调艺术是一种特殊的认知形式。

克罗齐说明"直觉也是知识"，艺术是能说出真理的。他也不赞成将"无意识"（unconcious）看成艺术天才的主要特征。他说："直觉的或艺术的天才，像人类的每一种活动，总是有意识的，否则它就成为盲目的机械动作了。"[②]不过，克罗齐更着重阐明艺术是一种特殊的认知形式。

克罗齐区分了知识的两种形式：不是直觉的，就是逻辑的，不是从想象得来的，就是从理智得来的，不是关于个体的，就是关于共相的，其所产生的不是意象，就是概念。艺术是具有前一属性的一种知识。意象性是它固有的特点。抓住意象性这个特征就可把直觉和概念区别开来，把艺术与哲学、历史区别开来，也把艺术同一般的肯定及对所发生事情的知觉或叙述区别开来。

克罗齐也要求人们充分认识艺术本身"现在和将来都不是道德"。[③]虽然，

---

① 柯勒律治：《政治家手册》(Statesman's Manual)，本书作者译自 W·J·Bate 编：《文学批评教程》，纽约，1952 年版，第 386 页。

② 克罗齐：《美学原理》，见《美学原理·美学纲要》，第 22 页。

③ 克罗齐：《美学纲要》，见《美学原理·美学纲要》，第 215 页。

他也承认，审美活动和实践活动常常是能并行不悖的。对于有些审美活动来说，实用的目的和刺激审美的再创造活动并不一定互相冲突。例如，建筑物的美和适用原则是一致的，衣服的美与适合于穿衣者的身材、身份密切相关。同时，艺术家也是人。艺术家既然生活在具有一定道德观念的王国里，只要是人就不能逃避做人的责任，就要肩负做人的使命。不过，克罗齐更为着重地说明："艺术就其为艺术而言，是离效用、道德以及一切实践的价值而独立的。如果没有这独立性，艺术的内在价值就无从说起，美学的科学也就无从思议，因为这种科学要有审美事实的独立性为它的必要条件。"①

为了阐明艺术的独立自主性，克罗齐还提出了心灵活动有"四度"的理论主张，即心灵活动由低而高有四个阶段，或称"四度"。这包括认识和实践两个大阶段，在两个大阶段之中又各包括两个阶段。属于认识这个阶段的两个小阶段是直觉和概念，属于实践这个阶段的是效用和道德。每个阶段都是后者内含前者，反之则不然。具体说来就是：概念不能离开直觉而独立，效用不能离开概念与直觉而独立，道德不能离开效用、概念与直觉而独立，只有直觉是唯一可独立的。

克罗齐将"直觉"（即艺术）列为人的四种心灵活动的形态之一，并指出只有它能离开其他三种形态而独立，其意义正如意大利学者塔里阿比（G. M. Tagliabue）所说："克罗齐用以探讨艺术作品的无数方法，最终可以归结为一点：确定艺术的独立自主性，换言之，即确定艺术自身的地位。"②不过，克罗齐在要求人们充分认识艺术的特性时，也有一些失之于片面的偏颇之处。

他在正确地区分艺术和科学是两种不同的认知形式时认为艺术构思是绝对"不杂概念"的，甚至说"一产生出思考和判断，艺术就消散，就死去"。显然，克罗齐已认识到艺术构思的思维形式是形象思维，但在形象思维与逻辑思维的关系问题上，他像维柯一样，也有将两者完全对立的倾向，而不承认艺术创作在主要是形象思维的同时，在某些时候，运用概念进行思考和判断，也可能发挥一定的辅助作用。

① 克罗齐：《美学原理》，见《美学原理·美学纲要》，第126页。
② 塔里阿比：《二论风格》，转引自吉尔伯特和库恩著：《美学史》，下卷，第725页。

他正确地阐明艺术"不是道德"，但他不承认艺术家的道德观念在其"直觉"即艺术构思活动中也有渗透作用，而认为只是"外射"时才有效用的考虑，才受道德原则的制约，同时，他又不承认"外射"属于艺术活动。事实上，作家的思想观念是一个内涵丰富而复杂的整体，即使在作家主要运用形象思维进行艺术构思的阶段，道德观念、价值观念等因素也必然是渗透其中的，当然，其方式可能是自觉的，也可能是不自觉的。

克罗齐从他的"心灵四度"说出发，把艺术归于最低级的、只能涉及个别和表象的认识，从而主张典型就是"个体"，典型化"就是使个体得到定性和表象"[①]，并认为如果像康德和黑格尔那样，力图实现感性与理性、殊相与共相的统一，就是把艺术推到了科学的地位。这实际上是否定了艺术形象可能具有普遍性，把艺术对生活的认识降低为一种不能揭示共相和本质的感性认识，和他自己"艺术能说出真理"的正确看法也是相悖的。不过，克罗齐在《美学纲要》(1931 年版)中，对上述观点(表述于《美学原理》一书中，1902 年版)，似乎有所修正。他在《美学纲要》中写道："我们所谓同纯粹直觉格格不入者，并不是指普遍性"[②]，"纯粹直觉的理论认为，艺术表现既然包含了普遍的情感，就应该表现一种完全的直觉的普遍性，这种普遍性就形式而言，与被当做判断范畴加以思考和运用的普遍性是迥然不同的。"[③]并说：意象是一般的个别化，我们不否认一般是处处存在的，我们仅否认在直觉中一般是逻辑地被表明和思考过的。这些议论就既肯定了艺术的普遍性，又说明了艺术与科学表现的普遍性有着迥然不同的形态。

(三)

"艺术即直觉"说是克罗齐集中研究人的精神世界的重要成果之一，但是克罗齐却否定了艺术的物化形式。

克罗齐认为近代是"精神终于意识到自身的时代"。他高度肯定人的精神

---

① 克罗齐：《美学原理》，见《美学原理·美学纲要》，第 41 页。
② 克罗齐：《美学纲要》，见《美学原理·美学纲要》，第 321 页。
③ 克罗齐：《美学纲要》，见《美学原理·美学纲要》，第 322 页。

世界的作用，着重说明美是人的审美创造。即使是自然的美，他说，那也"只是审美的再造所用的一种刺激物"。一个能看却不能想象的人，他将看不到一个物体的完整世界，而只是看到各种各样排列的各种色彩而已。如果没有想象的帮助，就没有哪一部分自然是美的，只有对于用艺术家的眼光去观看自然的人，自然才显现得美。所以，自然的美也是人以审美精神去发现出来的。

克罗齐的研究工作也集中于探视人的精神世界。他希望能开出"人类心灵的清单"，即把全部心灵弄清楚。他的四部哲学著作：《美学》，研究直觉；《逻辑学》，研究概念；《实践活动的哲学》，研究经济的、道德的实际活动；《历史学》，研究对已发生的事实的直觉。四部著作组成一个整体——心灵哲学。

对于文艺，克罗齐也主要是将它作为一种心灵活动来加以考察的。他既从心灵活动的不同形态来阐明艺术的特性，又着力于比较细致地去揭示艺术构思的心理机制和轨迹，同时，也正是从文艺构思的心灵活动是情感与意象的审美综合这一认识出发，他对浪漫主义和古典主义（即现实主义）的创作方法下了一个"概括的定义：浪漫主义首先要求艺术自发而强烈地迸发出爱憎及喜怒哀乐的激情；浪漫主义更情愿喜欢或满足于富于幻想的、不确定的意象，其风格不联贯并带有暗喻，其联想含糊，词语不大精确，笔触有力而混淆。而古典主义则喜欢宁静的灵魂、明智的计划和在其特性中被玩味的人物（确切而精炼地说，其特征就是沉思、平衡和清澈）。古典主义坚定地倾向于再现，而浪漫主义则倾向于情感"。[1]进而，他更卓有见地地指出：无论是浪漫主义或古典主义的优秀大师的大部分作品则"既是古典的，又是浪漫的，既是情感的，又是再现，都是已经完全变成鲜明的再现的一种活泼情感"[2]。

克罗齐在强调人的精神世界的重要并集中对它的研究时，也存在一些明显的片面性。

他把声音、线条等艺术媒介归为物理现象，认为在表现品已产生、已完成之后还有一个审美事实到物理现象的翻译阶段，进而把借助这些艺术媒介完成的、具有物质实在性的艺术客体——作品称为"物理的美"，并认为"审美的

———————————

[1]　克罗齐：《美学纲要》，见《美学原理·美学纲要》，第225—226页。
[2]　克罗齐：《美学纲要》，见《美学原理·美学纲要》，第226页。

事实在对诸印象作表现的加工之中就已完成了。我们在心中做成了文章，明确地构思了一个形状或雕像，或是找到一个乐曲的时候，表现品就已产生而且完成了"。①他甚至更干脆地说："艺术作品（审美的作品）都是'内在的'，所谓'外观的'就不是艺术作品。"②这样，就完全否定了艺术的物化形式。

由于对艺术物化形式的忽视甚至否定，使得他的认识在一系列问题上出现了混乱。

他强调语言是说话人的印象和情感的表现，从而就认为，既然"语言是声音为着表现才联贯、限定和组织起来的"，而"表现在本质上是审美的事实"，于是就说：艺术和语言、美学和语言学"是一事"，"语言的哲学就是艺术的哲学"，"这个可以界定另一个，所以是完全相同的"。克罗齐从忽视和否定艺术和语言各自的物化形式开始，进而将两种虽有联系但却是不同的事物和学科，完全等同了起来。

克罗齐也不承认艺术的发展和进步。他说"人类在审美方面是无所谓进步的"，因为"野蛮人的艺术，就其为艺术而言，并不比文明人的艺术逊色，只要它真正能表现野蛮人的印象，而且每个人，乃至每个人的心灵生活中的每一顷刻，都各有它的艺术的世界，这些世界彼此不能在价值上作比较"③。诚然，各个时代的艺术都有它不同的魅力，从这方面讲，克罗齐的见解有正确的一面，但是，艺术，如克罗齐自己所努力论证的，是相对独立并有自身特性的，那么，它自身在历史进程中，就必然有一个不断借鉴前人经验、不断积累技巧、不断前进的过程。克罗齐机械地将技巧归入理性的知识，不承认有"审美的技巧"存在，不承认艺术的物化形式是艺术之所以为艺术的、不可分割的一部分，认为只要是人的印象的表现就是完美的艺术，其间不能作价值的比较，不能分辨艺术上的高低。在论及艺术作品例如诗画的价值时，克罗齐说诗画价值取决于它们"所能告诉心灵的东西"，而不取决于声音或颜色，完全否定了艺术形式在艺术价值判断中的意义。

克罗齐注意到每部艺术作品表现心灵的一种状态，而心灵的状态是独特

---

① 克罗齐：《美学原理》，见《美学原理·美学纲要》，第59页。
② 克罗齐：《美学原理》，见《美学原理·美学纲要》，第60页。
③ 克罗齐：《美学原理》，见《美学原理·美学纲要》，第148页。

的，而且总是新的，但据此他认为"不可能把它们放进体裁种类那样的鸽棚里去"。他反对对艺术进行分类，并以同一体裁的作品各自表现心灵状态的不同来否定不同体裁作品之间的差异，强调前者的区别大于后者的区别，以此为理由来否定文体的区别。

克罗齐还否认有"雄伟的"、"哀婉的"、"悲剧的"、"喜剧的"等审美效果的区别，而只强调"表现"是生命所注的整体，它们之所以美都是因为它们是作为"直觉"或"表现"的那种心灵活动，而"表现""只有一个正确的方法"。显然，这些看法也不尽符合艺术创作和艺术欣赏的实际。

此外，克罗齐对艺术创作和社会现实的联系也缺乏认识。他说："艺术作为直觉——就已经否定了在艺术面前存在一个物质世界（艺术干脆把物质世界看成是我们的理智造出来的东西）。"[1]又说："应该说自然模仿艺术家，服从艺术家……因为艺术家并不是从外在现实出发，改变它，使它逼近理想；而是从外在自然的印象出发，达到表现，这表现就是他的理想；然后再从表现转到自然的事实，用它做工具去再造理想的事实。"[2]由于克罗齐将艺术限定于艺术构思这个狭窄的范围之内，他所说的"物质世界"和"自然"也仅限于艺术构思过程中所用的材料。他未能看到人的审美创造物——艺术也是人的一种意识形态。作为一种意识形态，就还有一个它与更为广阔的外部世界的关系问题。克罗齐人为地割断了这种实际上存在的紧密关系，把自己的视野孤立地停留于作家审美创造的精神活动这一个阶段，从而使他对作家审美创造的精神活动的阐明，也出现片面性，这就不是偶然的了。

（发表于《漳州师院学报》1996 年第 1 期）

---

[1]　克罗齐：《美学纲要》，见《美学原理·美学纲要》，第 237 页。
[2]　克罗齐：《美学原理》，见《美学原理·美学纲要》，第 118 页。

精神分析与文艺理论

——从文论角度看弗洛伊德

　　1909 年，著名心理学家、美国克拉克大学校长斯坦利·霍尔邀请弗洛伊德到克拉克大学成立二十周年校庆典礼上作讲演，标志着弗洛伊德的精神分析学得到了学术界的承认。第一次世界大战后，弗洛伊德的精神分析法在西方风靡一时，对人们的生活、文化，特别是文学，产生了巨大的影响。美国心理学家舒尔茨在《现代心理学史》中写道："1910 年后，美国报刊载满了弗洛伊德的论文，1920 年后，美国出版了两百部以上的书籍，论述弗洛伊德的精神分析。"[①]弗洛伊德在西方的广泛影响，不仅其形式各种各样（例如有一些往往是歪曲滥用，或将他的理论荒谬地简单化了），其对社会生活和文化发展的作用，也是既有积极的方面，也有消极的方面。学者们对他的评价也毁誉不一。誉之者说他是"开辟精神界的哥伦布"，贬之者也不乏其人。例如诺贝尔奖获得者、英国的 P.B. 梅多沃就认为弗洛伊德的理论是"二十世纪最惊人的狂妄的智力骗局"。

　　以我们当今中国学人的观点来看，弗洛伊德的精神分析学对文艺理论有无贡献？如有，何在？其局限又是些什么？这就是本文试图探讨的问题。

---

①　　D. Schultz：*A History of Modern Psychology*，1981 年版，第 339 页。

（一）

弗洛伊德虽然也写了一系列谈及文学的文章，但对文论最有意义的恐怕还在他对人的精神本身所作的分析。

在英国博物学家达尔文的《物种起源》一书于 1859 年问世前，人因"有灵魂"而被划在动物王国之外，是达尔文的进化论使人们认识到人也是动物世界的一部分。1874 年，任教于维也纳大学的、伟大的生理学家欧恩斯特·布吕克，在能量守恒定律等科学新发现的启示下，提出了生物是一个动力系统的观点（见他出版的《生理学讲义集》）。20 余年后，深受布吕克教益的弗洛伊德创建了精神分析学。他指出：动力学的定律不仅适用于人体，也适用于人的心理机制。这对于心理学科（1860 年由德国哲学家、科学家加斯塔夫·费希纳创建）的发展无疑是一个重要的贡献。

弗洛伊德说："我们的心理学的目的"，"不仅要描写心理现象并加以分类，而且要把这些现象看作是心力争衡的结果，是向着某一目标进行的意向的表示，这些意向有的互相结合，有的互相对抗。我们要对心理现象作一种动的解释（a dynamic conception）。"[1]从这一观点来看，"心灵就是相反冲动决斗竞争的场所"，"是由相反的倾向组织而成的"[2]。

在这个心力争衡的系统中，初期，弗洛伊德注意的中心集中在"潜意识"上。他指出：以前常认为心理的就是意识的。意识好像正是心理生活的特征，而心理学则被认为是研究意识内容的科学。精神分析否认"心理的即意识的"说法。"精神分析以为心灵包含有感情、思想、欲望等等作用，而思想和欲望都可以是潜意识的。"[3]他还认为，"以前所忽视而现在的精神分析补加的却正是那件事中最重要的部分"[4]，"心理过程主要是潜意识的"[5]。

1920 年以后，弗洛伊德对于心力系统构成机制的看法有所变化。"潜意

---

① 弗洛伊德：《精神分析引论》，高觉敷译，商务印书馆 1986 年版，第 46 页。
② 弗洛伊德：《精神分析引论》，高觉敷译，商务印书馆 1986 年版，第 54 页。
③ 弗洛伊德：《精神分析引论》，高觉敷译，商务印书馆 1986 年版，第 8—9 页。
④ 弗洛伊德：《精神分析引论》，高觉敷译，商务印书馆 1986 年版，第 28 页。
⑤ 弗洛伊德：《精神分析引论》，高觉敷译，商务印书馆 1986 年版，第 8 页。

识"作为人的心理构成的最大、最重要的部分降到了作为人的一种心理现象的地位。他关于人的精神（或称心理、或称"人格"）由意识和潜意识构成的理论，也被由"本我"、"自我"、"超我"三部分组成的理论所取代了。

许多以前认为是潜意识的功能成了"本我"的功能。"本我"指人的生物本能的冲动，是人的生物禀赋的心理代表。生物本能从进化而来，是一种给心理过程发布命令的生理条件。"本我"按唯乐原则活动，避免痛苦，追求快乐，以满足身体的需要。例如强光射向视网膜，眼皮就要闭合；感到饥饿就要求食物等等。"本我"是"人格"中模糊不清、难于捉摸的一部分。

"自我"指的是人的理性思维。它控制和指导"本我"及"超我"，为整个人格的利益和需要而保持与外界的交易。它除了利用那些通过感官而来的信息，还利用记忆、联想等心理功能以提高判断力，并经过思考、推理而得出行动计划，去发现和创造现实，使人的本能需要在外界环境提供的可能条件下得以实现。"自我"按唯实原则行动，即根据外界环境提供的条件来活动，以使人实际获得更大满足和快乐。例如人感到饥饿，还必须会辨识食物并实际找到可食用的东西。所以，"自我"是人与客观现实之间相互作用的结果，是比"本我"更高级的心理过程。

"超我"指人的道德原则。道德原则通过父母从小的教育和影响，通过社会的各种渠道，逐渐由自我接受下来，成为人的自我理想和良心，成为"人格"组成部分之一。"超我"代表着理想的而不是现实的东西。它按至善原则行动，追求的是完美。

弗洛伊德认为："人格"的这三个构成部分之间并没有明显的分界线，区分出这三部分只是为了说明人的整个心力系统有着复杂的机制和动力，存在着一些具有不同作用的因素，或者说有一些不同的心理过程。在人的心力系统的实际运行中，"本我"、"自我"、"超我"是不断的相互作用、混为一体的。对于一个健康的人来说，这三个部分是相互协调的、统一的，而且，正是这三个部分的相互协作，人才能在一定环境里进行有效的活动。

可以看到，弗洛伊德既注意到了人是生物的人，也看到了人是理性的人、社会道德的人，是一个错综复杂的集合体。他所揭示的人的复杂性和丰富性，正如美国心理学家卡尔文·斯·霍尔（Calvin S Hall）所描绘的：这个人有血有肉，既生存于现实世界，又出没于虚无缥缈的幻想境界。一方面，遭受各种社会冲突和自己内心世界的矛盾的困扰，另一方面，又具有理性思维和按理智行动的能力，有时又处在某些无意识的欲望的驱使之下。他时而陷于大脑的混乱之中，时而又神志特别清醒，时而心灰意冷，时而又对一切感到满足，时而充满希望，时而又悲观失望，时而私心膨胀，时而又慷慨助人。

比之以前的心理学家，弗洛伊德更加注意了长期被忽视的、出于本能欲望的潜意识领域。特别是他将共存于人的精神之中的"本我"、"自我"、"超我"视为一种动态组合的结构，并说明正是这三种因素的相互作用、相互影响、相互冲突、相互消长才构成了人的精神统一体，就更卓有见地地揭示了人的精神领域所具有的动态变化的特征。

弗洛伊德的精神构成论，对于作为人学的文学自然是有重要意义的。这主要是，它可以提高、深化和拓展文艺创作家和文艺理论家对人的认识，深化对作品和作家关系的认识，深化对作品中的人物形象的认识。同时，弗氏理论也可以作为研究作家和作品的关系、分析作品的潜在意义、分析人物形象的一种理论。事实上，也正是由于弗洛伊德的心理学对文学理论的渗透，促成了西方文论领域中一个新的文艺心理学学派的出现，生动地表现了当代文艺学在与其他学科相互交叉、相互渗透中发展的新的态势。

（二）

就弗洛伊德对文学的具体见解而论，笔者以为，比较有价值的是有关创作心理和欣赏心理的研究。

首先，关于创作的动因。弗洛伊德认为："动力是未得到满足的愿望"，或者说是愿望受到了压抑。虽然，"愤懑出诗人"的观点，在我国和西方都早已有之。例如，司马迁在《报任安书》中就说过：圣贤写作都因"意有所郁积"；汤显祖也说："士不穷愁不能著书"（《王生借山斋诗帙序》）；尼采认为：由于希腊人内心的痛苦和冲突，故有希腊艺术的繁荣（《悲剧的诞生》），等等。不过，弗洛伊德以前的论者多仅停于指出这一现象，并未细加说明为什么会出现这一现象，弗洛伊德则从精神分析学出发，对之做出了一定的阐释。

弗洛伊德说：儿童游戏时就在幻想中创造了一个又一个属于他自己的世界。成人们在其一生中也不时地利用想象力，进行一种多少有些类似创作的活动——时时都在幻想着。创作家就像儿童似的，他以非常认真的态度，怀着极大的热情，去创造一个又一个幻想的世界。这就是说，幻想（弗洛伊德又称之为"创作"或"白日梦"）是凡人都具有的一种生理和心理的本能。

不过，幻想这种心理活动在什么样的情况下才会出现呢？弗洛伊德回答："我们可以断定一个幸福的人绝不会幻想，只有一个愿望未满足的人才会。幻想的动力是未得到满足的愿望。"[①]如果人们的欲望在真实生活中受到压抑，那么他就会在幻想中"去创造一个属于他自己的世界，或者说，他用一种新的方法重新安排他那个世界的事物，来使自己得到满足"[②]。

弗洛伊德还说明，这些激发幻想的愿望，根据幻想者的性别、性格和环境而各不相同，但是它们很自然地分成两大类，或者是野心的欲望，想出人头地，或者是性欲的愿望，而且，这两者常常是结合在一起的。

显然，弗洛伊德未能充分注意到社会的、历史的、政治的各种因素对创作的巨大推动作用，对创作动因的认识是有片面性的。但是，也应该承认，无论在何种社会历史条件下，人都有他的人性，也有人所共有的一些心理活动规律，弗洛伊德着重从这个角度来揭示创作动因之谜，也是必要的，有意义的。从实践上看，他指出的情况也确是有的文艺作品创作的动因所在。例如音乐家瓦格纳就说过："在我一生中，从未尝过恋爱的幸福，为此，我才要竖起一座对它本身所生之美梦的纪念碑，于是在我的头脑里，产生了特里斯坦和伊索德的观念。"[③]

其次，关于文艺创作的心理机制，弗洛伊德认为它和梦的工作有许多相似之处。这主要表现为："观念变为幻觉"，"主要是用形象来思维"，"还用这些形象构成一种情境，表现出一件正在发生的事情"，"我们似乎不是在思想而是经历"，这种"我们可以称之为想象（Phantasic）的心理活动，由理智的支配和

[①] 弗洛伊德：《创作家与白日梦》，见《现代西方文论选》，伍蠡甫主编，上海译文出版社1983年版，第141—142页。

[②] 弗洛伊德：《创作家与白日梦》，见《现代西方文论选》，第139页。

[③] 罗曼·罗兰：《今日音乐家》。

任何缓和的控制中解放出来，一跃而占有无限权威的地位"，它"不仅具有复制的能力，且具有创新的能力"，在想象活动中，构成形象的建筑材料是记忆中的事物，但在这里，这些事物都经过了夸大、歪曲和形变。①

在谈及想象与理智的关系时，弗洛伊德引用席勒写给友人柯纳(Korner，1756—1831)的信说："你抱怨（柯纳抱怨自己创作不出好的作品——引者注）的原因，在我看，似乎是在于你的理智给你的想象加上了拘束。我要用一个比喻把我的意思说得更具体些。当观念涌进来时，如果理智仿佛就在门口给予他们太严密的检查，这似乎是一种坏事，而且对心灵的创作活动是有害的。孤立地看，一个思想可能显得非常琐细或非常荒诞，但是它可能由于接踵而来的另一个思想而变得重要，或许与其他看来也很离奇的思想连接起来而形成一个十分合目的的系列……这种神志纷乱的时间的长或短，就是精心的艺术家和做梦的人的区别。你抱怨你创作没有结果，这是因为你剔除得太早，你辨别得太严。"②

弗洛伊德所说的"神志纷乱"和柏拉图所说的"迷狂"相似，指的是创作者灵感勃发时的心态。他以梦作比较而进行的有关论述，实际是对这种心态的情状、特点做了一定的、较为具体的说明。同时提出了一个尚待深入探讨的问题：在艺术创作过程中有无潜意识的作用？潜意识又在多大程度上发挥了作用？（在弗洛伊德之前，有些诗人和哲学家已经或多或少触及过这一问题。例如华兹华斯就认为，潜藏的和无意识的东西正是不受意识的理智的制约而发挥作用的智慧和力量）。

第三，关于作品题材与创作者"人格"的关系。弗洛伊德认为必须把两类作家区别开来。一类作家所用的题材是"接收现成的材料"。这类作品是对现成的和熟悉的素材的再创造，作者于选择和改变素材方面保持一定程度的独立性。另一类作家则"创造他们自己的材料"。他们无视从现实生活中观察到的人物性格，而描写了一个"自我中心的故事"。这类作品是作家的一场"白日梦"，即通过幻想的虚无缥缈的创造而实现的作家的愿望。其心理过程往往

---

① 弗洛伊德：《释梦》。
② 弗洛伊德：《释梦》。

是由于"目前的强烈经验,唤起了创作家对早先经验的回忆(通常是孩提时代的经验),这种回忆在现在产生了一种愿望,这愿望在作品中得到了实现"[1]。至于有些心理小说,作家则用自我观察的方法将他的自我分裂成许多部分的自我,使自己精神生活中相互冲突的思想在几个主角身上得到体现。

弗洛伊德的这些见解,对于分析、认识具有浪漫主义倾向的作家和一些西方当代作家的作品是很有意义的。

例如我国浪漫主义作家郭沫若早期的一些作品,无论是爱情诗集《瓶》还是短篇小说《叶罗提之墓》,都可以说是作者以"自己的材料"创造的"自我中心的故事"。特别是《叶罗提之墓》,如果参照郭沫若自传中的有关材料来研究,就可看到,事实正如弗洛伊德所说,小说表现的正是创作家对自己孩提时代的经验的回忆。

又如意识流小说的鼻祖、被西方评论界公认为"本世纪最重要的小说家"的詹姆斯·乔依斯。他的最重要的小说《尤利西斯》,就是将他自己内心的混乱、苦闷、不满和抗争,通过梦幻般的自由联想,通过多股纵横交错的意识之流,而表现了出来。

第四,关于欣赏者心理活动的特点。弗洛伊德认为文艺欣赏是一种获得快乐的活动。他说:"戏剧的目的在于打开我们感情生活中快乐和享受的源泉,正像开玩笑或说笑话打开了同样的源泉",而这"是理性的活动所办不到的"。[2]"作品的其他几种形式同样服膺于这些享乐的先决条件"。[3]而欣赏者之所以从作品欣赏中享受到快乐,在弗洛伊德看来,主要是欣赏者通过作品去实现自己的"白日梦",即在幻想中"宣泄多种强烈的感情",从而实现自己的愿望。例如,有的观众渴望成为英雄,剧作家和演员通过让他以英雄自居而帮助他实现了这一愿望。在此种情景中,观众可以放心地享受做一个伟大人物的快乐,毫不犹豫地释放那些被压抑的冲动,纵情向往在宗教、政治、社会和性事件中的自由,在各种辉煌场面——表现在舞台上的生活的各个部分中,

---

① 弗洛伊德:《创作家与白日梦》,见《现代西方文论选》,第146页。
② 弗洛伊德:《戏剧中的精神变态人物》,见《二十世纪西方美学名著选》(上),蒋孔阳主编,复旦大学出版社1987年版,第407页。
③ 弗洛伊德:《戏剧中的精神变态人物》,见《二十世纪西方美学名著选》(上),第408页。

"发泄强烈的感情"。

应该说,弗洛伊德的这些见解也道出了艺术欣赏者心理活动的一些重要内容。不过,弗洛伊德所说的从欣赏中享受的快乐,似乎根本没有包括艺术的美学形式所带来的特有的审美愉悦。从这个论题上也反映出,弗洛伊德毕竟主要是一位独树一帜的心理学家,而不是对文艺本身有深知卓识的文艺理论家。

(三)

虽然,在弗洛伊德的"人格"构成模式中,既包括了生物的人的本能冲动,也包括了智慧的人的理性思维,还包括了社会的人的社会道德的心灵化。但是,也许是由于职业(神经病学医师)及其立论根据材料(大量神经病例)的局限,使他大大夸大了人的生物本能在"人格"构成中的地位和作用。就弗洛伊德的主观意图来说,他进行精神分析的目的是希望控制"人格"中的隐秘的、黑暗的一面,要求"自我处处都应主宰本我",但是他却得出了悲观主义的结论:对于大多数人来说,其身上各种非理性力量无比强大,只有极少数坚强的人才能过上理性的生活。同时,他又以偏概全,几乎将性本能等同于全部的生物本能,甚至荒唐地将小孩把东西放入口中而得到的触觉刺激,将食物的咀嚼以及消化过的废物的排泄等都归入性本能的范围。

对于文艺,弗洛伊德也承认:"所有真正的创造性作品同样也不是诗人的大脑中单一的动机和单一的冲动的产物,并且这些作品同样也面对着多种多样的解释。"[1]不过他说:"在我所写的文字中,我只想说明创造性作家心理冲动的最深层。"[2]而他所理解的"创造性作家心理冲动的最深层"就是性冲动、性本能。例如,在论及创作的动因是满足被压抑的愿望时,他认为所谓被压抑的愿望主要就是被压抑了的性欲要求;在说明作品和作家的关系时,他提出"升华"说,认为文学作品就是作家的、改变了形态的性欲的目标和对象,即

---

[1] 弗洛伊德:《释梦》。
[2] 弗洛伊德:《释梦》。

通过改变，使性欲目标和对象以一种更富有社会价值、以便社会可以接受的样式表现出来；在分析作品时，他认为索福克勒斯的《俄狄浦斯王》、莎士比亚的《哈姆雷特》和陀思妥耶夫斯基的《卡拉玛卓夫兄弟》三部作品的主题均是表现人的无意识领域中蛰伏着的本能冲动——"恋母情结"，完全忽视了作品的社会历史意义；关于文艺欣赏，他也偏激地将之视为一种性的满足，甚至武断地说：美的享受"是来自性欲"。[①]

弗洛伊德的这些看法，即使是从文艺心理学的角度来看，也是有值得商榷之处的。作为社会的、历史的、生物的人的总和，其心理的、最深层的冲动也是复杂的、矛盾的统一。它的构成会因人而异，但作为一个一般趋向来说，随着人类自身的进步，随着社会的发展，文明程度的提高，人的精神生活必然更为丰富。在其精神的构成成分中，社会的、历史的比重也就更大。弗洛伊德将文学仅仅视为性心理的表现，或者认为性冲动才是"创造性作家心理冲动的最深层"，未免就过于偏激和片面了。

曾是精神分析学的信徒，并于1911年同弗洛伊德共同创立了国际精神分析学会的瑞士心理学家卡尔·古斯塔夫·荣格，还在1912年就对弗洛伊德理论的缺陷提出了尖锐的批评，并因此与弗洛伊德决裂。荣格对弗洛伊德理论提出的批评意见，归纳起来主要有如下几点：一、不应把心理学仅仅作为生理学的一个分支。他指出，"把心理学和内分泌功能一样看作生理学的一个分支，心理学的固有价值和特性立刻就被抹煞了。"[②]二、"神经病决不单纯被性压抑引起"，说"梦仅仅包括了被压抑的愿望"，也是片面的、武断的。三、荣格指出："健全的人类理性反对把艺术作品和神经病例放在同一水平上"[③]，作品本身也是一个世界，不应把艺术家等同于精神病患者，不应把作品等同于精神病例。如果"诗人变成了临床病例，甚至有时作为性心理变态的稀罕例子……这就意味着艺术的精神分析学离开了它的本来目的，不再是艺术家的特性……并且与艺术家的艺术几乎没有关联"[④]。四、弗洛伊德将作品中的有

---

① 弗洛伊德：《文明和它的不满》。

② 荣格：《分析心理学和诗歌的关系》，见《二十世纪西方美学名著选》（上），蒋孔阳主编，复旦大学出版社1987年版，第442页。

③ 荣格：《分析心理学和诗歌的关系》，见《二十世纪西方美学名著选》（上），第444页。

④ 荣格：《分析心理学和诗歌的关系》，见《二十世纪西方美学名著选》（上），第445页。

些形象、有些描写解释为性的象征是牵强附会的，与揭示作品的真正意义毫无关系。

由于荣格初期曾信仰弗洛伊德的理论，对精神分析学有过较深入的研究，所以他对其缺点的批评就比较全面而中肯。弗洛伊德也在一定程度上、在一些方面接受了包括荣格在内的学者们的批评，在 1920 年后的论著中，对原有观点有所修改。但是，即使是后期的理论，其缺陷仍是客观存在的，不容忽视的。荣格的批评意见，对于我们今天认识弗洛伊德理论的缺陷，也仍然颇有助益。

（发表于《文艺理论研究》1993 年第 5 期）

论形式主义文评

（一）

形式主义批评又称新批评、美学批评、文学批评或者本体批评。它的主要代表是美国新批评派。从 20 世纪 30 年代至 50 年代，这派文评成为美国一种占支配地位的批评体系。在这派文评家之中，人才济济，包括了现代美国许多最重要的批评家。他们写了不少阐明其批评理论和方法的书籍，有些有着相当大的影响，如《文学理论》、《诗歌理解》、《小说理解》、《当代小说艺术》等。一些很有影响的刊物，如《斯温尼评论》、《肯庸评论》、《哈德逊评论》等也可以说是他们的喉舌。

事实上，和新批评类似的文艺观点不仅盛行于美国，而且流行于西方许多国家。被视为新批评派的理论先驱的是英国的理查德（I. A. Ricards）和从 1914 年起定居英国的艾略特（T. S. Eliot）。他们的有关著作发表于 20 世纪 20 年代。而在他们的著作出版之前，在 1915 年，俄国已经出现了以罗曼·雅各布森（Р·Якобсон）和维克多·施克洛夫斯基（В·Шкдовский）为代表的俄国形式主义文评。1920 年后，出现了与俄国形式主义有明显联系、但对俄国形式主义又有所批评的布拉格学派。除此之外，和新批评派的观点近似的，在法国有原文诠释派，在德国，有瓦尔泽尔培植的形式分析法。

形式主义文评在 20 世纪 60 年代以后已经失去了主导的地位，但在实际上仍有巨大的持续的影响。例如被视为对形式主义文评进行了理论总结的著作——雷·韦勒克和奥·沃伦合著的《文学理论》，已经印行了三版，在英美广为流传，并已有西班牙、意大利、日本、德国、希伯来、印度、中国等多种文字的译本，成为当今西方具有权威性的著作，许多大学以此为文学理论教材。形式主义文评的影响还表现在它的观点、方法对其他文学学科和文学批评方法的影响上。例如在比较文学研究领域，美国学派在 20 世纪 50 年代战胜了法国学派，使比较文学的研究再不局限于影响研究，而着重从审美角度进行国别文学的比较，扩大了比较文学的概念和研究领域，明显表现出形式主义文评突出强调文学的美学意义这一理论观点的影响。又如，新出现的有些文学批评方法和流派，也和形式主义文评存在某些联系，这正如现任国际比较文学学会会长、荷兰乌特希特大学教授佛克玛（D. W. Fokkema）所说："几乎每一个欧洲文论的新派别都从这形式主义传统得到启发，各自强调这传统中的不同趋向，并力图把自己对形式主义的解释说成是唯一的正确的解释。"①

流传和影响如此深广的形式主义文评自然会引起我们研究的兴趣。本文拟着重从文学理论的角度，对它的特点、意义和局限作一初步的探讨。

（二）

在庞大而复杂的形式主义文评家的队伍中，评论家们的观点并不完全一致，有的还差别较大，但就其基本的最有代表性的观点而论，我们可以看到：高度重视文学的独特性及其特具的审美价值是其明显的理论特色。

新批评派的先驱艾略特就已经表述过这样的观点：艺术就是艺术，艺术有它独立的特性和价值，而不是社会、宗教、伦理或政治等观念的表现。雷·韦勒克和奥·沃伦说："文学并不能代替社会学或政治学。文学有它自己存在的理由和目的。"②什么是文学存在的理由呢？他们引用爱默生的话说："美就是它

---

① D. W. Fokkema & E..kunne-Ibsch:*Theories of Literature in the Twentieth Century*，London:1977，p.11.

② 雷·韦勒克和奥·沃伦合著:《文学理论》，中译本，第 112 页。

自身存在的理由。"在论及文学的作用时，他们也赞同贺拉斯的说法，认为应同时尊重"甜美"和"有用"这样两个方面的要求。"甜美"自然是美感作用了。至于"有用"，他们的解释是：诗有多种作用，但忠实于它的本性是它的基本的和主要的作用。这就是说，文学基本的和主要的作用是美感作用。所以他们认为，最好只把那些美感作用占主导地位的作品视为文学。

关于文学的特性，形式主义文评家们和前人一样极其强调文学的形象性，他们认为文学和依靠逻辑推理的论文有着明显的根本不同的材料和结构。文学主要诉之于形象，科学论文主要诉之于概念符号，文学趋于具体，具体而逼真地展示人的体验，科学论文则趋于抽象。

重视文学与科学的不同，已是亚里士多德以来许多文论家的共同认识了。形式主义文评家们在这方面的贡献主要表现在对诗的形象的分析上。18世纪末19世纪初的浪漫主义诗论主要强调诗是诗人感情的表现，形式主义文评则更强调了诗歌的形象性，新批评派的一位重要文论家兰色姆(J. C. Ransom)在他的著名论文《关于诗的本体的评论》(Poetry, A Note on Ontology)中，以大量篇幅论述诗应该具有形象性，并指出图解概念的诗不是真正的诗。他着重说明，概念化的诗只是概念的解释和阐明，不过在阐释过程中引进一些有形的事物或者用一些形象化的语言作为装饰，因而可以说这样的诗属于一种科学论文的练习，它像科学论文需要举例一样，通过举例和图解以阐明一个概念。这说明，兰色姆认为概念化的诗未能真正具备文学的形象性，它仅有一定的形象化的因素，而真正的诗应该整首诗就是通过语言描绘出的一幅完整的图画。

文学形象不仅是有形的，具有具体性、生动性，形式主义文评家们还特别强调形象的有机性。他们非常推崇柯勒律治的观点：合格的诗必须是各个部分相互支持，相互阐释，整首诗是一个和谐整体，它们共同在和谐的节奏的安排中完成诗的目的并产生其影响；而能动的想象，像种子之于植物一样，就是诗的形象得以组合和形成的原动力。从这种观点出发，形式主义文评家们认为，一方面不应该赞美那样一些诗：它仅以个别的诗行引起读者的注意，却没有整体的和谐一致；另一方面，也不应该赞美这样的诗：读者很快获得了诗的全貌，但并不被其组成部分所吸引。一首好诗应该是由于本身的吸引力，使读者在阅读过程中，自始至终都在激动和审美享受中进行着积极的思维活动。它具有整体结构的完整性，其组成部分也富于魅力。

除了形象性，形式主义文评家们认为虚构性、创造性也是文学的突出特性。他们强调文学处理的是一个虚构的想象的世界，它"不具实在的真实，但在合理的或典型的意义上具有真实性，它容许真实的幻觉"。① 出于这种认识，他们不赞成自然主义的创作方法，认为自然主义严重限制了作品美学意义和美学效果的深度和广度，自然主义妨碍作家去探索主题的全部意义，它将作品的主题仅停留在社会经验的原始的阶段上，未能对社会经验进行文学的说明。

由于形式主义文评家们强调文学是一种虚构的富于创造性的艺术，因而他们十分重视创作技巧。他们所说的创作技巧包括了各种媒介、手段、表现手法的使用，也包括了作家发现、探索、发展、评价主题的能力。用兰色姆的话来说："诗的技艺在于获取事物的内容、音韵并安排他们。"② 对于各种体裁常用的技巧、方法，诸如诗的明喻、隐喻、象征、反讽，小说不同的叙述方法，戏剧冲突的组织等等，他们都进行了精细的研究，特别是对于作品的结构更为重视。因为，在他们看来，只有通过精湛的技巧、方法和完满的审美结构，"作家的经验才能成为作品的主题"，如果"没有艺术的巧妙的安排，就没有在艺术之中的主题，而仍然只有社会历史"③。所以，应该说，形式主义文评家们重视文学创作独具的技巧和方法，也是他们重视文学的独特性的一个表现。

（三）

形式主义文评家认为：文学研究的合情合理的出发点是解释和分析作品本身，文学作品就是文学研究的主要对象。其理由是：第一，作家之所以创作并能完成一篇作品的原因是极其复杂的，是多方面的，而只有作品本身才是

---

① *Twentieth Century Criticism:The Major Statements*，W. J. Handy & M.Westbrook,ed., New York:The Free Press, 1974,P.53.

② *Twentieth Century Criticism:The Major Statements*, P. 47.

③ *Twentieth Century Criticism:The Major Statements*, P. 75.

文学研究最可靠的客观依据，只有作品才能判断研究者对作家的生活、社会环境及其文学创作的全过程所产生的兴趣是否正确。第二，作家的意图和具体结果——完成的作品，是有相当距离的。作家的意图可能是一些计划或理想的宣言，而他的实践却远远低于或偏离这一目标，或者作品实际展现出的人物、景象的意义大于作者意图，例如莎士比亚剧作意义的丰富性就大于作者的主观意图。这是因为，形象的意义具有多重性，不像概念的意义是线形的、明确单一的。形象往往具有这样的特点："组成形象的各个部分分别看来，其特性是不明显的，但作为一个集合整体就具有巨大的多重的意义和性能，就像一座矿山或田野的宝藏需要我们去挖掘一样。"[①] 所以，他们认为，对于作品，需要读者和研究者感受敏锐地去阅读，全神贯注地去研究，才能发现本来存在于作品之中的意义。

对于作品的研究，这派批评家们专注于形式。正因为此，他们的文评被称为形式主义文评。在这里，值得注意的是：他们所谓的形式的涵义究竟是什么？

克林斯·布鲁克斯和罗伯特·佩恩·沃伦说："诗的形式（form）是材料构成的有机体，是作为整体产生影响的创造物。"[②] 威·韩德说："小说的形式，像诗一样，是一种意义的体现，而不仅是一个内容的框架。"[③] 在韦勒克和奥·沃伦的《文学理论》里，他们所用的"形式"则指一部作品的审美结构。他们认为，正是这种结构使该作品成为文学，在一篇成功的艺术作品中，材料完全被同化到形式之中。

这些论述反映了形式主义文评的一个基本观点，那就是认为：形式和内容是密不可分的，作为一个具体存在的文学作品，是一定形式下的内容，是形式与内容相结合的有机体。这也就是斯柯瑞尔说的："现代批评通过对文学本文的确切而仔细的研究，最后证明在艺术这一领域中，美和真是不可分割的整体。"[④] 所以我们说，形式主义文评家们所说的形式，并不是指在作品本

---

① *Twentieth Century Criticism:The Major Statements*, P.45.
② 转引并译自 W.Guerin 等著《文学批评方法手册》(*A Handbook of Critical Approaches to Literature*)，纽约，1979 年，第 79 页。
③ 转引并译自 *A Handbook of Critical Approaches to Literature*，第 80 页。
④ *Twentieth Century Criticism:The Major Statements*, P. 82.

体之中、和内容相对而言的形式，而是指形式和内容有机结合的文学作品的具体存在形式。世界上的任何事物之所以作为该事物而存在都是以自己的独特形式出现的，文学也一样。离开了文学的独特存在方式，也就没有了文学。形式主义文评家们要求特别注意文学的独特存在方式，也就是要求把文学作为文学来加以研究。用韦勒克和沃伦的话来说："倘若研究者只是想当然地把文学单纯当做生活的一面镜子，生活的一种翻版，或把文学当做一种社会贡献，这类研究似乎就没有什么价值。只有当我们了解所研究的小说家的艺术手法，并且能够具体地而不是空泛地说明作品中的生活画面与其反映的社会现实是什么关系，这样的研究才有意义。"①或者用斯柯瑞尔的话来说："现代批评告诉我们，如果把形式和内容分割开来，孤立地谈内容，那完全不是谈艺术，而仅是在谈一种经验。只有当我们谈及实现了的内容即形式，也就是把艺术作品作为艺术作品来研究，我们才是作为评论家在谈问题。"②这就是说对于作品的研究，形式主义文评家们认为，只有把形式和内容——如何表现的和表现了什么联系起来研究，并特别注意于作为一篇文学作品它是如何表现的，才能更好地把握作品。弄清了作品是如何表现的，才能更准确地认识它表现了什么。这样，形式主义文评家们就不仅把文学是否具有审美价值提到了一篇作品是否是文学的高度来认识［如本文（二）所述］，也把文学研究是否依据文学自身的特点，是否把文学作品作为文学来研究，提到是否是文学研究这样的高度来强调了。

（四）

就西方文艺理论的发展来说，亚里士多德开创的摹仿说，着重于文学与现实的关系，因之他用"摹仿"来概括艺术的特质。18 世纪末 19 世纪初的浪漫主义文论着重于文学作品和作家的关系，认为诗的特质就在于它是作家思想感情的表现。形式主义文评则提出了文学的本体论，把注意的着重点放到

---

① 雷·韦勒克和奥·沃伦合著：《文学理论》，中译本，第 104 页。
② *Twentieth Century Criticism:The Major Statements*, P. 71.

了文学本身，并专注于作品自身的美。比之前人，他们更加着重而突出地强调了文学的文学性，认为作品不具有文学性就不是真正的文学，同时，他们更加重视了对作品本身的精细分析，并通过大量文学作品的比较研究，比较细致地探讨了文学创作和文学评论的技艺和方法。这一切说明，他们对文学本身、特别是文学的艺术特性方面的认识，是更深入、更具体了。同时，在浪漫主义诗论的基础上，他们对诗歌的形象、语言、韵律、结构等因素以及诗作为一种特殊体裁而存在的特点，作了更为细致的研究，从而建立了西方文论史上较为系统的诗论。在文学批评的方法学方面，他们也有自己的贡献：由于认真地研究作品本身，就能保证批评从客观存在的作品出发，而不至停留于主观臆断；把作品作为一个有机的形象体系来加以研究，就不会以孤立的只言片语来断定作品的成败得失；注意作品表现了什么，又更为注意它是如何表现的，就能更准确地理解作品的内容，更恰切地评价作品艺术水平的高低；重视作品各自的审美结构，重视作品各自存在的独特方式，就更易于把握作品独特的风格。

不过，我们也看到，形式主义文评家们所持的理论观点也有着明显的缺陷和不足。

他们高度重视文学的独特性自然是正确的，但是这种独特性又只能是相对的，形式主义文评家们对于这一相对性却缺乏认识，而片面地强调文学作品的自主性或自足性。从根本上说，就是否认了文学作为一种意识形态、作为社会存在的反映对于社会存在的依存性。

在文学的来源问题上，有的形式主义文评家说：文学作品最直接的背景就是它语言上和文学上的传统。这种脱离内容、孤立地从形式上看问题的观点，也显然是不妥的。除此之外，对于文学的来源，也有形式主义文评家归之于非理性的直觉冲动，也有的过分强调了文学作品产生原因的复杂性，甚至说得玄虚莫测，坠入了不可知论的迷雾之中。

关于文学的价值和作用，他们激烈抨击那些不承认文学有自己独特价值的观点，高度重视文艺的审美作用，这是很有意义的。但是他们又走向了极端，认为作为哲学家当然可以把艺术看成知识的一种形式，作为改革家他可以依据艺术在引导人们行动时可能有的功效来衡量艺术的价值，而对于作家和文学评论家来说，则应承认艺术具有"终极的、不能再分解的审美价值"。就是说，他们的"终极"目的就仅仅是审美目的。如果要求艺术具有知识的意义或者是具有引导行动的意义，那就不是他们的目的了。而这在实际上是不可能的，因为作家、评论家也是一定社会生活中的人，他们的审美要求是不能不受制于他们的世界观和整个生活目的的。

由于强调作品的自主性或自足性，表现在文学研究上，有的评论者只要求作品具有内在的一致性，不与外界现实相联系。有的评论者明确反对联系作者创作意图来分析作品，也指责酌量作品对读者影响的批评方法。例如 W.R. 温萨特和 M. C. 比尔兹利发表的两篇很有影响的文章：《意图谬见》和《感受谬见》，认为这两种批评方法都是站不住脚的，危险的批评方法。他们只要求将注意力集中在诗上。韦勒克和沃伦是承认"适当认识外在条件有助于理解作品"的，但他们认为对于文学产生的多方面原因的研究、对于文学的社会效果的研究、对于创造者和接受者的研究，都是外部研究，并说文学研究的对象就是文学作品，这恐怕也过于绝对。文学研究应以作品为主要对象，但对创造者和接受者的有关研究，也是必要的文学研究。还由于形式主义文评家们对艺术形象的分析，往往不将形象和所反映的生活联系起来考察，所以，他们虽然很重视文学的形象性，但却很少论及形象的典型性。在他们之中，除了少数例外，一般文评家对于情感因素在文学创作中的重要意义也认识不足。他们对作品的分析一般仅仅停留于：仔细地阅读，详细地阐释，细致地分析语言和结构，有的文论家甚至以结构分析取代整个作品的分析。他们所做的这些工作虽然是必要的，但不能说是完成了对一部作品的全面分析，即使是艺术分析也是不全面的。

和上述观点一致，他们有时也过于夸大了技巧在创作中的作用。如说"技巧不是某种外在的计谋、机械的事务、第二位的事情，而有深刻的首要的作用"。[①] "在小说方面，我们需要的是专心致志地忠实于每一项技艺，它将帮助我们显示和评价我们的主题；同时，更重要的是，它能丰富和强化主题可能有的意义。"[②] 这些看法有正确的方面，文学创作独具的方法、技巧的确是不应该

---

① *Twentieth Century Criticism:The Major Statements*, P.76.
② *Twentieth Century Criticism:The Major Statements*, P. 81.

忽视的，但也有片面的地方。仅强调专心致志于技巧和方法，还不能解决深化和丰富主题的根本问题。主题的深化和丰富还有赖于作家丰富的生活经验，有赖于作家深刻的思想认识，而且技巧本身除了继承传统的一面，也有向生活学习并在艺术实践中发展的一面。

所以，也许我们应该说，形式主义文评在上述诸方面存在的片面性和走向偏激的缺点，正是形式主义文评的确存在的一些形式主义的理论缺陷吧！

（发表于《中外文艺理论概览》，全国第一次中外文艺理论
信息交流会论文选编，春风文艺出版社 1986 年版）

接受理论评析

（一）

接受理论问世前的文学论者们，有的注意于作品和它所反映的外部世界之间的联系，有的注意于作品和创作它的作者的思想情感之间的关系，有的专注于作品本身。着重从以上三个角度来研究文学的人基本上都承认作品的生命来自作品自身的存在，只有接受理论对此提出了不同的看法。

接受理论主要的代表人物之一、德国康斯坦茨大学法国文学教授汉斯·罗伯特·尧斯认为，作品生命的产生"不是来自作品自身的存在，而是来自作品与人类之间的相互作用"①。接受理论另一位重要的代表人物、德国英国文学和比较文学教授沃尔夫冈·伊瑟尔说："文学作品具有两极，我们可以称之为艺术极和审美极：艺术极是作品的本文，审美极是由读者完成的对本文的实现……作品本身既不能等同于本文，也不能等同于读者对本文的具体化。"②"本文应当被视为一个复杂的自我实现的过程……它经历了从作者对世界的观

---

① 汉斯·罗伯特·尧斯：《走向接受美学》，周宁、金元浦译，见《接受美学与接受理论》，辽宁人民出版社1987年版，第24页。
② 沃尔夫冈·伊瑟尔：《阅读活动：审美响应理论》，霍桂恒、李宝彦译，杨照明校，中译本书名《审美过程研究》，中国人民大学出版社1988年版，第27页。

照直至读者体验中的各个阶段。"①

这样的作品观根据何在呢?

对此,尧斯主要从历时的角度作了宏观的说明。他指出,作品并不是向每一个时代的每位读者都提供同样观点的客体。它不是形而上学地展示其超时代的本质。"它更多地像一部管弦乐谱,在其演奏中不断获得读者新的反响,使本文从词的物质形态中解放出来,成为一种当代的存在。"②后代的人们之所以关心过去时代的某些文学作品或过去文学已提出的某些问题,最主要的动力是人们的现实兴趣。同时,人们对于传统文学现象的重构,已不再停于作品的原始视野,而是把历史视野包含于自己的现实视野之中了。因之,任何一部读者欣赏和理解了的作品,它都是读者与作者的对话,或者说是读者与作者视野的交融。如果阅读过去时代的作品,就是不同时代的视野交融。由于作品有其传统的、历史过程式的理解,后人理解中的创造因素肯定会有所限制,但创造仍在不断进行着。这种创造包括批判传统和忘记传统中的某些部分。后人对作品的欣赏、理解、阐释将永无止境地进行下去,因而作品就会永无止境地变化着。

文学作品不仅从历时性方面来考察具有动态生成的性质,而且,更为重要的是,作为一种审美对象的、真正意义上的文学作品,它只能存在于本文符号与读者的想象和理解活动的相互作用之中。在这方面,伊瑟尔作了具体说明。

首先,文学语言是虚构性的。它以表述者和接受者都共同遵循的惯例为前提,但它对之进行了选择,并以一种意想不到的组合方式把这些惯例推到读者面前,从而使这些来自现实的惯例实现了非现实化,成为一种非惯用语。非惯用语具有一种潜在效果。它通过文字符号和各种各样的表述技巧,引起接受者的接近、关注、反应,其意味则需接受者从情境性语境中去推导出来。必须借助接受者自己的推导,才能了解表述者的意向。例如,哈姆雷特辱骂奥菲莉娅,实际上哈姆雷特根本就不想辱骂奥菲莉娅,而是意味着某种与文

---

① 沃尔夫冈·伊瑟尔:《阅读活动·序言》,见《文艺报》1988 年 6 月 11 日。

② 汉斯·罗伯特·尧斯:《走向接受美学》,见《接受美学与接受理论》,第 26 页。

字表达意思不相同的意思。文学作品的语言常常包含着这样的潜在涵义，读者对于文学作品的理解不能只依靠本文文字表达的东西，还需要读者借助其语境去把握其所意味的东西。

不仅如此，虚构的文学本文并不是摹写那些已经存在的事物，而是构成了自己所特有的客体对象。这个虚构的审美客体以一系列意象的形态出现于读者的头脑之中。意象不同于逻辑概念。从严格的意义上讲，它具有不可重复性。不同的读者在其想象中建构的形象必然千差万别。这正如吉尔伯特·赖尔(Gilbert Ryle)在《心灵的概念》中所说："在一个人心灵的眼睛中看黑尔温林（一座高山——引者注）……它是关于黑尔温林到底是什么样的许多知识中的一种运用……它就是在思考黑尔温林应当是什么样子。在看到黑尔温林时，期望在认识中得到满足。"①同时，文学作品的意象是在读者阅读过程中逐渐显现的，其变换和发展，其间的关系和矛盾，都必须由读者去把握，并由读者在其想象中去汇集、综合、构成完形集合体，才能形成能够产生影响效果的系统。

显然，接受理论提出了一种不同于其他文论的文本观。其精髓就在于：把本文作为一种审美对象来考察。作为一种审美对象，文学作品本文必须与读者的审美活动相结合，才具有了艺术的生命。否则，它仅是一些被印在纸张上的印刷符号而已。作为审美客体的、真正意义上的文学作品，也可以说是作者和读者共同创造的结果。它只能存在于作者创作的本文和读者想象活动的交融、共建之中，如果"没有再创造活动，客体就不可能作为艺术品来被感知"。②

（二）

关于文本的意义，接受理论也提出了不同于传统的阐释学的看法。

传统的阐释学主要着力于寻求本文的原意。对于一部本文持不同解释的

---

① 转引自沃尔夫冈·伊瑟尔：《阅读活动：审美响应理论》，中译文见《审美过程研究》，第184页。

② 约翰·杜威：《艺术即经验》，纽约1958年版，第54页。

人都坚持自己的理解是唯一正确的、符合作者原意的解释。接受理论家们却认为寻求唯一正确的本文原意是"已经过时的""古典要求"。他们指出："寻求意义最初看来是非常自然、不受任何限制的，但是实际上它受历史规范的影响相当大，尽管这种影响完全是无意识的。但是，历史规范的实质总是表明了它们所不适用的范围，正是这个事实推动了这种文学解释形式（指传统的阐释学——引者注）的退位。"①

在强调不同时代的读者对作品必然有不同的理解时，尧斯只看到后人的理解也会受到前人的、传统的解释的影响，而对作者创作的本文对作品意义的规定性和制约性则认识不足，伊瑟尔对尧斯的片面性有所补正。一方面，伊瑟尔承认，是创作者创作的本文激发出读者的心理意象，是本文引导读者去理解作品各种成分潜在的相互关系，去汇集、综合、构成各种意象，是本文给读者提供了在其想象中应当展现些什么的指导。本文结构是比较、评价、解释文本的基础。另一方面，伊瑟尔着重说明，作者创造的文学文本只提供了读者理解的条件，它本身并不是被读者观赏的对象，"前后一致的解释或者完形是本文和读者相互作用的产物"，"意义只能通过集合被读者汇编出来"。②

本文（伊瑟尔称为图式化结构）可通过各不相同的方式得到读者的具体化。这种具体化不仅是读者对作品潜在成分的实现，而且是读者与本文的相互作用。本文输送给读者某种给定的客体，在由读者集结为想象性客体（审美客体）时，可能也应该允许有不同的选择、集结和完形。而每一位读者都有自己的历史规范和价值判断形成的固有信念和倾向，因而由不同读者建构的意义，虽然都与本文给定材料有关，但却保持了很大的自由，其间存在着某些差别就是必然的了。伊瑟尔借用 R. 帕斯纳的术语对之作了如下的表述：以本文提供的图式化结构作为第一编码，以审美客体（由读者在本文引导下集结而成）作为第二编码，那么，"第一编码的功能是为读者破译第二编码提供方向"；第二编码"将根据每一个读者的社会规范和文化规范的不同而发生变化"。③

接受理论家们的这些见解和我国早已有之、但长期存在异议的"诗无达诂"

---

① 沃尔夫冈·伊瑟尔：《阅读活动：审美响应理论》，中译文见《审美过程研究》，第 3 页。
② 沃尔夫冈·伊瑟尔：《阅读活动：审美响应理论》，中译文见《审美过程研究》，第 160 页。
③ 沃尔夫冈·伊瑟尔：《阅读活动：审美响应理论》，中译文见《审美过程研究》，第 126 页。

说颇为近似，对之，我们应该做出怎样的评价呢？

笔者认为，评价伊瑟尔的上述理论像评价"诗无达诂"说一样，问题的关键是：需要把对文学作品的科学研究（评论）和读者对作品的欣赏与体验区分开来。

就不同时代、不同读者对文学作品的欣赏和体验来说，正如我国明清之际的大儒船山先生所说："作者用一致之思，读者各以其情而自得……人情之游也无涯，而各以其情遇。"[①]尧斯和伊瑟尔主要也是就读者的欣赏和体验来立论的。伊瑟尔关于"意义"和"意味"的区分可以清楚地说明这一点。他说："意义是读者阅读的参照总体，它由本文包含的方面暗示出来，读者在阅读过程中必须把这些意义的方面集结起来。意味则是读者把意义吸收到他固有的存在之中。只有这两者同时存在，才能保证一种体验效果的存在。"[②]

作为不同时代、不同读者的体验，确如伊瑟尔所说，虽然他们都受本文的引导，但其间可能存在的差异是巨大的。即使是同一个读者，在不同的年龄，由于有了不同的教养和经历，在不同的心情之下，都可能对同一部作品产生不尽相同的体验。但是，如果就对一部作品进行科学研究来说，作品本文的客观存在的意义，至少是其主要倾向性，则又是必须承认的。尧斯和伊瑟尔在强调读者体验作品的意味具有差异性的同时，似乎也否认了对作品作出客观的科学解释的可能性。这就在一定程度上陷入了相对主义和不可知论。

（三）

俄国形式主义文论家们曾经指出，以前的文学史仅从发生学的观点出发阐明作品出现的社会历史原因。他们则把文学作品在美学形式上的"陌生化"和"习以为常"的相互更迭视为文学发展的主要内容。俄国形式主义文论家们所说的"陌生化"和"习以为常"就是从读者的美学感受出发来立论的。布拉格结构主义的代表人物伏狄卡也曾主张：文学史的结构不只是作品的连接，而是

---

① 王夫之：《薑斋诗话·诗绎》，见丁福保编，《清诗话》。
② 沃尔夫冈·伊瑟尔：《阅读活动：审美响应理论》，见《审美过程研究》，第 206 页。

一个由文学作品系列与公众的审美态度和审美标准的变化系列间的动态张力产生的运动过程。尧斯在这些已有认识的基础上，明确地把读者的审美接受史作为重要内容引进了文学史之中。在他看来，正是接受者的期待视野连接了接受与生产的发展系列，从而才使文学具有了过程性和连续性。

尧斯虽曾提及期待视野有狭窄的文学期待视野和更为广阔的生活期待视野这样两个范畴，但在具体论述中，他一般都将期待视野看成是由传统的文学风格、流派、形式，由读者已有的文学阅读经验而形成的审美意义上的期待视野。他说明：是读者已接受的作品成为后来可能理解新作品的先在前提；而新作的诞生会打破读者熟悉的期待视野，读者又逐渐发展自己去适应新的作品。这种变化是逐步渐进的，只有"当先前成功作品的读者经验已经过时，失去了可欣赏性，新期待视野已经达到了更为普遍的交流时，才具备了改变审美标准的力量"。[①]一部作品的成功就意味着它表现了群体所期待的东西。所以，作品的出现并不是随意的，它由特定的期待视野所决定。

这样，尧斯就把作品与作品的关系放到作品和人的相互作用之中、把作品中包含的历史承续性放在生产与接受的相互关系中进行了考察，并从而得出结论：不仅通过生产主体，而且通过消费主体，文学才能获得具有过程性、连续性的历史。因之，"文学史是一个审美接受和审美生产的过程"。[②]不研究审美接受史的文学史是不全面的文学史。

从这种文学史观出发，尧斯认为文学史的主要任务就是要研究文学作品的历史系列和公众的期待视野（或者称为审美标准）的变化之间的动态张力产生的运动过程（和伏狄卡的观点一致）。按照这种对文学史的内涵的理解，自然就不至于仅停留于作品的分类排列及对各个作家、作品孤立地分析。它既注意了从作品历时性的承续和从共时的诸多作品的相互影响中，去探求其所体现的普遍的、流行的美学观点和美学标准，又注意了特定历史时代的美学标准是怎样在作品中表现、变化和发展的。对流行的、普遍的美学观点、美学标准的探求，实际上是在进行一种共性的概括研究工作。用我们中国学人习惯的术

---

① 汉斯·罗伯特·尧斯：《走向接受美学》，见《接受美学与接受理论》，第33—34页。
② 汉斯·罗伯特·尧斯：《走向接受美学》，见《接受美学与接受理论》，第26页。

语来表述，尧斯的上述主张也可以说是一种论史结合的要求，它更多地注意了在文学的共性和个性的统一与变异中来研究和阐明文学发展的轨迹。

显然，尧斯所提倡的文学史，和俄国形式主义、布拉格结构主义一样，高度重视了作为一种审美创造的文学自身的承续、变化和发展。不过，尧斯更加强调研究特定时间的流行的、普遍的审美观点、审美标准的重要性。这对于以社会发展简单地去说明文学发展的文学史观，有着一定的补正作用。因为，既然是对于文学发展的研究，文学相对独立的前后承续关系是必须予以考察的；同时，就社会发展对文学发展的影响来说，社会生活中的经济、政治、哲学及其他非审美因素必须作用于创作者的审美观点，才能作用于审美创造。如果忽视一定时代、一定社会条件下的人们的文艺美学观这个中间环节，对于社会发展如何影响文学发展的说明，也是不够具体的。

但是，我们也看到，尧斯的文学史观也存在着形式主义文论家们同样的缺陷——也有孤立地研究文学自身的内部规律的倾向。

当然，在这方面，接受理论和形式主义文论又有一些程度上的差别。尧斯曾经论及，在他看来，接受理论出现前主要有两大文论流派，一是马克思主义文论，一是形式主义文论。尧斯将马克思主义文论误认为是简单的文艺社会学。他既不同意简单的文艺社会学，也不赞成形式主义文论。他批评形式主义文论抹煞了文学演变和社会变革间的联系，在纯粹新旧形式的对立中抽空了作品的内容。他宣称：接受理论的目的就是要"重新建立历史与美学之间的联系"。可惜在事实上他并未实现自己的目标。他只是在文学的社会作用这一问题上，注意到了文学和其他社会因素的联系。他说，文学史既应研究文学与其他社会力量结合一起共同作用于社会的功能，又应特别注意去发现文学在社会存在中的特殊作用，注意去发现那些仅属于文学的社会构成功能；他也认识到，文学在社会存在中的特殊作用并不局限于艺术的再现功能，也在道德方面打破某些禁忌，提供新的结论，并逐渐使之为社会舆论所认可。可是，在论及文学作为一个过程的发展时，他仅仅局限于文学本身的历时性和共时性的研究；关于接受者期待视野形成的根据，他也仅仅归之于文学自身的影响。事实上，我们都知道，人类的审美观点和审美创造虽然有其相对独立性，但它又是更为广阔的社会环境、文化氛围孕育而成的。以研究文学的发展、变化及其规律为己任的文学史，在主要注意于文学作为审美创造具有其内在规律的同时，还必须广泛而深入地研究和它有关的社会环境和文化环境及其与文学发展的具体联系，才能对文学的发展做出更全面和更透彻的说明。

（四）

接受理论也研究了读者的审美需求对作者创作的介入和影响。

读者的审美需求介入创作主要表现在成功的创作必然是那些能够充分调动读者审美积极性的作品。

格式塔心理学的研究证明：当一个不完全的"形"呈现于人们眼前时，会激起一种要将它补充或恢复到应有的完整状态的冲动力，从而使知觉的兴奋程度大为提高。在艺术创造中，不完全的"形"可以蕴含更丰富的形式意味。伊瑟尔将格式塔心理学的成果运用于读者心理研究。他指出：正是作者留下了许多不确定性（"空白"和"否定"是其基本结构），才能激发读者的想象力，促使读者主动积极地去创造。

伊瑟尔说的"空白"指的是"存在于本文视野部分之间可连接性的悬置"。

由于阅读是一个由读者去想象和组合艺术形象的过程，必须由读者的观念化活动去完成本文必不可少的联贯性，空白，却"悬置了本文图式的可联结性，就激发了读者的想象活动"。[1]其手法、技巧是多种多样的。例如，在情节发展到极为紧张或是很为有趣的时候，突然中断其发展，安排新的事件出现，让别的人物登场，以引起读者的悬念，促使读者去思考和猜测；又如，时空交错，多视角、多层次、多线索的切换、交叉，使读者自己去充实、补充和组接跳跃而过的部分。这种作品中的"空白"愈多，读者在接受过程中的想象和思维活动就愈活跃。反之，如果一部文学本文以一览无遗的方式组合其各种成分，读者就会厌倦，甚至将之抛在一边，至少也会不满意于作者使自己变得完全被动的企图。

---

① 沃尔夫冈·伊瑟尔：《阅读活动：审美响应理论》，见《审美过程研究》，第260页。

伊瑟尔所谓的"否定"是说：作者从外在世界选择了进入作品的材料，但却部分地否定和变化了它在社会语境中的常有规范，或者是否定了读者由熟悉的东西唤起的惯常的希望（使读者惯常的希望落空），从而给读者一个他并不完全熟悉或并不全然符合他惯常期望的艺术世界。例如，在文学作品中出现的变形——以现实世界为背景，对照现实世界呈现出形变（文学既然不是现实的复制，在一定意义上可以说，任何作品都必然有一定的变形），它"是表现变形之外的东西"，也就是说，"变形是关于隐藏着的变形原因的符号"。①正是由于形变，就会增强读者的注意力，引诱和促使读者去想象那隐藏着的形变的原因。

伊瑟尔将上述种种调动读者审美积极性的诸多考虑，称之为"隐在的读者"。它不是具体的、实在的读者，是隐含在作者头脑中的读者，是读者对创作的干预和介入。

在尧斯和伊瑟尔看来，读者不仅以如上所述的方式介入创作，而且这种介入的程度，即一部作品调动读者审美创造力的程度，更是衡量它艺术价值高低的重要依据。用尧斯的话来说就是：作品未定性的程度决定了审美效果的大小。

尧斯和伊瑟尔提倡的这种文学审美标准，对于我们中国学人，应该说是早已熟悉的了。我国源远流长的"意境"说早已阐明：只有那些情景交融，意与境浑，又能引发读者丰富的想象力，引发出"象外之象、景外之景"（司空图语）之作，才是有意境的佳作；"境生于象外"（刘禹锡语），意境的创造，是由作者和读者共同完成的。我国的意境理论在唐代已达到了它的成熟时期。尧斯和伊瑟尔在20世纪60—70年代提出的上述看法，放在世界总体诗学史的序列中来看，已是大大的晚出了。不过，我国的意境说主要是诗歌论，伊瑟尔主要是结合小说创作，系统说明了叙事文学注意引发读者想象积极性的重要及其可能有的多种途径。而且，伊瑟尔的理论也是19世纪下半叶以来西方小说创作新发展的总结（19世纪下半叶以来，读者的能动创造作用在西方小说创作中逐渐被认识，小说家更加注意于运用新的技巧，小说本文中的不确

---

① 沃尔夫冈·伊瑟尔：《阅读活动：审美响应理论》，见《审美过程研究》，第313页。

定性日渐增多）。

（五）

以上说明，无论是对于文本的生命、意义，对于文学史或是创作，接受理论家们都是着重从读者的审美接受这个角度来进行研究的。这是一个不同于传统文论的新视角。

这个视角之所以新，主要表现在：它把人与人之间的交流置于研究兴趣的中心，把文学研究的注意力从作者和文本的关系转移到了文本和读者的关系上，特别是对于小说这种叙事文学如何实现文本与读者的交流，进行了相当精细的研究。和传统文论多注意于作家的审美创造不同，它主要是研究并初步建立了比较系统的读者审美学。

接受理论明显受到 20 世纪兴起的一些哲学思潮的影响。本世纪前半叶风行一时的现象学，最根本的特点就是把意识和意识的对象不可分割地联系在一起。现象学的创立者胡塞尔说："只有在认识中才能完全根据对象所有的基本形态来研究这对象的本质，只有在认识中它才是被给予的……对象不是一个像藏在口袋里一样的藏在认识中的东西，好像认识是一个到处都同样空洞的形式，是一个空口袋，在里面这次装进这个，下次装进那个。相反，我们认为被给予性就是：对象在认识中构造自身。"①他又说："认识与对象有关，对象的意义随体验的变化、随自我情绪和行动的变化而变化。"②在现象学理论基础上建立起来的、以海德格尔为代表的存在主义哲学和迦达默尔的哲学阐释学有着与现象学一致的理论基点，对此，迦达默尔归结为：认知者与向他指示和启明意义的东西不可分离地相互从属。皮亚杰的发生认识论也强调，认识起因于主客体之间的相互作用。这种作用发生在主体和客体之间的中途，因而同时既包含着主体又包含着客体。③这些哲学理论成为尧斯和伊瑟尔建立读

---

① 埃德蒙德·胡塞尔：《现象学的观念》，倪梁康译，夏基松、张继武校，上海译文出版社1987年版，第63页。
② 埃德蒙德·胡塞尔：《现象学的观念》，上海译文出版社1987年版，第67页。
③ 皮亚杰：《发生认识论原理》。

者与文本关系说的思想基础。

康德的美学理论和滥觞于康德的、突出强调文学的美学意义的诸种文学理论，对接受理论也有明显的影响。接受理论着重从读者审美接受的角度研究文学，和《判断力批判》主要从人的审美判断的角度来研究美，在思路上是一致的。接受理论和康德及在其思想基础上建立起来的文学理论一样，也把文学的美学价值放在头等重要的地位，作为研究一切文学问题的基本出发点。

接受理论和现象学及皮亚杰的发生认识论一样，也有相对主义的弱点；和康德的美学一样，它也在一定程度上有着脱离社会存在的美学自主的倾向。

（发表于《文艺理论研究》1992 年第 4 期）

基调与特色：20世纪末的西方文论

与此前文论的巨大差异

美国著名文艺理论家艾布拉姆斯(M. H. Abrams)在《镜与灯》一书的导论中，曾经将西方文学理论概括为四种主要学说：摹仿论(mimetic theories)、效用论(pragmatic theories)、表现论(expressive theories)、客体论(objective theories)。艾布拉姆斯的见解对我们很有启示意义。

在艾布拉姆斯的启示下，笔者曾尝试着将古希腊至20世纪70年代的西方文论概括为三种主要学说：摹仿说、表现说、审美说，并以此为线索建构了拙著《欧美文学理论史》的理论体系。

之所以要以上述三种学说为主线来论述西方文论史，主要是因为，在笔者看来，艾布拉姆斯的概括在给人以启发的同时也需要做一些补充和变动。最为重要的是如下两点：

首先，笔者以为，效用论并非本质观。文艺的本质和效用是两个可以并行不悖地研究文艺的视角。从西方文论史的实际情况而论，我们从本质观出发分别归入三种不同学说的文论家，可以说同时又都是重视文艺功用的，只是细致看来，他们强调的文艺功用的着重点有所不同。例如，一般说来，主张摹仿说的文论家们更为重视文艺的认识作用、在伦理道德方面的教育作用和在社会政治方面的启蒙作用；主张审美说的文论家们则更为重视文艺的美学作用。从单个的文论家来看，如艾布拉姆斯归入效用论的塞缪尔·约翰生，从文艺本质观来考察，显然是亚里士多德的摹仿说的继承者，且对摹仿说有所发展。他详尽地说明了精密地观察生活对作家创作的极其重要的意义；他以自己的亲身经验生动、具体地回答了作家应如何观察生活的问题。他也认为只有正确展示出事物的普遍性，才能得到许多人的长久的喜爱，而且他也将这种普遍性视为事物发展的可能性和必然性。又如摹仿说的提出者亚里士多德，也是极为重视文艺的功用的，在突出强调文艺认识作用的同时，他还具体研究了悲剧特有的美感作用，提出了著名的"卡塔西斯"说。

第二，关于客体论。艾布拉姆斯举出的代表文论家是康德、艾德加·爱伦·坡、艾略特、韦勒克等人，并对这派文论的基本观点做了如下说明："客体论视艺术作品是孤立于所有外在关联之外的，将作品作为一个由具有内在关系的各部分构成的自足体来分析，仅以其内部存在方式的特征为评论的出发点。"[1]艾布拉姆斯正确指出了属于新批评派的文论家们专注于作品本身的这一特点。不过，专注于作品本身主要是一种研究文学、评论作品的方法。什么是康德等文论家的文艺本质观？该派文论的理论要义又何在呢？笔者以为，那就在于：他们既不是着重从文学和外部世界的关系、也不是着重从作品与作家的关系来界说文学，而是着眼于文学独立的美学价值。其对"文学是什么"这一问题的回答是：文学是双重意义上的审美创造。

欧美文论发展漫长而纷繁，但在康德之前，从主要倾向来看，大体上都可分别归入柏拉图或亚里士多德这两大传统之中。柏拉图是表现说的先声，但还不是表现说的正式出现（艾布拉姆斯将柏氏视为摹仿说的起始人，笔者的看法有所不同，其详细论点和论据请见拙著《欧美文学理论史》）。及至康德的《判断力批判》，观察文艺的基本出发点迥然不同于前述两种倾向。康德系统分析了人的三种心理功能，着重探讨了审美这种独特的心理功能的特性所在，并以"游戏"为比喻说明艺术在"双重意义里"都"是自由的"，即艺术创作

---

① M. H. Abrams, *The Mirror and the Lamp*: *Romantic Theory and the Critical Tradition*, Oxford University Press, reprinted in U.S., 1981, p. 26, 本书作者译。

和艺术欣赏都是本身就能给人以精神愉悦的审美活动。所以，我们将滥觞于康德的这派文论称为"审美说"。同时，我们认为，现象学文论、阐释学文论、接受理论和"新批评"等专注于作品本文的文论虽表现出明显的差异，但从对文学为何物的回答来看，他们的观点异常明确：文学作品是一种审美对象。而且，正因为坚持此种文艺本质观，他们才强调作品是作者和读者共同的审美创造的产物，读者审美活动对于作品生存有着至关重要的意义。如是，在康德有关文学创作和文学鉴赏是双重意义的审美活动这一"审美说"的基本命题之下，现象学文论、接受理论等只不过是着重研究了双重审美活动之一的文学鉴赏活动罢了。他们创建的接受理论——读者审美说，自然也是应该归属于"审美说"这一范畴之内的。

从而，我们认为，在滥觞于康德的文艺审美说出现之后，欧美文论呈现出摹仿论、表现论、审美论或平行或交叉发展的新格局。如就 20 世纪前期、中期而论，属审美说的有关文论似乎还呈现出更为强劲的活力。

现在，面对 20 世纪末的西方文论，我们不能不承认：无论是艾布拉姆斯提出的四种学说或者是笔者论述的三种学说，都难于概括其基调和特色了。对于如此杂乱纷呈的多种文论，我们是否可以沿着法国思想家利奥塔德的思路：不需求同，只需求异，从而认定探讨主要特色本身就是不可能也不必要的，是否只需平行地并列出各种文论观点，或者在它们之前加一个前缀 post（后），笼统地名之曰"后结构主义"、"后现代主义"？也许是我们中国学人的思维定势所使然吧，在笔者看来，20 世纪末叶的西方文论尽管五花八门，但其文论的基调或曰主要特色，仍然是可以探寻，同时也是很有必要去探寻的。因之，现将笔者的一孔之见，简论如下。

运用语言学理论模式于文论建构

首先，我们看到，20 世纪末叶欧美文论的一个突出特点是运用语言学的理论模式来建构文学理论。

这种倾向起始于 60 年代取代"新批评"而登上文论前台的结构主义文论。结构主义文论家们不仅视索绪尔的语言学理论为研究文学普遍有效的原则和方法，而且直接仿效结构主义语言理论模式建构了自己的结构主义文学学，或曰结构主义诗学。

根据索绪尔的论证：作为整个语言系统的"语言"，而不是"言语"，才是语言科学的基本对象。结构主义文论家们认为个别文本类似于"言语"，只有研究文学基本原理的诗学，才能不仅可解释实际存在的作品的规律，还同样能解释那些制约尚未写成的作品的规律。而文学的原理和规律何在呢？他们的认识也是来自语言学的。对此，他们自己说得很明白："语言学的任务不是解说句子，不是告诉我们句子意味着什么，而是弄清在学习语言的过程中已经为我们潜移默化了的规则和惯例……诗学，即对文学系统的研究，力图说明使这些意义成为可能的编码和惯例，正像语言学，即对语言系统的研究，力求确定一种语言的规则和惯例一样。"[1]

索绪尔的另一重要观点是：能指和所指的关系不是必然的，人们要理解语言符号的指表功能依赖于符号的差异及符号与符号的关系。与此观点一致，最能代表结构主义诗学的性质及其建树的结构主义叙事学认为：叙述不是由它与现实的任何参照关系，而是由叙述本身的内在规律和逻辑所制约的，叙述是其不同组成层次间相互作用的产物，叙述学就是要分析它们之间的关系。他们中的有些论者甚至干脆把文学视为语言的某些性能的扩展和运用，或者直接将语言学术语运用于文学学。如认为小说的结构由语义、修辞、言语、句法四种成分构成，等等。

作为 20 世纪末叶又一重要文论的解构主义，在消解结构与坚持结构这一意义层面上，可谓与结构主义南辕北辙，然而就理论基石而论，它同样建立在索绪尔的语言理论之上。从索绪尔关于"语言"（语言系统）对个别人的"言语"是一种"先在"的论断出发，德里达等解构主义者作了如下推论：语言对具体的人是一种"先在"，客观世界和意义世界只是语言系统的再现，而西方逻各斯中心主义传统的要害就是认定意义不在语言之内，而在语言之先，语言本身无足轻重，不过是表达意义的一种工具。解构主义就正是要颠覆这种逻各斯中心主义。

---

① 托多洛夫：《散文的诗学》，引自英译本 *The Poetics of Prose*，Cornell University Press，1977.

也是根据索绪尔关于"能指"、"所指"之间并没有本质的必然联系，其对应关系是任意的、约定俗成的语言理论，德里达创造了"异延"这个词汇和概念，以之表明语言意义取决于符号的差异，随着能指符号永无终结地滑动，意义必将向四面八方扩散，永无确证的可能。

将这些解构主义的要义运用于文学研究，解构主义文论家们认定：语言的典型结构并不是传统语言学所说的指称表意结构，而是一种修辞结构（或比喻或隐喻或象征）；语言的指称变化莫测，这在文学文本中表现得更为突出，所以文学文本是异质的混杂，永远是多义的；阅读是一种"异延"行为，寻找原始意义的阅读根本不存在；阅读在某种意义上就是写作，就是创造意义；前人作品对后来作者的影响主要表现为，后人对前人的误读、修正和改造。

语言学的理论模式不仅成为建构结构主义、解构主义文论的理论根据，其广泛影响在精神分析学文论中也鲜明地表现出来。弗洛伊德创立的精神分析学是建立在生理学的基础之上的，到了20世纪后期，精神分析学显然是以语言学作为其理论基石了。此时期影响最大的精神分析学批评家雅克·拉康的理论就是这一倾向的突出代表。

拉康对精神分析学的改造和发展，主要表现在将建基于性本能的精神分析学转换到了一个语言的、象征的文化层面上。拉康将 penis 和 Phallus 作了区别，说明前者是生理的，后者是一个作为象征的能指符号。Phallus 具有男性、女性在生理上都不具备的力的属性。它指向充分、完全，它是追求和他者完美结合的原始欲望的能指符号。弗洛伊德谈的是生物本能冲动，拉康谈的是欲望（desire）。欲望是为实现完整的努力，是人们渴望成为他"希望如是"的转义，而不是一种生理学意义上的性力。弗洛伊德谈论的奥狄普斯情结及儿童逐渐对父亲身份的明确，在拉康那里，真实的、生物学上的父亲也被转换成了语言标示意义上的父亲。不仅如此，从无意识本身来看，在弗洛伊德那里，无意识（潜意识）主要指性的本能冲动；在拉康那里，无意识仿佛是一个类似语言的隐秘结构。拉康坚持"所指"的变换性。当一个"能指"取代了另一个"能指"，原来的"能指"及其"所指"就被推向了无意识。在人的生命过程中，每个个人都建构了许多这样的意义链，新的概念不断取代着旧的概念，新的

"能指"和所有那些作为无意识的"能指"的距离不断地增加着。如是，无意识也是以语言为内容的，语言和无意识几乎是合二为一的了。

以文化理论涵盖文学理论

在 20 世纪末期，另一种倾向也相当明显而突出。那就是，学者们很少再谈专门的文学理论，而把主要的兴趣都放在将文学（作为一个扇面）包容在其中的文化理论上了。

例如，美国学人倡导的文化诗学，虽然名曰诗学，但其着重点并不是在诗学——文学学，而是在文化上。该派文论代表人物之一的路易斯·蒙特罗斯（Louis A. Montrose）曾对文化诗学作过这样的界说："文化诗学……实际上是位移（reorient）了互文性的中轴，即以文化系统的共时性文本去取代那自足的文学史的历时性文本。"[1]这派文论主要的理论贡献也正在于：他们更为清楚地看到了文化网络的广漠性和复杂性，更为清楚地认识了文化系统在整个社会构成和运作中的意义，更加注意了权力话语对一切文本的影响与渗透；他们摒弃二元对立的绝对化的思维方式，高度重视文化与社会实践、文化各扇面之间的相互流动的无间歇性及其互构关系；他们广泛吸取了各种文化新说，并清楚论证了同为文本的文化各扇面之间的相通性及互文性。但是，他们对不同文化扇面各自的特殊性，则不时表现出不够重视的倾向。有的论者甚至只强调共性，抹煞不同文化扇面的特异性。例如，被视为此学派代表人物之一的海登·怀特，在深刻论证历史文本与文学文本相通性的同时又认为：历史不具备特有的主题，历史总是我们猜测过去也许是某种样子而使用的诗歌构筑的一部分。这种观点就明显忽视了文化包含的不同扇面的特异性，甚至可以说是将历史等同于诗歌了。总的看来，文化系统中的诗学——文学学，似乎并不是他们研究的主要兴趣所在，他们中的许多论者更多的是进行人类文化学的研究。如何从文化系统与文学的关系中去对文学的性质、特点、规律做深层次

---

① Louis A. Montrose, Professing the Renaissance: The Poetics and Politics of Culture, *The New Historicism*, edited by H. Aram Veeser, New York：Routledge, 1989，本书作者译。

的理论说明，在这派文论家们的著述中，还是一个鲜有触及的课题。

又如后殖民主义文学理论，主要也是文化论。它着重阐明：西方文化和第三世界文化之间的关系，在深层次上是一种权力关系；西方的思想文化坚持自己的种族中心主义(ethnocentrism)，用西方模式支配世界文化，将非西方的传统文化和形式边缘化，甚至予以排斥。著名的后殖民主义理论家艾德华·赛义德批评西方学者长期将东方人视为"他者"，并构建了东方人懒惰、欺骗、无理性的神话。他运用福柯的权力话语论来阐明文化对建构和维持第一世界和第三世界关系的重要作用，并指出一切文化文本都具有深刻的世俗性，它们的被使用和效果都和所有制、权威、权力、强制等联系在一起。其他一些后殖民主义理论家们也是着重研究居于社会边缘的族群的文化。哈米·芭芭在其论文集《文化定位》(*The Location of Culture*)一书中，以"殖民的矛盾心理"、"杂混"、"第三空间的声音"等思想概念分析殖民地的文化。指出其文化文本弹奏出一种内在的不和谐音：既有模仿，又有抵制。有的论者则将注意力投向西方国家内部的移民或居于少数民族的文化与西方传统文化关系的研究上。保罗·吉尔罗伊(Paul Gilroy)指出，当代西方国家的黑人文化并不全属于西方传统文化。他们至少居于两种文化族群之间，而且这两种文化族群又都在变化着。另一位很有影响的黑人批评家亨利·路易斯·盖茨(Henry Louis Gates)进而阐明，超越种族沙文主义是每一个人都面临的挑战。"黑"与"白"并不是预定的，它们在相互建构。以多民族为其特点的美国文化应该是"多种不同声音的对话"。

再如女性主义文论。无论是前期以争取男女有平等权利为中心的女权主义阶段，还是20世纪60年代后从生理、经验、话语、无意识、社会经济条件等方面探讨女性特征为重点的女性主义阶段，具体见解有差异，有发展，也不乏争论，但各种议论都有一个万变不离其宗的中心：向以男性为中心的文化挑战，揭示把男权主义文化观点视为"真理"、"常规"的虚妄。例如，60年代前期女权主义重要代表人物之一的西蒙娜·德·波伏娃将生理上的"女性"(being female)和被视为依附、屈从于男性的"妇女"(a woman)作了严格区分。她指出：上述后一种意义上的"妇女并非生来就如此的，她是被改变成那样的……

是作为整体的文化制造出来的"[①]。又如凯特·米勒(Kate Millett)撰写的《性政治》，被视为60年代后英美女性主义批评中最知名的、影响最大的、纪念碑式的著作。而此部著作就正是一部全面、睿智地抨击男性中心主义文化的著作。它广及历史、心理分析、社会学、文学等领域。作者指出：男性中心主义的思想文化无所不在，渗透于公民生活和家庭生活之中，而一些社会学家、男性人士和不少女性把男性中心主义加之于女性的文化特性（消极、被动、软弱等等），认作自然天成的东西，将它永久化。这种意识形态的灌输和经济上的不平等一样，是形成妇女被压迫地位的重要原因。

简短的结束语

事物的发展往往是以曲线的形式延伸的。20世纪前期，特别是30—50年代，雄霸英美文坛的"新批评"，高扬了文学的美学特异性，但将之推向了封闭、自足的极端。文学作为文化的诸多扇面之一，它和文化的关系是子系统和母系统之间的关系。它和文化及文化的其他扇面必然互相渗透、互相建构。20世纪末期，作为文化扇面之一的语言理论对文学理论的巨大影响，以及文学理论包容于文化理论中的诸多建树，就是这种必然性的具体体现。从这一意义层面上看，从主要方面着眼，笔者设想，也许我们可以将20世纪末叶的西方文论概括为文学文化论。文学文化论将丰富多彩、卓有建树的各个文化扇面的新理论、新方法运用于文学研究，比之于封闭的思维方式和研究方法，更具有视野的开放性、思维的多元性和方法学上的包容性。这是它的优势所在。然而，正如前面已经论到的，其忽视文化扇面各自特殊性的倾向，无论是以语言理论替代文学理论，或是简单地将文化共性等同于文学个性，在我们看来，又是它的不足之处。

（发表于《文艺理论研究》2002年第3期）

[①] Simone de Beauvoir, *The Second Sex* (1949), trans. H. M. Parshley, Penguin, Harmondsworth, 1974, 本书作者译。

第二编

比较诗学研究

王国维与康德：中西诗学对话的范例

（一）

在鲍姆嘉通、荷姆（Home）等多位学者零星地提出若干见解的基础上，康德系统地分析了求知识的逻辑判断、辨善恶的道德判断与识美丑的审美判断三者的区别。他指出：审美判断不是凭借知解力使表象联系于客体以求得知识，不是出于理性的利害考虑，也不是出自视觉、味觉、嗅觉、触觉等感觉器官的快适需求，它是凭借想象力将审美对象联系于审美主体，在审美主体方面产生一种快感或不快感。由于在审美判断中，"既没有官能方面的利害感，也没有理性方面的利害感来强迫我们去赞许"，所以，"对于美的欣赏的愉快是唯一无利害关系的和自由的愉快"。[①]对于这种不是出于利害考虑，不是为了酬金，也不是为了感官快适的需求而是它本身就能给人愉悦的现象，康德称之为"无目的地合目的性"，认为这正是审美判断的一个重要特点。

在集中分析审美判断特点的基础上，康德也论及了文艺。他强调文艺是自由的"游戏"。康德说："在诗的艺术里一切进行得诚实和正直。它自己承认是一运用想象力提供慰乐的游戏。"[②]又说："人看做好像是游戏，这就是一种

---

① 康德：《判断力批判》上卷，宗白华译，商务印书馆1964年版，第46页。
② 康德：《判断力批判》上卷，宗白华译，商务印书馆1964年版，第174页。

工作，它对自身愉快的、能够合目的地成功。"①

康德强调文艺是自由的，仿如游戏一般，其真实意蕴何在呢？师承康德思想的席勒曾对"游戏"概念做过具体的阐释。席勒说："游戏这个名词通常是用来指凡是在主观和客观方面都不是临时偶然的事，而同时又不是受外在和内在强迫的事"②；"在令人恐怖的（自然）力量世界之中以及在神圣的法律世界之中，审美的创造形象的冲动在暗地里建立起一个第三种快乐的游戏和形状的世界。在这第三种世界里，它使人类摆脱关系网的一切束缚，把人从一切可以叫做强迫的东西（无论是物质的还是精神的强迫）中解放出来。"③

可以看到，正是由于文艺在并无外力的强迫、是它自身就能给人愉快这个意义上和游戏相似，所以，康德将文艺称做"游戏"，旨在以此强调艺术创作和欣赏都是一种审美活动，其独特价值是能实现"无目的地合目的性"。

王国维由于既有文艺创作的实践经验，又有丰富的文艺欣赏的实践经验，还广泛地研究过中外前人的理论成果，从而使他对文艺的本质有较全面的看法。他既注意到文艺与它所反映的现实生活的关系（例如他说："天才者出，以其所观于自然人生中者复现之于美术中"④，"诗歌者，描写人生者也"⑤），又对文艺表现情感的特点有清楚的认识（例如他说："诗歌者，感情的产物也"⑥）。而且，在承认文艺是表现与再现统一的基础上，更注意于文艺之所以为文艺的特质的研究。他也将文学视为"游戏的事业"，提倡"纯文学"，并明确地说："可爱玩而不可利用者，一切美术品（文学艺术作品——引者注）之公性也……以吾人之玩其物也，无关于利用故，遂使吾人超出乎利害之范围外，而惝恍于缥缈宁静之域。"⑦

王国维对文艺"公性"的看法明显受到康德的影响，但又不是康德观点的简单重复，是有属于他自己的具体见解的。这主要是：他反对以文学为摄取名

---

① 康德：《判断力批判》上卷，第149页。

② 席勒：《审美教育书简》，冯至译，见《西方美学家论美和美感》，商务印书馆1982年版，第176页。

③ 席勒：《审美教育书简》，见《西方美学家论美和美感》，第183页。

④ 王国维：《红楼梦评论》，见《王国维文学美学论著集》，北岳文艺出版社1988年版，第3页。

⑤ 王国维：《屈子文学之精神》，见《王国维文学美学论著集》，第31页。

⑥ 王国维：《屈子文学之精神》，见《王国维文学美学论著集》，第33页。

⑦ 王国维：《古雅之在美学上之位置》，见《王国维文学美学论著集》，第41页。

利的工具，认为"以为利禄之途使然"，"决非真正之文学"；他反对将文学作为应付急需的权宜之计，认为文学应表现"天下万事之真理"；他看到"夫人之所以异于禽兽者，岂不以其有纯粹之知识与微妙之感情哉"，需要精神愉悦是人区别于低级动物的重要标志，而这种"慰藉满足非求诸哲学及美术不可"。他还从悲观主义的人生观出发，认为人生是一个充满着难以解脱的痛苦的历程，只有进入艺术境界才能忘却苦痛。而这些具体见解都出自一个基本观点：文学是一种"超出乎利害"的审美创造活动。

（二）

在西方诗学的肇始时期，柏拉图提出了"灵感说"，主要重视的是艺术家的灵感、激情、创造能力与文艺创作的关系，并已论及表现情感世界是文艺内容的特点，作用于人的情感是文艺特有的功用等问题。亚里士多德的"摹仿"论并不是简单的再现论，他对虚构、创造等艺术规律已有所认识，并在人类文艺史上最早提出了艺术典型说的雏形。就对文艺的基本看法而论，在亚里士多德那里，文艺之所以有价值和意义，主要是因为诗可"按照可然律或必然律"描述"可能发生的事"，诗描述的事带有普遍性，"写诗这种活动比写历史更富于哲学意味"。①

从此，西方诗学的发展漫长而纷繁，但在康德之前，从主要倾向来看，似乎都可分别归入柏拉图或亚里士多德这两大传统之中。例如罗马时代的重要文论《论崇高》，在论及崇高语言的五个主要来源时认为，"第一而且最重要的是庄严伟大的思想"，"第二是强烈而激动的情感"，并明确指出："崇高就是伟大心灵的回声。"②其后，新柏拉图主义的创始人普罗提诺及其后继者圣·奥古斯丁、圣·托马斯·阿奎那认为"各种艺术并不只是抄袭肉眼可见的事物"，"艺术起源于人的心灵"（当然，在他们看来，人的心灵又是上帝的创造物）。文艺复兴时期，主要崇尚的是亚里士多德《诗学》所论述的原则，并提出了"镜

---

① 亚里士多德：《诗学》，罗念生译，见《诗学·诗艺》，人民文学出版社1988年版，第28—29页。

② 《论崇高》，钱学熙译，郭斌和校，见《文艺理论译丛》第2期，人民文学出版社1958年版。

子说"，它要求艺术家"用心去看各种事物……把比较有价值的事物选择出来，把这些不同的事物捆在一起"，创造出"第二自然"来。①新古典主义的法典布瓦洛的《诗的艺术》，要求诗人们"好好地认识都市，好好地研究宫廷"。这些文论，就其主要着眼点来看，或者是着重于文艺与其反映的外部世界的关系，或者是着重于文艺作品和创作它的作者之间的关系。而康德着重探讨、并以"游戏"为喻来强调的则是艺术作为艺术所具有的自身的独立价值。

在我国诗学发展史上，似乎也可以说，正是从王国维的"纯文学"论开始，才明确地从理论上提出了文艺作为文艺的独立价值问题。

在文、史、哲不分的古代，在依经立意、文学完全依附于儒家经典的两汉时期，固然无从谈起文艺独立价值的问题了。从王国维以前的整个诗学史来看，情况又是如何呢？如果就学人们思考文艺问题的基本出发点来考察，似乎可以粗略地概括为以下三种主要倾向。

一、着重说明文艺与时代、文艺与社会现实的关系。如刘勰关于"歌谣文理，与世推移"、"文变染乎世情，兴衰系乎时序"的理论②（当然，刘勰的理论是较全面的，他也研究了情采、神思、丽辞、熔材、比兴、夸饰等多方面的问题）。又如白居易所说的"文章合为时而著，歌诗合为事而作"，认为文学应发挥"救济人病，裨补时阙"的作用。③

二、着重说明作品和作者的关系，提出了言志抒情说。从《尚书·尧典》提出"诗言志"到陆机从理论上明确提出"诗缘情"（以前已有屈原的"发愤以抒情"和司马迁的发愤著书——广义上的书，不仅指文学——等看法），此说在我国文论史上源远流长。明代的李贽也主张文学表达真情实感。汤显祖明白地说："世总为情，情生诗歌。"情与志是相联系的，情志并举是"诗言志"说的主流。但也有不少论者十分重视"志"的性质，强调诗"无邪"，强调"止乎礼义"，竭力促使诗的"志"服从于"温柔敦厚"的儒家诗教，使言志说带上了浓厚的依附于封建政治和封建道德规范的色彩，而缘"情"则被他们视为与政教

---

① 达·芬奇：《笔记》，朱光潜译，中译文见《世界文学》，1961 年 8、9 月号。
② 刘勰：《文心雕龙·时序》，见《中国历代文论选》，第一册，郭绍虞主编，上海古籍出版社，第285 页。
③ 白居易：《与元九书》，见《中国历代文论选》，第二册，第98 页。

对立的"私情"。

三、偏重于对文艺的艺术特点的研究。曹丕在《典论·论文》中，用一个"丽"字来概括诗赋的特点（"诗赋欲丽"）。陆机把"缘情"和"绮靡"结合起来作为对诗的要求。钟嵘主张"吟咏情性"，同时提出"滋味"说，并要求"指事造形，穷情写物"，以期言近旨远，形象鲜明。梁元帝萧绎在区分"文"与"笔"时，对"文"（有韵之文，指诗歌、骈文）作过如下的界说："至如文者，惟须绮縠纷披，宫徵靡曼，唇吻遒会，情灵摇荡。"①除了摇荡情灵，还在形式方面提出了文采繁富、音调铿锵、语言精练等要求。皎然的"诗情缘境发"的主张、司空图的韵味说、严羽的妙悟说、王士禛的神韵说等都重在诗词艺术特征的探讨，提出了较系统的见解。在叙事文学艺术特点的研究方面，金圣叹首先说明塑造人物是小说的中心任务，并在人物性格的个性化及如何描写性格等方面，提出了许多精辟的见解（比在西方文论史上最早明确提出文学应以人物性格为中心和要求重视典型个性刻画的莱辛，早了一个世纪）。李渔则集中论述了戏曲艺术的特点，对戏曲的情节、结构、音律、对白、表演、歌唱等问题进行了研究。

注意并研究了各种文学形式的艺术特点，说明这些论者已在一定程度上意识到文学形式具有自己的美学特异性。而在这些认识的基础上从理论上明确提出文艺独立的美学价值问题的，正是王国维的贡献。

我国古代的文学、诗学和政治、伦理的关系异常密切。这有它好的一面，在有些历史阶段也起过积极的作用，但也有过分依附于政治、伦理，失却了文艺的相对独立性的弊端，致使政治性不明显的作品受到排斥，甚至大量作品（如不少戏曲）失传。王国维对此进行了理直气壮的批评。他大声疾呼："呜呼！美术（指文学艺术——引者注）之无独立之价值也久矣。此无怪历代诗人，多托于忠君爱国劝善惩恶之意，以自解免，而纯粹美术上之著述，往往受世之迫害而无人为之昭雪者也。此亦我国哲学美术不发达之一原因也。"②

把文学等同于哲学、历史学或社会学，仅仅视之为一种求知的手段，也是

---

① 萧绎：《金楼子·立言》，见《中国历代文论选》，第一册，第340页。
② 王国维：《论哲学家与美术家之天职》，见《王国维文学美学论著集》，第35页。

忽视文艺相对独立性、忽视其美学特质的一个重要表现。王国维对于将文学混同于历史的现象也旗帜鲜明地予以指正。这突出表现在王国维对《红楼梦》的研究工作中。他写道："自我朝考证之学盛行，而读小说者，亦以考证之眼读之。于是评《红楼梦》者，纷然索此书之主人公之为谁。此又甚不可解者也。"①

王国维之所以能在我国"红学"研究中有突破性的贡献，也正是因为他清楚地认识了文学之所以为文学的价值，把《红楼梦》作为文学来研究。这本身就从实践上显示了王国维要求人们重视文学自身的特点及其独立价值的意义。

还值得我们注意的是：王国维再不像他以前的论者，仅从文学中的某一门类，或诗或小说或戏剧文学，来具体分析其艺术特点，而是就整个文学明确指出它的独特的价值所在；而且，已不再像我国以往的诗学那样，仅以体验、感受的方式提出一些看法，而是以康德的哲学和美学为基础，从艺术哲学的高度来审视文学存在的独特根据，其见解具有了鲜明的理论色彩。

所以，我们认为，像康德的文艺审美说的出现是西方诗学史上既不同于摹仿说、又不同于表现论的一种新的文艺本质观问世一样，王国维的"纯文学"论也可以说是中国诗学史上审美说正式形成的标志。

文艺，作为一种意识形态，是离不开它赖以产生的社会生活和它自觉不自觉必然加以反映的客观存在的；同时，它又是作家思想情感的表现，因之，是主客体的结合。但是，仅停于此，对文艺本质的界说还是不够的，因为一切意识形态都可以说是主客体的结合。文艺区别于其他意识形态的特质正在于它是一种审美创造。认识事物的特质才能真正认识该事物。中西诗学经过长时期的"摹仿说"（我们姑且也借用此术语来表述中国着重探讨文艺和时代、文艺和社会关系的、有现实主义倾向的文论）和表现论的交织发展，直到康德和王国维的文艺审美说，才在对人的审美认识功能进行哲理分析的基础上明确指出，文艺之所以为文艺、文艺之所以有自身存在的价值是因为：文艺创造和文艺欣赏都是一种审美活动。这在中西诗学史上无疑都是一步飞跃性的进展。

---

① 王国维：《红楼梦评论》，见《王国维文学美学论著集》，第19页。

继康德之后，在西方，关于文艺特有的美学价值的探讨，几乎成为19世纪20世纪文学理论研究的中心课题。王国维的文论、诗论也日渐增多地引起了中国学人的兴趣。这恐怕不是偶然的现象。科学越发展，分门别类探讨对象特质的工作必然更加细密。研究文艺的科学——文艺学在对文学特质的认识上继续拓展、不断深化，这也是文艺学发展的必然。更何况随着人类文明程度的提高，人们也必然会更多地要求精神上的美学享受，因之，更多地注意于文艺美的追求和研究，也可以说是人类社会和人自身发展的要求。

（三）

既然，在康德和王国维看来，美学价值是文学作品得以存在的自身根据。那么，具体讲来，人们对文学作品的美学要求（或称审美标准）又是些什么呢？

康德，作为一位哲学家，主要着力于为文艺作为审美而存在的独立地位地奠定哲学基础，在对作品的美学要求方面仅有一些零星的但也是闪光的思想；王国维则总汇了中国诗学的有关成果，主要结合诗词，提出"境界说"，对此作了比较系统的论述。

王国维说："文学之事，其内足以摅己，而外足以感人者，意与境二者而已。上焉者意与境浑……苟缺其一，不足以言文学。"[1]

在中国诗学史上，要求"意""境"交融，并非始于王国维。不过，仔细体会和品味王国维在对一系列诗词评价中所表述的观点，我们看到，比之陆机（"情曈昽而弥鲜，物昭晰而互进"）、司空图（"思与境偕"）、王夫之（"情景互藏"）、叶燮（"形依情、情附形"）等人的有关论述，王国维对情意与物象融合的认识更富深意，论述也更为详细而具体了。

王国维所说的"一切景语皆情语"可视为对"意与境浑"的"浑"字的诠释。他赞苏轼《水龙吟》咏杨花为咏物词中"最工"之作，说其中"春色三分，二分

---

① 王国维：《人间词·乙稿序》，见《〈人间词话〉及评论汇编》，书目文献出版社1983年版，第56页。

尘土，一分流水，细看来不是杨花点点，是离人泪"，更是这个"浑"字的生动说明。它告诉我们，所谓意（或情）与境（或象）浑，不是两者相加，而是浑然一体，以至于情即是象，象即是情，叫人已不能区分何者为象，何者为情。

不仅如此，"意与境浑"还内含着表象与"神理"统一的深层意蕴。王国维赞《苏幕遮》一词说："叶上初阳乾宿雨，水面清圆，一一风荷举"，"真能得荷之神理"。在这里，他肯定的是初阳、碧叶、清风之中亭亭而立的荷花的个体表象与其冰清玉洁的荷的"神理"浑而为一。这和康德所说的"审美表象"本来就"意味着一个符合观念的个体的表象"及黑格尔继承、发展康德思想而提出的"美是理念的感性显现"，在精神上颇有一致之处。

王国维还写道："红杏枝头春意闹"著一"闹"字而境界全出；"云破月来花弄影"著一"弄"字而境界全出。这可说是点明了意与境浑的关键所在。20 世纪著名的符号形式哲学家恩斯特·卡西尔说过："美感就是对各种形式的动态生命力的敏感性"①，伟大的艺术家之所以伟大正在于"他从这种静态的材料中引发出动态的有生命的形式的力量"②。王国维可以说是以审美感悟的方式说出了卡西尔明晰论证的同样的观点。在上述诗句中，分别著一"闹"和"弄"字，就从杏、云、月、花等静态材料中引发了动态的生命力。由于情意的灌注，静物有了活的生命；由于活生生的动态形象，情意得到了饶有情趣的表现。

在王国维看来，意与境浑是诗词"有境界"的一个重要条件，但真正"有境界"的佳作又还不止于此。他在论及白石时说："古今词人格调之高无如白石。惜不于意境上用力，故觉无言外之味，弦外之响，终不能与于第一流之作者也。"③在评元曲时，他盛赞元曲"语语明白如画，而言外有无穷之意"。

王国维所说的"言外之味，弦外之响"，"言外有无穷之意"，也就是刘禹锡所说的"境生于象外"，或司空图所说的"象外之象、景外之景"、"味外之味"、"韵外之致"。

文学作品为什么有可能具备这一特点呢？康德对此提出了一些很有见地的看法。他指出，由于文艺创造的是形象（康德称之为"状形词"或"状形标

---

① 恩斯特·卡西尔：《人论》，甘阳译，上海译文出版社1985年版，第192页。
② 恩斯特·卡西尔：《人论》，甘阳译，上海译文出版社1985年版，第203页。
③ 王国维：《人间词话》，见《〈人间词话〉及评论汇编》，第19页。

志"），因此它就能"给予想象力机缘，扩张自己于一群类似的表象之上，使人思想富裕，超过文字对于一个概念所能表出的"。[1]康德有关言论并不多，但他已涉及：形象具有一定的模糊性，其内涵更富于孕育性，欣赏者也不是消极的、被动的接受，而是借助自己的想象对作者提供的表象增添附加物，从而"又生起一群感觉和附带的表象"。不过，康德是在谈论文艺的特点，王国维则将能否引发读者广泛的联想和想象，能否使读者创造出不停于字面意义的幽美而深邃的意境，明确地作为衡量作品是否"有境界"的主要标准之一。

所以，文学作品，特别是诗词，如果既能意与境浑，又能激发读者丰富的想象力，引发出象外之象、境外之境，富于言外之味、弦外之响，在王国维看来，才是"有境界"，即有高度的美学价值的佳作。这就是王国维提出的文学作品的审美标准。

显然，在文学作品的审美标准这一论题上，王国维虽然接受了康德思想的有益启示，但主要是继承和发展了我国源远流长的"意境"说，比之康德的有关认识是更加深入、更加具体了。同时，这些欣赏文学作品（主要是诗词）的美学标准的系统论述，对于世界总体诗学，也是一个重要的贡献。

王国维，这位对我国古代文学和诗学有精深的造诣而又十分注意研究西方哲学和诗学的近代学者，就诗学而论，主要是借鉴了康德的文艺审美说。正因为他借鉴了西方诗学，使他在中国诗学史上跨越了飞跃性的一步；也正因为他学贯中西，使他能在总汇中国诗学成果的基础上对世界诗学作出自己的贡献。王国维与康德在诗学上的对话，可以说是中西诗学对话的一次成功的范例。

（发表于中国比较文学学会第 4 届年会暨国际学术讨论会论文集《多元文化语境中的文学》，湖南文艺出版社 1994 年 6 月版，发表时限5000 字，此为全文；该文英文全文 Wang Guowei and Kant：A Dialogue on Chinese and Western Poetics，由国际比较文学学会第 14 届大会推荐，发表于澳大利亚悉尼大学《世界文学文库》第 2 卷，1998 年出版）

---

[1]　康德：《判断力批判》上卷，宗白华译，商务印书馆 1964 年版，第 161 页。

金圣叹与黑格尔：叙事文学理论的两座高峰

从中西总体诗学的高度来看，金圣叹与黑格尔可以说是叙事文学理论的两座高峰。然而，黑格尔（1770—1831），作为西方"摹仿说"（具有现实主义倾向的文论）的集大成者，已为世界所承认。金圣叹（1608—1661），尽管其叙事文学理论足以和黑格尔媲美，其年代还早于黑格尔一个半世纪有余，但其文论的价值，在自己的祖国，也曾经是一个颇有争议的问题，就更不用说登上世界文论的殿堂，获得应有的地位了。因之，将金圣叹与黑格尔的叙事文学理论作一比较研究，不仅可以帮助我们进一步认识叙事文学的创作和欣赏规律，而且，对于金圣叹在世界总体诗学上的贡献和地位，也可更具说服力地为之一辩。

（一）

叙事文学的中心何在？

亚里士多德在《诗学》中论及悲剧时说：情节是戏剧的中心和第一要素。亚里士多德的这一回答是从戏剧的特殊性出发的。从戏剧不同于其他艺术、从戏剧文学不同于其他叙事文学的特质立论，这一见解是有道理的。同时，这也正确反映了古希腊戏剧文学的实际状况。不过，如果从整个叙事文学来看，中心又何在呢？亚里士多德已经看到了情节和人物的联系，也注意到了人物塑造问题，但在当时的历史条件和文学发展状况之下，他没有可能做出人物是中心的判断。

在西方文论的发展历程中，是莱辛（1729—1781）首先表述了在叙事文学的创作和评论中应以人物为中心的见解。这表现在：在人物与情节的关系上，莱辛对亚里士多德有所忽视的方面做了补正。他说："对于作家来说，只有性格是神圣的"①，事件"是性格的一种延续"。他要求文学展现事物的内在可能性，而这就是要展现"具有某种性格的人，在某种特定的环境中做些什么"②。同时他认为，文学的真实性最重要的就是性格的真实性。

在莱辛上述认识的基础上，黑格尔做出了明确的论断："性格就是理想艺术表现的真正中心。"③在《美学》一书中，黑格尔50多处论及莎士比亚及其剧作，而之所以如此高度评价莎士比亚的艺术成就，就正因为莎士比亚是"近代最擅长塑造有生气的人物性格"④的作家。

对于叙事文学中心何在的问题，金圣叹则结合分析典范作品，生动、具体地做出了自己的回答。

金圣叹写道："别一部书，看过一遍即休。独有《水浒传》，只是看不厌，无非为他把一百八个人性格，都写出来。"⑤在论《西厢记》时他又说："《西厢记》止写得三个人：一个是双文，一个是张生，一个是红娘。""若更仔细算时，《西厢记》亦止为写得一个人。一个人者，双文是也。若使心头无有双文，为何笔下却有《西厢记》？《西厢记》不止为写双文，止为写谁？然则《西厢记》写了双文，还要写谁？"⑥显然，金圣叹已经认识到，叙事文学只有成功地刻画了人物性格，才能成为具有高度审美价值的文学作品；而且，从作者创作的角度讲，作者心头有了中心人物和主要人物，才可能构思和创作出叙事作品

① 莱辛：《汉堡剧评》，张黎译，上海译文出版社1981年版，第125页。
② 莱辛：《汉堡剧评》，张黎译，上海译文出版社1981年版，第101页。
③ 黑格尔：《美学》，第一卷，朱光潜译，商务印书馆1979年版，第300页。
④ 黑格尔：《美学》，第三卷，下册，第265页。
⑤ 金圣叹：《读第五才子书法》，《金圣叹全集》（一），江苏古籍出版社1985年版，第19页。
⑥ 金圣叹：《读第六才子书西厢记法》，《金圣叹批本西厢记》，上海古籍出版社1986年版，第18、19页。

来。为了强调人物、特别是中心人物的重要性，金圣叹甚至说，作品只为写中心人物，只要写好了中心人物，其他也就不在话下了。

关于情节与人物的关系，金圣叹认为是性格主宰情节。他写道："每闻人言，莫骇疾于霹雳，而又莫奇幻于霹雳，思之骤不敢信。如所云：有人挂两握乱丝，雷电过，辄已丝丝相接，交罗如网者。一道士藏茧纸千张，拟书全岌，一夜遽为雷火所焚，天明视之，纸故无恙，而层层遍画龙蛇之形，其细如发者。以今观于武二设祭一篇，夫而后知真有是事也。"①在这里，他以雷电喻武松的性格威力，乱丝、茧纸喻头绪繁多的构成情节的事件，肯定作者在"供人头武二设祭"一篇的描写中，展现了事态如何因武松的性格力量而变化、发展、错综交织，同时又处处留下了武松的性格印记。

性格主宰情节还表现在，性格不同即使做同一件事也有不同的风貌。金圣叹盛赞《水浒传》在这方面也有出妙人神之笔。他写道："前有武松打虎，此又有李逵杀虎，看他一样题目，写出两样文字，曾无一笔相近，岂非异才。写武松打虎，纯是精细，写李逵杀虎，纯是大胆。如虎未归洞，钻入洞内；虎在洞外，赶出洞来，都武松不肯做之事。"②"若要李逵学武松一毫，李逵不能；若要武松学李逵一毫，武松亦不敢。各自兴奇作怪，出妙人神，笔墨之能，于斯竭矣。"③

从西方看，人物被认为是叙事文学的中心，显然是文艺复兴后的一种近代意识。对比亚里士多德的时代，由于当时人们征服自然的能力极低，大自然仿佛是冥冥主宰着一切的神灵（亚里士多德视为悲剧典范的《俄狄浦斯王》，不是就生动说明人终于不能逃脱天命的安排吗）。历史经过文艺复兴到了启蒙运动的时代，人们征服自然的能力大大提高了，在以"人本"反对"神道"的长期斗争中，人的地位上升了，人的自我意识增强了。同时，这种社会生活的变化也反映在自文艺复兴以来莎士比亚等优秀作家的作品中，莱辛作为启蒙运动的代表人物，看到了社会发展和文学发展的新情况，首先表述了叙事文学以人物为中心的见解，黑格尔则进一步将它明确化、理论化。这不是

---

① 金圣叹：《水浒传》第二十五回回评，《金圣叹全集》（一），第397—398页。
② 金圣叹：《水浒传》第四十二回夹批，《金圣叹全集》（二），江苏古籍出版社1985年版，第136页。
③ 金圣叹：《水浒传》第四十二回回批，《金圣叹全集》（二），江苏古籍出版社1985年版，第126页。

偶然的。

在中国，明中叶以后，资本主义因素有了进一步的发展，具有近代资本主义性质的民主思想、人文主义思想、个性解放思想，形成一股启蒙思潮，它们已表现在《水浒传》、《西厢记》等作品中。这种社会语境和文化语境促使金圣叹较为明确地认识到，人物是叙事文学的中心，这也是社会发展和文学发展的必然。

（二）

近代中西文论家不约而同地将人物放到了叙事作品的中心地位，那么，叙事作品中的人物又怎样才能成为富于审美价值的艺术形象呢？

通观金圣叹对《水浒传》和《西厢记》的评点，可以看到，金圣叹的回答是：关键在于写出"神理"。

金圣叹分散地多次使用了这一术语。如在第六十回夹批中，肯定《水浒传》作者对李固、娘子、燕青的描写，说："三句写三个人，便活画出三个人神理来，妙笔妙笔。"在第二十二回夹批中，赞扬创作者有关宋江、宋清送武松上路一段"写得出神入妙"，接着议论道："读书固必以神理为主。"在对《西厢记》的评点中，也多有此论。如说："此真设身处地，将一时神理都写出来"，"真写尽秀才神理"，"极写双文不来，张生久待神理"，"此是小女儿新房真，正神理也"，等等。

结合金圣叹所评作品，我们看到，金圣叹所说的"神理"，其内涵主要包括两个方面。一方面，形象的生动逼真，仿如"一齐纸上活灵生现"，或者说真恐从纸上"直走下来"、"活跳出来"；另一方面则是说，该形象又如此准确、细腻地凸显了该人物的地位、身份、性格及其在特定情境下的心理与情怀。

在我国，"形神兼备、重在传神"的创作主张，早在东晋时代，著名画家顾恺之就提出来了，后来，许多学者以之论诗。应该说，金圣叹的"神理"论是我国源远流长的"形神兼备、以形传神"说的继承和发挥。不过，他将这一画论、诗论的美学原则创造性地运用于叙事文学的人物塑造上，指明了叙事文学作品中的人物得以艺术展现的要义所在。

　　和金圣叹所见略同，黑格尔在他有关艺术的哲学研究中，要求艺术把它的每一个形象都化成千眼的阿顾斯(Argus，希腊神话中的怪物，神话说他有一百只眼睛)。他写道："正如人体所不同于动物体的在于它的外表上无论哪一部分都可以显出跳动的脉博，艺术也可以说是要把每一个形象的看得见的外表上的每一点都化成眼睛或灵魂的住所，使它把心灵显现出来。"[1]"艺术把它的每一个形象都化成千眼的阿顾斯，通过这千眼，内在的灵魂和心灵在形象的每一点上都可以看得出。不但是身体的形状、面容、姿态和姿势，就是行动和事迹，语言和声音以及它们在不同生活情况中的千变万化，全部要由艺术化成眼睛，人们从眼睛里就可以认识到内在的、无限的自由的心灵。"[2]

　　黑格尔的论述说明，一方面，艺术须"化成眼睛"，即要创造形象，而且这里的形象比实际生活更加千姿百态、丰富多彩，就像阿顾斯不是只有两只眼睛，而是有千只眼睛；另一方面，正如谈及绘画时，黑格尔自己所说，一个画家把静坐在面前的人的表面形状完全依样画葫芦地模拟出来是一回事，而知道怎样把足以见出主体灵魂的那些真正的特征表现出来，则是另一回事。理想的艺术，如拉斐尔画的《圣母像》，之所以值得赞扬，正因为它向我们揭示的面孔、腮颊、眼、鼻和口的形式，单就其形式而言，就已与幸福、快乐、虔诚、谦卑的母爱完全契合，因之，"我们确实可以说，凡是妇女都可以有这样的情感，但是却不是每一个妇女的面貌都可以完全表现出这样深刻的灵魂。"[3]

　　金圣叹的"神理"论和黑格尔的"千眼阿顾斯"说均阐明，叙事文学中的人物并不是实际生活中人物的复制，它比实际生活中的人物更加"活灵生现"，又更深刻、更透彻、更突出地展示了内在精神。它是艺术化了的形象。

(三)

　　具体说来，高度艺术化的人物形象具备一些什么样的素质呢？

　　首先，金圣叹认为他们必具独特的个性。

---

①　黑格尔：《美学》，第一卷，朱光潜译，商务印书馆 1979 年版，第 198 页。
②　黑格尔：《美学》，第一卷，朱光潜译，商务印书馆 1979 年版，第 198 页。
③　黑格尔：《美学》，第一卷，朱光潜译，商务印书馆 1979 年版，第 201 页。

金圣叹盛赞："《水浒传》写一百八个人性格，真是一百八样。"[1]何以能"一百八个人性格""一百八样"？那是因为他们"人有其性情，人有其气质，人有其形状，人有其声口"[2]。不仅性情、气质等内在因素是个性化的，形状、言语也是个性化的，而且，这内在因素和外在因素的结合，形成为该人物一贯到底的突出的性格特征。正是在这突出的性格特征上，他们彼此鲜明地区分开来。

金圣叹对鲁达的分析对此做了最好的说明。他写道："自第七回写鲁达后，遥遥直隔四十九回而复写鲁达也。乃吾读其文，不惟声情鲁达也，盖其神理悉鲁达也。尤可怪者，四十九回之前，写鲁达以酒为命；乃四十九回之后，写鲁达涓滴不饮，然而声情神理无有非鲁达者。夫而后知今日之鲁达涓滴不饮，与昔日之鲁达以酒为命，正是一副事也。"[3]这里所说的"一副事"正是说前后同样都表现了鲁达心地厚实、性格豪放的主要性格特征。

金圣叹还指出，《水浒传》作者正是由于紧紧把握了人物各自的主要性格特征，从而使他在相似处也能写出不同来。如鲁达粗鲁是性急，史进粗鲁是少年任气，李逵粗鲁是蛮，武松粗鲁是豪杰不受羁勒，阮小七粗鲁是悲愤无处说，焦挺粗鲁是气质不好。而且，《水浒传》"作者盖特地走此险路，以显自家笔力，读者亦当处处看他所以定是两个人、定不是一个人处，毋负良史苦心也"[4]。

金圣叹也认识到，注意凸显人物主要性格特征，又不是性格的单一化，主要性格特征的表现也是多方面的。如李逵的性格特征是淳朴憨直，但金圣叹赞赏《水浒传》也写李逵的"奸猾"。一次李逵自己要求下井去救柴进，临下去时却说："我下去不怕，你们莫要割断了绳索。"吴用笑道："你也忒奸猾。"金圣叹赞道："骂得妙，妙于极不确，却妙于极确，令人忽然失笑。"这一描写之所以妙就妙在，《水浒传》并不是简单地写李逵的憨直，也写他的"奸猾"，不过它是李逵式的"奸猾"，在无须提防处倒有了一个提防的心眼，不仅不违背其

---

① 金圣叹:《读第五才子书法》,《金圣叹全集》(一), 第19页。
② 金圣叹:《序三》,《金圣叹全集》(一), 第10页。
③ 金圣叹:《水浒传》第五十七回回评,《金圣叹全集》(二), 第346页。
④ 金圣叹:《水浒传》第二回回评,《金圣叹全集》(一), 第65页。

主要性格特征，倒是从其表面与主要性格特征相反的表现，更加凸显了人物的主要性格特征——不是真奸猾，是憨直、可笑的假奸猾。

金圣叹还对凸显人物个性的艺术手法，进行了细致的探讨，也有许多精彩的见解。例如他多处论及写好个性化的语言于性格刻画极为重要。他赞《水浒传》"一样人，便还他一样说话，真是绝奇本事"①。他赞《水浒传》第十八回林冲与吴用对话时所说的话：盖写林冲，便活写出林冲来；盖自非此句，则写来已几乎不是林冲也。在评阮小七的语言时他说：定是小七语，小二、小五说不出。在评鲁达语言时又说：非鲁达，定说不出此语；非此语，定写不出鲁达。此外，金圣叹强调，对比、反衬可以有效地凸显性格。如说："有背面铺粉法。如要衬宋江奸诈，不觉写作李逵真率；要衬石秀尖利，不觉写作杨雄糊涂是也。"②

第二，金圣叹认为，高度艺术化的人物性格又是具有丰富性的。

例如金圣叹对《水浒传》有关武松打虎一段描写的批语。武松在景阳岗下小酒店中喝酒时根本不知山上有虎。离店时酒家告知，他还以为是酒家以此留他住宿。直到上岗后看到山神庙门上的榜文，才知真的有虎，一旦得知，便欲转身下岗回酒店。这些笔墨写出武松也和其他人一样，怕虎。金圣叹批道："有此一折，反越显出武松神威。"后，待到武松欲睡觉时，大虫跳了出来，武松不禁惊叫一声"呵呀"并从青石上翻了下来。金圣叹又批道："有此一折，反越显出武松神威。不然，便是三家村中说子路，不近人情矣。"此后又批：写出倦极（指打死虎后）便越显出方才神威。这些批语说明金圣叹赞赏的是：《水浒传》写出了打虎英雄也是常人，也具常人心态，是一个生动、丰满、逼真的人，也正因为此，其神威才更令人信服。

《水浒传》描写禁军教头王进遭到高俅迫害，回到家中，母子二人抱头而哭。金圣叹批道："写王进全是孺子之色，不作英雄身份。"③《水浒传》描写高俅听老都管谈了设计害林冲事说道："因为他浑家，怎地害他？……我寻思起来，若为惜林冲一个人时，须送了我孩儿性命，却怎么是好？"金圣叹批

---

① 金圣叹：《读第五才子书法》，《金圣叹全集》（一），第18页。
② 金圣叹：《读第五才子书法》，《金圣叹全集》（一），第22页。
③ 金圣叹：《水浒传》第一回夹批，《金圣叹全集》（一），第50页。

道："恶人初念未必便恶，却被转念坏了。此处特此写个样子。"①这些批语说明，金圣叹认为英雄在有些情势下也有孺子之色；恶人也不是一恶到底，就是"恶"的化身。显然，他主张写出性格的复杂性，不赞成将人物简单化、脸谱化。

第三，金圣叹在突出强调人物应具独特个性的同时，也要求写出该人物与其同类人的共同性。金圣叹在《水浒传》第五十五回回批中说："其忽然写一豪杰，即居然豪杰也；其忽然写一奸雄，即又居然奸雄也；甚至忽然写淫妇，即居然淫妇。今此篇写一偷儿，即又居然偷儿也。"在评《西厢记》中，他多次肯定该剧对双文的描写写出了"女儿心性"，写出了"千金闺女自然之常理……看他写相府小姐，便断然不是小家儿女"②。而对张生，则肯定作品"写秀才入画"，写出了"秀才天性"，写出了"普天下秀才必如此"的共同特点。

再看黑格尔的有关议论。

西方的人物性格论比我国更加源远流长。亚里士多德已经提出了典型说的雏形。作为雏形，其不完善处主要表现于他更多地注意了人物共性，而对人物的个性特征则较为忽视。可以说，这是西方古代典型论的特点。直到莱辛，明确地反对从抽象观念出发把人物写成某种单纯而极端的感情的化身，要求"性格必须具有个别性"，即根据实际生活写出有一种主要激情又结合多种激情的人物形象。至黑格尔，全面发展了亚里士多德和莱辛的艺术典型论。

黑格尔从哲理的高度对个性、共性的辩证统一关系进行了相当透彻的论证，并更为明确地指出，艺术的特质就在于通过个性表现共性。同时，对理想性格应具特点作了具体说明。

黑格尔要求"把性格作为具备各种属性的整体"。即一方面，具备多种属性，"每个人都是一个整体，本身就是一个世界，每个人都是一个完满的有生气的人，而不是某种孤立的性格特征的寓言式的抽象品。"③同时另一方面，"这种丰富性必须显得凝聚于一个主体"。例如荷马写阿喀琉斯，充分展现了他性格的丰富性，但阿喀琉斯仍然是阿喀琉斯，不会使人混同于阿伽门农。

---

① 金圣叹：《水浒传》第六回夹批，《金圣叹全集》（一），第140页。
② 金圣叹：《西厢记·惊艳》第六节节批，《金圣叹批本西厢记》，第40—41页。
③ 黑格尔：《美学》，第一卷，朱光潜译，商务印书馆1979年版，第303页。

人物性格又怎样才能保持其主体性，在具丰富的多种属性的同时又仍然是他本身呢？黑格尔进一步阐明：性格要有特殊性和个性，须有某种特殊的情致作为基本的突出的性格特征，作为其性格的主要的统治的方面。这和保持性格的生动性和丰富性是一致的。因为，如果将一个人物写成某种情致的化身，像法国新古典主义的戏剧作品那样，那么，艺术表现就会枯燥贫乏，艺术性格也就不复存在，而成功的性格刻画，则像莎士比亚，既突出了一种主要的情致，又具有丰富性，而且主要情致本身也展示出它的丰富性——它也可以在各种不同的情境中从不同侧面表现出来。

黑格尔和金圣叹表达方式迥异，但基本观点则又是英雄所见略同的。

（四）

叙事作品中的人物不是孤立存在的，他们生活和活动在具体的环境之中。黑格尔曾经指出，正是这外在的情境和人物内在的情致相互作用，构成具体活动状态中的情致，形成具体的人物性格。艺术作品"不应该为妙肖自然而妙肖自然，因为外在世界只应表现为和内在世界是密切结合在一起的"[1]。即要使外在世界呈现为人物自己的外在世界。

金圣叹结合分析作品也表述了近似的见解。《水浒传》第三十八回写宋江"独自一个，闷闷不已。信步再出城外来，看见那一派江景非常，观之不足"。金圣叹批道："以非常之人，负非常之才，抱非常之志，对非常之景……写得雄浑之极。"[2] 在这里，金圣叹赞赏作者以浔阳江雄浑的江景和宋江非常之志相互辉映，以自然之景隐喻人物性格。

物与性格的辉映，金圣叹也多处论及。如他指出，《水浒传》第五回中有17次写到禅杖。禅杖显出"真正鲁达，非他人之所能假也"。又说李逵"说得板斧，便似两个快友"。这都是说，外在的物是人物自己的物，是与人物内在世界密切结合的、表现性格的物。

---

① 黑格尔：《美学》，第一卷，朱光潜译，商务印书馆1979年版，第324页。
② 金圣叹：《水浒传》第三十八回夹批，《金圣叹全集》（二），第63—64页。

同时，金圣叹和黑格尔都不将作品中的具体情境孤立看待，而是将它和更大的背景联系在一起。

黑格尔认为，"理想的主体性格""需要一个周围世界作为它达到实现的一般基础"（或译一般背景）。这个一般背景黑格尔称为"一般的世界情况"。他所说的"一般的世界情况"停于精神领域的各种"情况"，并认为这种种"情况"都是"普遍力量"即"理式"衍化而来的，是"理式"实现为不同的形式。这些观点有着唯心主义的缺陷。不过，就对作品中的环境的认识而论，他把作品中围绕着人物并推动人物行动的环境称为"情境"，认为"情境"是"一般世界情况"的具体化，即认为"情境"是更为广阔的背景的"特殊性相"。

金圣叹也是将作品中的具体环境联系于更广阔的背景之中的。他指出："《水浒传》一部大书七十回……乃开书未写一百八人，而先写高俅者……则是乱自上作也。"[1]以高俅为"开书第一角色，作书者盖深著破国亡家，结怨连祸之皆由是辈始也"[2]。对于《水浒传》第十四回阮小五的下述一段话："如今那官司一处处动掸便害百姓；但一声下乡来，倒先把好百姓家养的猪羊鸡鹅尽都吃了，又要盘缠打发他。"金圣叹批道："千古同悼之言，《水浒传》之所作也。"这些批语清楚指明，作品描写的水浒英雄叛逆的社会背景就是高俅式的统治者们作恶多端，"动掸便害百姓"。在这里，金圣叹理解的大"背景"是当时的社会现实生活，比黑格尔对"背景"的理解更为科学。

（五）

除了人物和环境，叙事文学的另一要素是情节。在这方面，黑格尔的首要贡献是其矛盾冲突说的提出。

亚里士多德虽已涉及了矛盾纠葛的"结"和"解"，但情节主要被理解为一系列的行动。推动行动的力量是什么，亚里士多德未能谈及。在欧美文论发展史上，首先明确回答这一问题的正是黑格尔。他指出，是冲突"导致反应动

① 金圣叹：《水浒传》第一回回评，《金圣叹全集》（一），第43页。
② 金圣叹：《水浒传》第一回夹批，《金圣叹全集》（一），第44页。

作，这就形成真正动作的出发点和转化过程"①。也正是黑格尔，以人物为中心，以矛盾冲突为基础，把叙事文学的三要素——人物、环境、情节辩证地统一了起来，正确阐明了三者的关系。

金圣叹没有黑格尔那样系统的理论论证，但对冲突在情节发展中的重要作用已有了相当的认识。

对于《西厢记》，金圣叹看到：张生系绝代之才子，双文是绝代之佳人，二人不辞千死万死地相爱，是"必至之情也"；但是，才子终无由能以其情通之于佳人，而佳人终无由能以其情通之于才子，因为"先王制礼，万万世不可毁也"，"至死而不容犯也"。可以说，金圣叹是意识到了，这两者的冲突是《西厢记》得以构成的基础。

对于《西厢记》情节进程中关键性的冲突——"赖婚"，金圣叹分析说："世之愚生，每恨恨于夫人之赖婚。夫使夫人不赖婚，即《西厢记》且当止于此矣。今《西厢记》方将自此而起，故知夫人赖婚，乃是千古妙文。"②如无"赖婚"——没有冲突，就没有《西厢记》了。尽管金圣叹对夫人赖婚和"先王制礼"间的内在联系，还不一定有清楚的认识，但他确实是已经看到了，戏剧冲突对于戏，就像房梁之于房屋一样，是全剧的支柱。

不仅如此，金圣叹还从审美的角度，反复强调了矛盾纠葛在情节的艺术构成中的重要性。

他指出：文章之妙，无过曲折。他赞《西厢记》赖简一篇就是"百曲千曲万曲、百折千折万折之文"。而这里的百曲千曲万曲、百折千折万折，正是主人公双文所表露的外部言行和内心的矛盾以及双文一系列的内心冲突。这就是说，是矛盾冲突构成了"文章之妙"。

他特别欣赏情节安排的"奇"和"险"——"于一幅之中，而一险初平，骤起一险，一险未定，又加一险，真绝世之奇笔也。"③在这里，他说的也是一个矛盾初平，又骤起一个新的矛盾，矛盾迭出，引人入胜。

他还称赞《水浒传》即使是写生活情事，也波澜起伏，跌宕多姿。如他评

---

① 黑格尔：《美学》，第一卷，朱光潜译，商务印书馆1979年版，第255页。
② 金圣叹：《西厢记·寺警》批语，《金圣叹批本西厢记》，第104页。
③ 金圣叹：《水浒传》第六十一回回评，《金圣叹全集》（二），第402页。

道："写王婆定计，只是数语可了，看他偏能一波一磔，一吐一吞⋯⋯真所谓其才如海，笔墨之气，潮起潮落者也。"①这"潮起潮落"也正是矛盾纠葛的波折起伏。

（六）

综上所述，可以看到，关于叙事文学的创作和欣赏规律，金圣叹和黑格尔有着一系列近似的见解，真可谓"东方西方，诗心悠同"。但是两人表述见解的方式却是迥异其趣的。

首先，这和中西不同的文论传统不无关系。中国的传统文论是诗化的。这种诗化的特点不仅表现在文论著作本身就是优美的文学作品，如陆机的《文赋》、刘勰的《文心雕龙》就基本上是用骈体写成的华美辞章；更表现在他们议论文学问题的方法也是诗式的——生动、具体的形象表达。而西方，自亚里士多德到黑格尔，多是哲学家研究文学，他们建构的文论是可作为其哲学思想的一部分的艺术哲学，自然采用哲学研究式的表述方式：明确立论，系统论证，逻辑推理，体系建构。中国传统文论和作品联系紧密，更为具体、生动，本身就具有一定的美学价值；西方的传统文论富于思辨色彩，立论与论证都更为明确，更具系统性。

其次，就金圣叹和黑格尔两人自身来看，他们采用不同的文论形式和他们自己的哲学思想显然也是有关系的。

金圣叹的一个重要的哲学观念是"极微"论。他写道："夫婆娑世界，大至无量由延，而其故乃起于极微。以至婆娑世界中间之一切所有，其故无不一一起于极微。""所谓极微者，此不可以不察也。草木之花，于跗萼中，展而成瓣。人曰：'凡若千瓣，斯一花矣。'⋯⋯一瓣虽微，其自瓣根，行而至于瓣末。其起此尽彼，筋转脉摇，朝浅暮深，粉稚香老。人自视之，一瓣之大，如指头耳。自花计焉，乌知其道里不且有越陌度降之远也。"②金圣叹还明确

---

① 金圣叹：《水浒传》第二十三回回评，《金圣叹全集》（一），第355页。
② 金圣叹：《西厢记·酬韵》首评，《金圣叹批本西厢记》，第62—63页。

地说："今者，止借菩萨'极微'之一言，以观行文之人之心。"[①]据此，我们推想，或许金圣叹从极微论的观点看来，文学创作之"道"（规律）正在具体作品具体的描写之中，因之，他选择了堪称典范的作品，通过具体而细致的评点来揭示创作之"道"。从金圣叹至今，历史已经跨越了 300 多个年头。但在今天的我们看来，仍然可以认为，金圣叹是达到了他的预期目的。他从微处着手的分析，的确揭示了寓于其间的叙事文学创作和欣赏的普遍规律。

和具有朴素唯物主义性质的"极微"观不同，黑格尔基本的哲学思想是更带思辨色彩的"理式"论。尽管黑格尔很有文学素养，又自觉地将辩证法运用于艺术研究，因之，在具体谈及艺术问题时，往往能突破其客观唯心主义哲学思想的桎梏，从艺术实际出发，作出辩证的分析，提出有见地的理论。但是，整体看来，黑格尔仍然无法完全突破其哲学体系的限制，而且，他研究艺术的初衷，就正是为了将艺术纳入自己的哲学体系之中。从这样一个意图出发，他的艺术研究采用演绎法，通过论证、推理、抽象思辨来建构系统的美学理论，也就是自然的事了。

金圣叹和黑格尔分别采用的不同方法，各有所长，各有所短。这又一次生动说明：中西文论可以互学、互补，也需要互学、互补。

（发表于《文艺理论研究》1997 年第 3 期）

---

① 金圣叹：《西厢记·酬韵》首评，《金圣叹批本西厢记》，第 62 页。

戏剧情节论

——比较研究《诗学》和《闲情偶寄》的情节论

　　文体研究，对于认识各种文学体裁的独特规律，提高文学创作的艺术质量，具有重要意义。这方面的研究工作，不仅在当代的西方为学人们所重视，而且，中外古人对此已有不少建树。在戏剧文学的本质特征这个论题上，分别是西方和我国最早系统研究戏剧文学创作规律的专著——《诗学》和《闲情偶寄》，就有许多相似的观点。这集中表现在两部著作的戏剧情节论上。本文拟对之作一比较研究。这对于我们进一步认识戏剧文学有别于其他文学体裁的一些特殊规律，是颇有启示的。

（一）

　　在中外文艺史上，最早把文艺作为文艺、戏剧作为戏剧来加以研究的，要算亚里士多德了。在构成戏剧的诸种成分中，亚里士多德最重视情节。对于戏剧情节有关问题的探讨，不仅在《诗学》中占的篇幅比例大，而且他还明确地说：情节是戏剧的中心和第一要素。

　　《闲情偶寄》的作者李渔，也有类似的观点。他说："一本戏中，有无数人名，究竟俱属陪宾，原其初心，止为一人而设。即此一人之身，自始至终，离、合、悲、欢，中具无限情由，无穷关目，究竟俱属衍文，原其初心，又止为一事而设。此一人一事，即作传奇之主脑也。"①从他举出《琵琶记》等剧为例的解释中，可以看到，他所说的一人是指有一主要人物；他所说的一事，也不是说一戏只能写一件事，而是指派生其他事的主要事件。他把这一主要人物和主要事件视为戏剧的主脑，而论述的着重点则在于，批评有的人作传奇，"不知为一事而作"，结果全剧如"断线之珠，无梁之屋，作者茫然无绪，读者寂然无声"。这说明，在李渔看来，戏剧情节对于戏剧好比房梁之于房屋一样的重要。

亚里士多德和李渔的这种认识有无根据，有无道理，意义又何在呢？

对于亚里士多德的前述提法，我国有的学者认为是其理论的偏颇之处，我个人以为还有必要对之作具体的、全面的研究和分析。

亚里士多德极为重视情节对戏剧的意义，但这并不意味着他忽视人物形象的塑造。他指出：戏剧摹仿的对象是"行动中的人"。他所说的情节正是人的行动。在列举戏剧的 6 个成分时，被他放在第二位的就是"性格"。他还从四个方面论述了刻画人物应注意的问题。特别重要的是，正是他在人类文艺史上第一次提出了艺术典型说的雏形，并看到了典型与理想的密切关系。他说："诗人就应该向优秀的肖像画家学习，他们画出一个人的特殊面貌，求其相似而又比原来的人更美。"②李渔提出的"立主脑"，指的是主要人物和主要事件，说明他对情节与人物这两个戏剧要素都是重视的。

现在的问题是：亚里士多德为什么说情节比人物更重要？李渔为什么在谈人物和故事时，更强调故事的重要性？我们认为，亚里士多德和李渔是从戏剧文学不同于其他文学体裁的特殊性这一角度来提出问题并得出前述结论的。

《诗学》一开头，亚里士多德就阐明他要探讨的问题是诗（即艺术）、诗的种类、各种类的特殊功能、各种类含多少成分、这些成分具有什么性质等问题，

---

① 李渔：《闲情偶寄》，《中国古典戏曲论著集成》七，第 14 页。本文以下所引《闲情偶寄》，均见此书，不再注出处。

② 亚里士多德：《诗学》，罗念生译，见《诗学·诗艺》，人民文学出版社1988年版，第 50 页。本文以下引自《诗学》的引文，均见此书，不再注出处。

接着又明确提出了不同艺术据以区分的根据。可以清楚地看到，亚里士多德的意图是，不仅研究艺术作为艺术的规律，而且同时还要探讨各种艺术形式（特别是戏剧）的不同特点。《诗学》的重点是论悲剧，其中有些观点对其他艺术形式也是适用的。但关于"最重要的是情节"这一观点，亚里士多德明白说的是，在悲剧的6个成分里，最重要的是情节。既然亚里士多德关于艺术不同种类具有不同特点的思想很明确，而在这里又仅仅说的是悲剧，那么，我们就不应该把他的这一观点误认为是对整个文学艺术而言的。

李渔也已经意识到，各种不同的艺术形式具有各不相同的特点。他说："填词非末技，乃与史传诗文同源而异派者也……有一种文字，即有一种文字之法脉准绳。"那么，戏曲自然也是有着自己不同于其他的法脉准绳的。

所以，我们说，正是从戏剧文学的特点立论，亚里士多德认为情节是第一要素，李渔说故事之于戏剧有如房梁之于房屋那样重要。

如果像这样来理解亚里士多德和李渔的观点，我们会看到它是很有道理的。从今天的观点看来，我们也认为，戏剧文学和小说、史诗一样，是通过故事情节刻画人物性格、表现主题思想的叙事文学。作为叙事文学，没有故事情节，就不能刻画性格、展示主题。而对于戏剧文学来说，情节的重要性还远不止于此。戏剧文学固然也可以阅读，但它毕竟是为演出而创作的，必然受戏剧的特点所制约。戏剧作为一种舞台艺术，它要能吸引在文艺修养方面情况各不相同的观众，它要使观众有兴趣待在剧场二三小时，它要做到引人入胜，产生惊心动魄的效果，就必须有精心设计的故事情节。如果采用意识流的手法或者仅有独白、对话和描绘，而无故事，不管言词多么精妙，也是不能适应舞台演出的要求的。所以，应该说，亚里士多德和李渔关于情节最为重要的理论，正是阐明了戏剧文学就必须要有"戏"。这正是戏剧文学区别于其他体裁的文学的本质特征。

亚里士多德和李渔的这一观点的正确性，已为中外古今戏剧文学的创作实践所证明。同时，不少中外戏剧家也有类似的看法。下面我们且略举一些例证。

苏联戏剧家斯坦尼斯拉夫斯基说："在舞台上需要动作。动作、活动——这就是戏剧艺术、演员艺术的基础。'戏剧'一词在古希腊文里的意思是'完成着的动作'……舞台上的戏剧便是在我们眼前完成着的动作，走上了舞台的演员便是动作着的人。"[1]由于都注意到了戏剧的特殊性，斯坦尼斯拉夫斯基在措词上和亚里士多德也是如此近似。

德国戏剧家布莱希特的编剧原则是：先由动作出发，然后塑造人物性格，而不是先有人物性格，再找动作体现性格。这一编剧原则突出说明布莱希特对戏剧特点的重视。当然，在戏剧文学创作过程中，应该说，实际情况是，动作和人物相互伴随着出现在作者头脑中，性格和情节也是结合在一起创造完成的。

我国戏剧家老舍说悲剧"描写人在生死关头的矛盾与冲突，它关心人的命运。它郑重严肃，要求自己具有惊心动魄的感动力量"[2]。曹禺谈到中国观众的要求时说："他们要故事，要穿插，要紧张的场面。"[3]这些见解也是说，情节对于戏剧有特别重要的意义。

从戏剧创作实践来看，古希腊时期，《俄狄浦斯王》被认为是理想的悲剧。这和它故事情节的惊心动魄是有极大关系的。颇受我国观众欢迎的古典名剧《桃花扇》、《长生殿》、《赵氏孤儿》等，也都情节曲折，场面紧张。在我国现代戏剧史上，成功的剧作《雷雨》的故事情节也具有传奇性，出色地体现了戏剧的特点。

以上论述说明，亚里士多德和李渔关于情节最为重要的理论，是从戏剧文学不同于其他文学体裁的特殊性来立论的，这一论点已为长期的中外戏剧理论和实践证明是能够成立的。

（二）

戏剧文学又应该如何巧妙地构思情节呢？亚里士多德和李渔的见解也颇近似。

亚里士多德强调情节应具整一性，情节应是一个有机的整体。这个整体

---

[1] 《斯坦尼斯拉夫斯基全集》，第二卷，第56页。
[2] 《老舍论剧》，王行之编，中国戏剧出版社1981年版，第79—80页。
[3] 曹禺：《日出·跋》，文化生活出版社1947年版。

的任何一部分的取消或挪动都会打乱甚至毁坏整体；要是任何一部分的有或无是没有差异的，那么，这一部分就不是真正的有机整体的一部分了。李渔则提出了"密针线"的主张。他谈到编剧必须有照应和埋伏，"照应、埋伏，不止照应一人，埋伏一事，凡是此剧中有名之人，关涉之事，与前此、后此所说之话，节节俱要想到"，而"一节偶疏，全篇之破绽出矣"。两人的这些观点实际上就是我们现代文艺理论中所谈的不容许有游离人物、游离情节的美学要求。这也就是俄国作家契诃夫所生动表述过的意思：如果第一幕里有一支枪，挂在墙壁上，那么在最后一幕落幕之前，这支枪就应放响，否则它就是多余物。事情正是这样，对于戏剧来说，人物、事件甚至道具，都应是整个戏剧链条中的不可缺少的一部分。

亚里士多德要求的整一性，李渔提出的"密针线"，其见解的深刻之处在于：他们不是停留于表层结构的关联，而是要求具有内在的逻辑性和必然性。

亚里士多德说："在情节安排上，一件事随一件事发生具有必然性和不可避免性或者是无必然联系、无因果关系随意把事件安放在一起，是有极大区别的。"正是从情节发展应具有内在必然性的要求出发，亚里士多德相当精彩地分析了悲剧应如何处理好"逆转"、"发现"、"结"和"解"等情节结构问题。他认为"逆转"——人物命运从幸至不幸的剧变，应该是合理的、不可避免的。而处理得最好的"发现"——由不知到知，是最紧密地联系于情节发展中的、伴随着人物命运的逆转的"发现"。这种"发现"来自于情节本身的发展之中，既使人震惊，又是一系列事件发展的必然结果。这种"发现"既自然又必然，没有人为的矫揉造作的痕迹，最能产生悲剧的效果。至于"结"和"解"，亚里士多德指出，很多作者善于写"结"——组织矛盾纠葛，但不善于写"解"——解决好矛盾。他批评欧里庇得斯的《美狄亚》，简单借用神力来解决矛盾，问题正在于其"解"是不符合事情发展的内在必然性的。

李渔也批评《琵琶记》有"背理"的缺点。他说："子中状元三载，而家人不知；身赘相府，享尽荣华，不能自遣一仆，而附家报于路人"等，是不合情理的。他认为这类"乃作者自为之"的情节安排，是戏剧的败笔。也正是从情节构思需符合事物内在逻辑的要求出发，李渔反对那些荒诞不稽、离奇古怪的情节构思。他明确地说："无论词曲，古今文字皆然，凡说人情、物理者，千古相传；凡涉荒唐、怪异者，当日即朽。"而且举出志怪之书《齐谐》为例说，《齐谐》"当日仅存其名，后也未见其实"，乃"怪诞不传之明验"。

在情节结构问题上，亚里士多德和李渔不仅要求它具有内在逻辑性，而且强调戏剧情节应该是作家富于艺术性的虚构和创造。这是亚里士多德和李渔又一个闪光的、值得我们注意的见解。

亚里士多德说："诗人的职责不在于描述已发生的事，而在于描述可能发生的事，即按照可然律或必然律可能发生的事。"李渔说："传奇无实，大半皆寓言耳"。"凡阅传奇而必考其事从何来，人居何地者，皆说梦之痴，人可以不答者也。"

虚构的理想的戏剧情节又应该是怎样的呢？亚里士多德说："悲剧所摹仿的行动，不但要完整，而且要能引起恐惧与怜悯之情。如果一桩桩事件是意外的发生而彼此间又有因果关系，那就更能产生这样的效果……这样的情节比较好。"李渔说："古人呼剧本为'传奇'者，因其事甚奇特，未经人见而传之，是以得名。可见非奇不传。新，则奇之别名也。若此等情节，业已见之戏场，则千人共见，万人共见，绝无奇矣，焉用传之！"

纵观古今中外成功的戏剧，其情节可以说都具有亚里士多德和李渔论述的这一特点，即既是情理之中，又在意料之外。从哲学观点来看，这就是将必然性和偶然性巧妙地、辩证地统一了起来。必然是指事物发展的内在规律，偶然是指事物发展的外在形式，必然由偶然体现出来，偶然中有着必然性。戏剧情节如果不能反映事物发展的必然性和可能性，就会失去艺术的本质真实性，就不能取信于观众。但是，另一方面，不仅是戏剧，应该说包括所有的文学艺术，要反映生活的必然性，都必须通过带偶然性的表现形式，因为，文艺是遵循形象思维的规律，通过个别反映一般。面对天地之大和世界之广，面对错综复杂的现实生活，如果避开偶然的表现形式，是很难把广阔的生活现实集中、概括地反映于艺术作品之中的。这也就是杜勃罗留波夫所说的：文艺总是使人们在人生的一切最特殊、最偶然的事实中，去认识它的崇高而普遍的意义。

作为供舞台演出的戏剧文学，通过偶然表现必然就更为重要了。一出好戏总是依靠人物独特的命运，使性格鲜明起来，总是依靠事物发展的偶然机会，使性格间的冲突激化起来，并从而使情节具有尖锐、集中、引人入胜的性质。如果缺少了这种独特的人物命运，缺少了这种由偶然因素促成的，使不同品质处于对比、使不同性格处于尖锐对立的情势，就会情节一般化，缺乏戏剧性。外国悲剧中人物命运的偶然性、巧合性，中国戏曲故事的传奇性，其核心之点可以说正是通过偶然表现必然。同时，在戏剧文学的创作实践中，我们也看到，有的戏的情节纯属脱离了必然基础的偶然，这样的戏很难取信于观众。也有的戏所反映的生活内容不够合情合理，过于简单化，而故事情节的编排，比平常生活还平淡，往往看了开头就知其发展和结局。这样的戏也是缺乏感人力的。这些戏剧文学创作实践中的正反经验，也说明了亚里士多德和李渔的见解的正确。

对于戏剧文学的情节结构，亚里士多德和李渔还有一个相似的观点，就是强调精练、集中。

亚里士多德说，悲剧是对于一个严肃、完整，有一定长度的行动的摹仿，情节的长度应以易于记忆为限。在阐明整一性时，他也谈到，即使是史诗，如《伊利亚特》和《奥德赛》，也不能把发生在主人公身上的一切事情都写进作品里，戏剧自然就更不言而喻了。李渔认为，戏剧不能"尽此一人（指主人公——引者注）所行之事，逐节铺陈"，如果那样，则"有如散金碎玉"。他特别强调："头绪繁多，传奇之大病也。荆、刘、拜、杀（《荆钗记》《刘知远》《拜月亭》《杀狗记》）之得传于后，止为一线到底，并无旁见、侧出之情。三尺童子，观演此剧，皆能了了于心，便便于口，以其始终无二事，贯穿只一人也。""作传奇者"，必须将"头绪忌繁"四字铭刻于心．

亚里士多德和李渔的这一观点也是中外其他戏剧家们的共同认识。狄德罗就很欣赏古罗马戏剧家戴朗士作品的简洁。我国戏剧家老舍在谈到自己写剧本的经验时说："从人物的各色各样的生活中，我们把故事组织起来。最好是用一件事作故事中心，把人物联系到一起。""人物的生活方面广，而故事集中。"[①]这些论述都说明，作为受制于舞台这一空间和演出的时间限制的戏剧，很有必要把繁杂的生活纳于相对的单纯之中，把众多的事件组织在整一的故

---

① 《老舍论剧》，中国戏剧出版社 1981 年版，第 84 页。

事之内，以便使观众在演出的有限时间里，能把握剧作的丰富内容。

（三）

亚里士多德和李渔关于戏剧情节的许多观点，反映了戏剧创作的客观规律，至今仍有借鉴意义。但是，他们的理论也有一些不足之处。

在情节与性格的关系上，亚里士多德只看到了在行动时可以附带表现性格，而没有看到，情节的发展还受制约于人物性格。人物性格不同，事态的发展就会不同。李渔在通过故事情节刻画人物性格的问题上，认识也比较肤浅。他说：传奇"大半皆寓言耳，欲劝人为孝，则举一孝子出名，但有一行可纪，则不必尽有其事，凡属孝亲所应有者，悉取而加之，亦犹纣之不善不如是之甚也。一居下流，天下之恶皆归焉。其余表忠、表节，与种种劝人为善之剧，率同于此"。按照这种观点，戏剧中的人物不过是体现某种观念的代表，也就是黑格尔所批评的"寓言式的抽象品"，人物形象不可能富有活生生的个性。

关于戏剧情节的核心究竟何在的问题，亚里士多德谈的"结"和"解"，虽已涉及矛盾纠葛的"结"和"解"，但是，情节在亚里士多德的理论体系里还仅仅被阐释为一系列的行动。推动行动发展的力量是什么，亚里士多德并未作明确的论述。后来，是黑格尔首先回答了这一问题。他指出戏剧情节的核心是矛盾冲突。

黑格尔认识到，事物是在变化、发展中存在的，有矛盾才能发展，矛盾是普遍存在的。从文艺作品刻画人物性格来说，正是种种冲突和纠纷成为一种机缘，使人物成为"有定性的形象"。而且，"人格的伟大和刚强只有借矛盾对立的伟大和刚强才能衡量出来……环境的互相冲突愈众多、愈艰巨，矛盾的破坏力愈大，而心灵仍能坚持自己的性格也就愈显出主体性格的深厚和坚强。"[1]从而，黑格尔得出结论："分裂和由分裂来的定性终于形成了情境的本质"[2]，"充

---

① 黑格尔：《美学》第 1 卷，朱光潜译，商务印书馆 1979 年版，第 227—228 页。
② 黑格尔：《美学》第 1 卷，朱光潜译，商务印书馆 1979 年版，第 255 页。

满冲突的情境特别适宜于用作剧艺的对象。"①对于情节———一系列事件和行动来说，是冲突"导致反应动作，这就形成真正动作的出发点和转化过程"②。

对于戏剧文学来说，应该表现怎样的冲突更为理想呢？黑格尔的看法也是相当深刻的。他指出，纯属物理和自然的冲突，单就它本身，对于艺术是没有多少意义的，艺术不是技术和自然现象的说明书。纯粹自然的冲突只能作为展开精神方面的冲突的助因。在意味深刻的作品里，戏剧冲突总是精神方面的差异、对立和斗争。

关于悲剧冲突，黑格尔要求冲突的双方都要有一个可以为自己辩护的理由。在论述这一观点时，黑格尔有失之片面、过于绝对的缺点。他反对把冲突的任何一方写成无理的、不义的，从而否定了描写善与恶、进步与反动之间的冲突的悲剧。这一点，我国学人已早有论述。不过，黑格尔的这一观点又有它颇为深刻的意蕴（这一方面一直被我国学人们所忽视）。这就是：在悲剧冲突中，正是由于冲突双方都有某种可以为自己辩护的理由，冲突才呈现出更为复杂、甚至难解难分的情势。这样的悲剧冲突，不仅在反映社会生活中实际存在的矛盾的复杂性方面，更有深度，而且，作为悲剧冲突，就更有艺术韵味，更能引人入胜，从而产生更强有力的悲剧效果。黑格尔的这一观点，是充分地、深入地考虑了悲剧艺术独特的美学要求而提出的。

所以，可以说，黑格尔是进一步完善了亚里士多德和李渔的戏剧情节论。在揭示戏剧文学独特的创作规律这一重要论题上，他们三人都分别作出了自己的贡献。他们的理论，至今仍然不失其旺盛的生命力。

（发表于《兰州大学学报》1990 年第 1 期；中国人民大学书报资料中心全文复印于复印报刊资料《戏剧研究》1990 年第 6 期）

---

① 黑格尔：《美学》第 1 卷，朱光潜译，商务印书馆 1979 年版，第 260 页。
② 黑格尔：《美学》第 1 卷，朱光潜译，商务印书馆 1979 年版，第 255 页。

中西总体诗学语境中的"神思"说

在别林斯基运用"形象思维"这一术语之前，西方学者一般都将创作的特殊思维活动称为"想象"，对之进行了长期的研究。20 世纪初，克罗齐以"艺术即直觉"为命题，进一步探讨了创作构思的思维轨迹和特点。将刘勰关于文学创作的特有思维活动的理论——"神思"说，与西方学者相应范畴的研究成果作一对比考察，我们不禁惊奇地看到：在西方，经过长时期多代学者的研究才认识到的一些问题，刘勰却在公元五六世纪之交撰写的《文心雕龙》中，就已经言简意赅地谈到了。现在且让我们在比较研究中，来具体揭示和论证"神思"说对世界诗学的贡献及其在中西总体诗学史上应有的地位。

（一）

翻开西方文论史，在古希腊，论者们一般都还未能明确涉及文艺创作特殊思维方式问题。亚里士多德在论文学语言时曾谈道：对于一个诗人，最重要的事情是，他应当是一个使用隐喻的能手，而善于使用隐喻意味着他具有直观地感知事物隐藏着的相似之处的能力，从一个形象联想到他形象的能力。这可以说是间接地、不明确地对此论题有所触及。

不过，希腊文论中也有一个例外。这就是，阿波罗尼阿斯（Apollonius,

公元 1 世纪中期的希腊人），在人类文艺史上第一次指明：是"想象"创造了文艺作品。

请看如下一段对话。"赛斯沛西翁问：'……你们的菲狄亚斯和伯拉克西特列斯（二人均是希腊雕刻家——引者注）是不是到天上去摹写了各个神道的状貌，然后在他们的艺术品里照样复制的？还是另有什么东西主持和指导着他们的造形过程呢？'阿波罗尼阿斯回答：'是有那么一个富于智慧和才能的东西指导着他们。''那是什么呢？难道还不是摹拟么？''是想象，它造作了那些艺术品。它的巧妙和智慧远远超过摹拟。摹拟只会仿制它所见到的事物，而想象连它所没有见过的事物也能创造，因为它能从现实推演出理想。'"①于"想象"的具体内涵，阿波罗尼阿斯尚无说明。

后来，但丁在《神曲》中表示了对崇高的想象的敬仰。接着，16 世纪意大利哲学家、语言学家马佐尼（Giogorno Mazzoni，1548—1598）在《〈神曲〉的辩护》中说：想象是"制造形象的能力"，"诗依靠想象力"，而不是靠"按照事物本质来形成概念的那种理智的能力"，"只有凭这种能力，我们才能进行虚构，把许多虚构的东西组织在一起。"②18 世纪初，意大利历史哲学家维柯（Giambattista Vico，1668—1774），在他的名著《新科学》（1725 年出版）中，联系人类文化史进一步探讨了哲学与诗的区别，更为明确地区分了推理力与想象力，高度评价了想象对于文学创作的意义。他指出："诗的最崇高的工作就是赋予感觉和情欲于本无感觉的事物。"③他批评了那些敌视想象、排斥想象、甚至说想象是谎言之母的观点，并阐明：如果摈弃想象，就会把最好的诗的丰富多彩冻结起来。但是，他认为推理力与想象力是绝对对立、有你无我的。

放在中西总体诗学的序列中来考察，远远早于马佐尼和维柯，刘勰已经专文议论了创作的特殊思维问题。整部《文心雕龙》研究的"文"，不仅指文学，但《神思》篇却是集中专论文学创作的思维特点的（其他篇中也有关于创作思维的论述），刘勰将这篇专论置于全书创作论的首篇，以之作为创作论的总纲，并说它是"驭文之首术，谋篇之大端"。这说明，刘勰不仅认识到了文

---

① 《外国理论家、作家论形象思维》，中国社会科学出版社出版，第 9 页。
② 马佐尼：《〈神曲〉的辩护》，朱光潜译，见《世界文学》1961 年 8、9 月号。
③ 维柯：《新科学》，朱光潜译，人民文学出版社 1986 年版，第 98 页。

学创作有其特殊的思维规律，而且认为它于创作是至关重要的。

（二）

亚里士多德在《心灵论》和《修辞学》中，议论过作为人的一种心理功能的想象（不是谈论艺术思维的方式）。他说：想象是萎褪了的感觉，和感觉很相似；一切可以想象的东西本质上都是记忆里的东西。

亚里士多德对作为一种心理功能的想象的界说，后来在相当长的历史时期里，都还影响着西方论者们对作为文艺创作特殊思维的"想象"的认识。直到英国经验主义哲学家霍布士（T. Hobbes，1588—1679），虽已谈及"想象"有单纯的想象和组合的想象两种。例如，想象以前见过的一个人或一匹马，这是单纯的想象，而组合的想象则是，一次看见了一个人，又一次看见一匹马，我们心里就拟想出一个马身人首的怪物，所以，组合的想象是"心灵的捏造"。但霍布士也仍然重述着亚里士多德以来许多论者的观点，说想象是正在衰减的感觉，"想象和记忆原是一件东西"。前已提及的维柯，坚持"想象"是文艺创作的基本特点，其有关"想象"的理论在西方文艺界也颇有影响，但是他也明确地说："儿童们的记忆力最强，所以，想象特别生动，因为想象不过是扩大的或复合的记忆。"[1]

从"想象"的内容必然来自生活积累这层意义来看，说创作思维离不开记忆是有道理的。但是，将创作思维和记忆视为"一件东西"，就大大限制了艺术想象的空间，有将创作变成记忆笔录的危险。

和上述西方论者不同，陆机和刘勰的"神思"说则都首先强调了"神思"超越时空、联想广阔的特点。

陆机论道：构思开始，即"精骛八极，心游万仞"；构思过程中，想象和联想也是时而飞驰于天池之上，时而潜游于地泉之中（"浮天渊以安流，濯下泉而潜浸"）；而整个构思过程就是"观古今于须臾，抚四海于一瞬"的想象的过程。[2]

---

[1] 维柯：《新科学》，朱光潜译，人民文学出版社 1986 年版，第 104 页。
[2] 陆机：《文赋》，见《中国历代文论选》上册，郭绍虞主编，中华书局 1962 年版。

刘勰则在《神思》一开篇就从精神活动领域无限辽阔这一视角来界说"神思"。他指出：所谓"神思"，就是如古人所云："形在江海之上，心存魏阙之下。"接着又进一步说明："文之思也，其神远矣。故寂然凝虑，思接千载；悄焉动容，视通万里。"①

陆机和刘勰的论述正确地指明：在文艺创作构思过程中，作者的想象联类无穷，其精神驰骋的天地是既不受时间的限制，也不受空间的阻隔的。这一见解比之于长期困扰西方论者的"想象和记忆是一件东西"的观点，是一个长足的进步。它表明陆机和刘勰对文艺的虚构性和创造性已经相当重视。

（三）

文艺创作的联想活动和非文艺写作的联想活动又有何质的区别呢？

在西方，16 世纪的马佐尼认识到，"想象"不是按照事物本质来形成概念的。维柯说："哲学语句愈升向共相，就愈接近真理；而诗性语句则愈掌握住殊相（个别具体事物），就愈确凿可凭。"②后来，狄德罗在出版于 1758 年的《论戏剧诗》中，对此作了更为明确而系统的论述。

狄德罗说："把一系列必然相联的形象按照它们在自然中的先后顺序加以追忆，这就叫做根据事实进行推理。如已知某一现象，而把一系列的形象按照它们在自然中必然会先后相联的顺序加以追忆，这就叫做根据假设进行推理，或者叫做想象。""诗人善于想象，哲学家长于推理。但在同一意义下，他们的作为都可能是合乎逻辑的或不合逻辑的。说他合乎逻辑，也就是说他具有了了解诸般现象必然联系的经验。"③

这就说明，艺术创作思维过程是一个"追忆""一系列形象"的过程，且可以"根据假设"，即可以虚构。这一离不开形象的思维过程，又不是形象的任意拼凑或胡乱连接，而是要"按照它们在自然中必然会先后相联的顺序"。人

---

① 刘勰：《文心雕龙·神思》，见范文澜：《文心雕龙注》，下卷，人民文学出版社 1961 年版，第493 页。

② 维柯：《新科学》，第 105 页。

③ 狄德罗：《论戏剧诗》，徐继曾、陆达成译，见《狄德罗美学论文选》，人民文学出版社 1984年版，第 163 页。

们考察艺术家的想象或哲学家的推理是否合乎逻辑，都需看它是否反映出诸般现象在自然中的必然联系。这样，狄德罗就清楚指明了文艺创作的联想活动和非文艺创作联想活动的区别，又论证了艺术创作特有的"想象"，也是一种能反映事物必然性的思维活动，它并不是"错觉"与"疯狂"的代名词（当时，一些新古典主义者曾将"想象"称为"家里的疯婆子"）。

到了 19 世纪，别林斯基在前人长期研究的基础上提出了"形象思维"这一文论概念，一直沿用至今。别林斯基在《艺术的概念》一文中说："艺术是对于真理的直感的观察，或者说是用形象来思维。"[1]在《杰尔查文的作品》一文中，他又谈道，一个人要是不能以形象来思考、判断和感觉的话，无论他有怎样的智慧、情感和信仰的力量，无论他所处的时代社会的生活内容怎样丰富，这一切都帮助不了他成为诗人。

陆机和刘勰则远远早于上述西方论者，指出了艺术构思离不开形象这一根本特点。陆机以"情曈昽而弥鲜，物昭晰而互进"来描述在构思过程中，情志由隐而显，物象交相汹涌并渐趋鲜明的情状。刘勰则一再说明，创作构思时，艺术家是沉浸于有声有色的具体形象之中的。在《神思》篇中，他说，艺术家进入"神思"时，其"吟咏之间，吐纳珠玉之声；眉睫之前，卷舒风云之色"。在《物色》篇中，他又指出：诗人"联类不穷"的联想过程，是一个"流连万象之际，沉吟视听之区"的心理历程。[2]

（四）

随着文艺和文艺理论的发展，西方学者们还在认识创作构思基本特点的基础上，对其内在机制进行了更为细密的研究。英国浪漫主义诗论家柯勒律治（Samuel Taylor Coleridge，1772—1834）指出："想象"像大自然和人的生命一样，是活动的，不是静止的，艺术的美就产生在这富有生命活力的运动过程之中，而运动的内容则是"多"与"一"的统一，即一方面是多种多样的、生

---

① 别林斯基：《艺术的概念》，满涛译，见《别林斯基选集》，第三卷，上海译文出版社1980年版，第93页。

② 刘勰：《文心雕龙·物色》，见范文澜：《文心雕龙注》，下卷，第693页。

机勃勃的、具体的物质材料，另一方面是给具体材料以限制和方向的理性形式。生动的具体材料受理性形式的指引，又反作用于理性形式；理性形式本身也要求实现为具体表象。这两方面的关系不是外在的、附加的联系，而是内在的、有机的统一。

柯勒律治所说的"理性形式"指"理性目的、思想、概念和感情"。他强调"理性形式"与感性材料在"想象"中实现有机的统一，较好地说明了文艺创作过程是一个主体精神物化、客观物象主体化，从而形成有机整体的过程。但是他说："必须记住形式（指理性形式——引者注）作为一个进程和外加的形式是不同的——后者不是死的事物，就是被束缚禁锢的事物，而前者本身就是自我实现、自我作用的能动力量的领域。"[①]又说："诗表现的是起源于人的头脑的理性目的、思想、概念和感情。"[②]这样，柯勒律治就把"理性形式"看成是人的头脑中固有的，并认为它本身的固有性质就要求它实现为具体生动的表象。同时，在柯勒律治看来，"想象"活动中的"多"与"一"的统一之所以是有机的、内在的，就正因为它是"理性形式"的自我实现。这一有关"想象"活动有机性的解释，和黑格尔"美是理念的感性显现"的思想是一致的。就其哲学根基而论，也犯了头足倒置的错误。

后来，克罗齐对创作构思的心理机制及轨迹，作了进一步的探讨。

首先，他指出：作家创作构思的心理活动始于印象，因为，"艺术家们只能从曾经感动心灵的东西中取得灵感。"[③]同时，他也认识到，活跃于作家心灵中的诸多意象不仅有实在事物引起的印象，也有作家对可能事物的联想和想象。更为重要的是，克罗齐着重说明，在整个艺术构思进程中，最为重要的一个环节是作家心灵的"审美综合"。那就是"综合杂多为整一"，"就是融化杂多印象于一个有机整体的那种作用。"[④]显然，克罗齐视为艺术构思关键环

---

① 柯勒律治：《论诗或艺术》，*Biographia Literaria* (with his aesthetical essays)，第 2 卷，牛津大学出版社 1965 年版，第 262 页，本书作者译。

② 柯勒律治：《论诗或艺术》，*Biographia Literaria* (with his aesthetical essays)，第 2 卷，第 255 页，本书作者译。

③ 克罗齐：《美学原理》，朱光潜译，见《美学原理·美学纲要》，外国文学出版社 1983 年版，第 61 页。

④ 克罗齐：《美学原理》，见《美学原理·美学纲要》，第 27 页。

节的"审美综合"，也就是要实现如柯勒律治所说的"多"与"一"的统一。不过，实现"多"与"一"统一的内驱力是什么？在柯勒律治那里，是"理性形式"要求自我实现。克罗齐则认为，综合杂多为整一的"审美综合"，既不是由于某种理念发挥了统摄作用，也不是由于意志的驱使，也不是因为某种技巧、方法的运用，而是"来自情感、基于情感"的。[①]他强调："直觉之所以真是连贯的和完整的，就因为它表达了感情"，"是情感给了直觉以连贯性和完整性。"[②]可以看到，关于情感在艺术思维活动中的极度重要性，克罗齐比之狄德罗和柯勒律治，有了更为清楚的认识。

（五）

令人惊奇的是，我国古代的刘勰，在实际上已从多方面探讨了创作思维的内在机制。他的言辞远比西方论者的论述简短，但其见解的深刻，比之西方相应范畴的理论，则是并不逊色的。

首先，刘勰已经认识到艺术思维是一个动态过程。这既有诗人因"物"而引起的感动，即刘勰所说的"春秋代序，阴阳惨舒，物色之动，心亦摇焉"[③]；更有超越时空、翱翔于无垠天地的"联类不穷"[④]。

第二，这个动态过程的基本构成和关键所在则是"神与物游"[⑤]。

笔者理解，"神与物游"的内涵至少有两方面的深邃意蕴。

一是指"神"与"物象"的伴随、渗透与结合。居于胸臆的神（"神居胸臆"）和通过耳目等感觉器官摄入作者头脑的物象（"物沿耳目"），在整个"神思"过程中，是相互依伴、不可分离的。同时，"神"与"物象"在不断运动中，相互渗透，相互融合。神"随物以宛转"，实现物象化；物象"与心而徘徊"，因"神"的灌注而获得生命。

---

① 克罗齐：《美学纲要》，韩邦凯、罗芃译，见《美学原理·美学纲要》，第227页。
② 克罗齐：《美学纲要》，见《美学原理·美学纲要》，第227页。
③ 刘勰：《文心雕龙·物色》，见范文澜：《文心雕龙注》，下卷，第693页。
④ 刘勰：《文心雕龙·物色》，见范文澜：《文心雕龙注》，下卷，第693页。
⑤ 刘勰：《文心雕龙·神思》，见范文澜：《文心雕龙注》，下卷，第493页。

　　"神与物游"的另一层深刻意蕴，则涉及了作家主观世界与外部的客观现实的关系。我们都知道，从文学起源观来看，刘勰说："人文之元，肇自太极"①，认为"太极"是文学及天地万物产生的终极根据，这基本上是客观唯心主义的。但是在具体研究文学创作构思时，他能突破上述宇宙观的局限，面向创作实际，坚持以客观外物感发诗人为前提和基础的"神与物游"说。一方面，他认为是作家的思想感情引导着想象的方向，决定着想象的内容（"神居胸臆，而志气统其关键"）。但是另一方面，他不同于柯勒律治，他并不认为作家的"神"是头脑中固有的东西。在《明诗》篇中他写道："人禀七情，应物斯感，感物吟志，莫非自然。"②在《诠赋》篇中他又说："原夫登高之旨，盖覩物兴情。情以物兴，……物以情观。"③这说明，刘勰已清醒地认识到，艺术家的"情"是客观外在的"物""兴"起的（当然，他所说的"物"还主要是指自然景物），而艺术构思过程正是一个"情以物兴"、"物以情覩"的过程，即主客体互动和互相结合的过程。

　　第三，刘勰对想象活动内驱力的看法，似乎比许多西方近现代学者还更全面，更符合创作思维的实际。

　　本文前已论及，狄德罗对"想象"的界说是"将一系列形象按照它们在自然中必然会先后相联的顺序加以追忆"。要能按必然顺序追忆，自然要靠作者对必然性的理性认识了。而且，狄德罗还明确地说："想象"就是"根据假设进行推理"。可见，在狄德罗看来，想象活动主要的内驱力是作者的理性认识能力，或曰推理力。

　　克罗齐的回答显然不同。他明确地说：艺术构思是基于情感的驱使，是情感给了艺术构思以连贯性和完整性。

　　维柯则认为"诗性语句是凭情欲和恩爱的感触来造成的"。

　　再看刘勰有关此问题的看法。

　　刘勰说：是"志气""统其关键"。我国许多研究者已经指出，刘勰所说的"志气"指的是广泛的思想感情。同时，我们看到，刘勰往往是将情志联系起

---

① 刘勰：《文心雕龙·原道》，见范文澜：《文心雕龙注》，上卷，第2页。
② 刘勰：《文心雕龙·明诗》，见范文澜：《文心雕龙注》，上卷，第65页。
③ 刘勰：《文心雕龙·诠赋》，见范文澜：《文心雕龙注》，上卷，第136页。

来并提的。如说"人禀七情，应物斯感，感物吟志"以及"必以情志为神明"①等等。在《神思》的"赞曰"中，作为全篇总结，他又强调："神用象通，情变所孕。"再次说明：艺术想象是艺术家的情志所孕育的。

人的"情"与"志"的确是有必然的内在联系的。可以说，情以志为根基，一定的志必然表现为一定的情。刘勰将"情志"视为"神思"活动的内驱力，就避免了将情志或情理绝对对立并偏执一端的片面性。

更为重要的是，我们还必须看到，刘勰虽然是联系起来谈"情志"，但总是将"情"置于首位，突出强调"情"在创作构思过程中的极端重要的地位和作用。例如他写道："夫神思方运，万涂竞萌，规矩虚位，刻镂无形，登山则情满于山，观海则意溢于海。"②这就明确指出：艺术家创作构思时总是激情澎湃的，甚至达到了"登山则情满于山"的境界。在论及心物交融时，他也突出强调了情感因素。如说"人禀七情"、"觇物兴情"、"物以情觇"等等。

刘勰的这些看法，可以说早已为中外文学史上的成功或失败的经验所证明。实践说明：文艺创作缺乏情，仅有理性认识，是根本不可能写出成功之作的。刘勰既不将情志分离，又突出说明激情在"神思"中的极度重要性。这不能不说是很有见地的。

第四，刘勰指出，辞令在艺术想象过程中具有不可忽视的作用。

他说："物沿耳目，而辞令管其枢机。枢机方通，则物无隐貌。"③刘勰实际上是认识到了：外部世界的物象经过耳目等感觉器官进入作家头脑之中，成为活跃于作家头脑里的意象，这个过程要得以完成，就必须借助于语言这一媒介。有相应的"辞令"，物象才能成为意象；有相应的"辞令"，物才无隐貌，才能得以表现。

在《熔裁》篇中，刘勰又提出"三准说"，将"撰辞"作为创作不可或缺的三个步骤之一，再次说明他对语言在创作构思中的作用的重视。

在这方面，刘勰的认识比 20 世纪的克罗齐的见解，还更符合于创作思维的实际。克罗齐将各种艺术的媒介，包括声音、音调即语言，均视为物理现

---

① 刘勰：《文心雕龙·附会》，见范文澜：《文心雕龙注》，下卷，第 650 页。
② 刘勰：《文心雕龙·神思》，见范文澜：《文心雕龙注》，下卷，第 493—494 页。
③ 刘勰：《文心雕龙·神思》，见范文澜：《文心雕龙注》，下卷，第 493 页。

象，不将它们归入审美范畴，并机械地分出一个"由审美事实到物理现象的翻译"阶段。而刘勰却能清楚地认识到，由客观物象形成意象就必须有语言作为媒介。本来，事实也正是这样，如果没有语言的参与，创作构思活动也就根本无法进行了。所以，应该说，刘勰在论"神思"时将"辞令"也作为一个要点加以议论，是很有道理的。

此外，刘勰也论及培养艺术想象力的途径和方法——"积学以储宝，酌理以富才，研阅以穷照"。[①]尽管刘勰讲的"学"仅是学习儒家经典，不够全面，但要求学习前人总是对的。同时，他也注意到不仅要学，还要斟酌、检验事理，也要丰富人生阅历，积累感觉经验。这说明，刘勰将创作构思名之曰"神思"，看到了它的特异性和神奇的创造力，但却又没有神秘主义的缺陷。

总之，纵观西方论者和刘勰对艺术思维问题的论述，我们看到，西方论者的研究往往在某些方面更深入、更详尽，但常常顾此失彼，而刘勰的见解却往往比较适度和全面。一般说来，我们中国人看事理往往能从多面思考，不走极端，西方人则更富冒险精神，善于创新，但易偏激。也许可以说，刘勰和西方学者关于艺术思维问题的研究，也在一定程度上表现了这种民族性格的不同特点吧。

当然，刘勰的论述还相当简短，也还不够细密。当我们研究了西方论者有关的、较系统的论述后，相互参照着再看刘勰的议论，似乎就更能发掘其深意。而从中西总体诗学的进程来看，刘勰的许多见解都远远比西方论者早出。在距今 1500 年前，刘勰对于艺术思维这一相当复杂的论题，竟然就能提出如此深邃并较全面的理论，其对世界诗学的贡献，也实在是值得我们这些炎黄子孙引以为骄傲的了。

（发表于《漳州师院学报》1999 年第 4 期）

---

① 刘勰：《文心雕龙·神思》，见范文澜：《文心雕龙注》，下卷，第 493 页。

文艺"符号"论与"境界"说

在 20 世纪的西方，虽然文艺理论的旗帜色彩缤纷，文艺批评的流派五花八门，但是，以卡西尔和朗格的理论为代表的文艺符号论是当代西方主要的文艺理论流派之一，则是多数中外学人都承认的。例如，美国学者 M. C. 比尔兹利说："从广义上来说，符号学无疑是当代哲学以及其他许多思想领域的核心理论之一。"[①] 又如,《在世哲学家文库》将卡西尔与爱因斯坦、罗素等名家相提并论，说他是"当代哲学家中最德高望重的人物之一"。再如,《新时代百科全书》，将苏珊·朗格和康德、柏格森、克罗齐、杜威等四人并列，苏珊·朗格成为该书美学条目里仅仅列举的五位美学家中的一个。

文艺符号论无论从历时的视角或者是共时的视角来考察，它都具有融合众家之所长来建构自己的新体系的特点。使笔者颇感兴趣的是：这样一种从西方多种文论中吸取了丰富的营养，曾风行一时，至今影响不衰的文论，和我们中国传统诗学中的意境说，特别是和王国维的集意境说之大成的"境界"说，存在着不少内在的相似之处。本文拟对这两种分别融会中西前人成果，形成自己的诗学体系，又同出现于 20 世纪的文论作一比较研究，从两种理论殊途同归的有趣现象中，来揭示文艺之所以为文艺的特殊规律。显然，这将

---

① M. C. 比尔兹利:《二十世纪美学》，邓鹏译，见 C. 李普曼编:《当代美学》，光明日报出版社 1986 年版，第 7 页。

是不无意义的。

（一）

　　西方文艺理论的奠基人亚里士多德提出的"摹仿"说（即艺术再现论），从古希腊至 18 世纪中叶，虽然有可视为表现说源头的柏拉图的理论传统与之或平行或交叉的发展，但就一些主要的历史阶段而论，仍可以说是西方居主流地位的文论。而到 18 世纪后半叶，情况则有了明显的变化。法国启蒙运动的领导人之一卢梭，发表了以表现情感为主的小说《新爱洛绮丝》。德国狂飙突进运动的先驱赫尔德，着重说明：绘画、音乐和文学都是表情的。18 世纪末 19 世纪初，英国浪漫主义诗人和诗论家华兹华斯宣称：一切好诗都是"澎湃激情自然的倾泻"。他的两篇《抒情歌谣集·序言》成为表情说取代摹仿说主流地位的标志。

　　当今也有学者把文艺符号论归为表情论（或称表现说）的一种，认为卡西尔、朗格和克罗奇、科林伍德一样，"都力图确切地证明艺术怎么能是表现性的"。这种看法自然也并不是全无根据。卡西尔就曾经说过："一个不具有强烈感情的艺术家，除了浅薄和轻浮的艺术以外，就不可能创造出什么东西来。"[①]苏珊·朗格也说："艺术就是对情感的处理，在我称之为符号，科林伍德称之为'语言'的东西中，它包括了情感的详尽叙述和表现。"[②]"艺术品本质上就是一种表现情感的形式。"[③]

　　但是，卡西尔和朗格的观点与一般的表情论又有明显的不同。

　　卡西尔和朗格在肯定艺术自然也是表达了艺术家自己的情感的同时，着重论证：艺术绝不只是艺术家自我情感的表现。

　　我们知道，自我表现论产生于浪漫主义思潮盛行的年代。一些大艺术家，如 19 世纪的贝多芬、20 世纪的勋伯格（也是音乐巨人）等都持此看法。勋伯格曾经说："一件艺术品，只有当它把作者内心中激荡的感情传达给听众的时

---

①　恩斯特·卡西尔：《人论》，甘阳译，上海译文出版社 1985 年版，第 181 页。
②　苏珊·朗格：《情感与形式》，刘长基等译，中国社会科学出版社 1986 年版，第 441 页。
③　苏珊·朗格：《艺术问题》，中国社会科学出版社 1983 年版，第 7 页。

194

候，它才能产生最大的效果，才能由此引起听众内心情感的激荡"，"事实上，艺术家所努力追求的只有一个最大的目标，就是表现自己。"①

对于自我表现论，朗格进行了风趣而有说服力的批评，她指出：以私刑为乐事的黑手党徒绕着绞架狂吼乱叫；母亲面对重病的孩子不知所措；刚把情人从苦难中营救出来的痴情者浑身颤抖或大汗淋漓，或哭笑无常。这些人都在发泄自己的强烈的情感，然而这些并不就是艺术。因为，"发泄情感的规律是自身的规律而不是艺术的规律"。

卡西尔和朗格认为文艺表现的是人类的情感。人类的情感对于每个作家来说就不只是个人主观的表现了，它是外在于单个作家自身的。要表现具有普遍性的人类情感，作家就必须认识它、体验它，并把它再现出来。所以朗格说："情感本身是一种真实的生物活动，而情感概念则是一种理性的对象，或一个符号的含义。"②

文艺符号论者对"人类的情感"还有着自己的独特的解释。朗格说：人类的情感"是指广义上的情感，亦即任何可以被感受到的东西——从一般的肌肉觉、疼痛觉、舒适觉、躁动觉和平静觉到那些最复杂的情绪和思想紧张程度，还包括人类意识中那些稳定的情调"。③这样，他们所说的文艺表现的内容就是一个极其广阔的领域。它包括了"任何可以被感受到的东西"，同时，他们也承认："想象必须靠世界——以新鲜的观察、听闻、行为和事件——来哺育，艺术家对于人类情感的兴趣必须由实际生活和实际感情而引起"④，文学是"从世界的各个角落，从生活的各个侧面获得其主题"的。⑤

此外，卡西尔和朗格也像持再现论的文艺家们一样极为重视文艺的认识作用。卡西尔明确地说：文艺"不只是强烈感情的流溢。它是对实在的解释，不过不是靠概念，而是靠直观，不是以思想为媒介，而是以感性形式为媒介"⑥。还说："艺术甚至可以被称为知识，不过它是一种别具一格的知

---

① 彼得·汉森：《二十世纪音乐概论》。
② 苏珊·朗格：《情感与形式》，中国社会科学出版社1986年版，第208页。
③ 苏珊·朗格：《艺术问题》，中国社会科学出版社1983年版，第13—14页。
④ 苏珊·朗格：《情感与形式》，中国社会科学出版社1986年版，第294页。
⑤ 苏珊·朗格：《情感与形式》，中国社会科学出版社1986年版，第346页。
⑥ 恩斯特·卡西尔：《人论》，上海译文出版社1985年版，第187页。

识。"①

所以，我们认为，把文艺符号论者的文艺本质观归入表现论不一定是很准确的。准确地说，他们已经意识到：在再现的、表现的艺术之间所作的泾渭分明的区别是难以维持的。他们的文艺本质观是表现与再现的统一。

和文艺符号论者一样，王国维对文艺表现情感的特点也有着清楚的认识。他在《屈子文学之精神》一文中就曾说过："诗歌者，感情之产物也。"在《人间词话》里也强调，对于文学来说，"一切景语皆情语"。但是，与我国传统的言志、抒情说相比较，王国维的"境界"说也是更加注意了表现与再现的结合。

王国维肯定："屈子感自己之感，言自己之言。"②但是，他强调："真正的大诗人则又以人类之感情为其一己之感情。"③他盛赞李煜的词是"神秀"之作。举出"自是人生长恨水长东"和"流水落花春去也，天上人间"二首词为例，认为它们远远超出了表现李煜个人身世的范围，咏唱的是古往今来带有普遍性的人生悲剧。在论及屈原的诗时，王国维也认为，这些诗虽然上天入地，不乏"凿空之谈"和"谬悠之语"，却正是"人类之感情"的生动表现。这都说明王国维同样不赞成艺术仅仅是艺术家的自我表现。

王国维的"原夫文学之所以有意境者，以其能观之"④的见解，表明他把意境的创造建立在"能观"的基础之上。王国维的"能观"就是叔本华美学体系中的"直观"或"静观"，指作家在对客体直接观照中的审美领悟。王国维说明，要"能观"需有一个前提，由"欲之我"变为"知之我"，也就是要摆脱叔本华所说的"意态"（即各种功利欲望）的束缚。而要实现这一变化，王国维认为，还有赖于客体的美足以吸引主体。显然，王国维有关"能观"的一些说法，受到叔本华的唯心主义的"意志"论的深刻影响。不过它也表明，王氏已注意到了：意境的创造还有赖于作者对外部世界的体察。

王国维还明确地论述过艺术再现的问题。他说："天才者出，以其所观

---

① 恩斯特·卡西尔：《人论》，上海译文出版社1985年版，第215页。
② 王国维：《人间嗜好之研究》，周锡山编校，见《王国维文学美学论著集》，北岳文艺出版社1988年版，第45页。
③ 王国维：《人间嗜好之研究》，见《王国维文学美学论著集》，第45页。
④ 王国维：《人间词·乙稿序》，见《〈人间词话〉及评论汇编》，姚柯夫编，书目文献出版社1983年版，第56页。

于自然人生中者复现（即再现——引者注）之于美术（即文学艺术——引者）中。"①"诗歌者，描写人生者也。"②他也很重视文学的认识作用。他肯定元杂剧"足以供史家论世之资"，并认为"吾人于诗歌中可得人生完全之知识"。③

以上分析说明：王国维的文艺本质观也可以说是表现与再现的统一。

（二）

如果说，从历时的角度看，符号论将再现论和表情论融为一体，那么，从共时的角度来看，它又把20世纪西方文论的两大流派——表现论和形式论的合理之处总结进了自己的理论体系里，并在一定程度上弥补了这两种文论的某些不足。

20世纪表现论的主要代表克罗奇和科林伍德提倡不用媒介的艺术表现论。他们认为，"表现行为"作为艺术品本身只能发生在艺术家的头脑之中，从而，就否定了艺术需要物化这一重要环节，否定了艺术形式的重要作用。

文艺符号论者不同意这种观点。他们认为"表现"是通过富于表现力的符号的呈现。艺术家不仅必须感受事物的内在的意义，他还必须给他的情感以外形。艺术品是艺术家创造出来供人们去感知或去想象的、表现性的形式，而它所表现的则是人类的情感。

文艺符号论者坚持情感与形式的结合，主要出于两个方面的理由。一方面，借助于形式，艺术家对人生的认识，对人类情感的认识，才能得以更鲜明地呈现出来。这就是卡西尔所说的：在艺术作品中，"我们的情感不再是隐秘而不可测知的力量，它仿佛变得是透明的了。"④更为重要的一方面，他们主要强调之点则在于：艺术是人类情感的符号形式的创造。对于艺术家来说，"与其说他成为一位艺术家是由于自己的情感，倒不如说他是借助对情感符号形式的直觉，借助于把情感认识塑造成这种形式的能力而成为艺

① 王国维：《红楼梦评论》，见《王国维文学美学论著集》，第3页。
② 王国维：《屈原文学之精神》，见《王国维文学美学论著集》，第31页。
③ 王国维：《叔本华之哲学及教育学说》，见《王国维文学美学论著集》，第89页。
④ 恩斯特·卡西尔：《人论》，上海译文出版社1985年版，第187页。

术家的。"[1]因为，人类情感的外形化不只是体现在看得见或摸得着的物质媒介中，而是体现在激发美感的形式中。艺术家从大自然或人世生活中获得的材料，必须经过系统的结构，才能转化为艺术的统一体。只有通过这种系统化，从现实生活中来的材料才能进入艺术的王国。艺术家并不是被动地接受和记录事物的印象，而是构造性的。艺术想象的最高、最独特的力量就表现在这种建构活动中。而且"所有艺术都带有生命的特征，因为每件作品都必须具备有机的特点"[2]。"正像集聚在一个腔体中的那些片断的、独立的功能器官不能构成'肉体生命'一样，相互间没有关系的情感连续同样不能构成'情感生命'"[3]，艺术家建构的形式，是一个不可分割的有机整体。其中，可以出现现实中存在的事物的如实描绘，也可以是现实物的失真的形态（后者往往是艺术家为使他们所创造的形象体系更为人们所注意而采用的艺术手段）。它们都是用来创造有机整体的艺术要素。艺术品中的这种具有有机整体性的形式，并不是实际事物的一个局部，而是一个艺术符号，是被艺术家创造出来，作为整体，去表现人类情感的符号。

在情感与形式的关系问题上，我们看到，王国维和我国古代有些文论家偏执一端的观点（只强调言志或言志与抒情或者仅专往于文字、音韵的使用技巧）不同，他在陆机（"情瞳眬而弥鲜，物昭晰而互进"）、司空图（"思与境偕"）、王夫之（"情景互藏"）、叶燮（"形依情、情附形"）等人有关论述的基础上，更为明确而系统地阐明了：对于文艺作品来说，情意与物象是有机结合、浑然一体的。

王国维说："文学之事，其内足以摅己，而外足以感人者，意与境二者而已。上焉者意与境浑……苟缺其一，不足以言文学。"[4]这就既强调了情意，也注意了情意的物象化，认为情意与物象二者缺一就不能称之为文学了，并说明两者的关系不是简单相加，而是浑然一体。王国维关于"一切景语皆情语"的见解，可视为是对"浑"字的具体注释。他将苏轼《水龙吟》咏杨花赞为

① 苏珊·朗格：《情感与形式》，中国社会科学出版社 1986 年版，第 452 页。
② 苏珊·朗格：《情感与形式》，中国社会科学出版社 1986 年版，第 243 页。
③ 苏珊·朗格：《情感与形式》，中国社会科学出版社 1986 年版，第 146 页。
④ 王国维：《人间词·乙稿序》，见《〈人间词话〉及评论汇编》，第 56 页。

咏物词中"最工"之作，说其中"春色三分，二分尘土，一分流水。细看来不是杨花点点，是离人泪"，更是对于情意和物象有机结合的生动说明。

从意境说的发展来看，我们似乎还可以说，王国维比之前人更多地注意了艺术形式，他提出的"隔"与"不隔"的评诗标准，他在《宋元戏曲史》中所说的："何以谓之有意境？曰：写情则沁人心脾，写景则在人耳目，述事则如其口出是也"，都说明：情意还必须通过鲜明、生动、艺术的形式予以表现。他举出："红杏枝头春意闹"，著一"闹"字而境界全出，"云破月来花弄影"，著一"弄"字而境界全出。这一观点也颇近似卡西尔的见解："美感就是对各种形式的动态生命力的敏感性。"①伟大的艺术家之所以伟大正在于，"他从这种静态的材料中引发出动态的有生命的形式的力量。"②在上述诗句中，分别著一"闹"和"弄"字，正是从杏、云、月、花等静态材料中，引发出了动态的生命力。动态的有生命的形式——意与境有机结合的统一体，才得以完成，故"境界"全出矣。

情感与形式结合的契机又何在呢？也许王国维正是对此有所领悟，故说："一切境界，无不为诗人设，世无诗人，即无此种境界。"③朗格对此有更明确的论述，她将艺术定义为："人类情感的符号形式的创造"，并视艺术创造问题为艺术理论的中心问题。卡西尔则从哲学的高度对之进行了论证。

卡西尔建立的人类哲学体系（或称符号形式哲学）也是有它的缺点和不足的。例如，他不重视研究人在物质生产方面的创造活动，仅专注于人类文化的创造，且将人类创造符号的能力归之于天生本性，未能看到它是人类生产实践和社会实践的产物。但他通过人类如何创造了各种文化的研究，认为人有创造各种符号的能力是人区别于其他动物的标志，高度肯定了人类能动的创造力。因之，在一定意义上，我们可以说，卡西尔的哲学本身就是突出强调人类能动的创造力的哲学。而艺术的创造则是人类高度能动创造力的表现之一。

所以，我们认为，王国维和卡西尔、朗格不仅阐明了作为文艺作品的情感

① 恩斯特·卡西尔：《人论》，上海译文出版社1985年版，第192页。
② 恩斯特·卡西尔：《人论》，上海译文出版社1985年版，第203页。
③ 王国维：《人间词话附录》，见《〈人间词话〉及评论汇编》，第52页。

与形式必须有机结合、浑然一体的道理，而且他们也认识到了这两者结合的契机就在于艺术家的审美创造。

（三）

在对艺术形象特点的认识方面，卡西尔、朗格和王国维也有契合之处。

王国维阐明，文学中的"境界"是"呈于吾心而见于外物"的。这就是说，文学中的境界是作家和读者审美意识中的境界，是人意中之境，就像严羽所说："如空中之音，相中之色，水中之月，镜中之像"，并非作为实体存在的人或物或境。

王国维竭力主张诗境要"自然"（借用他的诗句表述："除却'天然'，欲赠浑无语"）。这里的"自然"或"天然"近似于康德所说：艺术应"表现为自然"。意即：艺术家精心创造的形象，就像自然的产物一般，不显人为造作的痕迹；从艺术具有"无目的的目的"这一性能来看，它符合艺术美的要求，能给人以美的愉悦；其意蕴，比之于明确的概念，又更具有孕育性、丰富性。

要求形象具有丰富的韵味，不仅是王国维提倡的"自然"这一审美尺度中隐含的内容，也是王国维多次阐明的观点。如在论及白石时，他说："古今词人格调之高无如白石。惜不于意境上用力，故觉无言外之味，弦外之响，终不能与于第一流之作者也。"[①]在评元曲时，他盛赞元曲"语语明白如画，而言外有无穷之意"。

王国维所说的"言外之味，弦外之响"、"言外有无穷之意"，也就是刘禹锡所说的"境生于象外"，或司空图所说的"象外之象、景外之景"、"味外之味"、"韵外之致"。它表明：所谓"境界"是作品展示的"境"或"象"与读者联想、想象的"境"或"象"的总和；堪称"有境界"之作，不仅意境交融，浑然一体，而且能引起读者丰富的联想和想象，具有无穷的韵味。这样，王国维就不仅说明了优秀的文学作品总是有"无穷之意"的，而且也说明了文学作品展示这种"无穷之意"的特殊方式以及读者从作品中获得这种"无穷之意"的特殊途径。

---

① 王国维：《人间词话》，见《〈人间词话〉及评论汇编》，第19页。

如果说，王国维对于文艺形象的上述特点仅作了言简意赅的说明，那么，卡西尔和朗格对此则作了颇为系统的论证。

卡西尔和朗格认为，人类情感在文艺中是通过富于表达力的符号呈现出来的。作为有机整体的艺术符号（不是指作品中的某些具有符号性质的因素），是艺术家创造出来的幻象——造形艺术中的虚幻的空间，文学作品中的虚幻的生活。并不是世界实有其人或其物，"从现实的观点来看，它们只是形式，它们只为察觉它们的感知、想象而存在，像蜃景那样。"[1]

例如，韦应物的诗《赋得暮雨送李曹》：

> 楚江微雨里，建业暮钟时。
> 漠漠帆来重，冥冥鸟去迟。
> 海门深不见，浦树远含滋。
> 相送情无限，沾襟比散丝。

朗格认为此诗即使未能保留原诗的韵律，译为英文后也是诗（Witter Bynner 译为英文，收在 The Jade Mountain 中），因为，诗中的每一景物、每一事件——鸣响的钟声，沉重的风帆，昏暗天空中的飞鸟，洒在江上、帆上和遮挡视线的树上的微雨，都是诗人创造出来，用以建构整体幻象的艺术要素。这每一景一事都有双重品格：既是虚的事件的一个细节，又是表现情感的一个因素。它们构成的整体——完整的幻象，既是虚幻的，又是全然可信的。在这里，诗人是以心理方式编织事件，而不是在写一段客观的历史。诗中出现的所有事物共同创造了一个特定的生活幻象，成为催人泪下的深情厚谊的象征。

所以，朗格说："一切诗歌皆为虚构事件的创造，即使看起来像哲理、政治或美学意见的陈述，也莫不如此。"[2]对于优秀的文学作品来说，如果出现事件的直接的陈述，那么，这种开门见山的陈述本身，也不是为了报导某个

---

[1] 苏珊·朗格：《情感与形式》，中国社会科学出版社 1986 年版，第 61 页。
[2] 苏珊·朗格：《情感与形式》，中国社会科学出版社 1986 年版，第 249 页。

事件，而仍然是创造虚幻的整体形象的一种手段。那些直抒情怀的抒情诗，只要它是真正的艺术品，它也是幻象的创造，而且，总是为该作品所特有的生活幻象的创造，并不是诗人自己的信念和实际感情的简单的流露。

对于艺术创造的幻象，文艺符号论者除了着重论证它的虚幻性，还强调："它可作为抽象之物，可作为象征，即思想的荷载物。"①

朗格所说的"抽象"并不是通常理解的此词的字面意义——抽去形象。对于文艺的思维方式不是逻辑思维，而是遵循想象的法则，她有着清楚的认识，也作过明确的论述。为了强调文艺创作和推理性论著写作的区别，她特别将文艺称为非推理表现形式。那么，朗格所说的"抽象"涵义是什么呢？她自己曾作过如下解释："抽象形式"即"摈弃所有可使其逻辑隐而不显的无关因素，特别是剔除它所有的俗常意义而能自由荷载新的意义"②。纵观她的有关论述，可以看到，她所说的"抽象"主要是：抽去通常的实用意义，使之具有可塑性，能自由荷载意义，可承受为表现某种意蕴而故意为之的扭曲、修饰和组接，以使意蕴得到更直率、更完整的表达。

强调艺术符号具有荷载意义的功能，可以说是符号理论的整个理论基石所必然引申出的论点，否则，艺术就不能被视为一种符号了。前已提及，在卡西尔的符号形式哲学这一理论体系里，人与其他动物不同的独特之处就在于人能创造自己的文化——语言、神话、艺术、宗教等等。而人的各种文化形态都是人类的经验和智慧通过各种人为媒介物——各种符号表达出来的。符号和信号不同。"符号不是实有客观物的替身，而是传达有关客观物质的观念的媒介。"③信号是物理的存在世界的一部分，如天将下雨就有雷鸣闪电出现，而符号则是人类意义世界的一部分，它不是作为物理世界的一部分而存在的，它具有的是人赋予它的意义。如果文艺没有意蕴——不具有荷载意义的功能，它就失去作为符号的根据了。也许正是基于符号哲学的这一基本理论，朗格说："逻辑意义上的'表现'——概念通过富于表达力的符号的呈现——是艺术

---

① 苏珊·朗格：《情感与形式》，中国社会科学出版社 1986 年版，第 57 页。
② 苏珊·朗格：《情感与形式》，中国社会科学出版社 1986 年版，第 77 页。
③ 苏珊·朗格：《哲学新解》(*Philosophy in A New Key*)，哈佛大学出版社 1957 年版，第 60 页，本书作者译。

的主要功能与目的。"①

综上所述，我们认为卡西尔、朗格的文艺"符号"论与王国维的"境界"说，在一系列重要的文艺理论问题上有着相似或相近的观点。从文艺本质观来看，他们都认为文艺是表现与再现的统一；就作品构成而论，他们要求情感与形式有机结合，浑然一体，并指出两者结合的契机在于艺术家的审美创造；关于文艺形象的特点，他们着重说明，犹如水中之月，然具象外之象，且言有尽而意无穷。

这两种文论并无直接的渊源关系，但由于它们的倡导者们都极为重视最广泛地吸取前人和同时代人的研究成果，都着力于探求艺术之所以成为艺术的特殊规律，从而殊途同归，获得了若干共识。这一有趣的现象本身就告诉我们：中西学人在研究文艺规律方面可以获得若干共识，是有必然性的；而且，也只有放眼于中外古今的文艺理论与文艺实践，我们才能更准确、更全面地认识文艺的规律。

王国维、卡西尔、朗格已经提出的一些反映了文艺规律的见解，以及他们广于吸取又工于创造的治学态度与方法，也值得我们借鉴。

（发表于《中国比较文学》1992 年第 1 期）

---

① 苏珊·朗格：《情感与形式》，中国社会科学出版社 1986 年版，第 80 页。

文艺"游戏"说：比较与辨析

我国有的学人对王国维的文艺"游戏"说，像对康德的有关学说一样，颇多微词。康德和王国维的文艺"游戏说"的真谛究竟何在？看来是很有必要做一实事求是的辨析的。而将二人的有关见解联系起来，加以比较研究，就能更清楚地阐明"游戏说"的价值、意义及其局限和不足。

从文艺特质看"游戏"说

康德说："在诗的艺术里一切进行得诚实和正直。它自己承认是一运用想象力提供慰乐的游戏。"[①] 又说：对于艺术，"人看作好像是游戏，这就是一种工作，它对自身愉快的、能够合目的地成功"[②]。

在这里，康德自己已经说得很明白，文艺并不是真正的游戏，而是"好像是游戏"，因为，它能够"对自身愉快"，"能够合目的地成功"，而"对自身愉快"，实现"无目的地合目的性"，正是康德对审美判断特点的界说。

此外，康德把感性和理性、想象力和知解力的紧密结合与和谐一致，也称

---

① 康德：《判断力批判》上卷，宗白华译，商务印书馆 1964 年版，第 174 页。
② 康德：《判断力批判》上卷，宗白华译，商务印书馆 1964 年版，第 149 页。

之为这两者在一起"游戏"，并认为人们在欣赏美的艺术时，其思维势态就进入了这种境界。

席勒在《审美教育书简》里，举过一个生活中的例子：当一个人怀着情欲去拥抱一个理应鄙视的人时，他会痛苦地感到出自自然的压力；当一个人仇视一个值得尊敬的人时，他会感到出自理性的压力。但是，如果一个人，既能吸引他的情欲，又能博得他的尊敬时，情感的压力和理性的压力同时消失了，他开始爱这个人，这就是欲念和尊敬在一起游戏。

康德认为，在理想的艺术欣赏活动中，感性与理性、想象力与知解力就是像这样高度的和谐一致的。他说："诗人说他只是用观念的游戏来使人消遣时光，而结局却于人们的知解力提供了那么多的东西，好像他的目的就是为了这知解力的事。感性与知解力虽然相互不能缺少，它们的结合却不能没有相互间的强制和损害，两种认识机能的结合与谐和必须好像是无意的、自由自在相会合着的，否则，那就不是美的艺术。"[①]康德在这里虽然说的是欣赏真正美的艺术时人们思维活动的情状，如果我们加以合乎逻辑的引申，那么，这也就是说，只有感性与理性、想象力与知解力的谐和一致达到了毫无牵强的、自由自在的程度，人们才真正进入了美学享受之中。因为，在这种境界里，不仅想象力异常活跃，知解力也发挥着积极的作用；在这种境界里，无论在感性上或者是理性上，欣赏者都得到了精神上的满足。

纵观上述两方面的意蕴，可以看到，康德的文艺"游戏说"内涵是丰富的。它主要是以游戏作为比喻来说明：文艺活动是一种从这种活动本身中就能获得精神愉悦的审美活动；同时，在想象力与知解力自由自在地在一起游戏这一命题下，还初步揭示了人们获得美学享受时思维活动的态势。所以，康德的文艺"游戏说"，实质就是文艺审美说。

王国维，作为一位对我国古代文学和诗学都有精深造诣，而又十分注意研究西方哲学和诗学的近代学者，他的"境界说"主要是继承和发展了我国传统的"意境说"，他的人生观深受叔本华"意志"论的影响，而他诗学的理论基点则主要是借鉴了康德的文艺审美说。

---

① 康德：《判断力批判》上卷，第168页。

　　王国维也将文学称为"游戏"，提倡"纯文学"，认为"可爱玩而不可利用者"是一切文学艺术作品的"公性"。但他对文艺持此看法又并不是康德观点的简单重复，而是有他自己的具体见解的。特别是他着重说明：人之所以不同于禽兽，就在于他有"纯粹之知识与微妙之感情"，需要获取精神愉悦是人区别于低级动物的重要标志，而这种"慰藉满足非求诸哲学及美术不可"[①]。他提倡"纯文学"，强调文学是"可爱玩而不可利用"的"游戏"，正是意在说明：文学的特质在于，它是一种能使人获得精神愉悦的审美创造活动，如果"以为利禄之途使然"，则"绝非真正之文学"。

"游戏"说的不足之处

　　康德提出的美"是无一切利害关系的愉快"、审美判断"只是表达出一个对象的形式的经验的表象之主观合目的性"等观点，后来往往被一些走上极端的唯美主义、形式主义文艺家说成是他们观点的源头。这种情况的出现既有对康德的曲解和误读，也由于康德理论本身确有不够严密之处，甚至有一定的唯美主义、形式主义的缺陷。

　　例如，康德关于美是超功利的观点，是在对比研究求知判断、善恶判断、审美判断三者的区别时，对审美判断特点的界说。与之同时，他又专门说明审美判断与辨别善恶的判断是有着密切的联系的。就其联系而论，甚至可以说"美是道德的象征……这对每个人是自然的，也要求着每个人作为义务"。[②]而根据他自己对善恶判断的界说，辨别善恶是出自理性的利害考虑。那么，他的这些论述实际上是说明了：人在实际的审美活动中，审美判断和道德判断是密不可分的，审美和理性的利害考虑也是不可分的。所以，如果将他的这些论述联系起来加以考虑，我们似乎就不应该把康德在孤立地界说审美判断特点时的观点，简单地说成是他对文艺的看法，认为他主张文艺是绝对超功利的（因为他已说明，人们在实际进行审美活动时，审美联系着辨善"对每个人是自然

---

　　① 王国维：《论哲学家与美术家之天职》，见《王国维文学美学论著集》，周锡山编校，北岳文艺出版社1988年版，第34页。

　　② 康德：《判断力批判》上卷，第201页。

的"）。但是，从另一方面说，既然作为社会意识形态之一的文艺活动也是审美活动，而且是一种极为重要的审美活动，那么，康德关于审美是超功利的界说，就显得不够完善和不够精确。

又如，康德说审美判断只把一对象的表象（即形式）联系于审美主体，"美是那不凭借概念而普遍令人愉快的。"但是同时，他又指出美有两种，其中之一的依存美则是依存于客观事物的真实性、完满性的，并明确地说："评判艺术美必须同时把物品的完满性包括在内。"[①]显然，他说的只涉及表象、不凭借概念的愉快，指的是人对自然美的欣赏。如欣赏一朵玫瑰花的美，并不需要去弄清玫瑰的性质、构成成分等等。如是，康德的论证又表现出不够严密的缺点：将仅适用于欣赏自然美的界说当成是整个审美判断的特点。如在文学领域中的审美，就不可能只将对象的形式联系于审美主体而不涉及内容。

总之，康德的理论本身有不够严密、不够完善的弱点，在美与真的关系上又一定程度地有对立、割裂的倾向，但是，康德的理论和后来发展到极端的唯美主义和形式主义又是有着明显的区别的。

王国维的理论也存在一些自相矛盾之处。本来，他极力提倡文学的独立价值，主要是为了反对文学沦为政治和伦理的简单附庸，反对一些人并无对艺术本身"固有之兴味"，而仅"为利禄"驱使去从事文学事业。而且，他自己也曾说过："诗歌者，描写人生者也"[②]，"美学上最终之目的与伦理学上最终之目的合。"[③]但是，为了强调文学活动是一种精神上的、层次较高的审美活动，他又说："个人之汲汲于争存者，决无文学家之资格"，表现出将人的精神生活与物质生活割裂的倾向。

事实上，人类无论在原始时期或是文明时期，为"争存之事"而活动总是人的生活的基本内容。同时，审美是人意识领域的一种活动，它和人类物质生活的发展程度，和人们在物质生产活动中的相互关系，总是自觉、不自觉地有必然的联系，尽管这种联系不一定是直接的。对于这一点，中西审美说的倡导者们是认识不足的。在强调文艺的独立价值时，欠缺辩证的思辨方法，

---

① 康德：《判断力批判》上卷，第157页。
② 王国维：《屈子文学之精神》，见《王国维文学美学论著集》，第31页。
③ 王国维：《红楼梦评论》，见《王国维文学美学论著集》，第14页。

未能清楚地看到文艺的独立价值，在整个社会生活中，又具有相对性。从根本上说，它依存于社会物质生活。这恐怕正是文艺"游戏说"（即审美说）的主要不足之处。

（发表于《漳州师院学报》1993 年第 3 期）

总体诗学：比较诗学的一个走向

（一）

总体诗学之所以可能是比较诗学的一个发展走向，首先，和诗学的本体属性不无关系。

东方和西方，或者只说中与西，由于社会历史发展和文化心理积淀的不同，文学发展各有特色，诗学也有差异。但是，当我们翻开中西诗学的历史时，便不难看到，一股强劲的总体性趋向，已经不容忽视地存在着。

且让我们信手举出一些事例。

西方第一部文论专著——亚里士多德的《诗学》，着重议论了悲剧。对于悲剧，他着重研究的是情节，除了明确指出，情节是戏剧的中心和第一要素之外，对于戏剧如何建构情节的问题还提出了如下的看法："悲剧所摹仿的行动，不但要完整，而且要能引起恐惧与怜悯之情。如果一桩桩事件是意外的发生而彼此间又有因果关系，那就更能产生这样的效果……这样的情节比较好。"[1]

我国系统研究戏曲创作规律的专著《闲情偶寄》，也做了这样的论述：人

---

[1]　亚里士多德：《诗学》，罗念生译，见《诗学·诗艺》，人民文学出版社 1988 年版。

们作传奇，如果"不知为一事而作"，全剧将如"断线之珠，无梁之屋，作者茫然无绪，观者寂然无声"。[①]至于情节如何建构为好，李渔也要求符合情理，同时又说："古人呼剧本为'传奇'者，因其事甚奇特，未经人见而传之，是以得名，可见非奇不传。新则奇之别名也，若此等情节，业已见之戏场，则千人共见，万人共见，绝无奇矣，焉用传之？"[②]

亚里士多德与李渔生活国度不同，相距时间甚遥，且一为博学的哲学家，一是对戏剧演出和导演都有丰富实践经验的戏曲家，其著作一以缜密的逻辑思辨取胜，一以真切的经验、体会见长，一是希腊戏剧的经验总结，一则来自中国戏曲的实践。然而，这些相异之点并没有妨碍他们对于戏剧文学不同于其他文体的本质特征，做出近似的理论说明。

再看人物论。我国明末清初的金圣叹（1608—1661 年）在评《水浒传》时写道："别一部书，看过一遍即休。独有《水浒传》，只是看不厌，无非为它把一百八个人性格都写出来"，"《水浒》所叙，叙一百八人，人有其性情，人有其气质，人有其形状，人有其声口。"[③]金圣叹虽是在谈论具体作品，但实际上已经说明：人物性格，特别是人物的个性特征描写成功与否，是小说艺术的首要问题。

在西方，生活年代晚于金圣叹一百年的莱辛（1726—1781 年），继承和发展了亚里士多德的摹仿说，将亚里士多德的情节中心论发展为人物中心论，将亚里士多德开创的古代典型论发展为近代典型论——他指出："对于作家来说，只有性格是神圣的"，只有性格才是"本质和特有的"，"性格必须具有个别性"。[④]

金圣叹和莱辛运用了迥然不同的、颇能代表中西文论写作特点的论述方式，然而两人却道出了所见略同的共识。

---

① 李渔：《闲情偶寄》，第 3 卷，见《李渔全集》，浙江古籍出版社，第 9 页。
② 李渔：《闲情偶寄》，第 3 卷，见《李渔全集》，浙江古籍出版社，第 9 页。
③ 金圣叹：《读第五才子书》和《序三》，陈曦钟、侯忠义、鲁玉川辑校，见《水浒传》（会评本）上，北京大学出版社 1987 年版，第 17、9 页。
④ 莱辛：《汉堡剧评》，张黎译，上海译文出版社 1981 年版，第 125、467—471 页。

（二）

如果说，以上所述也许还有仅是个别例证之嫌，那么，从宏观上来看中西诗学，情况又是如何呢？

在谈及中西诗学各自具有的特点时，我国有的学者常常论道：中国文论持表现说，西方则持摹仿论。这种说法如果仅指某个特定历史阶段各自理论的着重点而言，也能成立。例如，中国古代抒情诗最为发达，所以"诗言志"是中国诗论的"开山纲领"，古希腊史诗、戏剧繁荣，亚里士多德则提出了人类文艺史上最早的有现实主义倾向的文论框架——摹仿说。但是，如果考察一下诗学的整个历史流程，就会看到，西方文论史中的表现说，和中国文论史上的表现说一样，也是源远流长的。

西方诗学发展的真实状况并不是如车尔尼雪夫斯基所说：亚里士多德的《诗学》雄霸了 2000 年。事实是：在滥觞于康德的审美说出现之前的 2000 年，是柏拉图理论传统和亚里士多德理论传统或平行或交叉发展的 2000 年。而柏拉图的文论正是表现说的源头。

美国著名学者 M. H. 艾布拉姆斯教授，在他的名著《镜与灯》中，曾将柏拉图视为摹仿说的首创人。[①]对此，我的看法略有不同。诚然，柏拉图的确说过：画家画的床是木匠制作的床的摹仿，木匠造的床则是床之所以为床的"理式"的摹仿。柏拉图虽然也用了"摹仿"这个词语，但是，在他看来，文艺并不是生动可感的大千世界的反映，相反，在他看来，文艺是"理式"的外化。"理式"正是对床之所以为床、事物之所以为该事物的一种认识。认为文艺来自于"理式"也就是认为文艺来自于人的精神。对于这一点，新柏拉图主义的创始人普罗提诺说得很清楚。普罗提诺说：由艺术加工而造成形式美的石头之所以美，"是由于艺术所放进去的理式"，"这种理式不是石头的自然物质原有的，而是在进入石头之前早已存在于那构思者的心灵中"的。[①]

---

① *The Mirror and the Lamp*：*Romantic Theory and the Critical Tradition*, by M. H. Abrams, 1981 年美国重印本，第 8、30 页。

从摹仿说的基本主张——文艺是生动可感的外部世界的反映和表现说的基本观点——文艺是诗人的精神、思想、情感、人格的外化这一根本区别来看，我们将柏拉图文论视为表现说的源头是有道理的（更何况柏拉图的"迷狂"论，还突出强调了作家的灵感和激情于艺术创作的特殊意义）。

此后，具有表现说性质的柏拉图的理论传统不仅体现在罗马时代的重要文论《论崇高》之中，而且主宰了长达1000年的中世纪。在中世纪，占主导地位的是圣·奥古斯丁、圣·托马斯·阿奎那等为代表的神学家的文论。他们都认为："各种艺术并不只是抄袭肉眼可见的事物"，"艺术起源于人的心灵。"

到了近代，18世纪末19世纪初，以华兹华斯、柯勒律治为代表的一批诗论家们，不仅明确提出"所有的好诗都是澎湃激情的自然倾泻"，而且还进一步阐明："人的头脑是一切智慧之光的焦点，正是这些智慧之光遍布于自然的形象上"，才能形成艺术作品，②并进而研究了诗人神奇的创造力——艺术想象的特点和内在机制。

更为有趣的是，现实主义小说大师列夫·托尔斯泰（1828—1910），就常理想来，他应是摹仿说的倡导者了。但事实是，他在经过15年（1883—1898）深思熟虑之后才完成的、总结自己近50年创作经验的理论著作——《什么是艺术》中，却对艺术作了如下界说："人们用语言互相传达自己的思想，而人们用艺术互相传达自己的感情"，"作者所体验过的感情感染了观众或听众，这就是艺术"，"在自己心里唤起曾经一度体验过的感情，在唤起这种感情之后，用动作、线条、色彩、声音以及言词所表达的形象来传达出这种感情，使别人也能体会到这同样的感情——这就是艺术活动。"③

进入20世纪后，有克罗齐、科林伍德为代表的基于近代是"精神终于意识到自身的时代"的认识而提出的艺术表现论；有将文艺表现对象集中于心灵和理念的象征主义文论；有将文艺表现领域扩大到潜意识和集体无意识的心理

---

① 普罗提诺：《九章集》，第1卷，见《缪灵珠美学译文集》，中国人民大学出版社1987年版，第250页。

② 柯勒律治：《论诗或艺术》，第2卷，见 *Biograohia Literaria*（With his aesthetical essays），J·Shawcross 编，牛津大学出版社1965年版，第257—258页，本书作者译。

③ 列夫·托尔斯泰：《艺术论》，丰陈宝译，人民文学出版社1958年版，第45—47页。

分析论；还有力图将表现论和审美论结合、主张文艺是情感与形式的统一的苏珊·朗格的文艺符号论。

所以，就整体而论，说西方诗学是摹仿论，中国诗学是表现论，并不符合历史事实。事实是：西方和中国一样，也有源远流长的表现说的理论传统。

（三）

以上说明：无论从微观来看，还是从宏观来看，中西诗学具有一定的总体性趋向是不可否认的事实。而这显然又并不是偶然的。因为，作为诗学，无论是东方还是西方，学者们研究的毕竟都是文学，而且寻觅的又都是文学的规律。规律就不是个别现象的实录，也不应仅仅适用于狭窄的范围和地区。所以，中西学者的诗学研究，虽然各具特色，但由于都是对文学规律的探讨，从而在文学之所以为文学的共同主题上，其认识必然有不少相近或相通之处。特别是就对文学之所以为文学的总体认识而论，各个国家、各个民族在认识上的差异，就更可能呈现出的仅是一种同中有异或异中有同的情状，其间的相同或相通之点则更是必然的。所以，可以说，这种总体性正是诗学之所以为诗学的本体属性。

比较诗学不仅由于诗学的这种固有特性使其必然具有总体性趋向，从其所属学科——比较文学的特点来看，总体观念或者称之为全球视野，也是这门学科的精义和优势所在。

比较文学是"跨越国界和语言界限的文学比较"（钱钟书语），那么，国际性就是其基本品格。而作为一种严肃的学术研究，"比较"绝不是无意义、无目的地为比较而比较，绝不是停止于简单地排列出不同语种、不同国别文学的异同。至于比较的目的为何，自然，也可以通过不同文学的比较来考察不同国家和不同民族的社会历史、文化传统、民情风俗，或者是来说明文学现象的渊源、流变。但是，作为一种文学的比较研究，通过视野宽广的文学比较来认识文学自身的性质和规律，也必然是比较文学研究的一个重要内容。这就是说，在整个比较文学的研究中，探讨能够广泛涵盖文学现象的具有总体性的规律，就已经是比较文学的一个必然走向了。

　　至于"跨越国界和语言界限"的诗学比较，当然就更不能停留于简单地异同排列。如果没有总体诗学的观念，不能站在全球诗学的高度，比较者就既无法给各国的各种诗学理论定位，也无法对之做出高低、得失的评价。那么，也就是说，连比较也就无从进行了。所以，从比较诗学研究的要求出发，也可清楚地看出，法国学派坚持严格区分比较文学和总体文学的界限，是不利于比较文学的发展的。难怪卓有见识的韦勒克，早在1958年的国际比较文学学会第二届年会上就已指出：在比较文学和总体文学之间构筑一道人造的藩篱，是绝对行不通的。我国著名比较文学家钱钟书先生也早就说过："东海西海，心理犹同；南学北学，道术未裂。"①只是遗憾的是，这道"人造的藩篱"，直至今日也还未被完全拆除。以我国情况而论，有的学人至今也仍然坚持：比较文学"不同于总体文学"，它"不探讨全世界各民族文学共同存在的根本规律"。②

　　就比较诗学而论，在我们看来，不仅其间已包含总体诗学的观念，离此就不能进行诗学的比较，而且，我们似乎还可以说：总体诗学是比较诗学的更高学术层次的发展。这表现在：

　　明确地从总体诗学的观念出发研究比较诗学，就可自觉地去突破地域的局限（例如欧美中心论）而放眼全球，就可站在世界诗学的高度，高屋建瓴，总结出真正具有实践意义的理论贡献，并使各个国家和民族的建树，成为世界人民的共同财富。

　　总体诗学不仅不排斥民族特色，相反，失去了各具特色的个别，也就没有总体，只有胸怀整体，才能识别特色。而且，由于总体诗学坚持的总体性、系统性，就更易于防止和避免支离破碎地停于现象的生硬类比，而将表象的异同置于社会历史、文化背景、文学流变、诗学传统等整体链条之中予以审视，揭示出形成国别诗学特色的深层依据。

　　总体诗学还可综合运用各种已经出现的比较文学研究方法。由于它既需阐明具有重要意义的影响、互补、交汇等各种诗学间的关系，又要在横向比较

---

① 钱钟书：《谈艺录·序》，见《谈艺录》，中华书局1984年版，第1页。
② 《简明比较文学教程》，文津出版社1960年版，第4页。

中突出贡献更大的文论家、文论流派和更为重要的文论观点，从而在方法学上，就必然融合影响研究和平行研究为一体。

总体诗学也是世界正在成为一个密切关联的大市场的经济格局在文论上的反映和要求。各国的经济接轨对总体诗学的出现必然起着推动和促进的作用。

最后，还应特别提及的是，推进总体诗学的研究对中国学人有着更为特殊、更为重要的意义。

由于近代中国经济的后进和我国在相当长时期中的与世隔离，由于欧美中心论和欧美学人对我国的缺乏了解，由于汉语（特别是古汉语）对外国学人的高难度障碍，中国文学和诗学真正被纳入外国比较文学学者的视界，还仅仅是 20 世纪 80 年代以来的事。而且至今，中国诗学在有的外国学者心目中，也仍只是"潜科学"。因之，推进总体诗学的研究，就具有为中国诗学争得在世界诗学中应有地位的特殊意义。加之，中国学者在对西方语言的掌握和对西方文化及诗学的了解方面，远胜于西方学者对汉语的掌握及对中国文化的了解，那么，推进总体诗学研究的任务也就更多地落到了中国学者的肩上。可以预期，中国学者在总体诗学的研究中可能作出的贡献，在世界比较文学研究领域，将独具特色地占有一席难以匹敌的重要地位。

（发表于《漳州师院学报》1995 年第 1 期）

中西合璧，为我所用

——林语堂诗学话语论析

在林语堂五十余种中英文著作中①，直接表述诗学见解的篇幅并不多，但细读其散见的议论，则感其言颇能切近"诗心"，且明显具有取中西之璧为我所用的特色。在今天，仍不失其可资借鉴的意义。

以美为艺术之魂

林语堂在其《生活的艺术》一书的"自序"中写道："本书是一种私人的供状，供认我自己的思想和生活所得的经验……只想表现我个人的观点。"②就在这本书中，他坦诚地说："'为艺术而从事艺术'的口号，常受旁人的贬责，但我以为……不过是一个关于一切艺术创作的心理起源的无可争论的事实。"③

"为艺术而艺术"也就是为美而艺术，这是这一口号的提出者王尔德清

① 据林太乙《林语堂传》所列林语堂著作总目，计中文著作 11 种，英文著作 40 种。
② 林语堂：《生活的艺术》，见《林语堂经典名著》，第 3 卷，台湾金兰文化出版社 1986 年版，第 1 页。
③ 林语堂：《生活的艺术》，见《林语堂经典名著》，第 3 卷，第 348 页。

楚地说明过的。王尔德说："艺术完成了美的条件，也就是完成了一切条件。"①"为艺术而热爱艺术，你就有了所需要的一切。"②王尔德坚持此论的理由是：在这动荡和纷乱的年代，美的艺术是对生活的最好的慰藉；而且，献身于美并创造美的事物是一切伟大的文明民族的特征，否则，世间就是野蛮、愚蠢的了。同时，他把追求精神生活的优美、和谐置于生活的首位，并认为艺术就是优美、和谐的象征，是一项高尚的精神使命，是四季皆宜的乐趣，也是永恒的财富。林语堂认同王尔德的观点，认定"一切艺术创作的心理起源"都是来自人的求美的心理冲动，艺术是人的美学需求的产物。

如果说，林语堂赞同王尔德为美而艺术的口号，还是仅从艺术家创作心理动因的视角谈及了他关于艺术本质的见解，那么，他的艺术——自由的"游戏"说，则是其艺术本质观的更为全面的表述。

林语堂说："艺术是创造，也是消遣。这两个概念中，我以为以艺术为消遣，或以艺术为人类精神的一种游戏，是更为重要的。"③如若不承认艺术"自由而不受羁绊，只在自己而存在，则我们即无从了解艺术和它的要素"。④

将艺术喻为自由的"游戏"，并不是林语堂的发明。著名的德国美学家康德在论及艺术时就曾多次使用过这一比喻。康德称艺术"是一运用想象力提供慰乐的游戏"⑤，它在双重意义上都是"自由的"。因为，艺术创作和艺术欣赏都不是出于利害的考虑，不是来自强力的驱使，而是艺术活动本身就能实现"无目的地合目的性"，即艺术创作和艺术欣赏自身就能给人以美的享受——精神上的满足和愉悦。

我国学贯中西的著名国学大师王国维也说过："可爱玩而不可利用者，一切美术品之公性也……以吾人之玩其物也，无关于利用故，遂使吾人超出乎利害之范围外，而惝恍于缥缈宁静之域。"⑥王国维强调"以为利禄之途使然"，

---

① 王尔德：《英国的文艺复兴》，载美国世界图书公司纽约版《王尔德论文集》；译文见《唯美主义》，中国人民大学出版社1988年版，第94页。

② 王尔德：《英国的文艺复兴》，见《唯美主义》，中国人民大学出版社1988年版，第97页。

③ 林语堂：《生活的艺术》，见《林语堂经典名著》，第3卷，第347页。

④ 林语堂：《生活的艺术》，见《林语堂经典名著》，第3卷，第348页。

⑤ 康德：《判断力批判》，上卷，宗白华译，商务印书馆1964年版，第174页。

⑥ 王国维：《古雅之在美学上之位置》，见《王国维文学美学论著集》，北岳文艺出版社1988年版，第35页。

"绝非真正之文学"，而在精神生活上的美的需求，才是人区别于一切低级动物的标志。

康德和王国维的艺术"游戏"说，均旨在突出艺术的独立价值，认定艺术本身的美学意义就是它存在的理由。林语堂视艺术为自由的"游戏"，其真谛又何在呢？

林语堂说："游戏的特性，在于游戏都是出于无理由的，而且也决不能有理由。游戏本身就是理由。"[①]林语堂所说的"无理由"、"决不能有理由"，也就是康德关于审美判断基本特征的概括——"无目的地合目的性"这一著名论断中的"无目的"，即无审美意义之外的功利目的，求美本身就是艺术活动的目的。对此，林语堂自己实际上也是有过说明的。一方面，他认为，"只有在游戏精神能够维持时，艺术方不致于成为商业化"。他力图以艺术的审美本性去抵制艺术品异化为谋利的商品。另一方面，他看到"艺术不能藉刺刀强迫而产生"。他认识到，为了商业目的或受政治强力所迫，不可能产生真正的艺术，所以说艺术是自由的"游戏"，"艺术的灵魂是自由"的。

林语堂不仅像康德、王国维那样，用"游戏"来强调艺术摆脱外力强迫、为美而存在的独立价值，而且，他也像王尔德、王国维那样，要求人们以"游戏"——艺术为"神圣"。其着眼点也在于：艺术显现了人类和其他动物的区别，它是只有人类才可能、才需要的生活空间。

很清楚，从理论创新意义而言，难于说林语堂的上述见解有多大新贡献。只是，如果将林语堂的诗学话语置于诗学史的语境中，特别是参照康德、王国维在西、中诗学史上分别开创的艺术本质论——既不同于摹仿说、又不同于表现说的审美说（以艺术本身的独立价值为艺术本质），我们倒是易于透视林语堂分散表述的见解，更为准确地捕捉到，对于什么是艺术这一诗学话语的中心议题，林语堂的回答究竟是什么。

林语堂在文学方面有创新意义的贡献，正如许多学者已经论及的，是他在我国首倡幽默文学。他本人也以"幽默大师"闻名于世。而在这方面，我们也看到，他的艺术本质观正是他力倡幽默文学的一个重要动因，同时，他关

---

① 林语堂：《生活的艺术》，见《林语堂经典名著》，第 3 卷，第 348 页。

于幽默文学的具体论述，也明显表现了他以美为艺术之魂的价值取向。

诚然，林语堂之所以倡导幽默并成为"幽默大师"，是和当时的社会、政治、文化语境及他本人的人生态度有密切关系的。用林语堂自己的话来说："我写此项文章的艺术乃在发挥关于时局的理论，刚刚足够暗示我的思想和别人的意见，使不致流为虚声夺人，空洞无物，而只是礼教云云的谬论；但同时却饶有含蓄使不致身受牢狱之灾。"①但是同时，他力倡幽默，也是他认为文学就应"精雅一点，技巧一点"，即美一点的表现。

在林语堂看来，以幽默家的眼光去视世察物，必先另具只眼，不肯因循，落入窠臼，自然新颖。同时，幽默全无道学气味，而所谈未尝不涉及天地间至理，幽默也全无油腔滑调，没有小丑气味（林语堂批评西文幽默刊物，大都偏于粗鄙笑话，格调不高），它庄谐并出、活泼自然地畅谈社会与人生，使人读之不觉其矫揉造作。再则，"文学之中，品类多矣"，但"愈幽而愈雅，愈露而愈俗"，"愈幽愈默而愈妙"。所以幽默文学是"一种最高尚的精神消遣"，"以免生活太枯燥无聊"。

此外，再看林语堂对小品文的议论。他赞赏小品文取材广泛，具有"娓语式"独特笔调，亲切自然，而风格则或平淡，或奇峭，或清新，或放傲，因人而异。他要求小品文流露真情，表露意境，力求个人之言。这些话语也表现了他看重文学美学意义的思想倾向。

将林语堂以美为对艺术的第一要求的一系列诗学话语，放在林语堂生活时代的社会、历史环境中，说它不是最能服务于当时人民政治斗争需要的艺术理论，或许可以说是合乎实际的。但是，如若从艺术特质的揭示着眼，则应该承认林语堂是有见地的。而且，即使是以政治标准衡量，我们也应该容许并欢迎一切于政治无害、于人生多少有些助益的艺术和艺术论。如果对任何谈论艺术美的诗学话语都一概归入挞伐之列，恐怕就不能不说是过"左"了。

---

① 林太乙：《林语堂传》，中国戏剧出版社 1994 年版，第 79 页。

个性赋予作品以生命

林语堂极为赞赏李渔的以下观点："至于剿窃袭臼，嚼前人唾余，而谬谓舌花新发者，则不特自信其无，而海内名贤，亦尽知其不屑有也。"[①]他尊李渔在《闲情偶寄》中提出的"戒剿窃陈言"、"戒网罗旧集"为文学创作的金科玉律。坚持："一切艺术必须有它的个性"，文艺创作就应该是"别开生面"的；如果仅依傍他人，抄袭补凑，千篇一律，文学的生命终至于死亡。所以，"在文字著作中的唯一最重要的东西即是作者所特有的笔法和感情。"[②]这样，林语堂实际上是论及了文艺创作之所以为创作的一个至关重要的问题——独创性问题，并言明它于文艺是"唯一最重要的东西"。

如何才能具有独创性呢？纵观林语堂的有关论述，可以看到他着重是从作家和作品关系的角度探讨了这一论题。

在林语堂看来，文艺作品的个性，无非就是作品中所显露的作者的"性灵"。他有时又称"性灵"为"个性"或"心胸"。正是作者充满生命活力的"性灵"的灌注，才使作品成为"活物"——具有生命力。因为，"所谓文学的美和一切事物的美，大都有赖于变换和动作，并且以生活为基础。凡是活的东西都有变换和活动，而凡是有变换和活动的东西，自然也有美。"[③]而文学作品又怎样才能充分表现出"性灵"呢？这就要求作者，一方面，"自抒胸臆，发挥己见，有真喜，有真恶"[④]，"无拘无碍自由自在"地将己之个性表现于文学；另一方面，"于写景写情写事，取其自己见到之景，自己心头之情，自己领会之事"[⑤]，即"凡可引起会心之趣者，则可作为材料，反是则决不可"[⑥]。按照林语堂自己的解释，所谓"会心"，就是作者自己"觉湛然有味"的感触。

林语堂的这些主张，不仅与李贽的"童心"说、袁中郎的"真文"论一脉相

① 林语堂：《记性灵》，《宇宙风》，第 11 期，1936 年 2 月 16 日出版。
② 林语堂：《生活的艺术》，见《林语堂经典名著》，第 3 卷，第 355 页。
③ 林语堂：《生活的艺术》，见《林语堂经典名著》，第 3 卷，第 375 页。
④ 林语堂：《记性灵》，《宇宙风》，第 11 期，1936 年 2 月 16 日出版。
⑤ 林语堂：《记性灵》，《宇宙风》，第 11 期，1936 年 2 月 16 日出版。
⑥ 林语堂：《论文》，《论语》，第 15 期，1933 年 4 月 16 日出版。

承，而且显然和他赞同并译介过的克罗齐的表现论在精神上也是相通的。

克罗齐的"艺术即直觉即表现"说认为，就艺术家创作构思这一心理历程而言，创作构思起始于"印象"。克罗齐之所以说艺术构思是从印象这种心理事实开始，而不说从客观存在的物质事实开始，是因为他正确地认识到："艺术家们只能从曾经感动心灵的东西中取得灵感。"① 不管客观世界多么丰富，也无论社会生活中发生了多少事件，如果艺术家自己未受感动，毫无印象，那是无法获得创作灵感，写出成功的佳作来的。同时，克罗齐指出，在整个创作构思进程中，融杂多印象于一有机体的"审美综合"是最为重要的一个环节，而这一"审美综合"的心灵活动又是"来自情感，基于情感"的。

可以看出，林语堂的"性灵"论和克罗齐的"表现"说都极为重视审美主体在文学创作中的重要作用，并对艺术家进行审美创造的心灵特点进行了探究。对于创作思维的心理历程及其机制特色，克罗齐有着系统且颇具深度的理论贡献；林语堂则强调了真情实感于写作的重要（他的表述话语是：真喜、真恶与"会心"的材料的结合）。值得注意的是，林语堂的性灵论，还在诸多层面上避免了克罗齐"表现"说的明显的片面性。

集中精力于人的精神世界研究的克罗齐，往往忽视甚至割断创作构思这种精神活动和作家生活于其间的现实世界的连接。林语堂在说明文学的美来自作家的性灵灌注时，却没有忘记它是"以生活为基础"的。在提倡抒发作家自己的真喜、真恶时，他也看到"宇宙之生灭甚奇，人情之变幻甚奇……诚能取之，自成奇文"②。在论及作品独到风格时，他正确地指出："每样艺术创作，就是一特别作家特别时境的产物，前无古人，后无来者，虽使本人轮回复生，也决不能再做同一个性的文章。"③ 能够既从作家的独特性又从时代、环境的独特性来认识作品独特风格之所由，应该说其见解是有深度的。

同时，林语堂所说的个性也不是远离生活的玄虚之物。他说："这所谓'自我'或'个性'，乃是一束肢体肌肉、神经、理智、情感、学养、悟力、经验偏见

---

① 克罗齐：《美学原理》，朱光潜译，见《美学原理·美学纲要》，外国文学出版社1983年版，第61页。

② 林语堂：《记性灵》，《宇宙风》，第11期，1936年2月16日出版。

③ 林语堂：《新的文评·序言》，见《林语堂名著全集》，第13卷，东北师范大学出版社1994年版，第236页。

所组成。它一部分是天成的，而一部分是养成的。"①他要求作家注意于德性修养和艺术修养，并告诫说："人生总是复杂的，应该引起我们的'知欲'的方面太多了，文学著作之成功，也是复杂的，应该修养观察之处也太多了。"②不过，也需指出，林语堂所理解的"生活"往往不包括人民的政治斗争生活。他在正确地反对将一切文学现象都简单地贴上政治标签、以"宣传口号包括一切文学"的同时，也明显地表现出对人民政治斗争的反感，甚至一定程度厌恶的情绪。

为了阐明艺术的独立自主性，克罗齐提出了心灵活动"四度"（直觉—概念—效用—道德）说，将艺术（"直觉"）视为与概念全无关系的一种独立的精神活动，认为艺术构思是绝对"不杂概念"的，甚至说"一产生出思考和判断，艺术就消散，就死去"。林语堂却不将情与志、形象的直觉与理性的概念绝对对立，相反，他主张"言以达志"，他认为，"世理既通，运理既沏，见解愈深"，文章"则愈卓大坚实"③。

在"形"与"神"的关系问题上，克罗齐将声音、线条、颜色及其组合等艺术媒介视为"物理的事实"，不承认艺术的物化形式是艺术作品（审美的作品）的不可分割的一部分。林语堂虽然赞同克罗齐的信徒斯宾加恩的观点：艺术是"某时某地某作家具某种艺术宗旨的一种心境的表现"，并指出："凡人不在思想性灵上下功夫，要来学起、承、转、伏，做文人，必是徒劳无补。"④但是同时，林语堂并不否认艺术物化形式的重要。他认识到，一切艺术都是有形之物，当然有一个形式和技巧的问题。所以，凡是艺术家都应精通技巧。在完美的作品中，个性是和技巧融合在一起的。林语堂也认识到，作文千变万化，犹如危崖幽谷、深潭浅涧，自成其曲折崭岩之美，不是明堂太庙营造法尺所可以绳范的东西，以定式陈规来机械地规范文学形式与技巧，是不可取的。不过，在此论题上，林语堂也有一些自相矛盾的说法。例如他也说过："世上无所谓写作的技巧"，"写作技巧之于文学，正如教条之于教派——都是性情琐

---

① 林语堂:《生活的艺术》，见《林语堂经典名著》，第3卷，第371页。
② 林语堂:《猫与文学》，见《宇宙风》，第22期，1936年8月1日出版。
③ 林语堂:《论文》，见《论语》，第28期，1933年12月1日出版。
④ 林语堂:《文章无法》，见《论语》，第8期，1933年1月1日出版。

屑者顾及的小节。"①他批评金圣叹关于《水浒传》情节结构"一抑二抑、一结二结"等艺术分析是"如童生之学八股"，表现出对于叙事文学也需要巧具匠心的情节结构缺乏认识。

总之，我们认为，林语堂的"性灵"说并不是没有不足之处。但是，他对作家和作品的关系、艺术创作的独特风格等问题的议论，明显是有积极意义的。他的"性灵"说的确受到克罗齐"表现"说的深刻影响，但在诸多方面又避免了克罗齐的偏颇。如果像我国有的论者那样，将林语堂的"性灵"说归结为：视文学为个人心灵的产物，否定社会生活是文学创作的源泉，否定文学创作与社会生活的联系，从而予以全盘否定，恐怕是不够公允的。而且，从主要方面来看，我们认为，"性灵"说作为林语堂主要的创作论，其要义倒是在于：以文学需独创为理论基石，以作家与作品的关系为切入视角，较好地阐明了唯有作家的独特个性才能赋予作品以鲜活的生命。

中西合璧的话语特色

林语堂自己说："我并不是在创作。我所表现的观念早由许多中西思想家再三思虑过，表现过……但它们总是我的观念；它们已经变成自我的一部分。它们所以能在我的生命里生根，是因为它们表现出一些我自己所创造出来的东西。"②这一自白也道出了他诗学话语的特色。

林语堂赞赏"为艺术而从事艺术"的口号，但他认同的是王尔德对艺术的特质的认识。与之同时，他却清醒地扬弃了王尔德以形式为艺术唯一的"最高的法则"、形式"本身便是目的"等形式至上的主张。并且，反其道而行之，尊重孟子"言以达志"的理论，认为"文学的美处，不过是达意罢了"。对于孔孟，他取其"言志"、"达意"的诗论，但认为如文学像儒学者们那样"板起面孔"说教，则"中国诗文不知要枯燥到如何，中国人的心灵，不知要苦闷到如何"。

林语堂的"性灵"文学论，得益于老庄的启迪，并直接参考了李贽和公安

---

① 林语堂：《生活的艺术》，见《林语堂经典名著》，第3卷，第366页。
② 林语堂：《生活的艺术》，见《林语堂经典名著》，第3卷，第2页。

三袁的理论（李贽在《童心说》中说："童心者真心也"，"天下之至文，未有不出于童心焉者也。"袁中郎在《答李元善》中说："文章新奇，无定格式，只要发人所不能发，句法字法调法——从自己胸中流出，此新奇也"）。同时，他又借鉴了歌德以来的西方浪漫主义文学的创作精神和克罗齐、斯宾加恩的表现论，使他能将我国古已有之但晦涩玄虚的概念"性灵"界说为"个性"，并以文学必须独创为理论基石，以作家与作品关系为切入视角，建构了他的文学"个性"论，使"性灵"说具有了比较科学的理论色彩。

林语堂议论幽默的主要著作《论幽默》，明显受到梅瑞狄斯的《喜剧的观念及其精神的效用》的启发，作为诗学术语的"幽默"，也是林语堂从西方引进的。正是由于他的引进，改变了"幽默"原来在汉语中意为幽静、默然的词义内涵。但是，即使是对"幽默"这一诗学术语的认识，林语堂也不是完全搬用或照抄西方话语。梅瑞狄斯的论文，着重议论的是喜剧的社会意义及必然长期存在的理由。仅是在论及喜剧标准时，论道：其标准是看它能否引起含蓄思想的笑。林语堂受其启发，在自己生活经验和文化积淀的基础上，创造了自己的"幽默"话语。在林语堂的诗学话语中，"幽默"不仅限于喜剧，而是将之所含的喜剧精神广泛运用于一切文体之中。"幽默"也不仅是一种庄谐并出、清淡自然的笔调，而且意味着具有"独特之见解及人生之观察"和超远、达观的人生态度。同时，林语堂更从"幽默"的美学要义出发，尊奉具有高度艺术魅力的庄子的著作为"中国之幽默始祖"，并认为"宋之平话，元之戏曲，明之传奇，清之小说，何处没有幽默"？这样，他对西方幽默术语及幽默理论的引进，就是一次以他自己主体思想为轴心的中西诗学的对话——中西的贯通、互补和在此基础上的重构。

林语堂的视野广及中西古今，并能灵活自如地运用比较研究的方法。而这比较和对话又是以林语堂的"我的观念"为中轴的。林语堂自己始终立于中心地位，驾驭对话，消化中西思想家们的观念，甚至按自己的意愿来解读中西前人的论述（这本来就是不可避免的，只要有理有据，就是合理的"误读"，是应该容许的，因为接受者本来就是文本创造的参与者之一），使其变成自我的一部分，使之服务于自己的思索和创造。这种广取和融合中西之璧为我所用的研究方法，是林语堂在诗学话语建构方面有所贡献的重要原因之一。从方法学的角度看，也给人们以有益的启示。

（发表于《漳州师范学院学报》2000 年第 2 期）

第三编

文化诗学研究

文化诗学的诗学新意

（一）

美国当代著名的思想家和文学、文化批评家弗·杰姆逊认为，后现代主义之后将是"新历史主义"登上文学和文化研究的前台。而在美国文学与文化研究中第一个被称为"新历史主义"学者的斯蒂芬·格仁布莱特(Stephen Greenblatt)自己则专门撰写了《走向文化诗学》的论文，将"新历史主义"正名为"文化诗学"，并阐述了自己所持的理由。在英国，伯明翰大学的当代文化研究中心，对艺术文化学的研究颇有实绩。在苏联，从20世纪50年代开始，就有了"艺术文化学"的提法，并出现了一批着力于研究文化系统中的艺术的学者。70—80年代的西方，更有一系列的研究文学与文化的关系及从文化视角研究文学的专著和论文相继问世。诸如欧文·豪的《临界点：论文学与文化》(1973)、弗莱的《论文化与文学》(1978)以及论文集《英国文艺复兴新论》[①](1988)、《新历史主义》(1989)等。

我国20世纪80年代以来，已有不少学者注意于文化视角的文学研究。例如，北京大学比较文学研究所更名为比较文学与比较文化研究所；翻译出版

---

① 此书英文原名：*Representing the English Renaissance*，笔者参照其内容作了如是翻译。

《当代西方艺术文化学》（1988）；举办从文化视角撰写文学史的学术研讨会；出版专著《文化建构文学史纲（中唐—北宋）》（林继中著，1993 年版）等。最近，更有学者在刊物上发表论文，旗帜鲜明地倡导"文化诗学"。

尽管学者们各自理解的"文化诗学"的肌质、意义、学术空间及研究方法等具体内涵还不尽相同，但这一在总的倾向上大体一致的学术方向，在 80 年代以来的中外文坛上，确乎已呈现出一派生机勃勃、光彩照人的新景观。笔者作为"文化诗学"这一理论命题的赞同者，愿简要地阐明自己的有关认识，以就教于同行，是为本文的旨趣所在。

（二）

我国学人长期习惯于说，作为上层建筑意识形态之一的文学，受制约于经济基础。然而，在文学与经济基础之间，有一个包容复杂、空间广漠的宏大中介，那就是文化。由于对这一中介的忽视或重视不足，由于对作为中介的文化的历史承传性、中外交融性、相对稳定性、构成复杂性缺乏认识，使得我们对于我们自己——人的认识，对于人学——文学的认识，对于文学与经济、政治关系的认识，都曾出现过简单化的弊端，以致造成文学理论、批评及创作事业的多方面的偏颇和曲折。这已是我们中国学人深有体验的教训。

早在 1890 年，恩格斯在谈及经济对哲学和文学等领域的影响时就曾说过："经济在这里并不重新创造出任何东西，但是它决定着现有思想资料的改变和进一步发展的方式，而且这一作用多半也是间接发生的，而对哲学发生最大的直接影响的，则是政治的、法律的和道德的反映。"[①] 政治、法律、道德都属于文化范畴。

对于文学来说，无论是创作、鉴赏或理论批评，都直接受制于作者的文化心态，特别是作为文化心态内涵之一的审美观念。社会物质生活首先作用于人的精神旨趣、情感意向、美学取舍，然后才能作用于文学创作、欣赏与理论批

---

① 《恩格斯致康·施米特》，见《马克思恩格斯选集》第 4 卷，人民出版社 1972 年版，第 485—486 页。

评。所以，把视线投向文化系统，就正确揭示了社会与文学联系的纽带。而文化诗学正是以文学与文化系统的关系为中轴来建构自己的理论网络的。可以说，将理论思考聚焦于文学与文化系统的关系上，正是文化诗学突出的理论特色。

同时，文化诗学，作为 20 世纪末期登上文坛前台的一个文论流派，其所理解的文化，吸取了 20 世纪诸多文化学分支学科的丰富的研究成果，包容了新的文化内涵，从而使自己也带上了 20 世纪的诗学新意。

人类进入 20 世纪以来，属于文化学分支的众多领域的学术研究，纷纷取得长足的进展。人们对于文化本体的认识、对于因能创造文化而区别于一般动物的人的认识，都更为深化了。

奥地利心理学家弗洛伊德的心理动力说更加注意了长期被忽视的、出于本能欲望的潜意识领域。特别是他将共存于人的精神之中的"本我"、"自我"、"超我"视为一种动态组合的结构，并说明正是这三种因素的相互作用、相互影响、相互冲突、相互消长，才构成了人的精神统一体，从而揭示出人既是生物的人，也是理性的人，又是社会道德的人，是一个错综复杂的集合体，而且，其精神领域具有动态变化的特征。瑞士心理学家荣格更阐明"无意识是一个巨大的历史仓库"，它是在广阔的历史范围中经长期文化积淀而形成的人们共同的心理基础。

德国哲学家卡西尔建立了著名的符号哲学体系。他阐明人运用符号创造了语言、神话、宗教、艺术、科学、历史等文化样式，并因此使人和其他动物区别开来，从而突出了符号于人及人创造文化的非同一般的意义。索绪尔对语言符号的能指与所指两个侧面的精细分析，解构主义学者们对于能指与所指结合的不稳定性的突出强调，使人们进一步认识到文化本身的多义性、复杂性及变易性。

伽达默尔的新解释学视人的理解活动为人存在的基本模式，并论证：历史性是人类生存的基本事实。由于历史的特殊性和局限性，必然产生偏见，或称特殊的视界。多存在于文本形式中的文化，在文本被撰写时，撰写者必有自己的偏见，即受到历史时代、周围环境、文化积淀等诸多因素的制约和影响，不可能是其反映对象的绝对本真的复制。同时，同时代或后代的接受者又带上了自己的偏见。因之，可以说，文化正是存在于过去的视界和现在的视界的动态融合之中。

法国哲学家福柯的权力话语论阐明：话语是人类活动的一个基本范畴，而一切话语都自觉不自觉地受权力意志的支配。权力不仅指国家机器等有形权力，它更多的是一定时代的社会习俗、教育训练、道德规范、理性常规、政治或学术权威建构的流行学说等等构成的无形的文化网络。任何个人的思想和言行都必然服从这一文化网络（或曰知识权力）的规范和限制。

从20世纪有诸多发展的文化观来认识作为文化多个扇面之一的文学，自然就易于避免文学研究中各种形而上学的线形思维模式，易于多视角、多层次、全方位地揭示文学的本质特征及其思想内涵的丰富性、美学结构的深邃性、接受者审美创造的重要性等等。所以，我们以为，从20世纪发展了的新的文化观出发来认识和研究文学，是文化诗学的又一个重要的理论特色。

当然，20世纪出现的各种文化观点，包括有的学者关于文化诗学的具体主张，我们又并不是都持认同态度的。例如，西方有的文化诗学倡导者视社会制度和社会实践均是文化功能的表现，忽视文化系统与社会经济的联系；有的学者似乎将整个社会缩小为文化，又将文化缩小为文本；有的学者仅强调文化各个扇面的文本共有的文本性，忽视各个扇面文本各具的特殊性；有的学者在强调文本的文本性的同时，走向了虚无主义和不可知论的文本观。这些都是我们难于认同的。我们主张的文化诗学，在强调文化系统和文学的直接关系及文化系统的丰富性、复杂性的同时，仍然坚持经济是一切社会现象的根基和最终决定因素；对于20世纪出现的各种文化观点，我们认为，应该实事求是，具体分析，只将那些可以认同的部分应用于文学研究之中。

（三）

文化诗学以其独具的理论特色，必将既从广度也从深度上拓展文学研究的学术空间，提高文学研究的学术质量和文学创作的艺术质量。

在欧美文坛上，专注于文本美学分析的"新批评"，失去如20世纪30—50年代那样的独占鳌头的地位以后，欧美文坛呈现出多元并举、众花齐放的景象。我国近 20 年来，也出现了从众多视角研究文学的可喜局面。例如，心理分析学派从文化的一个门类——心理学切入文学研究；女性主义文学流派着重从女性独特的文化心态、文化要求、文化理想的角度进入文学创作及文学理论与批评领域。这些学派分别将突破口置于文学与心理学、文学与人类学、文学与语言学……的交叉点上。它们的劳作与建树富有说服力地表明：从事文学与其他文化扇面的跨学科研究，是文学研究的一个广阔的学术空间。

同时，文化诗学的学术视野不仅是跨学科的，也是跨文化的。随着世界经济逐渐走向一体化，随着地球上的人们因新科技运用而缩小彼此间的距离，不同国度、不同民族人们之间思想文化的碰撞、交流、互补成为一股强劲的时代大潮。体现于文学领域，以跨民族、跨文化、跨语言的文学研究为己任的比较文学在中外文坛都成为一门显学。不同民族的文学既有同是文学的共性，又具有不同文化传统形成的异质性。文化诗学注意于各民族异质的文化系统，并注意在整个文化系统与文学的互动关系中去进行不同民族文学的比较研究，显然有利于扩大文学比较的视野，必将更为有效地促进相异民族文学的比较、交融和互补，从而有利于学人在贯通中外文学与文化的基础上，在自己民族文学的实践中，去建构和发展自己民族的新文学与新诗学。

在对文学史的科学研究方面，由于文学的发展、演变既受文化大系统的制约，服从整个文化系统演变、发展的共同规律，又具有相对独立的、属于自己的独特规律。只有同时注意到了这样两个方面并从两者的互动关系中去审视文学的演变和发展情况，才能真正认识文学的发展规律。我国一些文学史家已经从这一文化诗学的新视野拓展和深化了中国古代文学史的研究，在揭示文化如何内在地参与文学的建构及着手建立撰写文学史的新模式方面，做出了令人瞩目的成绩。

从作品来看，出现于作品中的艺术形象都是一定的文化精神和美学形式的水乳交融的结合体。即使是在艺术形式中，也是既渗透着文化的因子，也渗透着审美的因子，而且两者也是融于一炉的。例如，美国华裔作家谭恩美（Amy Tan，1952—）创作的《喜福会》（*The Joy Luck Club*）成为世界最畅销的小说之一，年轻的女作家本人也因之跻身于当今美国最知名的作家行列。从文化诗学的观点来看，其思想、艺术的成功，正在于作者对四对母女形象的描绘，深邃、动人地展示了中美两种异质文化的碰撞、冲突及其交汇、融合，在艺术形式上也交相辉映着来自中美两种文化的滋养与特色。特别是作为美国少数民族的华裔作家，她高扬了文化之根深植于中国的优势，将堪称"诗国"的中国的传统的审美情趣、优美的民间传说和中国古典小说的艺术描写手法，巧妙地融入自己小说的情节结构和语言风格之中，从而使作品既具有异质文化撞击心灵的震撼力量，又使小说具有诗画一般的艺术魅力。《喜福会》的创作和上述简要分析说明：文化诗学对于提高创作的艺术质量及深化文学形象美学分析的意义，也是不应忽视的。

（四）

文学作为艺术的文化，它与其他文化形式的共性，也是寓于其作为审美创造物的特殊性之中的。因之，就文学理论而言，对文学独特规律的研究，对文学与其他文化形式独具特色的连接关系的研究等，也是文化诗学不可或缺的内涵。相反，如果取消了对文学本身规律（包括艺术形式）的研究，文化诗学就不成其为诗学——文学学了。那么，在对文学本体艺术规律的研究方面，文化诗学是否具有某种新意？如有，其新意又何在呢？笔者以为，这主要表现在：文化诗学以文学与整个文化系统的互动、互融关系为其理论中轴，由此出发，它对文学独特规律的认识，就可能更为全面，就可能进入一个更深的层次。

例如，我国古代文论"诗言志"说。从《毛诗序》至刘勰、钟嵘、孔颖达、白居易直到清代叶燮、王夫之都是坚持情志并举的。情志并举是"诗言志"说的主流。如将之与华兹华斯等西方诗论者的表情论作一比较，我们看到，华兹华斯等诗论家着重强调的是诗人的澎湃激情于诗歌创作的重要性，有的论者还较片面地认为诗性语句仅仅是"凭情欲和恩爱的感触"造成的，在一定程度上将情与理对立了起来。而我国的"诗言志"说，如刘勰的议论，他认为是"志气""统其关键"。"志气"侧重于人的思想、志向、抱负。同时，刘勰又总是将情志并提（"人禀七情，应物斯感，感物吟志"；"必以情志为神明"），并将情置于首位（"夫神思方运，万涂竞萌，规矩虚位，刻镂无形，登山则情满于山，

233

观海则意滋于海"；"睹物兴情"；"物以情睹"）。从我们理解的文化诗学的观点来分析，正是因为刘勰既看到了诗与其他文化形式的共性——它们都是由"志""统其关键"的，又看到了"情"于诗的独特的重要性，因之，他的"诗言志"说比之于华兹华斯等论者的"表情说"，其对诗歌创作规律的认识就更为全面、更为深刻。正是因为即使是文学的独特规律，其间也渗入了文化——文学的母系统的某些性能，所以，文化诗学也有助于深入认识艺术的独特规律。

另一例证，我想举出严羽的"妙悟"论。严羽之所以提出"妙悟"的理论，显然受到了佛学的启发。佛典、佛经往往告诉人们：佛道由"心悟"，"诸佛妙理，非关文字"（慧能：《六祖坛经》）。诗创造的是一个完整的艺术境界，它也是仅停留于单个词语的字面意义所不能把握的；诗也不是依靠逻辑推理来论证，也要依靠欣赏者去领悟。严羽熟谙佛学，自然对他明确认识诗歌的上述特性是有帮助的。严羽借用出于佛典《肇论》中的"玄道在于妙悟"的"妙悟"，以之来概论学诗、写诗的基本思维方法，从而在揭示读诗、写诗的审美思维特征方面，做出了超越前人的成就。严羽建构"妙悟"论的事例生动说明：构成文化的诸多因子及对它们的学术研究是能互相启发、互相促进的，而这一启发、促进作用也表现在人们对文学独特规律的研究工作之中。

（五）

综上所述，我们理解的文化诗学，既强调文化系统对文学的直接影响作用，又坚持经济是一切社会现象的终极根基；既注意文化的丰富性、广漠性、复杂性及其与文学的互动、互融关系，又坚持文学作为艺术的相对独立性。它敞开心扉，广取各种文化新说，但又扬弃其间的偏激之见。它将视野投向跨学科、跨文化研究，也努力于诗学理论本身的探讨，更重视将文化诗学的理论与文学批评、文学史研究和文学创作实践相结合。它既是文学研究方法的改进，更是文学理论思维的升华。

（发表于《文艺理论研究》2000 年第 2 期；中国人民大学书报
资料中心全文复印于复印报刊资料《文艺理论》2000 年第 8 期）

评美国学人的文化诗学论

多音齐鸣的杂色乐章

1982 年，美国加州大学伯克莱分校英文系教授斯蒂芬·格仁布莱特（Stephen Greenblatt）应《文类》（*Genre*）杂志之约，编选一本研究文艺复兴时期的文学和文化的论文集。在论文集的"前言"中，格仁布莱特指出，收入该集的论文表现了一种新的学术动向，他将之称为"新历史主义"。出乎预料，两三年后，谈论"新历史主义"竟成为学术界的一个热门话题。有的文章论证它，有的文章攻击它，在大学里，有的学位论文也以它为研究课题。事态的发展要求这位"新历史主义"的、位居首席的代表人物，对于自己和同行们所做的工作，做出进一步的理论说明。也许正是为了回答学界的这种期待，格仁布莱特于 1986 年 9 月在澳大利亚西部大学作了一次"走向文化诗学"（Towards a Poetics of Culture）的讲演。讲演的文本，经稍作修改后于 1987 年发表于纽约哥伦比亚大学出版的一部论文集中。在此，格仁布莱特实际上是将"新历史主义"正名为"文化诗学"。后一术语得到他的同行和学界不少人士的认同，认为更贴切于他们的学术观点和学术实践。

就在上述讲演中，格仁布莱特明确地说："新历史主义"（或"文化诗学"）"是一种实践，而不是一种学说（doctrine）"。他还特别强调："就我所能说的

（我应该是清楚实情的人）是：它全然没有学说。"①

的确，当代美国的文化诗学这一学术动向，首先是表现在一批学者的文学批评实践活动之中，特别是呈现于对英国文艺复兴时期的文学的研究活动中。而且，正如文化诗学的另一位重要的代表人物路易斯·蒙特洛斯（Louis A. Montrose）所说："各种各样的、被视为新历史主义的实践活动，并没有集结出一个系统的、具有权威性的解释文艺复兴文本的范型，且这种范型似乎还不是可能出现和被希望出现的。"②在被他们自己或被视为是新历史主义学者的研究实践中，观点、意见差异明显，相互间的争论和批评也屡见不鲜，而且他们中的许多人并不愿意赋予自己的批评实践以理论色彩，使之具有理论的明晰性。

也许正是这种实际情况形成的必然结果吧，美国学界对它的界说也是众说纷纭的。有的学者从它坚持无所不在的斗争是历史的动力这一点出发，半信半疑地说它是依附于马克思主义的一种学说；而自称是马克思主义的学者们又指责它逃避政治承诺和历时性分析，难于被承认为真正的历史主义者。有的学者认为新历史主义和女性主义关注之点相通，而有的学者又恰恰批评它对于区分性别特征的理论抱有深深的敌意。一些学者说他是社会学的批评，而有的学者又认为它是新实用主义的同盟者。如此等等。可见，无论是来自内部的声音或者是外部对它的评说，均显现为一种多重话语杂乱纷呈的局面。这种状况使得《新历史主义》一书的编者 H. 阿兰穆·威瑟教授欲对其旨趣进行归纳，也深感困难。它表明，作为一种明晰、系统的理论体系的"文化诗学"，在美国还处于正在建构或尚待建构的过程之中。不过，最先在世界举起"文化诗学"理论旗帜的美国学人，毕竟已在这一学术方向下，进行了多年的实践和相当的理论探讨。透过那多音齐鸣的杂色乐章，探讨其主要的精义所在和策略特色，想必是能对世界其他学人有所启迪的。本文拟尝试着对此提出笔者的一孔之见，以就教于学界同行。

---

① Stephen Greenblatt, Towards a Poetics of Culture, *The New Historicism*, edited by H. Aram Veeser, New York: Routledge, 1989, p. 1, 本书作者译。

② Louis A. Montrose, Professing the Renaissance: The Poetics and Politics of Culture, *The New Historicism*, p. 18-19, 本书作者译。

审视文学基点的位移

路易斯·蒙特洛斯在阐明包括他自己在内的文化诗学论者的理论的、方法的和政治的构想及其所蕴含的深刻意蕴时，写道：这些学者"将自己的工作集中于重新考虑(refiguring)典范的文艺复兴时期的文学和戏剧作品产生于其间的社会——文化领域；不仅将作品重新置于与别的文类及其他话语模式的关系之中，而且重新置于与同时代的社会制度、习俗和非话语的实践的关系之中"，"文化诗学……实际上是位移(reorient)了互文性的中轴，即以文化系统的共时性文本去取代那自足的文学史的历时性文本。"①

在文学研究中，将注视的中心放在社会文化领域，甚至将整个文化网络作为自己集中审视的对象，这对于在 20 世纪中期居于欧美文坛主流的形式主义的文论风尚，无疑是一种反拨和挑战。

俄国形式主义、英美新批评等形式主义文论家们集中注视的是文学文本本身的美学特异性，强调文学学的对象是研究文学之所以为文学的文学性。他们在探讨文学独特性方面的贡献是功不可没的。因为，对于任何事物的认识，正如马克思所说："一旦它们的特殊性被确定了，它们也就被解释明白了。"②尤其是当文学的独特性被哲学、政治、伦理等其他扇面湮没、甚至被取代的时候，学者们强调文学的独特性就更有必要了。而当美国文坛在 20 世纪相当长的岁月中，淡化了甚至驱逐了文学的社会、历史意义；或者是将文学特异性推到脱离社会、脱离文化共性的极端境地，将联系作品的社会时代背景和作家经历、思想研究文学视为"意图谬见"，将作品的社会反响、接受效果的研究视为"感受谬见"；或者是全盘搬用语言学理论，使文学研究沦为排列语法结构式的刻板工作；或者干脆舍弃任何确定意义，将文学文本作为随意嬉玩语言符号能指、所指游戏的场所……在这样的情势下，文化诗学论者们的反拨就确有补正

---

① Louis A. Montrose, Professing the Renaissance：The Poetics and Politics of Culture, *The New Historicism*, p. 17, 本书作者译。

② 马克思：《政治经济学批判·导言》，见《马克思恩格斯选集》第 2 卷，人民出版社 1972 年版，第 113 页。

文坛时弊的意义。而且，就文化诗学的一些主要代表人物而论，他们还明智地看到：对文学作品形式的研究和对文学历史的考察不仅不是相互对立，而且二者是密不可分的。他们宣称：文化诗学的研究兴趣和研究方法是同时包含了历史主义者和形式主义者的学术旨趣的。这样他们在补正前行者不足的同时，又吸取了形式主义文论家们的某些成果于自己的学术工作之中。

不过，显然，比之于形式主义文论家们，文化诗学论者们审视文学的基点表现了明显的位移。他们强调所有文学和批评都不可能独立于社会之外，如同其他社会实践一样，必然要陷入那产生它们的权力关系之中。他们旗帜鲜明地"反对那种流行的倾向，那种倾向认定和特许个别——无论是作家或者作品——脱离社会和文学背景而自成一个自足的统一体"。①他们首先关注的是文学隶属于其间的社会文化系统，着重研究的是共性——社会、文化系统中的个性——文学，着重考察一定时代的文学和它同时代的文化系统之间的关系，而不着重于历时的封闭自足的文学作品系列的关系。他们对文学的界说、对文学发展动因的认识，也是以文化系统为其出发点的。例如被学界视为文化诗学代表人物之一的海登·怀特（Hayden White）就对文学作了这样的界说："文学是文化生产和交换的具有相对自主性的媒介。一般说来，它的形式和功能的变化是随着文化系统的变化而变化的。"②

从整个西方文学理论发展史来看，就审视文学的基本点而论，有以社会为中心、以作者为中心、以作品为中心或以读者为中心等不同思路，在一定意义上，我们似乎可以说，文化诗学是向以社会为中心的视角的复归。不过，仔细看来，它与过去已有的以社会为中心的文论观点的相异之处却又是相当巨大的。比之于以经济因素为决定根基的文论，它们突出了文化系统的作用，在有些论者那里，甚至将文化的功能放在了社会首要的位置上。他们从根本上反对二元对立的思维模式，反对绝对的非此即彼，反对绝对的一者为决定者、一者为从属的思维方法。同时，他们广泛吸收了多种文化新论，明显表现出西方20世纪诗学向语言论转向（linguistic turn）的突出特点，其对社会、历史、文化本

---

① Louis A. Montrose, Professing the Renaissance: The Poetics and Politics of Culture, *The New Historicism*, p. 18, 本书作者译。

② Hayden White, New Historicism: A Comment, *The New Historicism*, p. 301, 本书作者译。

体的认识，与过去曾出现过的以社会为中心的文论观点，也大不相同了。

恒动的历史观及社会与文学的互构说

蒙特洛斯明确地说：文化诗学论者们理解的历史与以往学者们对历史的理解有了一个明显的变化，那就是从单数的历史变成了复数的历史（from History to histories）。这句结论性的话语内涵意蕴何在呢？

首先，我们看到，文化诗学论者们强调：历史所具有的明显的特点就在于它充满着异质、矛盾、分裂和差异的多种力量。在对文艺复兴时期的英国文学的研究中，他们特别喜爱搜集一些社会政治生活中的平常事，特别是那些奇闻、轶事、零散插曲、偶然事件，以之揭示：并不存在一种固定的、一致的、共同的伊丽莎白世界的图画。也以之来说明，在伊丽莎白时代，在任何历史时期，即使是那占支配地位的物质力量、权力代表，也不是顽石般铁板一块的。在文化和意识形态领域，也是无时不存在这样的状况：保留着某些过去时代的残余，又同时出现某些新的因素，那些对立的或者是模棱两可、含糊不清的价值观及其对事物意义的理解，同时存在着，而且，就是在文化或观念、意识暂时呈现的某种稳定的形式中，持续的因素与变化的因素也在不停地交替着，那些分别属于支配地位或附属地位的部分总在不停地碰撞着。

从人类社会的细胞"自我"（subject）的性质及构成来看，文化诗学论者们认为，在人类社会中，任何"自我"，都是由语言和社会历史地构成的。"自我"本身就是一个变动着的自我化的过程：一方面，形成一个文化、意识的寓居处，一个行动发出者的个人；另一方面，将之置于一定位置，激发他产生出某种行为动机，限制他并使之成为自己的附属物的是社会、文化网络及其代码。这种社会、文化网络及其代码从根本上说是超出单个自我的控制，甚至是不为其所理解的。而社会网络正是在这众多的个人和团队的相互作用的社会实践中形成和变化着。单个的主体和聚集而成的结构持续地相互形成着。所以，自我和社会都处于不断构成与变化之中。

社会之所以处于不断构成与变化之中，还由于分析、认识社会的人是历史的人。他们必然从一定的历史、社会、文化习俗中形成的地位和观点去认识社会和历史。"历史"、"社会"、"真实"是经分析者重构的，自然也可以被挪用、被质疑、被变换。认识、分析者与被他们认识的"历史"、"社会真实"之间是一种对话关系，双方相互作用着。格仁布莱特在他1988年出版的著作《莎士比亚的商谈：文艺复兴时期英格兰社会能量的流通》一书中，开始的一句话就是："我怀着与死者说话的渴望开始这部书的写作。"①如何能与死者说话呢？格仁布莱特正是以此生动地说明：分析研究者对过去历史的研究是分析者与被分析者的对话。因为在文化诗学论者们看来，事实正如福柯所说：对于过去的建构不可避免地暗含于现今的权力及其统治结构之中，绝不可能是超然的。不可能客观地复原过去，而只能是从现在的视野中构造过去。因之，在这种意义上可以说，人们研究过去的历史也是在重组分析者自己的"真实"，它们是分析者自己的文本建构。也正是基于这种认识，蒙特洛斯写道："假若学识积极地建构和限制着研究对象，假若学者是处于一定历史地位来面对他所研究的对象，那么，随之而来的是：旧历史主义批评寻求去恢复的那种最终的绝对真实、正确、完整的意义是虚幻的。"②

从这种恒动的社会、历史观出发，文化诗学论者们视文学为一种语言和社会实践的不定的、论战的（agonistic）领域，而不是一些超历史存在的伟大人物或思想的静态的寓居处。关于文学与经济、社会的关系，他们不赞成单向的"摹仿"、"反映"说，认定其间是一种互动、互构的关系。

格仁布莱特的重要论文《走向文化诗学》，是为了从理论上阐明自己和其他文化诗学论者们的文学批评实践而撰写的，可以视作美国文化诗学的理论宣言。此文大部分篇幅在具体分析几个例证，表面看来，作为论文，较为松散，但通篇的例证和分析阐明的主题正是：文学与经济、社会间的这种互动、互构关系。

首先，他分析了政治人物罗纳德·里根总统和虚构的影片中的里根演员的关系。他指出，真实生活中的里根总统，似乎在很大程度上仍继续生活在电影

① Stephen Greenblatt, *Shakespearean Negotiations: The Circulation of Social Energy in Renaissance England*, BerKeley and Los Angeles: The University of California Press, 1988, p. 1.

② Louis A. Montrose, Professing the Renaissance: The Poetics and Politics of Culture, *The New Historicism*, p. 23, 本书作者译。

影片之中。在其政治生涯的紧要关头，他不止一次地引用他本人或其他通俗影片中的道白。反之，他在现实生活中的一些最具自发性的言行，例如当他言及第二次世界大战中盟军总攻日美军阵亡将士时，说道："我们在哪里才能找到这些将士呢？"又如1980年在新罕布什尔首场竞选辩论会上，他说："格林先生，我使用这只麦克风是付钱的。"不仅被录音保存，并被摄入影片之中。而这些话，人们最终发现，都是过去的影片中的道白。这些事实告诉我们，艺术与现实似乎进入了无差别的境地。但是同时，里根在援引影片中的道白时，是承认自己是在借助于审美虚构的话语的，就是说，是承认真实生活与艺术作品的区别的，而且他要求人们注意他的总统话语与他过去所参与的艺术虚构之间的区别。格仁布莱特以此阐明，艺术作品与真实生活、文学话语与生活话语之间的关系就是这样：其间区别的确立与消解往往同时发生着。

格仁布莱特还分析了加利福尼亚约塞米蒂国家公园中自然景观与人为景观的相互区别、相互统一、相互渗透的关系，也具体分析了小说《行刑者之歌》、书信集《野兽的肺腑之言》、剧本《野兽的肺腑之言》和真实生活中的罪犯与法庭审判文件、记录和情书之类的个人文件的关系以及这些文学作品又如何进入市场用来帮助推销汽车、洗衣粉和除臭剂，以及生活中的真实人物又是如何受到电影、小说的影响，并逐渐铸成了他们自己的行为规范。

这些表面看来行文松散的具体例证，其深意正在于从多方面说明：话语和物质范畴之间、文字和社会之间、文本和世界之间，其关系也是动态的、不稳定的，它们不停地互相影响，不停地互动、互构着。

基于上述认识，格仁布莱特论道："若把这一过程视为单向的——从社会话语到审美话语，将是一个错误。这不仅因为这里的审美话语已经完全和资本主义经济活动捆绑在一起，而且因为这里的社会话语也已充满着审美的活力。"[1]他认为，文艺批评中人们熟悉的术语：隐喻、象征、再现以及最为重要的摹仿等，虽有久长的历史，也有它出现的根由，但用它们来说明当代的和过去的文化现象，总感其力不胜任，不能贴切地表达其间的复杂关系。因之，他建议使用"流通"（circulation）、"商谈"（negotiation）、"交换"（exchange）等术

---

① Stephen Greenblatt, Towards a Poetics of Culture, *The New Historicism*, p. 11, 本书作者译。

语。使用这些术语的用意，也正是为了突出其间的"相互性"（reciprocity），突出文学与经济、社会的相互渗透，犬牙交错及其不停的互动、互构关系。

"文本性"与"历史性"相结合的文化观

一些西方学者在谈到 20 世纪 80 年代以来的西方文论动向时，往往论道：文学研究在这一时期有了一个突然的、几乎是全方位的转向——转向语言和转向历史、文化、社会、政治、习俗、阶级、性别状况，转向社会语境和物质基础。而对于美国倡导文化诗学的学人们来说，语言和社会历史并不是相互对立的。他们从卡西尔的符号学受到启发，强调语言符号不是外在地表现人类的实践和意识，而是内在于人类实践和意识中的、不可或缺的一部分，本身就是人类实践和意识的一种构成因素。他们认为德里达的解构主义的话语论，也可被视为是对语言在形成观念形态过程中的能动力量的清醒认识，是针对将语言仅仅视为本体性的、先在的、本质的、经验的存在的反映这种一贯看法而发出的、着重说明语言能动力量的议论。

由于对语言能动作用的重视，由于将语言视为经济、社会、意识的构成因素之一，对于文化，美国的文化诗学论者们特别突出了它的文本性。例如历史，他们认为，在下述意义上，人们可以说说"历史"是一种"文本"：那些已成为过去的事实，要能够被研究，必须借助于以前的文本。其文本的形式可以是各式各样的。可以是文件记录，有关人士的记述，或者历史学家对有关记录材料的研究。这些研究是基于他们之前出现的、被假定是对于事实本身真实再现的文本。因为，一个不容质疑的事实是：过去了的事实，无论是真实发生的，或者是相信它是真实发生的，都不可能被后来人直接感知。为了使它们能够继续成为被认识的对象，它们必须被人们叙述或描写成文本。而无论它们是哪种形式的文本，都必须运用自然的语言或技巧性的语言，这样，文本就必然是经过语言加工过的成品，而经过语言加工就必然渗入文本写作者对该事实的分析和解释。所以，人们不可能直接接近存活着的、完全而真正的历史。当然，文本流传下来的事实也不仅仅是偶然事件，它们至少部分地保留了复杂、微妙的社会存在及其消失过程的痕迹。在上述意义上，文化诗学论者们说"历史是一种文本"，并不是说这一界说是和其他的关于历史性质的叙述（例如说，阶级社会的历史是阶级斗争史等）不相容的，而是以这一界说告诉人们，在运用任何观点、方法进行历史研究时，需注意其所具有的文本性。

如果说强调"文本性"还主要是借鉴了后结构主义的语言论诗学的话，那么，着重说明文本的历史性，并将"历史的文本性"与"文本的历史性"结合起来阐释文化现象，则是文化诗学论者们作出的新贡献了。

显然，强调"文本性"意在使人们注意语言符号所指的多义性、不稳定性，因之文本的意义就不可能是单一的、绝对的。而"文本的历史性"则说明一切语言行为——说、写、解释，出自于历史、社会习俗、阶级、性别等条件形成的价值观念，它们是历史的人（historical subjects）的取舍和判断，是受社会、物质的决定和限制的。这样，他们就不同于将文本仅视为语言游戏的语言论诗学，而是在认同语言作为文化重要构成因素的同时，又着重强调了语言行为的社会历史根基，从而对文化特性的把握就更趋于全面了。

当然，从文化诗学论者们对文学文本的历史性的分析中，我们也看到，他们往往是精心搜罗一二轶事，质疑通行的认识，提出不同于惯常说法的关于文本历史语境的构想。例如，格仁布莱特对莎士比亚《第十二夜》中所描写的薇奥拉女扮男装的分析。[①]他以两则鲜为人们注意的轶事为论据，认定这一描写是文艺复兴时期人们希望实现性别变换或两性同体这种社会意识的表现。这种建基于一般人忽略的轶闻趣事基础上的历史语境的重构，一方面也许具有将边缘推向中心、质疑主流文化的意义，但另一方面，以如此方略建构的历史语境，是否就是历史的主要面貌及历史的必然性的揭示呢？未免也使人产生疑虑。

美国文化诗学论者们除了强调文化的文本性之外，也高度关注文化各扇面文本之间的互文性（inter-textuality）。

虽然美国文化诗学的代表人物也是承认文化系统中各个文化扇面的相对独立性的，但是，在实际研究工作中，他们更多的是研究和论述了文化不同

---

① Stephen Greenblatt, *Shakespearean Negotiations: The Circulation of Social Energy in Renaissance England.*

扇面的文本的互文性，而且，正如他们明确说明的那样，以文化系统共时的文本研究去取代封闭自足的文学作品的历时的文本研究，正是他们的理论基点之一。

例如海登·怀特就撰写了长篇论文《作为文学加工品的历史文本》（*The Historical Text as Literary Artifact*），着重探讨历史文本中的文学因素。

怀特并没有否认亚里士多德已经指出的文学和历史的基本区别。他承认历史也可以同文学相对立，因为，历史对发生过的或相信是发生过的具体事物感兴趣，而不是对"可能性"感兴趣，"可能性"则是文学表述的对象。但怀特要求人们同时看到：历史学家把单个的事件组合成事态发展的开头、中间和结尾，这个历史文本却并不是历史学家自始至终记录到底发生了什么的"实在"或"真实"。

任何历史文本都是复杂的叙事结构。第一，即使该文本是按时间顺序排列事件的，历史学家也需勾画或形容事件的特征，使事件呈现出意义；在对事件的编织上，也会省略某些事件或突出某些事件，使之作为整个事件系列的原因或某一故事的情节结构的象征，这本身就具有了阐释的意义。第二，历史学家在完成自己写作的、作为一个复杂的叙事结构的历史文本时，必须使用语言。那些叙述或描写必然是语言的凝聚、替换、象征等一系列语言的加工。为了使数据产生意义，把陌生转为熟悉，使神秘的过去能为现代人所理解，必然使用比喻语言。同时，历史学家必须把一个事件放进一个语境里，将事件作为个别或部分同整体连接起来，那就必然用转喻（metonymy）和提喻（synecdoche）。第三，历史文本不仅是罗列事件，而是要呈现出这些事件所体现的关系网。关系网并不直接显现于具体的事件上，它存在于历史学家反思事件的脑海里，来自于历史学家所处的文化环境所显现的关系模式。这种关系模式存在于神话、寓言、民间故事等文艺作品及科学知识、宗教教义等等之中。历史学家脑海里的关系模式是受了其他文化扇面（包括文学艺术）的影响而形成的。历史学家依靠语言，重新编排事件系列，呈现出事件的关系网，这种叙述和描写就已构成了对事件本质的解释。所以，可以说，历史文本是一种散文话语系列，是一种综合形式的阐释。历史文本中作为阐释的虚构成分是显而易见的。

文化诗学论者们高度重视文化各扇面的相通性，这是必要的，有意义的。不过，我们也看到，有的论者在突出其共性时，有时也流露出某种忽视、甚至抹煞各文化扇面之间的特异性的倾向。例如在着重说明历史文本中存在的文学似的虚构成分时，怀特曾这样写道："历史不具备特有的主题；历史总是我们猜测过去也许是某种样子而使用的诗歌构筑的一部分。"[①]这就不仅忽视了历史和文学的基本区别，而且在这里，历史文本可以在主要方面反映具体的客观真实的可能性也被排除了，历史不过是人们"猜测"过去是某种样子的"诗歌构筑"——是如文学一般的虚构。

结束语：简要的总评

在文学研究中的社会、历史意识相当长时期地被淡化甚至被驱逐的美国文坛上，文化诗学论者们重新张扬了以下观点：文本的写作与阅读，它们之间的流通，被区分为不同范畴，有关它们的分析或教学，都受历史的制约；所有社会、文化现象，包括人的自我，均是文化系统、经济和物质环境、权力关系、社会习俗、种族、民族、性别关系等形成的。他们更为清楚地看到了文化网络的广漠性和复杂性，更为清楚地认识了文化系统在整个社会构成和运作中的意义，更加强调了权力话语对于一切文本（包括文学）的影响与渗透。但对经济因素是社会的决定性的根基，则没有加以突出的说明，有的论者还有将文化的重要性看得高于一切的倾向。

美国的文化诗学论者们反对单向决定论。无论是文化（包括，文学）与社会实践或经济的关系，还是文化各个扇面的关系，他们都强调相互流动、变化的永恒性和事物动态组合关系的复杂性，以及由于历史语境的制约作用而形成的不同历史时代、不同人们对事物认识的差异性。但是，对于事物在特定时间的主导方面并因此而决定的事物的性质，对于相对真理的可知性，则少有明确的肯定，不免给人们带来某种不可知论和相对主义的思想困惑。

---

① 海登·怀特：《作为文学虚构的历史文本》，见《新历史主义与文学批评》，张京媛译，北京大学出版社 1997 年版，第 177 页。

美国的文化诗学论明显表现了诗学的语言论转向这一 20 世纪后期西方诗学的突出特点。这些论者们吸收了语言论诗学的研究成果，高度重视文化的文本性。同时又突出地强调了文本的历史性，并将"历史的文本性"与"文本的历史性"结合起来阐释文化现象。这是他们重要的新贡献。对于同为文本的文化各扇面之间的相通性及互文性，他们也作了相当清楚的论证，但是，对其各自的特殊性，在有的论者那里，则不时表现出不够重视的倾向。尤其是作为"文化诗学"，文化系统中的"诗学"——文学学，似乎不是他们研究的主要兴趣所在。他们中的不少论者更多的是进行人类文化学的研究。如何从文化系统与文学的关系中去对文学作深层次的理论说明，并建构出系统的诗学体系，还是一个鲜有触及的课题。

美国的文化诗学论者们运用既吸收又间离的理论策略，广泛吸取了人类文化学、语言学、符号学、阐释学、权力话语论、西方马克思主义、解构主义、女性主义等现代理论成果，使自己的思想和议论表现了多元化和富于包容性的时代特色，但本体理论的整一性和独具的特色，还显得不够充分。

美国的文化诗学论者们将社会、文化动态组合的变易性、复杂性更鲜明地呈现在了世人的面前，他们也对一些长期惯有的文化及文学定见提出质疑，从而提出了不少当今时代的人们需要认真面对的理论命题。较多的理论命题的提出（尽管还未能清楚地回答它），也可以说是一种理论具有生命力和光明前景的良好征兆，因为它召唤世界学人，包括他们自己和我们中国人，去探讨，去解答。

（发表于《漳州师范学院学报》2001 年第 3 期）

文化诗学学理特色初探
——兼及我国第一次文化诗学学术研讨会

从全球看，是美国学人最先举起"文化诗学"的旗帜。不过，即使是美国文化诗学的首席代表斯蒂芬·格仁布莱特(Stephen Greenblatt)，在 1987 年发表的理论宣言《走向文化诗学》(*Towards a Poetics of culture*) 一文中也还只是说：文化诗学"是一种实践活动"。美国文化诗学另一位重要的代表人物路易斯·蒙特洛斯(Louis A. Montrose)在文化诗学的理论方面有较多的建树。他也指出：各种被视为从文化诗学视角研究文学的实践活动，尚未集结出一个系统的范型，也缺乏理论的明晰性。时至世纪之交的今日，无论是来自美国文化诗学学人们内部的声音或是美国学界对它的评说，均显现为一种多重话语杂乱纷呈的局面，其间观点差异明显，相互间的争论、批评也屡见不鲜。这表明，作为一种明晰、系统的理论体系的"文化诗学"，在最先举起这一理论旗帜的美国，也还处于正在建构或尚待建构的过程之中。

近年来，一些中国学人，在我国 20 世纪 80 年代以来已经盛行的文化研究的基础上，积极倡导"文化诗学"，并开始了关于"文化诗学"的理论探讨。在这经济走向全球化的时代，中国学人密切注视世界文化和文论动向，有所借鉴或受到某些启发，是自然的，也是有益的。"借鉴"与"启发"和"失语"无涉，因为它不是西方话语的简单搬用，而是中国学人在自己民族文化的根基上，希望通过融汇、整合中西文化成果来进行的一次理论探索与创造。而且，正因为学人们的视线广及中外，就更有可能使"文化诗学"这个文艺学的新兴学科，成为中国学人走向世界并为世界诗学作出贡献的学术空间。不过，就世界范围内关于"文化诗学"的理论建构而言，如果说，最先举起"文化诗学"旗帜的美国学人还处于众说纷纭的理论不成熟的阶段，那么，我们中国有关此一命题的理论工作，就更是仅有零星火花闪亮的开始起步或者准备起步的初创时期。

正是在上述这样的国内外学术形势下，由《文艺理论研究》编辑部、山东大学《文史哲》编辑部和福建省漳州师范学院联合发起，由漳州师范学院文化诗学研究所承办，由集美大学艺术教育学院协办，于 2000 年 11 月 24—27 日在漳州师范学院召开了我国第一次文化诗学学术研讨会。这是一次全国性、小规模、高层次的学术会议。会议的中心议题是：文化诗学的理论特色、学术空间和研究方法。

来自北京、上海、河北、山东、浙江、广东、湖南、江西、福建等省市的高校及科研机构的近 40 名学者出席了会议，其中 70% 左右为教授或研究员。提交会议的论文共 30 篇。因病而未能赴会的徐中玉先生和因事而未能赴会的胡经之等教授也致函会议组织者，表达了他们对此学术议题的极大兴趣和对会议圆满成功的美好祝愿。短短的三天相聚，很快过去了。与会学者们一致高度赞扬本次会议的开创意义，一致赞同与会的方平先生以"前途无量"四个字所表述的"文化诗学"的广阔学术前景，一致肯定相互切磋、研讨给各自的学术研究带来的巨大启发。

总观提交的论文和会上的发言，可以看到，与会学人们已经开始对"文化诗学"这一崭新的理论命题进行了多方面的思考，主要涉及：关于"文化"、关于"诗学"概念的内涵与外延；关于"文化诗学"的界定；关于文化诗学研究对象、学理建构、独特方法的初步设想；关于文化诗学的历史依据、现实基础及其与中国传统文化的关系；对于西方学人的文化诗学论的评价；从文化与文学关系的视角，探讨文化如何以其自身的建构，促成文学的演进，成为文学发展的驱动力；研究某些特定时代的某些文化现象与文学的关系；从文化语境出发品评文学作品，阐释作品的文化意蕴；以文化研究的思路和方法进行文章学的研究；等等。

下面，仅就文化诗学的学理特色这一问题，谈谈笔者个人的认识。

一个明显的事实是，在20世纪的文论领域，特别是在西方，科学主义文论的声势日盛一日，人本主义的文论意识渐渐淡化，甚至濒于销声匿迹。世纪初叶的俄国形式主义，30—50年代的英美新批评，虽然已经开始了文化的语言学转向，但他们并未抛弃文学是人的审美创造这一基本认识。他们仍视文学为双重意义里的审美创造活动（创作与欣赏均是审美创造）。他们主要是为了探究文学的审美特质而去研究语言形式和细读文本的。而到了结构主义，"语言"结构被视为先于人的"言语"的决定性的因素。其间已经蕴含了人们言说什么无关重要、语言自身的结构规律、结构体系才是高于一切的理念了。到了后结构主义，人的言语"所指"为何，就完全不被理睬了，文学似乎俨然就只是语言符号"能指"的无尽的"延宕"，进而，发出"言语"的人——作者自然也就干脆"死去"了。

20世纪80年代以来遍及中外的"文化热"以及"文化诗学"的倡导，不管论者们的主观动机及其具体见解有多大的差异与分歧，但就其实质而论，显然正是对这种日趋偏斜甚至走向绝对化的极端的科学主义文论的反驳。人们倡导文化诗学，强调观看文学的文化视角，可以说不言自明地高扬了人文主义的精神。何以这样说呢？

文化何义？《辞海》（1979年版）写道：文化，"从广义来说，指人类社会历史实践过程中所创造的物质财富和精神财富的总和。"在解释"文明"一词时，《辞海》又言：文明，"犹言文化。如：物质文明，精神文明。"这些解释是广义的文化说的代表。它将文化视为人所创造的精神文明、物质文明的总和。

著名的符号哲学家恩斯特·卡西尔在他的名著《人论》中，突出强调了符号系统对人的至关重要的意义。他阐明：除了在一切动物种属中都可看到的感受器系统和效应器系统以外，在人那里还可发现符号系统。"而语言、神话、艺术和宗教则是这个符号宇宙的各部分，它们是织成符号之网的不同丝线，是人类经验的交织之网。"[①]"正是这种人类活动的体系规定和划定了'人性'的

---

① 恩斯特·卡西尔：《人论》，甘阳译，上海译文出版社1985年版，第33页。

圆周。语言、神话、宗教、艺术、科学、历史，都是这个圆的组成部分和各个扇面。"①显然，卡西尔更为明确地说明了，正是人类创造的、由各个扇面构成的文化这一人类活动（非其他动物活动）的体系，这一符号宇宙，构成了人的突出特征，它是人与其他动物不同的标志。而人所具有的"人性"就正是由语言、神话、宗教、艺术、科学等文化扇面构成的。

可见，无论是对文化的广义解释或狭义解释，无论是中国的或外国的对文化之义的略有不同的表述，其互相认同之点，正如陈伯海先生的《中国文化之路》所说："文化即人化。"文化是人所创造的，无人，无从谈起文化；反之，无文化，人类也就不成其为人类了。对于这一共识，如果稍加引申，我们还可以说，在一定意义上"文化"与"人"简直是二而一的。当然，这里的"人"不是物体存在意义上的人，而主要是精神范畴的人。所以，我们认为，"文化诗学"在"诗学"前冠之以"文化"，首先在于突出这一理论的人文内核，或者说，在于表明：人文精神是文化诗学之魂。

反过来看，从另一方面讲，正因为这些学人坚持文学是人学，他们就必然提倡"文化诗学"，就必然要求将文学置于文化之中作整体研究，必然将文学研究的中轴设置在文学与整个文化系统的关系上。因为，正如卡西尔所指出："人性"何在？它存在于由文化的各个扇面共同组成的"圆周"上。如果不见"圆周"整体——文化，只见局部的点或线——文学，那么，就难于对"人性"以及展示人性的、作为人学的文学有一个更深入和更全面的认识了。

同时，尽管"文化诗学"这一理论术语是美国学人最先提出来的，但它对于我们中国学人来说，倾心于此论，可以说是我们民族长期文化积淀形成的文化基因使然。因为，自《诗三百》起始的中国古代文化，就充满了诗性精神，诗与文化的联系之紧密达到了整个文化被诗化的境界。从而，使我们中国传统文化和文论，和西方传统文化与文论相比较而言，就总体而论，显然带有更多的人文气息，而西方则更具科学色彩。所以，我们以为，坚持以人文精神为"文化诗学"之魂，也是对我们民族悠久文化和文论的优良传统的继承和发扬。

---

① 恩斯特·卡西尔：《人论》，甘阳译，上海译文出版社 1985 年版，第 87 页。

这样，按照我们的理解，以人文精神为内核，就构成了"文化诗学"的重要学理特色之一。

当然，"文化诗学"之所以要在诗学之前冠以"文化"，除了强调这一理论命题的人文精神和人文关怀之外，还由于它对文化与文学关系的特别关注和特有认识。这表现在：

第一，"文化诗学"视整个文化系统为文学与社会联系的纽带，从而正确揭示了文学与客观世界的连接关系。同时，它更充分地估量了文学与经济基础之间存在着的这一包容复杂、空间广漠的宏大中介——文化的重要地位，更清楚地看到了文化的历史传承性、中外交融性、相对稳定性和构成复杂性。

第二，"文化诗学"从广阔的文化视野出发来审视文学，运用丰富多彩、卓有建树的各个文化扇面的新理论、新方法来研究文学。它用以观察文学的文化理论广及精神分析学、符号学、阐释学、结构语言学、性别特征学等等，具有视野的开放性、方法学上的包容性和鲜明的当今时代的时代性。

第三，文化诗学的落脚点是诗学——文学学，是一种文学理论，而不是泛文化理论。它是一种主要以文化系统与文学的互融、互动、互构关系为中轴来审视文学的理论和研究文学的方法。正是由于视文化与文学是一种互动、互融、互构的关系，因之，从文化诗学的观点看来，文学的外部研究和内部研究，在主要方面可以相互区别，但是难于截然分割。因为，在作为子系统的文学的自身规律之中，也蕴含着某些母系统——文化的共同规律。例如，什么是文学？我们说，文学既是对一定客观现实的反映，又是作家情怀的表现，更是一种审美创造。除了最后一点是文艺区别于其他文化扇面的不同之点外，前面两条认识也适合于对其他文化扇面的界说。又如关于文艺创作的特殊思维——形象思维的内驱力，我们说激情是其主要的纽带和内驱力，但又不应将情与理绝对对立，又不能绝对排斥、否定理性认识、逻辑思维在其间的作用，而逻辑思维则是哲学、历史学、社会学等其他文化扇面主要的思维形式。再如对文艺作品的美学欣赏，我们看到，文艺欣赏主要是一种审美判断，但在人们面对具体的作品实际进行的审美活动中，辨别是非的逻辑判断、辨别善恶的伦理判断也必然或明显或潜在地发挥一定的作用。所以，如果能既充分重视文化各个扇面的基本区别，又在重视基本区别的同时看到：在文化各扇面的自身属性之中又是蕴含着某些文化的共性及各扇面之间的互文性的，既不因个性而否定共性和互文性，又不因共性和互文性而否定个性，而是从共性、个性既区别又联系的辩证观点出发去进行文学研究（包括外部研究和内部研究），则或许能使我们对文学的认识和研究更全面、更深化。

总之，我们清楚地看到，至目前为止，关于"文化诗学"的学理认识及体系建构，在中外均处于初探阶段。但是，它必将在学人们从不同角度、不同层面探讨、研究和相互切磋中不断深化，不断成熟。我国第一次文化诗学学术研讨会是一次群力攻关的好的开始。本文这一"初探"就更是抛砖引玉了。

（发表于《文史哲》2001 年第 3 期；中国人民大学书报资料中心全文复印于复印报刊资料《文艺理论》2001 年第 11 期）

建构中国学人的文化诗学话语
——我国第一次文化诗学会研讨问题述论

　　作为一种明晰、系统的理论体系的"文化诗学"在最先举起这一理论旗帜的美国，至今也还处于正在建构或尚待建构的过程之中。我国对于"文化诗学"的理论探讨，更是近年来才开始起步的工作。就在这样的国内外学术态势下，《文艺理论研究》编辑部、山东大学《文史哲》编辑部和福建省漳州师范学院联合发起，召开了我国第一次文化诗学学术研讨会。这是一次全国性、小规模、高层次的学术会议。中心议题是：文化诗学的理论特色、学术空间和研究方法。这次盛会由漳州师范学院文化诗学研究所承办，由集美大学艺术教育学院协办。会议于 2000 年 11 月 24—27 日在漳州师范学院逸夫楼隆重举行。

　　来自北京、上海、山东、河北、浙江、广东、湖南、江西、福建等省市的高校及科研机构的近 40 名学者出席了会议，提交会议的论文 30 篇。赠书两册。一为漳州师范学院院长林继中教授以文化诗学的新视野研究文学史的专著《文学史新视野》；一为漳州师范学院文化诗学研究所集体完成的，以探讨文化诗学的理论特色和从文化视角研究文学史及作家、作品为主要内容的论文集《走向文化诗学》。

　　共同的、浓烈的学术兴趣使会议自始至终紧张而热烈。与会学者们高度赞扬本次会议的开创意义，一致赞同与会的方平先生以"前途无量"四个字所表述的文化诗学的广阔学术前景。

总观与会学者提交的论文和会上的发言，可以看到，学人们已经开始对"文化诗学"这一崭新的理论命题进行了多方面的思考。这里仅以"建构中国学人的文化诗学话语"为关注的中心，结合笔者个人的认识，作一简要的述论。

前已提到"文化诗学"这一理论概念最先是由美国学人提出的。那么，我们今天倡导"文化诗学"，是否仅是一次新名词的翻新和"炒卖"？是否是又一次的西方霸权话语的入侵？

对此，与会者们不约而同地回顾起我国的文化传统。湖南师范大学蔡镇楚教授以"诗化的文化与文化的诗化"来表述中国传统文化的特点，将中国传统文化称为"诗文化"，得到与会学人们的认同。

的确，历史事实确如闻一多先生所言：世界上恐怕没有第二个国度像我们古代的中国那样，人们一出世，诗"就是宗教，是政治，是教育，是社交，它是全面的生活"（见闻一多：《文学的历史动向》）。自《诗三百》开始，到诗歌鼎盛的唐代，到整个古代中国，抒情诗（中国古代文学的主体）和文化的这种密切关系，作为一种长期的文化积淀，培育了我们中国学人易于将文学融于文化整体来认识的思维定势，形成了一种集体无意识——易于看到文化与文学的这种互动互构、犬牙交错、边缘模糊的关系。这种深入于中国学人血脉中的文化基因，正是文化诗学得以在中国生根发芽、成长壮大的土壤和基石。

从中国古人理性认识的特点来看，正是由于文学形式之一的抒情诗在古代中国居于特殊重要的地位，而文学又是以表现人的生命形式（如人与人、人与自然等）和体验形式（喜、怒、哀、乐）为主要内容，更多地涉及人的心灵深处的情怀。这就使中国古人的文化心态更多地染上了人情、人性色彩，在对一切客观事物（包括对文化、文学本身）的理性认识中，也渗入了更多的人文气息。所以，如果将中国传统文化和文论与西方传统文化和文论从总体上作一比较，显然，西方则更具科学色彩。

大家都熟知的中国古人的"天人合一"的宇宙观，无论是"人"融入"天"（客体或自然），还是"天"融入"人"，不仅出发点是人，而且其归宿处也是人。虽然是两相契合，但契合的主体是人，是人的一种天人契合的精神状态。表现在文学理论的建构上，无论是对文学本质的界说，还是对文学艺术特性的界说，都渗入了强烈的人为主体的思想倾向。例如，文学艺术是什么呢？《乐记·乐象篇》说，诗、歌、舞三者均本于人心。刘勰说："诗者，持也，持人之情性。"(《文心雕龙·明诗》)都以人之心、人之情为本，来界说文学。在对文学的艺术特性的界说方面，例如陆机、刘勰、钟嵘均以"味"为品评诗歌艺术质量高低的标准。唐代司空图更说："辨于味，而后可以言诗也。"(《与李生论诗书》)南宋杨万里主张论诗"以味不以形"(《江西宗派诗序》)等等。"味"自然是人的品味，是人所感到的艺术韵味了。

所以，只要对我们民族文化和文论传统稍加回顾，就可说明：以人文精神为内核的"文化诗学"在中国是具有深厚的历史根基和使之繁茂的肥沃土壤的。我们中国学人对之产生浓厚的兴趣是我们民族文化基因注定了的历史的必然。

更为重要的是，从当今中国的现实需要来看，在世纪之交的今天，在中国倡导"文化诗学"，其社会的、文化的、文论的现实基础也是显而易见的。

人类进入了全球化的时代，中国以市场经济取代了或取代着计划经济，市场经济的发展使中国经济得以起死回生，并以巨人的步伐向世界经济强国的目标迈进。与此同时，市场经济也必然带来文化的"物化"——商品化倾向。在文论方面，20世纪的世界文坛，科学主义文论鼎盛，人文主义被淡化、甚至被驱逐。这些就是当今的中国学人面对的文化语境。正是这些文化与文论现状促成了中国90年代初期的"人文精神"大讨论及人们对"人文关怀"的呼唤。今天，倡导"文化诗学"正是中国学人对"人文精神"、"人文关怀"的呼唤的继续，只是，它是深入于文艺理论领域的这一精神的继续。因之，我们可以理直气壮地说，"文化诗学"是中国社会、文化、文论现实的需要，而不是简单的外国舶来品。

从文化诗学的学理建构来看，我们中国学人，看到了西方文化诗学倡导者们有关工作的可资借鉴的方面。例如，他们关于文化系统对社会与文学构成的重要意义的认识；他们所坚持的不断发展变化的、互动、互构的社会、历史、文化观；他们对于语言符号在文化中重要能动作用的重视；他们广取多种文化新说、广泛采用多种文化研究新方法所表现出来的做学问的开放与包容精神等等。但是，对于西方先于我们提出的文化诗学观点，我们中国学人又绝不是一律苟同的。例如，有的西方学人主张忽视经济基础的文化决定论；有的西方学人表现出来的相对主义和不可知论；有的西方学人将文化各扇面的互文性推向极至，忽视甚至否认文化不同扇面的独特性的偏颇认识，等等。

不仅如此，在我们看来，我们中国文化诗学倡导者和西方文化诗学倡导者在下述这一极为重要的学理认识方面，不同见解也是明显的。

我们知道，从80年代初期以来，美国学人们在"文化诗学"（原名"新历史主义"）这一学术方向下所进行的主要工作是"集中于重新考虑(refiguring)典范的文艺复兴时期的文学和戏剧作品产生于其间的社会——文化领域；不仅将作品重新置于与别的文类及其他话语模式的关系之中，而且重新置于与同时代的社会制度、习俗和非话语的实践的关系之中"[1]。对于这些文学批评实践活动，美国文化诗学论的重要代表人物路易斯·蒙特洛斯曾作过如下的理论概括："文化诗学……实际上是位移(reorient)了互文性的中轴，即以文化系统的共时性文本取代那自足的文学史的历时性文本。"[2]在操作上，他们的确也是着重研究了文学及文化其他扇面的互文性，有时还抹煞各扇面之间的特殊性。例如说，"历史不具备特有的主题，历史总是我们猜测过去也许是某种样子而使用的诗歌构筑的一部分。"[3]

由于美国文化诗学论者们面临的语境是：文学的社会、历史意识被淡化、被驱逐，文学研究甚至被推到了脱离社会、脱离文化共性、脱离人文精神的极端境地的美国文坛。所以，他们关注更多的是对文学做人类文化学的研究，是文学与其他文化扇面关系的研究。用韦勒克关于文学外部研究和内部研究的区分来看，他们主要是进行文学的外部研究。

虽然，我们也看到，对于文化诗学来说，正是由于它将文学和文学学（文学理论）置于文化系统的整体中予以审视，它就不同于建基于简单的经济决定论或政治决定论的诗学，也不同于孤立、封闭地研究文学审美特质的诗学。同

---

[1] Louis A. Montrose, Professing the Renaissance:The Poetics and Politics of Culture, *The New Historicism*, P. 17, 本书作者译。

[2] Louis A. Montrose, Professing the Renaissance:The Poetics and Politics of Culture, *The New Historicism*, P. 17, 本书作者译。

[3] Hayden White, The Historical Text as Literary Artifact, 中译文见《新历史主义与文学批评》，张京媛译，北京大学出版社1997年版，第177页。

时，它既然以文学与文化系统、文学与其他文化扇面的共时关系为审视文学的中轴线，文学与其他文化扇面的交叉、相关研究，就必然被提到文学研究的突出位置上。而且，80年代以来的中外文学研究的实际情况也说明，学人们从人类学、心理学、符号学、结构语言学等等不同文化扇面与文学的交叉点上切入文学研究，的确在文学研究和文论建设上都取得了丰硕的学术成果。它令人信服地说明作为文化诗学广阔学术空间之一的跨学科研究富有鲜活的生命力。从本次研讨会上学人们提交论文方面之多、思路之广，也让我们自己亲身体会到，从文化的广阔视野出发研究文学，确能极大地拓展视野，开辟空间，并深化对文学本体的认识。这些都是"文化诗学"不同于其他"诗学"之处。

但是，就"文化诗学"的学理建构而言，这里也存在这样的问题："文化诗学"的全部内涵是否可以仅仅视为借助文学文本进行人类文化学的研究？或者是仅仅将"文化诗学"界说为对文学的外部研究呢？

在这方面，中国有不同的文坛状况，中国学人也有不同于一些美国学人的自己的看法。在我们看来，文化诗学并不是一种泛文化理论，它的落脚点是诗学——文学学，它是一种具有当今时代特色的文艺学新论。而作为一种文学学，自然就既包括"他律"（外部研究），也包括"自律"（内部研究）的研究了。

而且，从我们所理解的"文化诗学"的要义来看，文学与整个文化系统、文学与文化的其他扇面之间是既有区别又有互动、互融、互构的关系。一方面，正因为整个文化系统是母系统，文学是其中的一个扇面，是子系统，如果不从文化系统出发研究文学和建构文论，就有可能只见树木，不见森林；另一方面，每个文化扇面又以其独具的主要特异性而彼此区别开来。就文学而论，文化的共性也是寓于其以审美为基本特征的个性（含内容与形式）之中的。因之，对文学的外部研究和内部研究可以从主要方面相对地区分开来，而在研究工作的实际进行中，难于截然割裂。外部研究，研究的是具有审美特性的文学与宗教、伦理等等之间的独特的连接内容和连接形式；至于内部研究所研究的文学的"内部"本身就蕴含着母系统——文化的因子。文化系统及其他文化扇面也作为构成因子，渗入于文学的内容和形式之中。所以，我们设想，坚持这样的"文化诗学"的观点，也许有可能既在文学的外部研究方面继续取得长足的进展，也有可能在文学的内部研究中获得更为理想的硕果。

总之，在"文化诗学"的理论建构这一学术领域内，中国学人才开始起步。但它是一个很有希望的开始。它正在逐渐形成自己的研究思路：立足本土，梳理传统，借鉴外国，以我为主，整合中西。经过分散的各自的艰苦努力和像本次会议这样的群力攻关，我们相信，在建构"文化诗学"话语方面，中国学人也一定能走出一条具有中国独创特色的自己的路，并从而在世界文坛上发出嘹亮的"中国之音"。

（发表于《文艺理论研究》2001 年第 3 期）

文化诗学：富于创意的理论工程

20 世纪 80 年代以来，文化研究和从文化视角进行的文学研究，在中外文坛，都几乎已成为居于主导地位的巨大潮流，然而，已被中外学人高高举起的理论旗帜——文化诗学究竟是否是一种"诗学"——一种文学新论？其理论建设是否应该受到重视？这一命题，在倡导文化诗学的学人们中间，似乎也有不同的认识。

美国文化诗学论的首席代表人物格仁布莱特，在其具代表性的重要论文《走向文化诗学》中说：新历史主义或曰文化诗学"是一种实践，而不是一种学说（doctrine）"，"就我所能说的（我应该是清楚实情的人）是：它全然没有学说。"[①]我国也有不少学人主要重视文化诗学的实践意义，仅仅将之视为一种具有新意的、从文化视角研究文学作品和文学史的方法。

强调文化诗学在方法学上所具有的巨大的实践意义，是很重要的，也是笔者完全赞同的。只是，文化诗学是否仅是一种从文化视角研究文学史和文学作品的方法，仅是一种"实践"？其理论建设有无必要和可能？其重要性又何在？我想谈谈自己的一隅之见。

---

① Stephen Greenblatt, Towards a Poetics of Culture, *The New Historicism*, H. Aram Veeser ed., New York: Routledge , 1989, p.1, 本书作者译。

第二次世界大战后，以美国为代表的西方发达国家进入了后工业社会。后现代文化的一个突出特征是以人为中心的视点被打破，世界已不是人与物的世界，而是物与物的世界。一切都被物化。在中国，市场经济逐渐取代计划经济，使中国经济得以高速发展。在这社会转型时期，人们的精神趋向明显地、大幅度地向钱财和权势倾斜。

作为"人学"的文学应该向何处去？

这时，中国学人们"拿来"美国学人已经提出的术语"文化诗学"，举起了蕴含着中国学人自己的理念的"文化诗学"的旗帜。它是"诗学"，就不是泛文化研究；它是"诗学"，就不仅仅指向某一个局部的文学实践活动。它作为"诗学"，自然是对创作、文学批评、文学史研究等等文学实践活动起导向作用的一种文学理论。

同时，在"诗学"前又有"文化"二字，表明它既是一种诗学，一种文学理论，同时又是不同于已有理论的一种新论。其"新"的体现是多方面的。从回应新时代的新需求这个层面来看，由于正是由语言、神话、宗教、艺术、科学等多个扇面组成的"文化"这一人类活动的体系，构成了人的突出特征；正是"文化"成为人不同于其他动物的标志。突出"文化"就意在说明：此种文论将更高地举起"文学是人学"的大旗，将更鲜明地突出文学的人文精神。

所以，应该说，文化诗学作为一种理论问世，首先是新的时代情势需求的产物，是文艺界学人们从文论的高度对时代的呼唤作出的有创意的回答。

从文学理论自身的发展逻辑来看，文化诗学的出现不仅是当今文论发展的必然趋势，也是文论发展跨上更高台阶的一个进步。

在西方，20世纪前半叶，文学审美论冲破自然主义实证论的桎梏，进而成为文坛主流，大大促进了文学的发展。然而后来，又走向极端，将视野封闭于自足的单个文本的审美研究之中，从而，使文学研究从封闭的文本走向广阔的文化视野成为必然。20世纪末叶的西方文论，表面上看似乎杂乱纷呈，但它们的主要方面可以说都体现了这一必然趋势。

例如，新历史主义文评（又称文化诗学）。他们进行的工作是："集中于重新考虑（reffguring）典范的文艺复兴时期的文学和戏剧作品产生于其间的社会——文化领域；不仅将作品重新置于与别的文类及其他话语模式的关系之中，而且重新置于与同时代的社会制度、习俗和非话语的实践的关系之中"，特别是"以文化系统的共时性文本去取代那自足的文学史的历时性文本"为一切工作的中心所在。①这派文论主要的理论贡献也正在于：更为清楚地看到了文化网络的广漠性和复杂性，更为清楚地认识了文化系统在整个社会构成和运作中的意义，更加注重了权力话语对一切文本的影响与渗透，同时，摒弃二元对立的绝对化的思维方式，高度重视文化与社会实践、文化各扇面之间的相互流动的无间歇性及其互构关系，并吸取文化新说，更清楚地论证了同为文本的各文化扇面间的相通性及互文性。

又如后殖民主义文论，聚焦于文论殖民现象，主要研究殖民主义时期之后，原宗主国与前殖民地和第三世界之间复杂的文化关系，也研究居于社会边缘族群的文化与主流文化间的关系。

再如女性主义文论，简言之可以说它主要是关于性别文化的研究。因为，无论是前期以争取男女有平等权利为中心的女权主义阶段，还是 20 世纪 60 年代后从生理、经验、话语、无意识、社会经济条件等方面探讨女性特征为重点的女性主义阶段，具体见解有差异，有发展，也不乏争论，但各种讨论都有一个万变不离其宗的中心：向以男性为中心的文化挑战，揭示把男权主义文化观点视为"真理"、"常规"的虚妄。

纵观 20 世纪末叶的西方文论，从主要方面着眼，笔者曾在一篇论文中提出，也许我们可以将之概括为"文学文化论"。它将丰富多彩、卓有建树的各个文化扇面的新理论、新方法运用于文学研究，比之封闭的思维方式和研究方法，更具视野的开放性、思维的多元性和方法学上的包容性。如果我们从文化诗学主张紧密联系广阔文化语境来审视文学这一个侧面看，在一定意义上，也许也可以说它们就是在当今西方文坛上已经出现的文化诗学。当然，其间好些主张，例如忽视经济基础重要作用的文化决定论、相对主义的思想倾向以及将文化各扇面的互文性推向极至、忽视文化扇面各自的特殊性，等等，又是我们所坚持的文化诗学的理念所不能认同的。但这种西方文论现状，毕竟已

---

① Louis A.Montrose, Professing the Renaissance:The Poetics and poloitics of Culture, *the New Historicism*，p.17，本书作者译。

用事实在一定程度上说明，文化诗学的确是文论发展的必然趋势。

在中国，在相当长的一个历史时期里，文艺社会学是文坛主流，有时，文学甚至成了政治的附庸。进入新时期后，随着思想解放浪潮的高涨，随着西方文论的引进，学人们以浓厚的兴趣和激情，积极投身于文学审美理论和文学作品的美学研究，取得了丰硕的成果。而正在这时，西方文坛上的文化研究之风，强劲地着陆于中国；中国自身市场经济的发展又提出了许多文学和文化的新课题。

市场经济的发展，不仅要求文学更加高扬人文精神，而且出现了许多以前少有的新现象。例如，在中国的城市，文学艺术进入了交易市场，它与娱乐消遣、市场营销、日常生活的美化需求等相结合，形成一种红红火火、参与者众多的大众文化。在这种市场需要的大众文化之中，文学与其他文化活动的严格界线模糊了，而相互渗透、相互流动、相互构成的现象明显了。如此等等的新的文化风尚，使中国学人不可能再闭门于文学审美研究的象牙塔之中。他们开始思考：作为文学理论的纯粹的文学审美论，似乎也再难于适应已经出现的更为复杂的文学现实了。这时，受西方有关理论的启发，中国学人开始了坚持自己的学术话语和拥有自己的学术理念的"文化诗学"的研讨。

由于文学沦为政治奴婢的惨痛教训还记忆犹新，中国学人在借鉴西方学人文化研究的经验时，自然就能敏感地警惕以政治研究或泛文化研究取代文学研究的倾向，也注意防范因强调文学的外部研究就忽略内部研究的片面性，而主张，既将文化与文学的关系视为母系统与子系统的关系，对之作辩证的、整体的研究，又将广阔的文化视野与深入的美学分析紧密结合。显然，持这种理念的文化诗学，既不同于文艺社会学，也不同于泛文化研究，也不同于封闭的审美论。它是在文学理论发展的长河中，步上高一层台阶，作为又一个进步的一种文学新论。

文化诗学作为一种富于创意的文学新论，还由于它对文化、文学及其相互关系有了更为全面和更为深刻的认识，并能从文学理论的角度汇集各种文化理论的新成果。它视整个文化系统为文学与社会联系的纽带，从而正确揭示了文学与客观世界的连接关系。它更充分地估量了文学与经济基础之间存在着的这一包容复杂、空间广漠的宏大中介——文化的重要地位，更清楚地看到了文化的历史传承性、中外交容性、相对稳定性和构成复杂性。它坚持文学与其他文化扇面互构、互动的理念，而在 20 世纪，各个扇面的文化理论又有了极其巨大的发展，的确是成就辉煌。这些不同扇面的文化理论自然就成为文化诗学这种文学新论的丰富的理论资源。例如，运用心理学的最新成果去建构文学心理学，运用阐释学的最新成果去建构文学阐释论，运用符号学的最新成果去建构文学符号论，运用语言学的最新成果去建构文学语言论，等等。

不仅如此，正是由于文化诗学坚持文化与文学互动、互融、互构的理念，在对文学规律的认识上，它就能看到，作为子系统的文学既具有自身的特殊规律，同时又蕴含着母系统——文化的某些共同规律，从而就能既充分重视文化各扇面的基本区别，又看到各扇面间的互文性，既不因个性否定共性和互文性，也不因共性和互文性否定个性，而是从个性、共性既区别又联系的辩证观点出发去界说文学，从而对文学的理性认识，包括对文学特殊规律的认识，就可能更全面、更深化。

因之，具有上述诸多方面优势的文化诗学，就可能成为一种比已有文论更有深度、更有丰富内涵的文学新论。

如果在文化诗学是一种文学新论这一问题上，学人们能取得共识的话，那么，作为一种新论需要从理论上系统地探讨和阐明其学理特色，就是不言而喻的了。何况，从实践与理论相辅相成的关系来看，也不可能只注意实践而忽视其理论建设。

说到实践与理论的关系，且让我们重温一下文化诗学的先驱巴赫金的有关见解和成功经验吧，那将是很有启示意义的。

我们都知道，巴赫金是从对陀思妥耶夫斯基和拉伯雷的小说进行文学批评着手，开始自己的研究工作的。然而正是由于他对作品深入细致的分析，他发现了两位作家不同于他人的特点。这些发现要求他从理论上加以界说，于是他独创了"复调小说"和"狂欢节化"这样两个基本的理论概念，而正是这两个基本概念成为他小说理论的独创性的鲜明体现。不仅如此，随着思索的深化，他没有停留于对小说的语言、形象和体裁特点的思考，他更从艺术思维这个文学理论基本问题的高度提出了一个崭新的命题：作为一种"全新的艺术思维类型"的"复调艺术思维"的问题。进而，又考察这种艺术思维形式和生活及文化的关系。他从狂欢节及西方古代一切类型的民间节庆、仪式和游艺形式中，概括出一种观察世界的特殊角度，一种特殊的人生体验(他称之为"狂欢节式的世界感受")，并探讨和阐明狂欢化思维和文学的艺术思维、特别是复调艺术思维的关系。这样，他就不仅建构了独创的小说理论，而且在艺术思维和观察世界、体验人生的哲理方法方面也提出了独树一帜的理论见解。

巴赫金不仅为我们树立了一个实践与理论结合从而取得伟大成就的榜样。同时，对于忽视理论思考的倾向，巴赫金也提出过明确的批评意见。在《弗朗索瓦·拉伯雷的创作与中世纪和文艺复兴时代的民间文化·导言》中，他写道："这些为数众多的著作(指与民间诙谐文化有关的著作——引者注)，除了极少的例外，都没有理论激情。它们都没有力求做出稍许广泛的和原则性的理论概括。结果，这些浩如烟海、精心收集而且往往经过缜密研究的材料，依然是零散的、没有获得充分思考的材料。"①

今天，在 80 年代以来的 20 余年里，中外学人从文化视角研究文学已经积累了丰富的实践经验，为理论概括提供了基础；同时，也提出了不少实践中碰到的或者是见解明显分歧的问题，需要从理论上去探讨、去辨析。这活生生的现实不是也正在呼唤学人们的理论激情，去对大量的零散的材料，进行充分的思考和理论的概括吗？

所以，综上所述，我们认为，文化诗学不仅是一种诗学，一种文论，而且是一种文学新论，因之，其理论建构不仅必须，而且是一项富于挑战性和原创性的工程，让我们——学人朋友们携手迈步走上这一艰辛的理论征程吧。

(发表于《漳州师范学院学报》2004 年第 2 期)

---

① 巴赫金:《弗朗索瓦·拉伯雷的创作与中世纪和文艺复兴时代的民间文化·导言》，佟景韩译，见《巴赫金文论选》，中国社会科学出版社 1996 年版，第 156—157 页。

文化诗学视阈中的叙事学

（一）

叙事理论源远流长。在西方，可以追溯到亚里士多德的《诗学》和《修辞学》。在中国，金圣叹的叙事理论已经达到了相当的高度。不过，就当代叙事学而言，它是 20 世纪 60 年代中期兴起于法国的结构主义叙事学的直接成果。"叙事学"曾经是法国结构主义批评的别名，这一术语，也是结构主义文论家茨韦坦·托多洛夫提出来的。今天，结构主义叙事学仍然是叙事学中主要的流派之一。

结构主义叙事学的这一学术地位和它对叙事理论的贡献是分不开的。瑞士语言学家费迪南·索绪尔开创的现代语言学，把研究的重心从语言的历史演变过程转移到语言自身的结构和功能上。这种从历时性到共时性的转变构成了 20 世纪人文科学研究的一大特征，为结构主义叙事学提供了思想基础。结构主义文论家们不再像新批评派的学者们那样囿于个别文本，而把眼光投向整个系统，注意研究整体的结构特性。他们强调：对整个系统的组成、关系及其结构特点如果缺乏认识，就难于理解个别文本的真正意义。他们对多种文学体裁，特别是小说的结构形态、组合规律、表达方式进行了大量的研究，取得了丰硕的成果。但是，它的不足也是客观存在，而如从文化诗学的视角来观察，问题就更为清晰。

例如，结构主义叙事学的重要代表托多洛夫，完全用语言学的术语和研究方法来分析文学，将《十日谈》的多个故事概括为如下图式：X 犯了法→Y 要惩罚 X→X 力图逃脱惩罚→Y 犯了法→Y 没有惩罚 X。又如，当代美国颇有影响的叙事学家杰拉尔德·普林斯发表于 1982 年的专著《叙事学：叙事的形式与功能》，论述的中心问题也是叙事语法。他对叙事语法的界定是：叙事语法是一系列描述或产生叙事规则的陈述或公式，并用代数方法制定出 19 条极其繁琐的、描述核心叙事结构的规则。

托多洛夫及其后继的结构主义叙事学者们，分析文学作品，都是以作品的故事为材料，旨在概括出叙事文学的抽象结构，从而创立"叙事科学"。这正如托多洛夫自己所说："研究的目的不是描述一部具体作品，作品只是作为抽象结构的表现形式，仅仅是结构表层中的一种显现，而对抽象结构的认识才是结构分析的真正目的。"[1]也如卡勒在为托多洛夫《散文的诗学》一书所写的序中所说，结构主义叙事学是"对文学系统的研究"，"力图说明使这些意义成为可能的编码和惯例，正像语言学，即对语言系统的研究，力求确定一种语言的规则和惯例一样。"[2]

从这些有代表性的文学批评实践和理论宣言，可以看到，结构主义叙事学的主要缺陷，正是在于将文学研究推到了科学主义的极端，欠缺了文化诗学所坚持的文学的精神依归——人文主义精神。本来，既然是"叙事学"，对"叙事"做科学研究，是无可厚非的(结构主义叙事学在这方面的成绩也是应该肯定的)，然而，它研究的对象是作为"人学"的文学，却封闭于文本这个小系统之中，并仅仅注意于文本的指表结构，据之建立繁琐的类似语言学的"科学化"的语法体系，忽视创作者和审美者的美学取向，割断文本与人——作者、读者及其生活现实和文化语境的联系。因之，这样的对文学研究的科学性，自然就要打折扣了。同时，语言学和文学虽然联系紧密，注意两者的互动关系并加以研究，是很有意义的，但是，如果机械地搬用语言学理论于文学，

---

① 托多洛夫：《叙事体的结构分析》，中译文见《文学研究参考》，1987 年第 3 期。
② 卡勒：《散文的诗学·序》，引自英译本 *The Poetics of Prose*, Cornell Univ. Press, 1977。

而不是从文学本体出发去借鉴适合于文学研究的语言学理论，或者像进行自然科学研究那样，进行数字组合，追求量化和刻板公式，则显然是忽视、甚至背离了最不宜于整齐划一、最需要独创的文学的诗学——美学特性。

（二）

从文化诗学的理念出发，将视线投向文学叙事理论源远流长的历史传统，情况又将是如何呢？

有些当代西方叙事学家，例如美国叙事学家西摩·查特曼认为，亚里士多德和结构主义者惊人的相似。他们都认为人物是情节的产物，人物的地位是"功能性的"，其特征是具有不同的"功能"，人物只是"行为者"，而不是"人"，因之，他们只分析人物在叙事中的作用，而不分析人物是怎样的人。[①]查特曼对结构主义者人物论的批评，如指出他们仅将人物功能上的相似性视为人物研究唯一重要的事情等，是很有见地的。不过，在我们看来，亚里士多德和结构主义者的叙事理论虽然不能说全无相似点，但在许多重大而根本的问题上相异处是明显的。下面，我将不限于亚里士多德，而就中西方叙事理论的传统精神谈谈个人的看法。

个人认为，在中西远源流长的文学叙事理论的传统中，是不乏既关注叙事的宽广的文化意蕴，又重视其深层的审美旨趣的理论建构和批评实践的，而这些正是文化诗学叙事学力图继承与发扬的叙事理论遗产的精华所在。

亚里士多德关于如何构思戏剧情节的系统论述，可谓是对叙事文学、特别是戏剧文学"如何叙述"的最早的研究。我们可以看到，他对如何叙述的研究，是从未离开文学是人学这一根本命题的。如他要求的情节的整一性，不是仅停于形式上的和谐、匀称和完整，而是要求一件事随一件事发生具有必然性和不可避免性，即要求体现人间事物的内在逻辑，符合人的生活的情理。他认为：叙事文学虚构的事件，如果一桩桩事是意外的发生而又有因果关系，效果就更好。这里所说的效果，则是基于对读者心理的研究，是从如何才能

---

① Seymour Chatman, *Story and Discourse*, Cornell University Press, 1978, P.111.

引起读者的恐惧与怜悯之情而言的。他对情节结构的"结"与"解"以及"突转"与"发现"等一系列论述，都有一个清楚而明确的出发点，那就是：如何才能使悲剧产生悲剧特有的美学效果。

亚里士多德的《修辞学》也是既研究修辞手段、修辞方式，也研究读者心理，研究作品如何才能使读者感兴趣，与之交流，并从道德上影响读者。

关于情节与人物的关系，亚里士多德的确只看到情节可以附带表现性格，而未看到情节的发展还受制于人物性格。他在谈悲剧成分时，认为情节是第一要素。这就戏剧文学有别于其他叙事文学的特殊性而言，不无意义，但和莱辛以来的近代叙事文学以人物为中心的观点是有差距的（这一差距是历史发展和当时戏剧实情的反映）。不过，亚里士多德并没有将人物视为情节的产物，对于人物的地位与作用，也并不是仅仅看到它在情节中具有某种类型的"功能"。他在列举悲剧的成分时，第二位就谈到人物性格，还从四个方面谈论了如何刻画性格的问题，并称赞荷马笔下的人物"各有性格，没有一个不具有特殊的性格"①。不仅如此，如果将他的艺术"摹仿说"论及的有关问题全部集中起来看，我们还可以有根据地说，他已提出了西方文艺史上最早的人物典型说的雏形（其论据请详见拙著《欧美文学理论史》）。

这一切都说明，亚里士多德的叙事理论是蕴含着深邃的人文精神的。而从对文学研究的科学性而论，在欧美文学史上，亚里士多德是第一个以严密的逻辑学的方法系统阐明艺术不同于非艺术、艺术之中一种艺术不同于他种艺术的特点、把艺术作为艺术来进行研究，并建立了自己的独立体系的欧美文论的奠基人。比之后来2000多年文学与文论的长足发展，自然有许多不完善之处，但就整体而论，他所开创的叙事理论的传统，却可以认为正是人文主义与科学主义的结合。

至于中国的叙事理论传统，其人文精神和诗性品格就更为突出。以居于中国古代叙事理论高峰的金圣叹为例。可以看到，他那一系列相当全面也颇有深度的叙事理论，明显地有一个基本的出发处和着眼点，那就是文学的本

① 亚里士多德：《诗学》，罗念生译，见《西方文艺理论名著选编》，上卷，北京大学出版社1985年版，第85页。

体性——诗性或曰美学特性。

例如，对于一部叙事文学作品应该怎样叙述的问题，他的首要要求就是：要以美学魅力去"吸引读者"，使之"甚至百读不厌"。为此他要求人物"人有其性情，人有其气质，人有其形状，人有其声口"。他盛赞《水浒传》作者的艺术笔力，"特地走此险路"：在人物的相似处，也能写出不同来。

对于情节结构，他的视阈不停于指表形式，而能关注结构的内在机制与动力。如在分析《西厢记》的情节结构时，他写道："世之愚生，每恨恨于夫人之赖婚。夫使夫人不赖婚，即《西厢记》且当止于此矣。今《西厢记》方将自此而起，故知夫人赖婚，乃是千古妙文。"①这就是说：如无"赖婚"，就没有《西厢记》了。为什么呢？因为，正是"赖婚"是作者设计的全剧情节进程中的关键性冲突。它是推动情节发展的动力，也可以说是整个戏剧构架的支柱。

此外，对于进入作品的具体事件的联结和组织，他认为：文章之妙，无过曲折。他称赞《水浒传》"于一幅之中，而一险初平，骤起一险，一险未定，又加一险，真绝世之奇笔也"②。也赞《水浒传》即使是写生活琐事也"能一波一磔，一吐一吞"，波澜起伏，跌宕多姿。这些看法显然也是从如何才能使作品更具美学魅力出发的。

今天，重温金圣叹的这些叙事理论，给人的启示仍然是相当丰富的。特别重要的是，它告诉我们：一方面，正像结构主义叙事学家们认识到的那样，在文学研究中，不应该将文学视作没有代码的信息。因为，不研究其代码，不研究叙事文学是如何叙述的，也就不能真正了解它叙述了什么，意义何在。但是，另一方面，对文学形式的研究又不应陷入形式主义的泥潭，为形式而形式，甚至似数学般地将之公式化、程式化。因为，任何文学形式不仅蕴含着关于人的生活、情操等多方面的信息，而且文学形式不是一般的形式，它是艺术形式，因之，仅就对形式的研究而言，其艺术韵味何在，美在哪里，也应该是形式研究的首要课题。

---

① 金圣叹：《西厢记·寺警》批语，《金圣叹批本西厢记》，上海古籍出版社1986年版，第104页。
② 金圣叹：《水浒传》第六十一回回评，《金圣叹全集》（二），江苏古籍出版社1985年版，第402页。

（三）

20 世纪 90 年代以来，西方叙事理论有了明显的新发展，学界将之称为新叙事理论。从文化诗学的理论基点看来，我们赞赏它拓展了文化视野，开始重视了叙事的历史文化语境以及叙事与作者、读者的密切关系，也注意了吸收接受美学、女性主义、心理分析学说等文化和文学新论的理念、方法于文学文本的叙事研究之中。例如，美国叙事学家彼得·布鲁克斯将心理分析学用于叙事研究，认为文本是由欲望、冲动、龃龉等内在因素构成的系统，这些内在因素正是情节发展的动力。

苏珊·S.兰泽尔提出，叙事学应把结构主义叙事学着重强调的符号学的方法和女性主义批评关于叙事主要是模仿、重视虚构作品表征意义的认识结合起来，重视女性作为文本生产者和阐释者的独特贡献。[①]

已有不少叙事学学者开始重视跨学科研究，研究范围从语言符号构成的文学文本扩大到以形象、声音、建筑艺术或其他混合的媒介叙述的文化产品，出现了电影叙事学、音乐叙事学等众多的分支。

荷兰叙事学家米克·巴尔，在其《叙事学：叙事理论导论》第二版（英文版出版于 1997 年）中，更明确地说："叙事是一种文化理解方式，因此，叙述学是对于文化的透视"，又说："叙述学是……进入文化分析的细读与文化研究。"[②]

这些都表明，叙事学不再仅停于纯形式分析，进入了文化分析的层次，而且，其研究对象也从文学文本扩大到了文化文本。

不过，新叙事理论虽有上述重大进展，但我们感到，对于文学叙事学而言，其审美层面仍然未得到应有的重视，甚至仍被忽视，则不能不说是其不足。

---

① Susan S.Lanser, *Toward A Feminist Narratolog*(1986), in Robyn R. Warbol and Diane Price Herndl, eds. Feminisms: An Anthology of Literary Theory and Criticism, Rutgers University Press, 1991, pp.610-629.
② 米克·巴尔：《叙事学：叙事理论导论》第二版，谭君强译，中国社会科学出版社 2003 年版，第 266 页。

　　西方文学研究从 30 至 50 年代居主导地位的新批评，60 至 70 年代的结构主义，"转向历史、文化、社会、政治、机构、阶级和性别条件、社会语境、物质基础"（路易斯·蒙特洛斯语）后，有些学者似乎又犯了西方学者易犯的毛病：从一个极端走向另一个极端。他们不再重视文学的美学研究，甚至予以排斥、否定，说它是落后的研究方法。这种倾向不仅表现在新叙事理论中，也表现在不少西方学人的"文化诗学"的理念及其文学批评实践里。而这方面，也正是我们中国学人所说的"文化诗学"和一些西方学人言说的"文化诗学"的重要差异之一。按照我们的理解，"文化诗学"不是一种泛文化论，而是"诗学"——文学学，一种文学新论。它不仅力图从文化语境、文化意蕴的追求与探寻中，深化文学创作和阐释的品味，从文学与其他文化扇面的互动与互构中，扩大文学的内涵及其跨学科研究的学术空间，从多种文化理论与方法的运用中，拓展文学创作与研究的视野，丰富文学创作和研究的方法，而且，与之同时，我们强调，这一切又都是从文学的本体特性出发的。对于文学而言，文化共性是寓于文学特性——审美特性之中的。对文学的文化研究，要研究的是文化母系统的性能是如何通过文学的特殊形态而得到体现的。因而，从这个意义上可以说，失去了美学魅力，就没有了文学；离开了审美研究就难于说它是严格意义上的文学研究。仅就叙事文学文本的结构形态、叙述语法来说，它为什么要有那种结构形态和叙述方式，其美学旨趣和美学效果何在，也是文学作为文学、文学研究作为文学研究应当首先予以考虑的问题。如仅停于对之做纯客观的、描述性的规范化，甚至是公式化的概括，不将思路向美学方面深化，作为文学叙事学，显然是难于令人满意的。

　　总之，在我们看来，"文化诗学"这一文学新论，对于文学理论一个支脉的文学叙事学的拓展与深化，也是颇有助益的：它既能较好地继承和发扬叙事理论的优良传统，又能较好地弥补结构主义叙事论的不足，还能有效地促进新叙事理论的发展。

（发表于《文艺报》2004 年 10 月 28 日，

发表时文字上有所删减，此为全文）

《叙事的诗学》序

20 世纪 80 年代以来，特别是进入 90 年代以后，西方学界的动向正如美国文学批评家希利斯·米勒 (J.Hillis. Miller) 所说："文学研究经历了一个突然的、几乎是全面的转向，抛弃了以语言本身为对象的理论研究，而转向历史、文化、社会、政治、机构、阶级和性别条件、社会语境、物质基础。"[①]显然，这一思潮的兴起是对西方 20 世纪前期将文学研究推向封闭、自足的极端的必然反拨。同时，它也开阔了文学研究者的视野，拓展了文学研究的领域，正确反映了文学与文化——子系统和母系统间的内在联系，并使文学在与社会学、历史学、语言学、符号学、人类学、心理学等等其他文化扇面的相互渗透、碰撞中，在其边缘、交叉处，取得了丰硕的成果。但是，不少西方学者从一个极端走向另一个极端。他们不再重视文学的形式研究和美学研究，甚至予以排斥、否定，说它是为维护和加强统治意识服务的落后的研究方法。也许是因为有过"文革"十年极"左"的惨痛教训吧，中国学界在 20 世纪 90 年代兴起文化研究热潮的同时，属于文学形式批评范畴的叙事学方面的论著，也不断问世。这从一个方面生动说明，中国的文学研究在受到西方理论及思潮影响的同时，也注意坚持走自己的路：既在外部研究，也在内部研究中，努力深化文学的研

---

① 转引自路易斯·蒙特洛斯：《论新历史主义批评》，见《漓江》，1997 年第 1 期。

究工作。本书(指《叙事的诗学》，下同)的问世再次说明了这一点。

本书是一本叙事学方面的专著。学人们都知道，叙事学(又称叙述学)最初是作为结构主义分支出现，后来发展成为独立学科的。它关注文本内部，重科学性、系统性，主要探讨叙事作品内部的结构规律和各种要素之间的关联，属于文学形式研究的范畴。可喜的是，本书作者并不是从形式主义的理念出发来研究艺术形式，而是把小说的叙事文本视为一个大的表意结构，着力于探寻不同叙述程式、结构、手法所体现的文学性及其意义生成与显现的特点，着力于思考表达方式的含义，关注意义是怎样产生的，愉悦是如何创造的。也就是说，寻找叙述形式和意义的关联是本书的重要内容。这样，本书就在专注于形式研究的同时，又避免了结构主义叙事学家们常常带有的片面性——忽视文学的美学特异性，甚至机械地搬用语言学的研究方法与分析模式于文学研究之中。

一般说来，传统叙事学理论把研究的关注点只放在文本内部——认为叙事只是话语的特定行为，主要依据叙述话语的变化来确定意义。本书作者的视阈则显得更为开阔。他力图以小说文本为中心，以寻求意义的发生为途径，从小说作者对文本所赋予的所有意义的可能性入手，对文本、文体、故事、叙述、话语、原型、语境等所表现出的叙事性，进行了较客观的阐述和论证，在一定程度上突破了传统叙事学理论把研究的关注点仅停留于作品内部的不足，表现了作者意在构建更具有广泛意义的叙事理论框架的努力。对于文体形式和语境的构成、特点及其创造意义的功能，本书也用了一个专章来加以讨论，对之作了多方面的论述，而且，其见解多是作者经过大量阅读实践后的感悟和思考的总结。

本书作者也注意到，文学，正如乔纳森·卡勒所说："文学是一种自相矛盾、似是而非的机制，因为要创作文学就是要依照现有的格式去写作……但同时文学创作又要藐视那些常规，超越那些常规。文学是一种为揭露和批评自己的局限性而存在的艺术机制。它不断地试验如果用不同的方式写作会发生什么。"[①]从此认识出发，本书作者用了颇多的工夫来大量研读各种小说，对

---

① 乔纳森·卡勒：《当代学术入门——文学理论》，李平译，辽宁教育出版社1998年版，第43页。

其各种不同的写作方式加以比较分析，并上升到理论层面进行概括、总结，提出自己的看法。例如，对现代小说理论的奠基人、美国作家、评论家亨利·詹姆斯最先提出的叙述视角问题，本书作者认为，应该从两个大的方面来理解：其一，叙述视角是指作家在选择自己的叙述替身——叙述者时赋予叙述者的权力范围和能力范围；其二，是指叙述者在讲述故事时所选择的角度，即他以谁的眼光观察世界，以谁的口吻来说话，以及说谁和向谁说。在叙事作品中，正是由于叙述视角所包括的这四个要素可以不断调节变化，从而呈现出叙述行为的千差万别。这一论述，显然赋予了"叙述视角"以更为丰富的含义，使它容纳了一个完整的叙述行为和过程。又如，关于小说的叙述人称，本书除了对常规的三种人称叙述形式进行专门讨论外，还特别探讨了"混合型叙述人称"形式。对于现有叙事学理论中没有谈及的意识流小说的视角问题及其人称形态的特殊性，也提出了自己的看法。

此外，作者也很注意吸取和运用新的文学理论成果于自己的研究工作之中。例如，作者借鉴索绪尔有关能指、所指的理论，分析了小说中的语言符号的能指优势以及因之而形成的叙事文学文本的特征。又如，作者将原型批评理论和文本间具有互文性的观点，运用于叙事学的研究，对小说叙述话语的"二度叙述性"进行了讨论，阐明包括"原型"与"互文"在内的，所有具有前文本性和他人性的话语进入文学文本，都会增强文学的故事性内涵。原型的话语形式可以创造出语言能指之外的所指意义，强化文学语言的多义性和不确定性，可以把原型视为一种特殊的话语叙述或有意味的结构表意形式。同样，文学文本间的互文性，也突破了小说语言的单意义向度，使文本在相互阐释和对照中产生新的意义。

总之，作为一个读者和年长于本书作者的学人，我衷心祝贺此部具有新意的叙事学著作的问世。相信它必将深化人们对小说的结构形态、运作规律、表达方式和审美特征的认识，也会有助于提高人们欣赏、评论小说艺术的水平。

（发表于《叙事的诗学》，安徽大学出版社 2003 年 11 月版）

辩证互动：文化诗学的思维特色

文化诗学作为一种文学新论，从方法学的角度来看，其新也体现在它的思维方式上。而思维方式于理论之重要，就正如霍米·巴巴(Homi Bhabha)所说："任何理论的作用都应该是积极地介入、挑战和质疑固有的思维模式。"[①]文化诗学摒弃二元绝对对立的思维模式，将辩证互动的思想方法，贯彻于它对文学与社会、文学与文化、文学作者与文学文本、文学文本与读者、文学作品的艺术形式及其文化意蕴等等问题的认识上，也有意识地注意在古今、中外文论的辩证互动中进行文化诗学自身理论的建构，从而使它对问题的认识比较科学，同时也较好地反映了当今时代语境的新需求和新精神。现就其间的几个较重要的问题作一简论。

文化：文学与社会互动的中介

如何认识和阐明文学与社会的关系，不能不说是文学理论的基本问题之一。但是，回顾自建国初期到改革开放这一相当长的历史时期里，我国文坛

---

① Gary Olson & Lynn Worsham, eds., *Race, Rhetoric and the Postcolonial*, Albany: State University of New York Press, 1999, p.11.

首要的一个突出问题正是，在此问题的认识上，缺乏辩证互动的思想方法，陷入了形而上学的谬误之中。其给中国文坛和整个中国社会带来的巨大危害，是人人皆知并世世代代不能、也不应忘记的。而从建构文学理论这个角度来看，对之进行理性的反思，从理论高度实现拨乱反正，在今天，也仍然是一件不应忽视的重要工作。

老一点的学人们都会清楚地记得，从 1954 年春至 1955 年夏苏联专家依·萨·毕达可夫在北京大学中文系讲授"文艺学引论"（此书于 1958 年 9 月由高等教育出版社出版）开始，我国文坛对文学的认识，首要的一条是从经济基础和上层建筑的理论出发阐明，文学是作为上层建筑的一种意识形态。时至今日，在笔者看来，从归根结底的意义而论，视经济是文化（包括文学）的基础仍然是无可非议的，然而，从毕达可夫讲学以来，成为中国文坛主流的对文学与社会关系的认识，的确有简单的经济决定论的弊端。例如毕达可夫在《文艺学引论》的"绪论"中就这样写道："马克思列宁主义经典作家确认一切法律的、政治的、艺术的、哲学的以及其他的社会观点，都决定于经济基础。他们指出阶级斗争是历史的规律……过去和现在的艺术里的各种派别和思潮间的斗争，是反映社会内部的阶级斗争的。因此，艺术永远为一定阶级服务，它过去和现在都是阶级斗争中的强有力的思想武器。"[1]这一论述，从文化以经济为基础出发，得出了文学艺术仅仅是经济因素、仅仅是阶级关系的反映的结论，从而陷入了简单的、机械的经济决定论的谬误之中。

如果加以冷静的分析，不难看到，上述这样的文艺社会学观点的根本缺陷就在于，它忽视了文学和经济之间存在着文化这一庞大而作用至关重要的中介，同时也忽视了文化构成的复杂性及其相对独立性。

文化包含着广漠、庞大的内涵。它"是包括全部的知识、信仰、艺术、道德、法律、风俗以及作为社会成员的人所掌握和接受的任何其他的才能和习惯的复合体"[2]（人类学之父爱德华·泰勒语）。它"是人类社会那些通过学习而非遗传获得的方面。这些文化要素只有被社会成员共享、合作和交流才能得以发生。

---

[1] 依·萨·毕达可夫：《文艺学引论》，高等教育出版社 1958 年版，第 23 页。

[2] 爱德华·泰勒：《原始文化：神话、哲学、宗教、语言、艺术和习俗发展之研究》，连树声译，广西师范大学出版社 2005 年版，第 1 页。

它们形成了社会中的个体赖以生活的基本环境"①（当代英国著名社会学家安东尼·吉登斯的论述）。它也包括："生产组织、家庭结构、表现或制约社会关系的制度的结构、社会成员借以交流的独特形式。"②（英国文化研究的开拓者雷蒙·威廉斯在谈及文化的"社会"定义时特别指出了这一点）

这些属于文化的内涵，从归根结底的意义而论，它们是建立在一定的生产力发展水平和与之相适应的一定的生产关系的基础之上的，但是它们形成之后，本身又成了人类的一种基本的实践活动，并"形成了社会中的个体赖以生活的基本环境"。举一个明显的例子，如男权中心主义的思想观念及与之相关的制度、法律、风俗习惯，就其最初的出现而论，它是产生于奴隶社会的经济基础之上的一种文化现象。但这些体现男权中心主义的制度、法律、风俗习惯本身反过来又成为生活实践的一部分，又成为社会中的个体赖以生活的基本环境之一，在社会现实和作为社会的人的人性建构中发挥着重要的作用。所以，在整个的社会生活中，除了经济因素作为基础，各种文化因素，包括各种形式的知识、制度、风俗习惯乃至整个的生活方式，都将作为一定社会的意识形态巨大结构的组成部分，都将成为塑造人性和人的意识的因素。所以，对于人而言，除了看到他/她受经济因素的制约之外，还必须看到一个重要的方面，那就是，"不存在任何独立于文化的人类本质。"③（人类学家格尔茨语）

而且，文化本身的构成又是极其复杂的。仅从集团与集团（包括不同阶级、性别、种族等）之间的关系来看，情况就正如葛兰西所指出：一方面，社会的支配集团，通过法律、教育、传媒、家庭等各种文化载体，坚持其"知识和道德领导权"，将支配集团的文化观念和思想意识，精心营造为自然而然、人人所欲、不容质疑的常识或人人都应崇尚的"权威"，从而，使被支配集团不可能不接受某些支配集团的文化观念。另一方面，为使被支配集团心甘情愿地被同化，在对其支配地位不构成威胁的前提下，支配集团也会不同程度地容纳

---

① 安东尼·吉登斯：《社会学》，赵旭东等译，北京大学出版社2003年版，第29页。

② 雷蒙·威廉斯：《文化分析》，见《文化研究读本》，罗钢、刘象愚主编，中国社会科学出版社2000年版，第126页。

③ Clifford Geerts: The Impact of the Concept of Culture on the Concept of Man, John Platt, ed., *New Views of the Nature of Man*, Chicago: University of Chicago Press, 1965, p. 112.

一些被支配集团的思想文化、价值观念，为它们提供一定的活动空间。从而，使文化领域中的集团与集团之间的界线，就并不是泾渭分明的。集团与集团之间，有相互抗拒的一面，也有相互妥协、吸纳、协商的一面。于是，整个文化领域，便成为一个不同文化观念既冲突、又纠结的变动不居的角力场所，也是谈判场所。所以，从文化本身构成的复杂性来看，简单的经济决定论的观点也是难以反映社会现实的实际情况的。

此外，如果再就文学与社会具体的联结关系来加以考察，那么，也可看到：文学并不直接联系于经济，而文化正是其间的中介。一篇文学作品从创作到接受的整个流程，无论是作家的构思、作品的成形——通过语言及错综的叙述结构呈现出一个虚构的世界，或者是读者的接受——面对语言和想象创造出的、出乎预料的情景，享受到审美的愉悦，激发出读者自己的想象，以及进而对于非直观可知的意义进行追寻，等等，就没有任何一个环节不是直接与一定的社会文化语境紧密相联的。著名学者叶维廉先生，在《比较文学丛书·总序》中曾有过一段论述，可以说是对此进行了相当具体而有说服力的分析。他写道："可能产生的理论，不管是在观感程式、表达程式、传达与接受系统的研究，作者和读者对象的把握，甚至连'作品自主论'，无一可以离开它们文化历史环境的基源。所谓文化历史环境，指的是最广义的社会文化……作者观感世界和表达他既得心象所采取的方式，是决定于这些条件下构成的'美学文化传统与社群'；一个作品的形成及传达的潜能，是决定于这些条件下产生的'作品体系'所提供的角度与挑战；一个作品被接受的程度，是决定于这些条件所造成的'读者大众'。"①

所以，综上所述，笔者以为，时至今天，也仍然很有必要重温文化诗学的先驱巴赫金在1970年就已做出的论断："不应像通常所做的那样，越过文化把文学直接与社会经济因素联系起来。这些因素作用于整个文化，只是通过文化并与文化一起作用于文学。"②而作为文学理论，明确提出"文化诗学"这

---

① 叶维廉：《比较文学丛书·总序》，《叶维廉文集》第一卷，安徽教育出版社2002年版，第13—14页。

② 巴赫金：《答〈新世界〉编辑部问》，晓河译，见《文本对话与人文》，河北教育出版社1998年版，第364页。

一正确反映文学与社会辩证互动关系的文论新命题，就不仅对简单、机械的经济决定论的文论有拨乱反正的意义，而且也名正言顺地赋予了我们今日的文论以更为科学的理论品格。

互动：新时代语境中的文学与文化

文化诗学这一文学新论，不仅像以上所论的那样坚持文学与社会的辩证互动关系，重视文化的中介作用，同时，它也高度重视文学与文化之间的辩证的互动、互构的关系。而这一认识不仅是正确反映了文学作为子系统和文化作为母系统之间的内在联系（不少论者对此已有论述，笔者在以前的文章中也已谈及，此不再赘述），从当前新的时代语境来看，突出强调这一点，也是社会新变化、新需求的反映。

正如不少中外学者所指出：当今时代是一个社会和文化都产生了巨变的时代，而其中的巨变之一就是，审美已不再是文学、艺术的专利，它伴随着商品营销活动进入了社交场所，进入了千家万户，并随之出现了有大量参与者的、声势浩大的大众文化。

这在中国，就城市而论，情况也是这样。它不仅是广大群众经济收入提高带来的文化生活丰富的表现，也是建国 60 年来，广大群众摆脱了"阶级斗争无处不在"的压抑和桎梏，享受到从未有的宽松生活的明证。而在这红红火火的大众文化之中，文学也是其间的一个不可或缺、甚至是一个重要的构成元素。无论是流行歌曲的歌词，影视传媒中的脚本、剧本，小品中的人物、故事、对白，直至广告中生动、形象的语言与造型等等，都缺不了文学这一因子。

这样的新的现实，显然，强烈要求文学跨越纯文学的疆界，要求文学走出书斋，自觉地与大众文化更加密切的互动。这一方面，对于文学而言，是使之有了施展其独特能量的、更广阔的活动舞台，而另一方面，也是大众文化更好发展的需要。因为，在我们为走出 10 亿人唱 8 个样板戏的文化沙漠而欣喜、为红红火火的大众文化而鼓掌的同时，也不可否认，这种市场化的大众文化又必然伴随着感官刺激、物质诱惑、消费享乐、甚至一定程度的庸俗和平庸的特点。滑稽、取笑、逗乐、休闲都是生活中需要的，不可缺少的。不过，如果大量的甚至仅仅是如此，是不是也应该说它太"平面化"，而缺少了厚重的诗意和深度呢。

回想远在柏拉图的时代，这位思想深邃的哲人在其《理想国》中，在谈及如何培养其护卫者和年轻人时，就已经写道："我们必须寻找一些艺人巨匠，用其大才美德，开辟一条道路，使我们的年轻人由此而进，如入健康之乡；眼睛所看到的，耳朵所听到的，艺术作品，随处都是；使他们如坐春风如沾化雨，潜移默化，不知不觉之间受到熏陶，从童年时，就和优美、理智融合为一。"①那么，面对当今的现实，我们也应该理直气壮地说：大众文化也需要诗，需要文学，需要两者的互构、互动，使大众文化提高诗的品味，有更多的精神性的追求和升华，有更深刻的思想启迪，有更丰富、更独特的审美韵味。

还需说明的是，我们说今天的生活仍然需要诗，需要文学，并不仅是克服过于市场化的大众文化的不足的权宜之计，它更是我国大众生活的现实的深层次的需求。

就以在中外文学史上一向被认为是最具震撼力的审美范畴——悲剧来说吧，难道在今天的生活中就真的不存在它产生的现实的基础了吗？事实的回答恐怕并不是这样。仅从"一切向钱看"的社会风气而论，在市场经济环境下，不能说它是不对的，但是，是否是以自己的劳动和创造去获取呢？很多人（包括不少官员）的实际回答并不是这样，因之不正之风，崇尚灰色收入，甚至贪污受贿，已仿如一个无形的文化网络，对经济建设和人民群众的生命、财产起着破坏甚至摧毁的作用。例如，汶川地震灾区学校楼房的"豆腐渣"工程就是突出的事例之一。它生动说明，今天的现实生活不仅需要滑稽、取笑、逗乐、休闲的大众文化，也需要具有深度精神震撼力的文学艺术。

再就喜剧而论，当今时代，中外文坛发展的现实状况似乎是，随着消费主义意识的膨胀和扩张，既能展示某种商品、又能以笑料取笑于广大人群的肥皂剧之类的闹剧，自然而然地迅猛发展起来。这些文化活动既能推销商品，又能娱乐大众，还能深入于文化广场甚至购物中心，而且也是文化市场化的必然。它本身并不是坏事。但与之同时，我们是否也可以、或者说也需要重温

---

① 柏拉图：《理想国》，郭斌和、张竹明译，商务印书馆2002年版，第107页。

一下大喜剧家莫里哀的见解呢？莫里哀在他的时代就已指出：高级喜剧的逗笑还必须意味深长，发人深省，使人看出某种人的过失或者是社会的恶习、时代的毛病。莫里哀还结合自己的创作恳切地告诉世人：他所能做到的最好的事情，正是通过可笑的刻画，揭露当时时代的毛病。[①]

所以，面对当今的现实，回顾历史的经验，也许我们应该有理由、有根据地说：美学要求更高的文学和市场化色彩更重的大众文化需要互动、互构，而且，这种互动、互构带来的将是两者相得益彰的效果。

再从对文学与文化的研究这个层面来看，两者也是辩证互动的关系。

作为当今时代最新、最有活力的学术思潮之一的文化研究，自 20 世纪 90 年代以来，几乎可以说是以排山倒海之势席卷中外文坛，甚至大有取代文学研究之势。文化研究对传统的文学研究的确是提出了严峻的挑战，但是笔者又很难同意说：二者是一种"取代"的关系，文学研究面临的是一种"消亡"的前景。相反，如果我们从互动、互构的观点来看，我们看到的将是文学研究在和文化研究的互动中，从多方面促进了自己的发展。

传统的文学研究主要集中于对经典作品进行文学的和美学的分析，而文化研究者们视"文化是对一种特殊生活方式的描述，这种描述不仅表现艺术和学问中的某些价值和意义，而且也表现制度和日常行为中的某些意义和价值"[②]。他们关注到作为整体生活方式的文化，直至透过生产、流通、消费等日常行为的各种五光十色的表象，揭示其间的意义及其活动机制。受这些理论和实践的启发，文学研究也拓展了视阈，注意了深入于日常生活领域的文学或文学因子的研究：例如关注网络文学，研究流行音乐的歌词，热烈讨论大众文化中的各种文学性的"戏说"（如对明显体现了文化研究解构意识的文学作品《大话西游》等的热议），等等。

同时，由于文化研究关注文化与权力的关系，坚持政治批判与解构的立场与策略，使文学研究重视了长期被边缘化的文学的研究。许多被边缘化的作家、作品得以发掘和被研究，甚至受到高度的重视。女性文学、少数族裔文

---

① 莫里哀：《伪君子·序言》。

② 雷蒙·威廉斯：《文化分析》，见《文化研究读本》，罗钢、刘象愚主编，中国社会科学出版社2000年版，第125页。

学的研究，更出现了蓬蓬勃勃地发展和繁荣的、过去从来没有的新景象。

也由于文化研究突出的跨学科特性的启发，在文学理论方面，出现了和其他文化扇面的理论的互动，并从而形成了众多的、新的交叉学科，诸如文学心理学、文学社会学、文学人类学、语言诗学、民族志诗学，等等。

此外，就是在传统的文学研究中一贯受到重视的经典作家、作品的研究方面，由于 20 世纪以来有了巨大发展的、多种多样的文化理论的运用，使经典作家、作品的研究也有了更深、更广的开掘。例如对莎士比亚的研究，其情况就正如美国著名批评家乔纳森·卡勒所说："理论给传统的文学经典以新的活力，开拓了更多的阅读英美'伟大作品'的途径。从来没有过如此之多的有关莎士比亚的书写；他被人们从每一个可以想象得到的角度去研究，用女权主义的、马克思主义的、心理分析的、历史主义的和解构主义的词汇去解读。"①又如对狄更斯的研究。这里仅以萨义德对狄更斯的《远大前程》的研究为例。萨义德在 1993 年出版的《文化与帝国主义》一书，集中讲述了 19 世纪 20 世纪西方帝国的故事，其间最为关注的文化形式正是文学体裁之一的小说。他通过包括狄更斯的《远大前程》在内的多个小说故事的分析，说明在 19 世纪 20 世纪的资本主义社会里，文化不过是帝国主义殖民扩张的"遮羞布"，诗、小说和殖民主义、种族压迫是互相渗透的，狄更斯在《远大前程》中表现出的对待马格维奇的态度与大英帝国对待流放澳大利亚的罪犯的态度并无区别。萨义德的这一研究，不仅生动说明了文化研究与文学研究的你中有我、我中有你的关系——萨义德正是从文化的视角观看文学、又从文学中提出了深层次的文化问题，并且，由于以文化研究的学术范式研究《远大前程》，从而，在对狄更斯的《远大前程》的评价方面，也提出了和过去的认识截然有别的见解。

以上简要论及的诸多发展和变化本身就已说明，在新的时代语境和新的文化语境里，文学和文学研究并不是被取代了，快消亡了，相反，倒是由于和文化及文化研究的互动，从而更借着新的时代语境和文化语境的东风，促进了自己的多方面的发展。这一事实同时也再次说明：以强调文学与文化互动

---

① Jonathan Culler, *Literary Theory：A Very Short Introduction*，英汉对照本，译林出版社 2008 年版，第 47 页。

关系为其重要学理特色之一的文化诗学，是可以成为一种既能较好地反映当今时代的需求、又能较好地推进文学和文学研究发展的文学新论的。

互动：从文学自身的特性出发

文化诗学坚持的文学与文化的辩证互动，是从文学自身特性出发的互动、互构，是在对文学本身的主体性和独特性有自觉的、清醒的认识的前提下的互动、互构，这使它和只强调文化的共性、只关注文学与其他文化扇面的互文性的泛文化论是有区别的。

我国古代的文、史、哲不分的文论观点和批评方法，在某些方面，和我们今天理解的文化诗学有契合之处。它说明文化诗学在中国的文化土壤里发展，有充分的历史依据，同时也告诉我们，今天，在进行文化诗学理论建构的艰巨工程时，重视我国古代文论丰富的理论资源，整理、总结其多方面的理论成果，是多么的重要。但是，笔者以为，我们今天理解的文化诗学和我国古代的文、史、哲不分的文论观，其契合之处主要表现在重视文学与其他文化扇面的连接方面，而质的差别则在于对文学本身的主体性和独特性的认识上。

审视中外文论发展史，即可看到，它们都是经历了漫长的历史进程，才对文学本身的主体性和独特性有了一个较为明确的认识的。欧美文论在康德的《判断力批判》出现之前，在一个相当长的时期里，就对文学本质的界说而论，都是着重于文学和其他意识形态的共性——以"摹仿说"和"表现说"来界说文学。直至康德，在前人已有零星论述的基础上，系统地分析了人的三种心理功能——辨认是非的逻辑判断、区分善恶的道德判断、识别美丑的审美判断，着重探讨了审美这种独特的心理功能的特性所在，并以"游戏"为喻说明艺术在"双重意义里"都"是自由的艺术"，即艺术创作和艺术欣赏都是它本身就能给人以精神愉悦的审美活动（关于此观点的详论，请见拙著《欧美文学理论史》）。就我国的诗学发展史而论，在文、史、哲不分的古代，在依经立意、文学完全依附于儒家经典的两汉时期，固然无从谈起文艺独立价值的问题了。魏晋南北朝以后的文论，有的着重说明文学与时代、文学与社会现实的关系；有的着重说明作品和作者的关系，提出了言志抒情说；有的偏重于对不同体裁的作品的艺术特点的研究。注意并研究诗歌、小说、戏曲等各种不同文体的艺术特点，说明这些论者已在一定程度上意识到了文学形式具有自己的美学特异性。而在这些认识的基础上从理论上明确提出文艺独立的美学价值问题的则是王国维的"纯文学"论（关于此观点的详论，请见拙文《王国维与康德：中西诗学对话的范例》）。中西诗学都经过了一个相当长的时期，才从只认识到文学与其他意识形态的共性进而认识到文学之所以为文学的特殊性，这在中外诗学发展史上无疑都是一步飞跃性的进展。因为，人们对于世间任何事物的认识，都正如马克思所说："一旦它们的特殊性被确定了，它们也就被解释明白了。"①

　　文化诗学作为当今时代的一种文学新论，自然也要在前人的这些成果的基础上继续前行。这表现在，一方面，在强调文学与社会、与整个文化系统及其他文化扇面联系的同时，又不忽视对文学本身独特的性能和规律的研究，从而自然也就不能认同以文化研究取代文学研究，或者以泛文化论取代文学论，或者以文化各扇面的互文性否认文学的独特性；另一方面，更为重要的是，它在研究文学与社会、文学与整个文化系统以及文学与其他文化扇面的互动关系时，也注意从文学特有的性能出发，研究文学与它们之间特有的互动、互构关系。因为，固然，文学也可以承担社会宣言和历史文献的使命，不过，必须注意，文学作为文学，它也是通过自己特有的性能、特有的创作规律来实现这一使命的。任何文学作品都是文学特有的艺术形式和其内容结合的有机体。就对文学作品的研究而论，只有把如何表现的和表现了什么联系起来，并特别注意，作为一部文学作品，它是如何表现的，才能更好地把握作品。弄清了作品是如何表现的，才能更准确地认识它表现了什么。了解了作品的艺术形式，了解了作家的艺术手法，才能具体地而不是空泛地说明其文化意蕴，才能具体地而不是空泛地说明作品和其反映的现实的关系。

　　在从这种认识出发分析作家、作品方面，文化诗学的先驱巴赫金也给我们提供了一个很好的范例。一方面，他作为首要的问题强调指出："文艺学应

---

　　① 马克思：《政治经济学批判·导言》，见《马克思恩格斯选集》第2卷，人民出版社1972年版，第113页。

与文化史建立更紧密的联系。文学是文化不可分割的一部分，脱离了那个时代整个文化的完整语境，是无法理解的。不应该把文学同其余的文化割裂开来。"①而另一方面，在对文学作家、作品进行研究时，他又首先注意于作家是艺术家，他又坚持从艺术独特性的视角来考察作品。例如，他重要的代表作《陀思妥耶夫斯基诗学问题》，刚一开篇，在"作者的话"中，他就指出："陀思妥耶夫斯基在艺术形式方面，是最伟大的创新者之一"②，在总结已有的关于陀思妥耶夫斯基研究的情况时，他又特别批评了忽视艺术特性的倾向，指出："人们常常几乎根本忘记了：陀思妥耶夫斯基首先是个艺术家（固然属于一种特殊的类型），而不是哲学家，也不是政论家。"③而且，从此部巴赫金的著名代表作的全书来看，他主要也是从陀思妥耶夫斯基小说艺术的独特性的视角来研究其作品的。所以，总结巴赫金的文学研究经验，也可以说，巴赫金正是由于坚持了上述两个方面的认识，坚持了这两者的辩证互动，故能从文学作品文本的内部结构、语言功能、体裁形式出发，深入揭示了陀思妥耶夫斯基和拉伯雷的小说同民间狂欢化文化和民间诙谐文化的内在联系，从而揭开了两位文学大家的创作之谜，作出了具有开创意义的贡献。

这种认识也适用于对文学理论的研究。那就是：一方面，我们必须看到文学理论与整个文化语境、与其他文化扇面的理论的联结，高度关注它与其他文化扇面的理论的互文关系；而同时另一方面，我们考察的又是文学理论与整个文化语境、与其他文化扇面的理论特有的联结关系，需要揭示的是它们之间特有的互动、互构关系。

回顾我国文坛文学理论研究的历程，这方面也是有亲身的经验教训的。这里仅举一例。例如，在一个相当长的历史时期里，我国文坛习惯于只看一个文论家的哲学观，以哲学观取代对一个文论家的文艺观的具体分析，于是对柏拉图这样的文论大家也作出了只有"反动作用"，是"文学艺术前进道路上

---

① 巴赫金：《答〈新世界〉编辑部问》，见《文本对话与人文》，晓河译，河北教育出版社1998年版，第364页。

② 巴赫金：《陀思妥耶夫斯基诗学问题》，白春仁等译，见《诗学与访谈》，河北教育出版社1998年版，第1页。

③ 巴赫金：《陀思妥耶夫斯基诗学问题》，白春仁等译，见《诗学与访谈》，第2页。

的障碍"的论断。而如果坚持对其哲学思想和文艺思想具体的、特有的联结关系的辩证分析，就可看到，一方面，柏拉图哲学思想对其文艺思想有深刻的影响，例如他从其客观唯心主义"理式"论出发而对文艺真实性的否定；但是另一方面，由于他生活和成长于文艺之邦的古希腊，由于他自己又是一位文学创作者，亲身的文艺创作经验，大量的文艺欣赏实践，又使他对文艺的特有规律提出了一系列颇有见地的看法。例如他明确指出创作需要灵感，突出强调激情之于创作至关重要，清楚论及表现人的情感世界是文艺内容的特点，作用于人的情感是文艺特有的功能，等等。而这些关于文艺特有规律的见解，不仅在 2000 多年前即已提出，有难能可贵的开创之功，而且直到今天，对于我们进一步探讨和认识文艺的特质仍有一定的借鉴意义。

这些经验教训说明，对于文学理论的研究，同样不仅需要清醒地认识文学理论及其他文化扇面的理论的共性，也需要清醒地认识文学理论的个性，并从其独特性出发，来考察文学理论及其他文化扇面的理论的具体的、特有的联结关系。只有这样，才能得出比较正确的认识。相反，在研究文学与文化的互动关系中，如果摒弃了文学的独特性，那将是一方在场，而另一方缺场，也就不存在两者的你中有我、我中有你的互动、互构关系了。那就将仍然是有你无我的、二元绝对对立的形而上学的思维方法。

结　语

以上说明，文化诗学坚持辩证互动的思辨方法，在对文学与社会的关系这一文学基本问题的认识上，清楚认识了文学和经济之间存在着文化这一复杂、庞大而作用至关重要的中介，并以"文化诗学"这一文论新命题，名正言顺、旗帜鲜明地匡正了长期成为中国文坛主流的简单、机械的经济决定论；而在大众文化声势浩大、文化研究席卷中外文坛的当今时代，文化诗学高度重视文学与文化的互动、互构，从而既适时回应了时代的新需求，又能促进文学的新发展；同时，它对文学与文化的互动、互构关系的高度重视，又并不是以摒弃文学自身的独特性为代价的，相反，它坚持从文学自身的独特性出发。这就使它既区别于文、史、哲不分的古代文论，又和只关注文学与其他文化扇面互文性的西方的文化诗学论区别开来，从而，鲜明地具有当今时代中国学人的文论话语的特色和新意。

（发表于《文艺理论研究》2009 年第 5 期）

文学与文化互动铸就诗学辉煌

——西方诗学发展的历史经验回眸

　　坚持文学与文化的辩证互动、双向建构关系，是作为一种文学新论的"文化诗学"的理论亮点之一。这表现在：正是由于对文学与文化和经济的辩证互动关系的正确认识，在国内，使我们从文论高度告别了相当长时期作为中国文坛主流的、建立在机械的经济决定论基础上的庸俗社会学文论和建立在"阶级斗争为纲"基础上的文学政治论（或曰文学阶级论）；在世界范围内，使我们既借鉴了西方滥觞于康德美学思想的文学审美论的优秀成果，又扬弃了它在 20 世纪封闭于文学文本、孤立地追求美学形式的、偏激的发展，也使我们既借鉴了西方 20 世纪末以来浩浩荡荡、席卷全球的学术思潮——文化研究对文化的深邃认识和跨越严格的学科疆界束缚的宽宏视野及其跨学科的研究方法，而又扬弃了它忽视、甚至否认文学审美特性的片面性。同时，也正是由于对这种辩证互动关系的正确认识，我们主张的文化诗学既追求人文理想，又不忘审美诉求，既重视文学的外部研究，又重视文学的内部研究，并将两者贯通起来，从而能更加全面地认识具体的文学作品和更加全面地阐明文学的规律。那么，从事实来看，这一认识是否有历史经验可以证明它的正确性呢？本文拟从诗学本身的建构这个视角出发，通过回眸西方诗学发展的历史经验和教训，从一个侧面对此问题作一考察和回答。而这一考察，或许反过来又能为坚持文学与文化辩证互动的文化诗学的可行性、科学性和先进性提供一个方面的有力佐证。

辉煌的诗学成果建构于互动之中

翻开西方诗学发展史，我们不禁看到，亚里士多德之所以能成为西方古代诗学的辉煌代表，当之无愧地成为西方诗学的奠基人，一条很重要的历史经验就在于：他得心应手地穿行于文学与文化的互动之中。

在哲学思想上，他认识到"在一方面讲，脱离个别，事物就没什么可以存在"，"而个别事物则为数无尽，那么这又怎能于无尽数的个别事物获得认识？实际上总是因为事物有某些相同而普遍的性质，我们才得以认识一切事物。"①所以，普遍是"诸个别的共通之谓"。由于具有这一"理在事中"的哲学思想，同时，又不是简单地以哲学认识取代文学研究，而是具体考察和研究了以颜色、姿态或声音创造对象的类似物来再现对象的各种艺术，从而使他在人类文艺史上首先提出了艺术典型说的雏形。

他对文学的研究是缜密的，如在艺术的各个门类中，他细致地考察了希腊戏剧，特别是悲剧，具体审视了悲剧的6个成分及悲剧形式的诸要素，也论及了"突转"、"发现"等情节结构问题，并且精彩地言说了悲剧之所以为悲剧的特色所在。而在研究悲剧之所以为悲剧时，他又运用了伦理学和心理学的理论，从他坚持的伦理观出发，通过分析观众心理，指出悲剧具有自己特有的美感作用，提出了著名的"卡塔西斯"说。

还值得注意的是，亚里士多德对自然科学也有一定研究，曾著有《物理学》一书，同时又是一位撰写了欧洲第一部逻辑学著作《工具论》的逻辑学家。得益于他在自然科学和逻辑学方面的素养，他充分认识到研究方法对于科学研究的重要性。在分析文艺问题时，他摒弃主观的、神秘的哲学思辨，坚持从事实出发进行严谨的科学分析。首先，他把所研究的对象和其他相关的对象区分开来，找出它们的异同，然后再将对象本身由类到种的逐步分类，逐个

---

① 亚里士多德：《形而上学》，吴寿彭译，商务印书馆1983年版，第46页。

探索其规律，作出界说。他先把艺术和"理论科学"、"实践科学"区别开来，找出艺术的特点在于创造，然后在艺术（包括一切人工技艺）中分出我们今天称为艺术的艺术，他称为"摹仿的艺术"，又找出"摹仿的艺术"的特质在于"摹仿"——"制作出各种客观对象的类似物来再现对象"，然后以摹仿的媒介、对象、方式的不同来区别文学和其他艺术，来区别艺术中各种不同的种类。亚里士多德正是用这种严谨的、科学分析的方法对希腊文艺作了精细的分析和扼要的总结，使他在欧美文艺史上，最先把艺术作为艺术来加以研究，系统地阐明了艺术不同于非艺术、艺术之中的一种艺术不同于他种艺术的特点。从方法学的角度来看，亚里士多德文论的出现可以说是文艺理论作为一门独立科学而存在的真正的开端。

作为亚里士多德"摹仿说"的发展的、文艺复兴时期出现的、颇有新意的"镜子说"，也是建构于文艺家们的创作实践经验与文化互动的基础之上的。当时，自然科学有了较高程度的发展，数学、解剖学、心理学等多门学科结合在一起，开始了对大自然更为全面的研究，也逐渐深化了人们对自然的认识。提出"镜子说"的最重要的代表人物达·芬奇本人就既是画家，又是自然科学家，又是人文主义的重要代表。他的诗学建树显然既得益于他对自然科学的研究，又得益于自己的艺术创作实践，清楚显现出是两者互动的成果。

第一，他深受自然科学较高程度的发展的启示，使自己的社会观和文艺观从天国回到了人间，摒弃了成为中世纪文坛主流的神秘主义，开始认识到文艺是生动可感的大自然的反映——他指出：画家精心构图的画像镜子一般，从中可以看到自然界的情景。

第二，正是出于作为自然科学家坚持直面大自然的亲身体验，他要求艺术家直接面向大自然，向大自然学习。他精彩地写道："一位画家绝不能模仿其他任何画家的风格，因为，在那种情况下，就不能把他称为大自然的儿子，而只能称为大自然的孙子。最好的途径是求助于充满丰富物体的大自然，而不是求助于其他艺术大师的作品，因为艺术大师的一切都是从大自然那儿来的"，所以，"凡是能够到源头去取泉水的人，绝不喝壶中之水"。①

---

①　达·芬奇：《绘画论》，1802年伦敦版，第201、202页。

第三，他更深刻地指出：艺术家应该像创造千姿百态的大千世界的大自然那样富于创造力。他在《笔记》卷二中，在谈到画家的心应像一面镜子广泛地摄取事物及其形象之后又谈到：画家"须用心去看各种事物，细心看完这一件再去看另一件，把比较有价值的事物选择出来，把这些不同的事物捆在一起"。然后他又写道："画家应该研究普遍的自然，就眼睛所看到的东西多加思索……他的心就会像一面镜子真实地反映面前的一切，就会变成好像是第二自然。"[①]在这里，既是艺术家又是高度推崇自然创造力的自然科学家的达·芬奇，自然而然地将两者结合起来，要求艺术家观察、思索、选择、集中、创造，好像是第二自然那样富于创造力，创造出"第二自然"来。

再看黑格尔，之所以能成为近代西方文艺理论史上的高峰，自然得益于作为哲学家的他拥有的辩证的思想方法，但同样也得益于他广泛而深入地具体研究了大量的文学作品，更得益于这两者的结合——将辩证法全面运用于文学研究。正是这两者的互动和结合，使他在西方文艺理论发展史上，作出了一系列具有创新意义的理论贡献。例如，是他首先明确指出艺术的特质在于通过个别表现一般，并系统地阐明了个别与一般的辩证关系；关于艺术描写的对象，是他指出文艺表现的对象主要集中于人的情致；也是他，在莱辛有关认识的基础上明确地说：性格是理想艺术表现的真正中心，正确反映了从古代文艺以情节为中心到近代文艺以人物为中心的历史转变，并且对近代文艺塑造人物形象的经验作了颇为精彩的理论总结；对叙事文学的三要素——人物、环境、情节的关系，他也作了相当全面的、辩证的论述，并阐明是矛盾冲突构成了理想情境的本质，是矛盾冲突成为情节得以展开的基础，人物性格也正是在矛盾冲突中塑造完成的。

当然，也应该看到对于文学的认识，黑格尔在有些方面也受到了他客观唯心主义思想体系的制约和影响，但另一方面，正是由于他注意了哲学与文学的互动，不是简单地以哲学观取代文学观，而是深入具体地研究了大量的文学艺术作品（例如在《美学》一书中就有50多处论及莎士比亚及其剧作，也总结了荷马创作的经验和新古典主义戏剧创作的教训，也研究了雕塑等造形

①　达·芬奇：《达·芬奇的笔记》，朱光潜译，中译文见《世界文学》1961年8、9号。

艺术），使其能够在不少问题上突破客观唯心主义的局限。特别是当他具体谈到艺术创作的问题时，他常常对自己的唯心主义的哲学观念有所突破。例如他认为艺术家应该看得多，听得多，记得多，必须通过常在注意的听觉和视觉，把现实世界的丰富多彩的图形印入心灵里。他甚至明确地说，对于艺术创造来说，首先是掌握现实及其形象的资禀和敏感，因为，"艺术家创作所依靠的是生活的富裕，而不是抽象的普泛观念的富裕。在艺术里不像在哲学里，创造的材料不是思想而是现实的外在形象。"[1]这些突破了客观唯心主义哲学思想体系的、颇有见地的文论见解，也是黑格尔坚持哲学与文学互动的成果。

新的文化理论催生出新的文学理论

文学与文化的互动促进诗学的发展，另一个突出的表现是新的文化理论催生出新的文学理论。这在西方诗学史上，可以说是一个屡见不鲜的事实。诸如弗洛伊德、荣格的心理学理论之于文艺心理学，索绪尔的语言学理论之于结构主义诗学及诸种后现代主义的文论，哲学现象学和阐释学之于文学接受理论，等等。这里且让我们仅以影响极其广泛而巨大的索绪尔的语言学理论为例，看看它是如何促进诸多文学新论的出现的。

被誉为语言学中的一次哥白尼式的革命的索绪尔的语言学理论区别了语言和言语——语言体现社会的惯例，言语是个人的行为。他分析阐明：语言不是孤立的个别成分，也不是诸多个别成分的简单联合体，而是一个系统。在这个语言系统中，"能指"与"所指"的关系完全是人为的、约定俗成的（索绪尔在其理论代表作《普通语言学教程》中将语言符号的这种人为性称之为语言学的"第一定律"）。而语言意义则由语言符号的差异决定，没有差异就没有意义。差异既指不同的发音和书写符号这种物质性的区别，也指互为存在前提的观念之间的区别，如上下、左右、善恶，等等。于是，语言被认为是一个由相互关联因素构成的系统，被设定为一个具有"系统性"、"社会性"（由社会约定俗成）而又"自足自律"的存在实体。

---

① 黑格尔：《美学》，第一卷，朱光潜译，商务印书馆1979年版，第357—358页。

　　由于索绪尔特别强调：语言不是孤立的个别成分，也不是诸多个别成分的简单联合体，而是一个系统。每一个个别成分的功能完全取决于它在整个系统中的位置。假如一个人没有掌握制约言语意义的语言系统，它就不可能听懂任何话语。因之，研究语言的功用，不应去研究孤立的个别的符号，而应该研究这些符号之间的关系。作为整个语言系统的语言（而不是言语），才是语言科学的基本的研究对象。这些理论直接催生出结构主义文学理论。它促使结构主义文论家们不再像新批评派那样囿于个别文本，而是把眼光投向了整个文学系统（或不同体裁的文学小系统）。

　　结构主义文论家们认为：个别文本类似于语言学中的"言语"，任何个别文本都只能部分地体现原理，只有研究文学基本原理的诗学，才能不仅可解释实际存在的作品的规律，还同样能够解释那些制约尚未写成的作品的规律。所以，文学研究的重心应该从个别文本转向总体文学上，文学学主要应研究文学的基本原理。而结构主义文论家们所理解的文学的原理和规律，也直接受到结构主义语言学的影响。他们对文学系统的研究，力图说明的是使文学作品的意义成为可能的编码和惯例，正像语言学对语言系统的研究，力求确定一种语言的规则和惯例一样。例如结构主义叙事学家吉哈德·杰内特认为：叙述是一个由它内在的规律和逻辑制约的独立自足的系统，系统由不同层次的多个组成部分构成，意义产生在其关系之中。叙述学就是要分析它们之间的关系。如在小说中，叙述由三个彼此不同的层次组成：故事、叙事话语及使叙述得以展示出来的叙述过程（叙述方式）。因之，在研究任何小说时，都必须研究这三个层次及它们的相互关系和相互作用。

　　通过以上简单分析，我们已经可以看到，索绪尔的语言学理论对于结构主义文学理论和文学叙事学的出现的直接影响。不过，事情还不止于此，以索绪尔的理论为基础的结构主义语言学的概念及理论原则，更作为一种新的认知范式和方法，渗透于后现代的整个人文学科，促成了多种文学新论的出现。

　　我们都知道，在古希腊及其之后的年代里，哲学关注的中心问题是"世界是什么"。到17世纪，自笛卡儿的"唯理论"开始，哲学由对世界本质的探寻，转向到关注人们如何得知世界的本质。这是一个重大的转向，被称为"认识论"转向。而由于索绪尔的语言学理论的出现，又逐渐形成了"语言学转向"。人们关注、或者是更加着重于关注"我们如何表述我们所知晓的世界的本质"。特别是在 20 世纪 60 年代以后，以索绪尔的语言学理论为基础的结构主义语言学，被当做一种新的认知范式，为人们提供了一种关于人类现实的符号学的描述模式和说明模式。这对此后、特别是 20 世纪后期的许多文学新论的出现有着明显的促进作用。

例如，文学阐释学家将语言看成先于人的一种存在，语言意义由语言符号之间的差异决定，语言的"透明性"便不复存在，语言的意义再也不可能一目了然，必须靠阐释才能获得。既是阐释，就不再存在唯一的意义，而会有多种(甚至无数)意义的可能性。

又如，解构主义文论从索绪尔的语言学理论引出"延异"(differance)这一新造出的概念。"延异"融进了以下三层含义：1. 语言的意义取决于符号的"差异"(difference)；2. 意义必将向外"扩散"(differre)；3. 意义最终不能获得，即永无止境的"延宕"(deferment)。

再如，当代精神分析学文论。法国学者雅克·拉康——当代西方批评界影响最大的精神分析学批评家，将崇尚语言决定论的结构主义语言论融入自己的精神分析论之中，将无意识视为一个类似语言的隐秘的结构：由于在能指的语言之链中，解散与联合大量存在着，所指具有变换性，当一个能指取代了另一个能指，原来的能指及其所指就被推向了无意识。对于奥狄普斯情结，拉康也将弗洛伊德所言的生物学上的"父亲"转换成语言标志意义上的"父亲"，其所强调的是其话语身份，而不是生物学、解剖学上的"父亲"的意义。这样，拉康就把精神分析学从一个生物解剖学的水平推向了一个文化注入意义于其中的语言符号的(symbolic)新阶段。

互动的偏失带来诗学发展的曲折

在西方诗学发展史上，我们也不难看到由于缺乏文学与文化两者的互动带来诗学发展的曲折的教训。

从 17 世纪至 18 世纪前期的新古典主义文论，由于政治上的专制主义的直接干预和哲学上的唯理主义的机械搬用，缺少了和文学的互动，未能更多地从文艺实践中去总结新鲜经验，从而使之虽也有些细小的建树，但从总的方面说是缺乏新的创造的，甚至在某些方面比之以前的理论还有所倒退，提出了一些不符合文学规律的文论主张。

例如，以法规的形式要求文学作品的内容符合封建王权的政治利益和道德规范，要求表现大我与小我的冲突，大我获胜，君恩与私仇的矛盾，君恩为上；在情感与理性的关系上，以理性至上为根本原则，轻视甚至忽视情感、想象等因素于文艺创作的重要作用；在艺术手法方面，崇尚规则，将艺术规律模式化，如将在文艺复兴时期的戏剧改革中曾起过一定积极作用的"三一律"，规定为不可逾越的法规，严重束缚了文艺的发展。

又如，关于人物描写的理论。亚里士多德就已称赞荷马笔下的人物各有性格，没有一个不具有特殊的性格，而在新古典主义文论那里，由于他们将唯理主义机械搬用于文论，主张摹仿"规范化的自然"。对于他们来说，构成自然的并不是各具个性特点的活生生的人及其活动，而是可用三段论加以推断的符合逻辑、符合理性、符合道德秩序的人和事。具体体现在人物描写上，布瓦洛在后来成为新古典主义的法典的《诗的艺术》中写道："谁能知道什么是风流浪子、守财奴，什么是老实、荒唐，什么是糊涂、嫉妒，那他就能成功地把他们搬上剧场，使他们言、动、周旋，给我们妙成色相。"[①]在这里，布瓦洛所说的风流浪子、守财奴、老实、荒唐、糊涂、嫉妒等就是他所理解的"自然人性"，实际也就是按照逻辑推理可将人性加以归类的人的类型。以这样的理论引导文艺创作，自然使文艺作品中的人物成为抽象概念的化身。而事实也正是这样。例如莫里哀的创作和理论好些地方突破了新古典主义的藩篱，但它也是着重写人性的某种类型的。他笔下的人物性格往往是单纯的，而不是复杂的，是始终如一的，而不是发展变化的，是悭吝、虚伪等抽象观念的化身，而不是丰满、生动、有血有肉的艺术典型。

另一个同样深刻的教训，出现在车尔尼雪夫斯基的文论上。车尔尼雪夫斯基在写《艺术与现实的美学关系》等三篇论文时，他"只希望做一个应用在

---

① 布瓦洛：《诗的艺术》，任典译，王道乾校，人民文学出版社1959年版。

美学上的费尔巴哈思想的解说者"①，仅仅是为了在艺术领域应用和解说费尔巴哈的哲学，缺乏了和文学的互动——未能从文艺实际出发，从而使他否定了一系列的、前人就已有充分论证的、正确的艺术规律。例如他说：作品中的"人物本质上依然是一个摹拟的而不是创造的肖像"②，"诗人差不多始终只是一个历史家或回忆录作家"③，"艺术作品对现实中相应的方面和现象的关系，正如印画对它所由复制的原画的关系……但是，原画只有一幅，只有能够去参观那陈列这幅原画的绘画馆的人，才有机会欣赏它，印画却成百成千份地传播于全世界……同样，现实中美的事物并不是人人都能随时欣赏的，经过艺术的再现（固然拙劣、粗糙、苍白，但毕竟是再现出来了），却使人人都能随时欣赏了"。④这样，他完全忽视了艺术是人的精神产品的性质，否定了艺术想象的创造性功能，否定了艺术典型化的原则，也极大地贬低了艺术的美学价值，从而使他的制造代替物的"再现"论变成了复印论。就这一方面的认识来说，甚至比亚里士多德的"摹仿说"，也是一种倒退。

这些在文学与文化的互动上失之偏颇的历史教训，给我们提供的启示是深刻的。我们知道，本来，笛卡儿的理性主义，在当时的历史条件下，是有着巨大的进步意义的。它不仅使世界哲学开始了从"本质论"到"认识论"的转向，而且从根本体系上击中了经院哲学的信仰主义。笛卡儿本人当之无愧地成为西方近代哲学的创始人之一。但是，新古典主义文论家们把哲学等同于文学，忽视文学自身的特性，其结果是：对于即使是在当时历史条件下具有进步意义的哲学思想的搬用，其所产生的弊端也是严重的。车尔尼雪夫斯基是一位在美学、文学批评、文学创作等诸多方面都有巨大成就的俄国作家和批评家，但在写《艺术与现实的美学关系》等三篇论文时，将文学问题简单地等同于哲学问题，文学完全成为哲学的奴婢，因之，也就不可避免地犯了如上所述的那些初浅得叫人费解的错误。

①　车尔尼雪夫斯基：《艺术与现实的美学关系·第三版序言》，周扬译，见《车尔尼雪夫斯基选集》上卷，生活·读书·新知三联书店 1958 年版，第 136 页。
②　车尔尼雪夫斯基：《艺术与现实的美学关系》，见《车尔尼雪夫斯基选集》上卷，第 72 页。
③　车尔尼雪夫斯基：《艺术与现实的美学关系》，见《车尔尼雪夫斯基选集》上卷，第 73 页。
④　车尔尼雪夫斯基：《艺术与现实的美学关系》，见《车尔尼雪夫斯基选集》上卷，第 85 页。

回顾历史，看看当今，是否也有在文学与文化互动关系上失之偏颇的、似曾相识的情况呢？个人以为，回答也许应该是肯定的。例如，在当今的西方，学人们以极大的热情进行文化研究，许多文学研究者步入了文化研究的学术大军之中。这不能说有什么不对，而且应该说是好事。但是其间也有一些学者在重视文化研究时，却贬低甚至否认文学的美学研究，说它是落后的研究方法。同时，在一些西方的文化诗学论者那里，实际上只有泛文化研究，"诗学"已经隐退、消失了。与这种动向相反，倒是我们中国学人倡导的文化诗学，一直坚持文学与文化的互动，并且强调文化诗学的落脚点是诗学。这是否可以说，我们的看法也许更符合历史的经验和教训给予人们的启示呢？

（发表于《福州大学学报》2012 年第 2 期）

第四编

诗学基础理论研究

环境、性格、情节和场面

——学习马、恩典型化理论的笔记

"四人帮"篡改马克思主义，搞得唯心主义横行，形而上学猖獗。这也突出表现在文艺领域中。今天，认真重读马、恩的文艺论述，对于肃清其流毒，促进文学艺术的进一步繁荣和作品思想艺术质量的提高，有着极其重要的意义。

一

1888 年，恩格斯在给哈克奈斯的信中，提出了他的著名论断："据我看来，现实主义的意思是，除细节的真实外，还要真实地再现典型环境中的典型人物。"[①]恩格斯批评哈克奈斯的《城市姑娘》说："您的人物，就他们本身而言，是够典型的；但是环绕着这些人物并促使他们行动的环境，也许就不是那样典型了。"[②]

环境指形成人物性格和驱使人物行动的一切客观条件的总合，包括自然

---

① 《恩格斯致玛·哈克奈斯》，见《马克思恩格斯选集》，第 4 卷，人民出版社 1972 年版，第 462 页。

② 《恩格斯致玛·哈克奈斯》，见《马克思恩格斯选集》，第 4 卷，第 462 页。

环境和社会环境。在作品中，社会环境不是抽象存在的。对于作品中的主要人物，他周围的人物及其所代表的社会意义，就是他的环境。对于其他任何一个人物，其周围的人物也是它的环境。恩格斯为什么批评《城市姑娘》的环境描写不典型呢？这是因为，作者对于主人公、年轻的缝纫女工耐丽和诱骗她的绅士阿屠尔·格朗特以及救世军队长洛布等人物及其关系的描写，只表现了耐丽及其他工人的贫困、受苦、消极、麻木，而没有写出他们的觉醒、反抗和斗争。想使工人摆脱贫困的一切企图都来自外面，来自上面。这样的描写，在1887年——无产阶级已经差不多经历了50年的、各种形式的斗争的情况下，显然未能反映出阶级关系和阶级斗争情势的主流及其发展趋向。在这里，恩格斯是评论《城市姑娘》，同时，也提出了一条有关文艺典型化的重要原则。那就是：典型人物必须是典型环境中的典型人物，环境不典型，人物也就失去了典型意义；另一方面，典型环境又是由典型人物及其关系体现出来的。因之，作品对人物及其相互关系的描写，应该力求艺术地概括出具有典型意义的社会现实关系。

和恩格斯上述论述的精神相反，"四人帮"提出："在所有人物中突出正面人物，在正面人物中突出英雄人物，在英雄人物中突出主要英雄人物"，并说"三突出"就是处理作品中人物关系的"原则"。而这一所谓的"原则"，恰恰是离开了文艺和社会生活的辩证关系，抛弃了制约人物关系的实质性问题，孤立地就作品中的人物关系谈人物关系。从创作实践来看，例如，他们赞誉的影片《反击》，把工人、贫下中农、干部、知识分子、工农兵学员，统统作为江涛的铺垫，老干部、省委书记韩凌则是江涛的反衬。他们要突出的"英雄"确实是突出又突出了，但是，影片对江涛及其他人物关系的处理，和它反映的社会现实关系联系起来看，是否具有真实性，是否经得起历史发展的检验呢？回答却是否定的。

二

作为社会关系总合的人，是文学主要的描写对象。恩格斯说：文学作品中的人物应当"每个人都是典型，但同时又是一定的单个人，正如老黑格尔所说的，是一个'这个'"①。这就是说，作品中的人物应当是一定群体的人们的共同性的概括，但是同时，又不应当由于概括一定群体的人们的共同性而失去个性，应该是通过"这个"特殊性格体现共性，达到共性、个性的统一。

在社会生活中，人们由于各自的经历、教养、职业、气质的不同，由于各自所处的具体环境即各自活动的时间、地点、条件的不同，它们的共性在不同人身上必然有不同的具体体现，这就是它们之间赖以区别的个性。(把人物的个性仅仅理解为有什么口头禅，爱说笑或爱发火等等外在表面的特点是不够的)。马克思和恩格斯很重视人物的个性特征。马克思在给拉萨尔的信中说：你"得更加莎士比亚化，而我认为，你的最大缺点就是席勒式地把个人变成时代精神的单纯的传声筒"②。"其次，我感到遗憾的是，在性格的描写方面看不到什么特出的东西。"③马克思和恩格斯如此明确地反对作品中的人物成为作者的单纯的传声筒，而没有人物自己的性格特点，是很有道理的。因为，任何事物的共性都是寓于个性之中的，一般只能在个别中存在，只能通过个别而存在。而且，文艺反映生活的特殊规律又正是在于：通过个别表现一般，通过特殊性表现普遍性，通过鲜明生动、具体可感的艺术形象表现特定时代某一特定群体的人们的共性。在文学作品中，只有通过鲜明的个性刻画，共性才能得到生动而深刻的体现，人物才能成为共性和个性统一的典型形象。

恩格斯还精辟地议论了对人物进行个性刻画的方法。他说："我觉得一个人物的性格不仅表现在他做什么，而且表现在他怎样做；从这方面看来，我相信，如果把各个人物用更加对立的方式彼此区别得更加鲜明些，剧本的思想内容是不会受到损害的。"④"做什么"主要的是说明人物的共性，"怎样做"则不仅说明人物的共性，同时更说明人物的个性。只有细致地描绘"怎样做"，揭示出人物行动、语言和内心活动的独特方式，并且通过不同性格之间的强烈对比，才能达到卓越的个性刻画，塑造出具有不同性格特征的典型人物。

例如，《创业》作者对周挺杉的个性刻画，仅以两个片段为例。一到会战现

① 《恩格斯致敏·考茨基》，见《马克思恩格斯选集》，第4卷，人民出版社1972年版，第453页。
② 《马克思致斐·拉萨尔》，见《马克思恩格斯选集》，第4卷，人民出版社1972年版，第340页。
③ 《马克思致斐·拉萨尔》，见《马克思恩格斯选集》，第4卷，人民出版社1972年版，第341页。
④ 《马克思致斐·拉萨尔》，见《马克思恩格斯选集》，第4卷，人民出版社1972年版，第344页。

场的大雪原，他一个心眼急于找到自己的井位，走进过道里，碰到了地质所的"小秀才"魏国华。寥寥几句对话（个性化的语言）和各具特色的动作、神态，使我们清楚看到：一个急，一个慢，一个幽默豪爽，一个文质彬彬。不同的"怎样做"和性格的鲜明对比，使两个具有不同气质的人物，仿佛呼之欲出。又如，龙虎滩第一口井失败之后，周挺杉、章易之的一场争论。反映二人不同身份、经历、思想的语言、动作、笑貌、神情，形成了鲜明的对比。周挺杉在困难和压力面前，不畏缩、不弯腰、逆流而上的精神，高度的警惕性和科学态度，对同志至诚的团结、帮助以及爽朗、风趣的气质，在对比中被鲜活地呈现出来。

"四人帮"否定共性个性的统一是塑造典型形象的基本规律，而把"三突出"说成是描写人物的诀窍，要求作者按照他们规定的固定模式写人。从固定模式"三突出"出发，他们不顾环境、条件，形而上学地、绝对化地要求"起点高"。他们要求生活在50年代的人物，具备70年代的思想。他们反对描写成长中的英雄人物的典型形象。谁写了以成长中的英雄人物为主人公的作品，就会被扣上"违反'三突出'"、"写中间人物"等大帽子，这类作品甚至被打成"毒草"。"四人帮"的这些主张显然也是违背马、恩的文艺思想的。

恩格斯早在评论敏·考茨基的《旧与新》时，就论述过类似问题。恩格斯指出：《旧与新》的主人公阿尔诺德"太完美无缺"，过分理想化，把个性消融到原则里去了。今天，如果按照"四人帮"的"三突出"，不是也会使人物失去特定环境、条件下形成的性格特征，失去典型形象的具体性、真实性，使人物成为千人一面的、某种意图的传声筒吗？

至于成长中的英雄人物的典型，就拿小兵张嘎来说吧。既是小孩、又是刚参加八路军才几天的小嘎子，虽有对日本帝国主义的满腔仇恨，勇敢，机灵，但是，思想还不成熟，缺乏严格的组织纪律训练，不懂得八路军和人民的鱼水关系，而且带有小孩特有的稚气和顽皮。因之，在区队长让他交回了枪、他满腹不高兴的情况下，出现了咬小胖子、堵烟囱等缺点和错误。后来，在革命熔炉中，经过战争烽火的洗礼，他逐渐成长为一个不仅机智勇敢而且有高度组织性纪律性、和人民亲如一家的小英雄。影片对小嘎子成长过程的描写，符合典型环境中小嘎子年龄、经历等条件下的性格特征，使这位成长中的小英雄的形象天真、可爱、真切、感人。像《小兵张嘎》这样的以成长中的英雄人物为主人公的作品，为什么不能成为我们社会百花园中的一束香花呢？

三

恩格斯说："现代的那些写出优秀小说的俄国人和挪威人全是有倾向的作家。可是我认为倾向应当从场面和情节中自然而然地流露出来，而不应当特别把它指点出来。"[1]他认为：作者的见解愈隐蔽，对艺术作品来说就愈好。而戏剧的未来则应该是具有"较大的思想深度和意识到的历史内容，同莎士比亚剧作的情节的生动性和丰富性的完美的融合"[2]。可以看到，马克思、恩格斯异常重视文艺之所以为文艺的特点。他们反对公式化、概念化和标语口号式的倾向，要求作者从生活中提炼出典型的情节、场面，塑造出生动的艺术形象，将作者的思想倾向自然而然地流露出来。

在作品（叙事作品）中，人物性格（特别是主要人物性格）的形成和发展是展示作品主题思想的主线。人物性格的矛盾冲突构成情节。情节是展示人物性格的手段，是某种性格成长和构成的历史。场面则是情节的基本单位，是作品中被处理在一定时间、一定地点里的人物活动。通过源于生活、高于生活的生动、丰富、典型的情节、场面，才能在行动中揭示人物的性格，鲜明有力地展现作品的主题思想。我国古典小说和鲁迅的小说都很少在人物一登场时，就先向读者作介绍，孤立、静止地言说他们的身世和性格，而总是在人物所参与的事件的开展中，在决定人物命运的斗争中，主要通过人物自己的言行，逐渐展示出人物的性格。这些艺术经验和马、恩的上述要求是一致的。今天，在我们的文学创作中，贯彻上述精神也是提高作品艺术质量的重要一环。例如，《创业》中那个大抓质量的大会为什么为人们所称赞呢？道理也正在这里。

下面，我们就来具体看看《创业》作者对这个场面的描绘吧。

油田政委华程坚持"百年大计，质量第一"，力争"高速度、高水平拿下大油田"。他指名道姓地批评那个赫赫有名的老标杆队遗失了砂样袋，而且抓住

---

① 《恩格斯致敏·考茨基》，见《马克思恩格斯选集》，第4卷，人民出版社1972年版，第454页。
② 《恩格斯致斐·拉萨尔》，见《马克思恩格斯选集》，第4卷，人民出版社1972年版，第343页。

队长周挺杉不放，毫不留情，语调严厉，但充满着爱护。他眼看着未来，心装着全国，要建设一支拖不烂、打不垮的石油队伍。而当冯超乘机攻击周挺杉时，他则态度鲜明，给以有力的回击。对于冯超借以攻击周挺杉的土豆问题，他了如指掌，直接揭穿了谎言。他更清楚地知道，周挺杉井队是怎样团结一致克服困难的，例如秦发愤每顿饭把两个窝窝头偷偷地分给师傅一个，等等。说到这里，他的眼眶涌出了泪水，他的感情和工人们的感情真挚地交融在一起。一个好的领导干部华程的形象，就像这样，通过风云变幻的场面，活灵活现地出现在人们的面前。

至于周挺杉呢？会议是以华程批评他开始的，然而，贯穿会议始终的，真的是对他的批评吗？你看，他领导的整个井队的人都站了起来，自觉地接受批评。周挺杉更主动走上讲台，诚恳地告诉大家："政委批评得好，记住我们的教训吧！"那袋丢失后又找到了的白布砂样袋在他的腰带上当啷着，始终没有拿出来。后来，当华程提到秦发愤偷偷给师傅放窝窝头时，整个会场沸腾了。秦发愤和工人们你一言我一语地喊着，说出一桩又一桩先人后己的动人事迹，华程应接不暇，问道："谁？"工人们齐声喊着三个字——"周挺杉"。

这次以华程批评周挺杉开始的会议，恰恰是通过一个富于戏剧性的场面，对周挺杉唱出了一曲令人信服的赞歌。在这里，并不是通过作者赞颂的字句，而是通过矛盾纠葛，通过人物自己的言行，体现了作者的意图。

这些成功的笔墨，再次证明了马、恩典型化理论的意义。今天，随着铲除"四人帮"的伟大的历史性胜利，我国的文艺园地里，百花争艳的春天必将到来，让我们更加努力地学习和工作，以实际行动来欢迎它吧！

（发表于《甘肃文艺》1977 年第 3 期）

试谈不同阶级艺术标准的异同

　　长期以来，我国文艺理论著作在谈到艺术标准时都说：像各个阶级有自己的政治标准一样，各个阶级有各不相同的艺术标准，无产阶级的艺术标准和其他阶级的艺术标准是不同的。这个理论结论是否准确、全面呢？如果从中外古今文艺创作、文艺批评的实际出发，我们不难发现客观事实是：无产阶级的艺术标准和历史上其他阶级的艺术标准既有异，也有同。本文想主要谈谈同的一面。

　　早在 1400 多年前，刘勰评论《诗经》中的一些诗篇说："灼灼状桃花之鲜，依依尽杨柳之貌，杲杲为日出之容，瀌瀌拟雨雪之状，喈喈逐黄鸟之声，喓喓学草虫之韵。皎日嘒星，一言穷理；参差沃若，两字穷形。并以少总多，情貌无遗矣。"[①]刘勰为什么肯定这些诗写得好呢？他的回答是：好就好在"情貌无遗"。同样是这些诗篇，按照我们的艺术标准，又该作如何的评价？例如刘勰曾评论过的诗篇之一《采薇》的最后一章："昔我往矣，杨柳依依；今我来思，雨雪霏霏。行道迟迟，载渴载饥。我心伤悲，莫知我哀。"诗篇把征夫久役将归又悲又喜的思想感情，融注到对景物的描绘之中，抒情生动而真切，

---

　　① 刘勰：《文心雕龙·物色》，见范文澜：《文心雕龙注》（下），人民文学出版社 1961 年版，第 693—694 页。

我们读来也感到它形象生动，很有感染力。

对于《楚辞》，刘勰评论说：屈原、宋玉的作品"叙情怨，则郁依而易感；述离居，则怆怏而难怀；论山水，则循声而得貌；言节候，则披文而见时"①。刘勰的这些评价，我们也是同意的。就说长期为人们所传颂的《湘夫人》的一段吧："帝子降兮北渚，目眇眇兮愁予。嫋嫋兮秋风，洞庭波兮木叶下。"从我们的艺术标准来看，这也是艺术性相当高的抒情诗。它用自然、朴素而又优美的语言，把环境、景色、人物的容貌、动作和内心感情完美地融而为一，构成略带清愁的意境，生动地烘托出湘君久候夫人但夫人不到所引起的愁怅。

可见，形象描绘是否真实、鲜明、生动，情感抒发是否真切感人，是刘勰品评作品艺术性高低的尺度，也是我们的艺术标准之一。

艺术以形象反映生活，自然必须鲜明、生动、具体可感，但又不应是生活现象的任意罗列和简单抄录。希腊美学家亚里士多德说得好：历史和诗"两者的差别在于一叙述已发生的事，一描述可能发生的事"，"诗所描述的事带有普遍性"。"所谓'有普遍性的事'，指某一种人，按照可然律或必然律，会说的话，会行的事，诗要首先追求这目的，然后才给人物起名字。"②亚里士多德要求通过有姓名的个别人物显示出普遍性，而且认为普遍性就是要符合可然律或必然律，即体现规律性，这实际上已论及文艺通过典型形象反映生活这一艺术的特质。由于文艺的主要描写对象是人和人的生活，文艺要塑造的典型形象就主要是典型的人物形象，这正如黑格尔所说："性格就是理想艺术表现的真正中心。"③对此，黑格尔以《荷马史诗》中的阿喀琉斯和莎士比亚笔下的《罗密欧与朱丽叶》为例说明：成功的人物形象应该有"基本的突出的性格特征"，这样性格才有明确性，但同时应当"每个人都是一个完满的有生气的人，而不是某种孤立的性格特征的寓言式的抽象品"④。

今天对于亚里士多德和黑格尔等人关于艺术典型化规律的总结，我们是视为珍贵的遗产加以继承的。我们也认为艺术形象应该一方面是具体可感、鲜

---

① 刘勰：《文心雕龙·辨骚》，见范文澜：《文心雕龙注》（上），第47页。
② 亚里士多德：《诗学》，第九章。
③ 黑格尔：《美学》，第一卷，朱光潜译，商务印书馆1979年版，第300页。
④ 黑格尔：《美学》，第一卷，朱光潜译，商务印书馆1979年版，第303页。

明生动、独特新颖的个别，同时又是一定事物的质的必然性即一定事物内在规律性的概括。只有这样的形象，我们才认为它是成功的典型的形象。

再从对叙事文学作品艺术性高低的实际评价方面来考察，就以对莎士比亚剧作的评价来说吧，黑格尔极高地评价了莎士比亚的性格描写，马克思、恩格斯对莎士比亚描写性格的成功，也给予了很高的评价。例如恩格斯在给斐·拉萨尔的信中说："古代人的性格描绘在今天是不再够用了，而在这里，我认为您原可以毫无害处地稍微多注意莎士比亚在戏剧发展史上的意义。"[①]恩格斯还希望，未来的戏剧能够达到"较大的思想深度和意识到的历史内容，同莎士比亚剧作的情节的生动性和丰富性的完美的融合"。[②]"较大的思想深度和意识到的历史内容"指的是作品反映现实生活的真实性、正确性、深刻性，属于思想内容方面的要求，而"莎士比亚剧作的情节的生动性和丰富性"明显是恩格斯对未来戏剧的艺术要求。事情的发展和恩格斯的预料相一致，在他提出这一希望120年后的今天，我们阅读（或观看）莎士比亚的戏剧对其情节的生动性和丰富性，对其性格描写的成功，也是赞赏的，我们也认为哈姆雷特、奥赛罗、李尔王、罗密欧、朱丽叶、夏洛克和福斯塔夫等是杰出的艺术典型。

这说明考察艺术形象典型化程度的高低，是我们艺术标准的一个极其重要的内容。而在这方面，我们和亚里士多德、黑格尔、莎士比亚等前人在理论上提出或在实践上体现出的衡量艺术性高低的尺度，是有明显的相同之处的。

此外，艺术形象本身又是内容和形式的统一体，艺术形象的形式是否能完美地表现内容，也是我们衡量作品艺术性高低的一个尺度。

形式和内容是密切联系在一起的，内容的不同必然影响到形式的某些差异。但是，由于艺术形式有着更大的稳定性和相对独立性，在艺术形式上各阶级之间的相同之处是更多的。首先，纯属形式、技巧、手法的问题根本没有阶级性。例如描写人物的手法：肖像描写、行动描写、语言描写、心理描写、细节描写、从旁烘托等，各阶级都可以运用。不同体裁所具有的特性：诗歌的精

---

① 《恩格斯致斐·拉萨尔》，见《马克思恩格斯选集》，第4卷，人民出版社1972年版，第344页。
② 《恩格斯致斐·拉萨尔》，见《马克思恩格斯选集》，第4卷，人民出版社1972年版，第343页。

练集中和音乐美，戏剧冲突的尖锐性，戏剧情节、场景、人物的集中性，电影的行动性和蒙太奇手法等，对各阶级都是一视同仁的。其次，为了更好地满足人民群众的欣赏要求，完美的艺术形式中还包括一个民族形式的采用问题，而在民族形式方面，同民族各阶级之间的传统继承关系就更加明显而直接。例如民族的文学语言在语音、语法、修辞方面的特征，是以民族而不是以阶级来区分的。就文艺的表现手段、表现方式来说，我们民族习惯主要通过人物言行来展现性格，而不像西欧小说那样喜欢用静态的心理描写，对环境的展示，也不像外国小说那样细致、孤立地描绘，而往往交织在故事发展之中，以简洁的笔墨、借人物的感受交待出来。所以，一部作品在语言运用、描写手法、情节安排、篇章结构、正确掌握和运用不同体裁的特点以及民族形式的采用等方面，如能巧具匠心，愈益完美，能够完美地塑造形象，那么，从不同的阶级来看，都可能认为艺术性是比较高的。

再就一定的形式和一定的内容相一致，服务于表现内容的需要这一美学要求来说，也不是无产阶级特有的。在我国，王充已经谈道："外内表里，自相副称"，"人之有文也，犹禽之有毛也。毛有五色，皆生于体。苟有文无实，是则五色之禽，毛妄生也。"[1]刘勰说得更明白："文附质"、"质待文"，"故情者，文之经，辞者，理之纬；经正而后纬成，理定而后辞畅，此立文之本源也。"[2]对于形式主义的文风，刘勰严加抨击，指出，专逐文辞是"弃其本"、而"逐末"，"遂使繁华损枝，膏腴害骨，无贵凤轨，莫益劝戒。"[3]在外国，车尔尼雪夫斯基也说过："艺术性在于形式之适合于思想……场面、特性、插曲——本身无论如何奥妙或美丽，但是，如果细节不用于最充分地表达作品的思想，那末，它就会损害作品的艺术性。"[4]王充、刘勰、车尔尼雪夫斯基所讲的内容和我们要求的内容当然有所不同，王充、刘勰所谓的形式比我们现在所说的艺术形象的形式也窄狭得多，他们主要指的是文辞，然就其反对形式主义、要求以

---

① 王充：《论衡·超奇》，见《中国历代文论选》，上册，郭绍虞主编，中华书局1962年版，第78页。

② 刘勰：《文心雕龙·情采》，见范文澜：《文心雕龙註》（下），第537—538页。

③ 刘勰：《文心雕龙·诠赋》，见范文澜：《文心雕龙註》（上），第136页。

④ 转引自《文艺理论译丛》第一辑，新文艺出版社1955年版，第47—48页。

表现内容为本、进而达到内容和形式统一的美学要求来说，王充、刘勰、车尔尼雪夫斯基和我们则是一致的。

以上说明，无产阶级的艺术标准和历史上其他阶级的艺术标准具有相同之处，这是客观事实。

为什么会出现这种既有同又有异的复杂情况呢？

周恩来总理曾经指出："各种事物都有它的客观规律，艺术也一样。"①周总理在这里提出了我国文坛长期忽略的一个重要问题，也是我们认识上述复杂现象的一个理论依据。艺术作为社会意识形态领域中的一个特殊的分工部门，它是艺术而不是其他事物，是有着自己的特殊属性、特殊规律的。遵循形象思维的规律，运用典型化的方法，创造个性、共性高度统一的艺术形象来反映社会生活，就是艺术区别于其他社会意识形态的特殊属性。艺术性的高低正是指完美地具备这种特殊属性的程度，所以艺术性本身是没有阶级性的。从文学历史来看，各个阶级都曾经力求认识艺术的特殊属性，以便用更具备这种属性、即艺术性更高的作品来更有力地为自己的需要服务。而艺术的特殊属性、特殊规律又是不依哪一个阶级的主观意志为转移的客观规律。在认识艺术客观规律这一历史长河中，历史上不同时代、不同国度、不同阶级的人们，凡是从不同方面正确反映了这一客观规律的认识，就是一定历史条件下相对的科学真理。

当然，艺术标准并不等于艺术特有的客观属性——艺术性，而是人们衡量艺术性高低的尺度。艺术标准所赖以建立的基础是人们对艺术规律的认识，而作为社会的人的一种认识就往往不能不受他所生活的时代、环境、世界观和文化修养等等的制约和影响。同时，艺术标准必然反映人们自己的艺术趣味和欣赏要求，而艺术趣味和欣赏要求又是人的整个思想感情的一个组成部分，归根结底是由人的出身、环境、经历、教养决定的。因之，艺术标准尽管是衡量艺术性高低的尺度，但它又并不像语言学和形式逻辑学所总结的规律那样是根本不带阶级性的。

正因为人们的艺术标准以其对艺术特殊规律的认识为基础，而人们对艺

---

① 周恩来：《在文艺工作座谈会和故事片创作会议上的讲话》。

术特殊规律的把握又是在继承前人的基础上不断发展的。所以，不同时代、不同阶级的艺术标准有继承的、相同的一面，也有发展的、不同的一面。特别值得注意的是：历史上的各个剥削阶级中的一些思想进步的艺术家、批评家，他们比较能够正视现实，在艺术上也较能认识和遵循艺术的客观规律，艺术趣味也比较健康，无产阶级的艺术标准和他们的艺术标准就可能有更多的相同之处。而历史上一些思想颓废没落的艺术家、批评家，他们艺术趣味中的不健康的因素以及形式主义的、违背艺术规律的倾向就可能严重一些，无产阶级的艺术标准和他们的艺术标准不一致之处就可能更多一些。但即使是这样的艺术家、批评家，在艺术形式、技巧、方法方面也可能有某些符合艺术客观规律的因素。例如，齐梁时代的诗歌过分尚辞藻、讲声病，堆砌典故，而内容贫乏空虚，这种形式主义的诗风是我们以之为非的，那些过于烦琐的四声八病之说，我们也不完全赞成，但是其间也有合理的因素，如对诗歌声律的探索，对唐诗音韵的和谐无疑起了好的作用，单就这一点来说，和我们今天关于诗歌音乐美的要求也有某些一致之处。又如李煜的词，情调消沉甚至颓废，但在艺术表现上，他把复杂细腻、难以捉摸的思想情感表现得那样具体可感、生动别致，在这一点上，和我们在艺术上的要求也是有相同之处的。

所以，无产阶级的艺术标准和历史上其他阶级的艺术标准呈现出既同又异的极其复杂的情况，简单地说它们是互不相同的，或者简单地说它们是完全一致的，都不符合实际，都是片面的。

就我国文坛的情况来说，相当长一段时间以来，问题的主要方面是不承认无产阶级和其他阶级的艺术标准有相同的一面，只认为它们是互不相同的。这种观点实际上就是不承认艺术对于政治有其相对的独立性，实际上就是不承认艺术作为一种特殊的意识形态有自己独特的客观规律。因之应该说，这些年来，艺术标准问题上的这一错误理论，也是使我国文艺界忽视艺术的客观规律、使我们未能更好地提高艺术质量的原因之一。同时，如果不重视社会主义的文学艺术在艺术规律上和其他阶级有一致的一面，自然就会忽视研究和吸取前人的及当代外国的艺术创作、艺术理论的经验。所以，笔者以为提出并通过文艺界同志们的讨论来正确阐明不同阶级艺术标准的异同问题，不仅有理论的意义，而且对于肃清"四人帮"极"左"路线的流毒，正确吸取前人和当代外国的艺术经验，提高社会主义艺术创作的质量，也有现实的意义。

（发表于《文艺理论研究》1980 年第 3 期）

后　记

　　本书获漳州师范学院重点学科建设经费资助。为了出版本书，侯俊智责任编辑付出了辛勤的劳动，精心地进行了细致的编辑工作，周绚隆博士、祖国颂博士、黄金明博士、沈金耀博士给予了热心的帮助，特此致以衷心的感谢！

刘庆璋

2013 年 2 月 18 日

责任编辑：侯俊智
装帧设计：语丝设计室

图书在版编目（CIP）数据

融通与建构——诗学论集/刘庆璋 著. -北京：人民出版社，2013.3
ISBN 978－7－01－011698－3

Ⅰ.①融…　Ⅱ.①刘…　Ⅲ.①诗学-文集　Ⅳ.①I052－53

中国版本图书馆 CIP 数据核字(2013)第 022188 号

融通与建构

RONGTONG YU JIANGOU

——诗学论集

刘庆璋　著

人民出版社 出版发行

（100706　北京市东城区隆福寺街 99 号）

北京龙之冉印务有限公司印刷　新华书店经销

2013 年 3 月第 1 版　2013 年 3 月北京第 1 次印刷
开本：710 毫米×1000 毫米 1/16　印张：21
字数：320 千字

ISBN 978－7－01－011698－3　定价：45.00 元

邮购地址 100706　北京市东城区隆福寺街 99 号
人民东方图书销售中心　电话 (010)65250042　65289539